公元787年，唐封疆大吏马总集诸子精华，编著成《意林》一书6卷，流传至今
意林：始于公元787年，距今1200余年

青春最美，梦想出发
中国式好看轻小说优鲜品牌

世界第一的公主殿下 公主篇

Shijie Di-yi de Gongzhu Dianxia **III**

公子小白 著 / GONGZI XIAOBAI WORKS

吉林摄影出版社

·长春·

图书在版编目（CIP）数据

世界第一的公主殿下.3/公子小白著.--长春：吉林摄影出版社，2016.11
（意林轻文库.恋之水晶系列022.公主篇）
ISBN 978-7-5498-2786-2

Ⅰ.①世… Ⅱ.①公… Ⅲ.①长篇小说–中国–当代Ⅳ.①I247.5

中国版本图书馆CIP数据核字(2016)第254446号

世界第一的公主殿下Ⅲ
Shijie Di-yi de Gongzhu Dianxia Ⅲ

著　者	公子小白
出版人	孙洪军
总策划	安　雅　张　星
责任编辑	施　岚　胡晓路
图书统筹	凉小葵
特约编辑	杨　宁
绘　图	E.Pcat
书籍装帧	胡静梅
美术编辑	张云丽
开　本	700mm×1000mm　1/16
字　数	330千字
印　张	17
版　次	2016年11月第1版
印　次	2017年10月第3次印刷

出　版	吉林摄影出版社
发　行	吉林摄影出版社
地　址	长春市泰来街1825号
	邮编：130062
电　话	总编办：0431-86012616
	发行科：0431-86012602
网　址	www.jlsycbs.net
经　销	全国各地新华书店
印　刷	河北鹏润印刷有限公司
书　号	ISBN 978-7-5498-2786-2　　定价：26.80元

版权所有　侵权必究

如发现印装质量问题，请与ření部联系退换，电话：010-51908584

目录 Contents

001 Chapter 01
开端 × 烟花

025 Chapter 02
阴谋 × 柳原社

051 Chapter 03
试炼 × 芳菲

067 Chapter 04
夏姜 × 任萱

091 Chapter 05
歌剧 × 礼物

117 Chapter 06
堂妹 × 兰铃会

143 Chapter 07
工厂×老人

183 Chapter 08
父亲×浮士德

203 Chapter 09
毕业×舞会

229 Chapter 10
告白×终焉

259 Chapter 11
尾声

263 后记

Chapter *01*
开端×烟花

她知道自己在做梦。

白色的花瓣在风中飞舞,像下着极大的雪。绿瞳少年长发扎在脑后,穿着极为正式的格纹西装,手里捧着一大束香槟玫瑰。她能看到他嘴角的微笑,感受到他胸膛里紧张的心跳,他温暖得就像午后落在杯盏中的阳光,美好得就像少女在花园里的甜梦。

他的双唇开阖:"小桃,接下来的半年,我打算出去旅行。"

出去旅行?去哪儿?还会回来吗?

她张开嘴,却发现自己发不出声音。她拼命地举起双手朝他挥动,却发现他似乎看不见。

画面陡然转暗。再睁开眼时,是一间夕阳下的钢琴教室。红发男生坐在钢琴椅上,背影挺拔,身形修长,他的双手跳动在黑白相间的琴键上,弹奏着一首不知名的曲子。

夕阳洒满室内,红发如火焰燃烧。

他脸上有张白色面具,面具下的双眸也是火红的。她心里一喜,快步走上前去,把手搭在男生的肩上。

"我认识你,对不对?"她激动地大声问,"我记得你,可是我不记得我自己了。你认识我吗,告诉我,我是谁?"

跃动的手指在琴键上停下来。过了片刻,他伸出手,摘下那张碍眼的面具。

她的心怦怦直跳。男生长得真好看,比她见过的所有男明星都好看,像欧洲名画里高贵的神明,穿透画布降临在钢琴教室。

男生炽烈的目光移到她脸上,打量片刻,说:"我叫夏炽,我认得你,你是柳原淳子。"

她猛地后退了一步。

不对……她不叫这个名字……

男生看出了她的怀疑,指着她的头发肯定地说:"我认得这个发型,你就是柳原淳子。"

她伸手一摸,摸到自己耳边的短发,参差不齐,像狗啃的一样。巨大的恐惧吞噬了她,她用力摇头,又往后退了几步,她不是柳原淳子,绝对不是。

那么,她是谁?

唐桃从梦中惊醒。

Chapter 01
开端 × 烟花

一睁眼就看见墙上挂着的时钟，时针刚过7点，分针指向5分，晨光透过窗帘洒进来，在墙上留下斑驳的影子。唐桃在被子里扭动两下，觉得四肢都很酸痛，深吸一口气坐起来，用力揉揉脸。

真晦气，开学第一天就做这种梦。梦里的男生是菊和夏炽啊！这都能忘？

唐桃把睡乱的头发用皮筋扎起来，洗漱好，换上夏季校服。从今天开始，岚组成员正式步入了高三下学期，和所有的毕业生一样，即将面临人生中最重要的选择。

唐桃照了照镜子，拎着书包快步跑到楼下。岚组宿舍是豪华的两层别墅，两名学生合住，此时唐桃的舍友正坐在客厅的餐桌旁，跷着腿，悠闲地翻看当天的报纸。见唐桃下来，他的动作立刻顿住，视线像一盏探照灯一样，牢牢锁在她脸上。

唐桃头也不抬，就当没看见，绕到厨房去拿前几天剩下的全麦饼干。

刚坐下来，身后的椅子被人敲了敲。

"过来坐。"

夏炽脸色从容，用指节敲了敲身边的椅子。两碟喷香的现烤三明治寂寞地放在餐桌上，没人去吃，场面似曾相识。

唐桃抱着饼干，倒了一杯矿泉水，倔强地坐到客厅另一头的沙发上。

夏炽烈焰般的目光沉了沉，线条优美的薄唇抿起来，他以为唐桃还在为那件事生气。暑假在意大利的时候，夏炽为了通过Lukas教授的考验，必须要假扮成另一个人度过假期，不能告诉唐桃实情。为了这件事，他确实费尽心思地欺骗了她，也在感受到她的伤心之后，深深地后悔了。

所以才特地起那么早，做了两人份的早餐。这可是破天荒的讨好方式，能上头条的那种。

夏炽伸手揉了揉太阳穴，有点儿头痛地叹了口气。他侧过身，用手臂支着脑袋，沉声问："那么，唐小姐，你是打算一辈子都不理我吗？"

低沉好听的声音，带着些困倦的沙哑。唐桃肩膀一抖，连忙又往嘴里塞了一块饼干，不管过了多久，和夏炽独处她还是会紧张。

唐桃其实不生气了。虽然夏炽确实骗得她很惨，意大利之行也绝对算不上愉快，但是每当唐桃闭上眼睛，都能看到白骑士节期间，夏炽为了她而下跪的样子。她成了夏炽通往梦想道路的阻碍，让他的膝盖上沾染了尘土，那是如此光辉耀眼的夏炽啊，怎么能为了她犯的错误走下神坛，向别人低头请求宽恕呢？

所以这不是气愤，而是内疚。二者虽然不同，但表达方式差不多。

在心里把自己和修同时骂了一万遍，唐桃吸了吸鼻子，准备上学了。

夏炽立刻放下手中的报纸,抢先一步迈着长腿去换鞋子。唐桃脱口而出:"你干什么?"

"我是学生,当然是去上学。"夏炽面不改色地换好鞋,对着门口的镜子整理了一下自己的领带,然后回头,煞有介事地说,"别跟着我。"

唐桃又愣了下,今天的夏炽实在奇怪——从宿舍到岚组所在的教学楼只有一条路啊!

她只好拎着包走得很慢很慢,和夏炽保持着七八步的距离。她盯着他挺拔的背影看,忽然反应过来——他不会是在逗自己开心吧?

真的假的……那个以孤傲和冷酷著称的夏大男神?

唐桃的嘴角忍不住弯了弯。

她悄悄往前跑几步,缩短两个人之间的距离。近到脚尖能碰到他朝阳下的影子,但又不会让他发现。

这样她不至于会失去他,但同时也是自由的。

两个人一前一后,各怀心事地走进了岚组教室。没想到教室里已经很热闹了。

"您真是日理万机,这么晚了才肯大驾光临。"莫明雪支着下巴坐在第二排,说话还是那么讨人厌,"了解你的人呢,知道你没什么时间观念,经常间歇性迟到。不了解你的人呢,还以为你被伤心事打倒,哭爹喊娘不肯上学了呢。"

莫明雪虽然言辞刻薄,但其实是最关心唐桃的人之一,她很清楚唐桃在意大利经历了什么,有点儿担心她的精神状态。唐桃和她对视两秒,笑起来,用力拍拍自己胸口:"这个你放心,我可是孤儿院长大的,没有爹娘可以喊!"

莫明雪睁大了美丽的杏眼,"扑哧"笑出声:"你也就剩下乐观这一个优点了。"

两个人闲聊间,夏炽已经手插着口袋坐到自己的位置上,开始闭目养神。唐桃依次和岚组的其他成员打过招呼,也走回座位,摊开一本厚书,努力克制住自己想要往右边看的冲动。

右边座位的主人,那个开朗、温柔、有着黄金般灿烂发色的男生,和自己辞别,独自留在了意大利那个陌生的国度。桌上的漫画书还摊开着,是一部唐桃不爱看的搞笑漫画,被人翻得皱了,上面落了一层薄灰。时间还停留在那个炎热的暑假,大家离开教室的时候——那个时候,他还在自己身边。

唐桃眨了眨眼,忍下眼眶里的酸意,强迫自己去看书。

Chapter 01
开端 × 烟花

夏炽的影子从左侧落下来，静静笼罩在她身上。

八点二十分，教室墙上的电子触摸屏（黑板）忽然闪了闪，亮了。一行欢快活泼的字蹦出来，带着一如既往的欢乐气氛。

同学们，暑假过得怎么样啊？有没有想念你们的真夜老师？

"过的好得很，没工夫想你。"第一排的月城叶不屑地说。

"我去海外旅行了一圈，晒黑了好多，还在太平洋上捕到了一条两米长的鲨鱼。真夜老师？是谁来着？"阿娜妮盘腿坐在椅子上大笑。

"我很好，谢谢真夜老师。家父要我转达，改日请您来月城宅喝茶。"月城田端庄地微笑。

"嗯。"越七意味不明地附和了一声。

真夜老师一出现，教室里更加热闹了，这个从来不在人前露面的神秘班主任，比起教师更像是个恶劣的朋友。唐桃很怀念岚组里独有的愉快氛围，心情也逐渐好转，她扫视教室一圈，发现居然缺了夏姜。怪了怪了，那个最爱凑热闹的小正太，平时只要有能聚在一起的机会，绝不会缺席的啊。

大屏幕上不断跳跃出新的文字。

大家暑假过得好，我也就放心了。今天呢，主要是跟大家说明两件事情。第一，你们都收到学校发的志愿书了吧？虽然岚组的成员不强制参加高考，可以通过特招通道进入各所大学，但你们已经高三，是半个大人了，应该对自己的未来有一个清晰的规划，如果没有，现在就开始想。我需要你们在十二月底毕业之前上交表格，一旦提交，不可修改。

"我爸要我别念了，回家跟着他管理葡萄酒庄，说读那么多书没用。"阿娜妮穿着运动鞋的脚跷在桌上，不安分地抖来抖去。

那就填家里蹲大学——大屏幕淡定地回答。

"我和月城叶毕业之后应该会回日本读大学，我想念日本古文学，但她的专业还没定下来。老师，您有什么建议吗？"月城田微笑着问。

让她念体校吧，肯定合适——大屏幕温情地建议。

唐桃把椅子往前移了移，探出上半身，对坐在左前方的莫明雪说："你呢，决定好去哪里了吗？我记得你很久以前好像提过，要去美国读书。"

"是啊，按照原计划我现在已经走了，不过这半年家里的生意很忙，我要留下来打点，所以可能会跟你们一起毕业。"莫明雪回过头，看见唐桃瞬间亮起来的眼睛，嫌弃地"啧"了一声，"我事先警告你，不要再给我添乱。我这半年有正经事要做，

不是留下来给你当保姆的。"

"我知道你舍不得我。"唐桃衷心对莫明雪留在国内的决定表示赞同,脸上的笑容都快漫出来了。

教室前大屏幕上的花体字持续蹦出来,带来了第二条消息。

还有,我要给大家介绍一个新伙伴,从今天开始正式转入红石学园,成为岚组的一分子。她是一位享誉国际的钢琴手,这次作为交换生来到我们学园,希望大家能好好相处。在座的某些同学,应该也很熟悉她。

大屏幕闪了闪,忽然朝着教室大门的方向打出一个大大的箭头——让我们欢迎,柳原淳子同学!

莫明雪和唐桃同时"啊"了一声,原本都快睡着的夏炽也抬起头,眉头深深蹙起来。

"大家好!我是柳原淳子!"大门被人用力拉开,活泼的短发少女一蹦一跳地跑了进来,穿着红石学园的白衬衫和格子裙,胸口别着岚组的"L"字母徽章,"我今天起床晚了,差点儿迟到,这个学园也太大了吧,从我住的地方开车到这里用了半个小时!哦对了,你们可以直接叫我淳子,如果有什么好听的外号的话,我也不介意你们喊啦。"

柳原淳子的中文居然说得很溜,还是在意大利见到的那副样子,笑容飞扬,眼眸灵动,皮肤黑了点儿,不知道在哪儿晒成了小麦色。莫明雪一看见她,心情立刻下降五十个百分点,用力一拍桌子,大声问:"你又要搞什么鬼?"

莫明雪可不会忘记,在意大利的时候柳原淳子是怎么为难唐桃,怎么四处闯祸,又给自己和陆长歌添了多少麻烦。谁知柳原淳子看见她却很高兴:"莫姐姐,好久不见!还有夏炽,才过了几天,你怎么又变帅了?"最后,她的目光落在唐桃苍白的脸上,黑眸闪了闪,像撒娇一样笑嘻嘻地说,"还有姐姐,好久不见,我们在意大利都没来得及好好道别,你有没有想我呀?"

四道视线同时投过来,落在浑身僵硬的唐桃身上。在意大利发生的事情并不是岚组的每个人都知道,月城田看见淳子的时候,还以为唐桃掌握了分身术呢。两个人的眉眼实在太相像,而那声响亮的"姐姐"更让人浮想联翩。

不明真相的群众们回过头,期待一个解释。

唐桃尴尬地摸摸头发,不知道该说什么,真夜老师难得体贴地救了场,继续在屏幕上打字。

淳子,你就坐在唐桃右边的那个空位吧。

Chapter 01
开端 × 烟花

"得令!"

柳原淳子喜笑颜开,连跑带跳地走到空座位前,把书包扔在椅子上。唐桃连忙伸过手,把原先堆在桌上的书本都拿过来,紧紧抱在怀里:"你坐吧,椅子是干净的,但桌面上有点儿灰,可能要擦一擦。"

"姐姐,一会儿放学后,我有很重要的事情跟你说。"

她一点儿也不介意灰尘,两只手撑在桌上,身体靠近唐桃。柳原淳子就像早春的花瓣,随风带来了隐秘的消息,唐桃能感觉到她是为自己而来——然而消息的好坏,谁也无法预料。

一上午都在惴惴不安中度过,虽然手里握着笔,却连一个字也没听进去。好不容易挨到中午,唐桃盘算着悄悄开溜,手臂却被柳原淳子一把拽住:"姐姐,你可别想跑啊,我是红石学园的新生,你不带我逛逛校园吗?"

"自己没长腿吗?"莫明雪冷酷地问。

柳原淳子夸张地摆了摆手:"我昨天才从意大利飞过来,折腾了那么久,没睡几个小时,连饭都没怎么吃。不愿意带我逛校园,至少要把食堂的位置告诉我吧!"

"出门左转,然后右转,一直走,然后再右转。"

"要不你画张地图给我?"

"画什么地图?找不到就问人。学园就这么点儿大,难不成能饿死你吗?"

"好了好了,你们别争了。"唐桃夹在两个人中间,听得头疼,"算了,我带你去食堂吧。"

是福不是祸,是祸躲不过,看来柳原淳子是缠定她了。唐桃长叹一口气,收拾好东西站起来:"你去哪儿吃?"

虽然问的是莫明雪,但眼角余光却瞥着夏炽。

"下午岚组没课,我要回公司,不和你们一起了。"莫明雪优雅地站起来,甩了甩齐腰的黑色秀发,"姑且告诉你,我的手机一直开着。"

唐桃心口一暖,用力点点头。

她的目光又转到夏炽身上,看见他紧锁的眉头和眉宇间若有若无的凝重,夏大男神专属的冷酷气场冻结了方圆一米的地方,让人不敢靠近。

这几天来,时常会见到他这个表情。

唐桃拎起书包,简短地对淳子说:"走吧。"

柳原淳子的中文说得很好,却是第一次来中国。

她兴高采烈地跑在前面,不停地朝路边走过的学生们挥手,对学校里的每一栋建筑都发出赞叹,并且大声赞美红石学园的蔷薇迷宫真漂亮。唐桃被她的快乐感染,有点儿好笑:"你不是经常出国吗?国外这种绿植迷宫很多的吧?"

"可是那些迷宫都在皇宫的后院,不是在学校里啊。"柳原淳子对着湛蓝的天空举起双手,非常羡慕地说,"要是以前我的学校也有这么美就好了,那我肯定舍不得离开。"

对这个从小就在日本和欧洲之间来回旅行的女孩子来说,她的生活一直被练习钢琴和国际比赛包围着,很少有享受学园生活的时间,也没什么要好的朋友。唐桃听她这么说,往前走了几步,指着一栋光滑洁白的大理石建筑:"喏,这就是餐厅了,吃了这里面的东西,你会更舍不得离开的。"

"哇!"柳原淳子惊讶地张大嘴,"这是餐厅?你要是不说,我还以为是什么学园博物馆嘞!"

唐桃把柳原淳子带进餐厅,跟她大概说了一下餐品分布的位置,然后弯腰看小黑板上的主厨推荐菜单。钻研了一整个暑假,餐厅师傅卖力地刷新了菜品,光看名字就十分诱人。

头盘——法式松露鱼子酱

汤品——北欧海鲜浓汤

副菜——地中海式甜虾色拉

主菜——威灵顿牛柳

甜品——提拉米苏

茶——大吉岭红茶

"给我一份推荐菜单吧。"唐桃说着,解下胸口那枚"L"字母徽章,岚组的成员在餐厅里用餐,只需要刷徽章就可以结账,"淳子,海鲜能吃吗?"

听不到回答,她又问了一遍:"淳子?"

"姐姐,我要吃这个!"

柳原淳子的声音远远地传过来,她站在卖麻辣烤串和川味火锅的窗口前,兴奋地对唐桃大力挥手。

红石学园的餐厅虽然对全体学生开放,但餐品的价格之间差距很大,家境普通的学生能够负担得起简餐的费用,但是一般不怎么去昂贵的西餐窗口。唐桃本来想,既然柳原淳子是日本人,那就带她换个口味吃西餐,毕竟这里的西餐还是很好吃的。

Chapter 01
开端 × 烟花

哪知道淳子长得乖巧，偏偏口味这么重。

"小姑娘，想吃什么？"居然看见一个岚组的学生站在了自己的窗口前，餐厅师傅激动得满脸通红，颠锅的手也更加卖力，"我们这儿的招牌菜是爆炒田螺、川味麻辣串和冰火小龙虾！"

"你刚刚说的招牌菜，一样来一个！"柳原淳子趴在玻璃上看了半天，继续说，"我还要卤味鸭脖、麻辣鸭胗、烧豆皮……再来两瓶汽水吧！"

"好嘞！"

唐桃走过去帮柳原淳子刷卡，没过一会儿就被普通班的学生们强势围观了。她压低声音对淳子说："你没来过中国，菜名报得倒很溜啊。"

"那当然，我以前在日本的时候，做梦都想来中国吃好吃的，每天都看着电视上的各式菜肴流口水。我还养了只猫，叫麻婆豆腐呢！"

唐桃望着淳子脸上的笑容，忽然恍惚了一下，当初她刚转学进红石学园的时候，被夏姜领过来吃饭，也是对什么东西都很好奇，对所有的挑战都着迷。柳原淳子从餐厅窗口端起巨大的餐盘，上面摆满了各种卤味和炒菜，吃力地对唐桃说："我们赶紧找个地方坐吧。对了，你吃什么？"

"和你一起吧。"唐桃微笑，把徽章重新别回胸口。

不得不说淳子点的菜很好，唐桃尝了两串麻辣鸡胗，鲜香麻辣，居然把自己给吃饿了。从旁人的视角来看，就看到两个长得很像的少女，对着桌上堆成山的麻辣串左右开弓，不停喝水压下嘴里的辣意。

"嗞——这个辣椒真过瘾啊。"

"是啊，我在这儿待了那么久，都没发现这么好吃的东西。"唐桃豪爽地抓起两串牛肚，"而且我知道原因，因为夏姜喜欢甜食，又总是拉着我吃饭，所以我几乎没离开过西餐区。"

"夏姜是谁？"淳子吃得满脸通红。

"他是夏炽的弟弟，今天不知道为什么没来。过两天你应该能见到的。"

"哦！这么说他也是学园长的儿子了？"

"对啊，而且他的脾气和他哥哥一样差。"唐桃用一串海带点着桌面，煞有介事地说，"不对，应该是各有各的差，差的方式不太一样。"

"哦！"柳原淳子频频点头，不断地把大碗里的麻辣串递给唐桃，忽然冒出来一句，"那你呢，你有兄弟姐妹吗？"

唐桃咀嚼的动作立刻僵住。看吧看吧，该来的还是来了，柳原淳子千里迢迢转来

红石学园,总不可能是为了吃麻辣串吧?

唐桃擦了擦嘴角的红油,喝了口水,清清嗓子:"据我所知,没有。"

"哦,这样啊。"柳原淳子依旧低头撸串,不停地张开嘴巴大口呼吸,"我倒是一直挺想要个姐姐的。你想想啊,有了姐姐之后,你闯祸她能帮你扛着,你饿了她能帮你煮夜宵,你们可以一起打游戏,只要她陪着你,父母就不会管你晚上在外面闲逛多久。像个守护神一样,多棒啊。"

唐桃紧张地抿唇,放在膝盖上的拳头握紧了。以自己多年来的学霸经验,在一番抒情过后,淳子一定会开始讲重点。果不其然,柳原淳子也放下了麻辣串,咕噜喝了两口水,抬起头,用非常严肃的表情和她对视。

来吧……唐桃在心里无声地呐喊。

"我觉得鸭胗挺好吃的,要不再来一盘?"柳原淳子认真地问。

"啊?"

"对啊,一整盘我吃不完,你要是不想吃,我就不点了。"

"那……那你早上不是说,有很重要的事情要告诉我吗?"

"对呀,我不是已经告诉你了吗。"柳原淳子挥舞着手中的竹签,有理有据,"我要告诉你的事情,就是'我有很重要的事要告诉你'。"

"那么,事情的内容是?"唐桃问。

"无可奉告。"柳原淳子嘿嘿一笑,冲她吐了吐舌头。

唐桃无力地靠在椅背上,期待着什么的自己简直就是个傻瓜。柳原淳子又自顾自吃了会儿,看她没再动手,问:"吃饱了?"

唐桃点点头。

"那你就先回去吧,我还要吃好久,不耽误你的时间了。"

唐桃本来想说没关系,毕竟淳子是学校里的新人,还是等她吃完,再送回宿舍比较妥当。可是一来唐桃确实有事,耽误了一个暑假的兼职打工,现在要加倍努力赚钱,二来她的心里很乱,脑袋像个大仓库一样塞满了很多东西,毫无头绪,需要整理的时间。

"不用担心我,我一会儿叫人来接。"看出唐桃的顾虑,柳原淳子体贴地说。

"好,那……我就先走了。"

唐桃歉意地笑了笑,收拾好自己面前的竹签,站起来往门口走。没走几步,柳原淳子忽然从背后叫住她,一个小小的东西划着抛物线,落到唐桃眼前。

是一块抹茶口味的小糕点,包装非常精美,上面印着"柳原社"的字样。

柳原淳子冲她扬起了手，握成拳头在头顶挥了挥，轻声说了一句话。唐桃读出了口型。

"加油。"

晚上九点半，市区的小便利店。

从意大利回来之后，唐桃和以前打过工的店长商量，把自己的打工时间调到晚上六点到十点，并且每隔一天休息一次，以保证自己有足够的学习时间。过了营业高峰，小便利店里客人逐渐减少，不停忙碌的唐桃也终于有空休息一会儿，打开一瓶汽水喝了起来。离下班还有将近一个小时时间，唐桃用手机浏览网页，不知不觉又逛到了红石学园的官方贴吧。

贴吧是个好玩的地方，每天都有很多人在上面吐槽老师和分享八卦，其中最火热的就是名为"岚组扒一扒"的加精帖，总是会流出一些关于岚组的小道消息。针对岚组的每一个成员，楼主都做了从性格外貌到家世背景的详细科普，并对他们与身边异性的关系进行精准的定位和描述，时不时会爆发大规模的掐架和网络战争。在唐桃转学之前，夏炽那部分一直都是个谜，自从揭穿了夏炽的男生身份，他的人气一举从女神第一飙到了男神第一，从某种程度来说算是唐桃的功劳。

唐桃翻看着热门八卦，都是些老生常谈，楼主似乎很久没更新了。翻到最后几页，一张照片忽然吸引了她的注意，那是用手机偷拍的照片，两个岚组女生站在餐厅的领菜口前，端着硕大的麻辣串餐盘。下面的评论超过了百条。

"左边的这个女生是唐桃吧？就是莫名其妙进了岚组的那个草包。"

"是啊，就是她。暑假的时候去了意大利，前两天才回来的。"

"我看她不爽很久了！居然和夏男神住在一起！学校是怎么回事，也不管管！"

"岚组的人都和学校董事会有关系，走后门进来的，还不想干吗就干吗，轮得到你说吗？"

唐桃看得十分郁闷，她哪里草包了，每次考试不是第一名就是第二名好不好？再说了，他们以为和夏炽一起住很愉快吗？和那个性格阴晴不定，前一秒暖得像太阳后一秒冷得像冰川的大boss（大人物）住在一起，简直是对人类的耐力和智力的双重考验啊！

评论还没完，唐桃又往下翻了两页。

"右边那个女的是谁？也是岚组的？没见过啊。"

"那个是柳原淳子，很有名的钢琴手，我妈买过她的CD（激光唱盘）。"

"这么厉害的人物怎么转到岚组去了?"

"不知道,估计也是靠关系,你们不觉得她和唐桃长得很像吗?"

"是啊,我早就想说了,超像呢!"

"你们别骂我女神,柳原淳子比唐草包好看多了!眼睛有神,腿也细,而且很有才华,哪像那个唐桃只会死读书!"

唐桃握着手机的手颤抖了起来。唐草包?她怎么不知道自己在学校里还有这个诨名?柳原淳子比她长得好看?确实,淳子的性格更活泼,笑起来也讨喜,可是明明两个人的腿一样细,自己还比淳子高那么一点点呢好吗!

愤怒地登录自己的账号,一贯低调的唐桃咽不下这口气,准备反击了。

"针对以上同学的建议,现在本人推出自己的宿舍租借服务,一天五百块,包月五千块,让您体验与男神面对面的近距离接触,并感受对方春风一样的温暖。"

还嫌不过瘾,唐桃的手指在手机上飞快地敲击着,准备一条条反击那些骂她的人。没等她敲完,帖子下的那些留言忽然被逐个删掉了,并不是所有,而是针对唐桃的谩骂和侮辱。由于没有上一条可以回复,唐桃打好文字也发不出去,她翻到贴吧最上方,发现唯一拥有删帖权限的就是贴吧的吧主——名为"清水cq"的ID(登录号)。

头像是一张"I LOVE 宅(我爱宅)"的图片,好像有点儿眼熟。

唐桃皱着眉,脸贴近了屏幕。

一瓶无糖红茶被人放在柜台上。唐桃的目光还停留在手机上,随手扫了一下条码:"一瓶红茶,五元。"

"是吗?"客人的声音冷冷清清的,"那我花一百瓶的钱,就能在你的宿舍里住一天了。"

唐桃拿着扫码机的手抖了下。过了一会儿,她抬起头,嘴角挂上心虚的笑容:"你……你怎么来了?"

夏男神的双手插在口袋里,眸色深沉。那是心情不好的前兆。

"我就这么便宜?"

"哪里哪里,我可没这么说……"唐桃尴尬地笑笑,把手机迅速塞进口袋里,"别说五百了,给我五百万我都不租,不租。"

夏炽居高临下地低着头,盯着她涨红的脸看了好一会儿,眼里漾起轻微的笑意:"你不是不跟我说话的吗?"

"啊?"

Chapter 01
开端 × 烟花

"今天早上你不是不理我吗?"

唐桃一下噎住了:"可……"

"可什么?"

唐桃语塞,气势汹汹地瞪着他,一把抓起红茶塞进他手里:"买好了赶紧走,我还要工作呢。"

"我还没付钱。"

"不用付了,我请你!"

唐桃从自己的钱包里掏出五块钱,麻利地放进收银机,然后抬头露出微笑,一副送客的架势。夏炽脸上一直保持着若有若无的笑容,看了一眼手里的红茶,又看了一眼她:"既然你请我喝饮料,我也应该回礼才对。"

他瞥了一眼墙上的挂钟,爽快地走出便利店:"十点下班吧?我在门口等你。"

夏炽没有走远,就靠在便利店外的拐角处,抬头望着夜空,不知道在想什么。唐桃心不在焉地继续收银,总忍不住偷偷看他,脑袋里拼命寻找他半夜来找自己的理由——倒不是找不到理由,而是理由太多,不确定是哪一条。

是来和她说在意大利发生的事情?

是来问她柳原淳子的事情?

或者是凑巧路过这里,想和感情很好的室友一起回学校?

怎么想最后一条也不可能。

令人窒息的等待里,钟表的指针很快指向了十点。唐桃换下收银员的外套,和夜班的工作人员做好了交接,按捺着越来越有力的心跳,拿起包慢慢走了出去。

夏炽背对着她站在一片深蓝的夜色中,两只手插在裤子口袋里,深红的短发被风吹乱,却没有一丝不耐烦的样子。

唐桃有些走神,总觉得眼前的景象很像《小王子》里的一个画面,孤独的王子仰头望着星空,数以万计的流星从天空划过,那些灿烂的光影像鱼一样游走在他的眼睛里。

看见唐桃从店里出来,夏炽深红色的眸子微微一凝。

"走吧。"

唐桃听话地跟在后面,往那条长长的坡道上走。

四周非常静谧。耳边有微小清脆的虫鸣,不知名的花香扑面而来,世界像一个芬芳的盒子,把二人温柔地包裹在里面。唐桃闭上眼睛深吸了口气,她的心因为喜悦和

不安跳动得格外厉害,不知道他是否也一样。

唐桃曾经在书上看到,富有表现力的人,总是更加善于隐藏。当夏炽看着唐桃的时候,她或许能从那双眼睛读到他的想法,可一旦背过身去,他就成了一个无人能解的谜。

两个人很快顺着坡道,走上空无一人的河堤。夜里风很大,满堤都是长草摩擦的沙沙声,好像无数的小动物在脚下钻来钻去。夏炽回头看她一眼,示意她站到自己身边来。

"还记得这个地方吗?"

唐桃点点头,这是她刚来红石学园时,偷看到夏炽演唱歌剧的地方。那个时候,云破日出,他对着初升的朝阳举起双臂的样子,到现在还能引起她的战栗。

夏炽站在河堤高处,对着夜空沉声说:"这片河堤是我十一岁的时候发现的,那时候我母亲已经离开家,我和父亲相处得不好,和夏姜的关系也越来越差。那段时间我从一个最喜欢热闹的小男孩,变成了一个不爱说话的哑巴,只要心情不好,我就会来这里坐一整夜,看着朝阳一点点从河的尽头升起来。"

他指着对岸星星点点的城市灯光,声音听起来有些空洞:"看见对面那些灯火了吗,每一盏灯后面都是一个家庭,每一个家庭里都有一个孩子。我曾经想过,如果我在这里坐一夜,是不是就有人发现我不在,急急忙忙地出来找我。然后河的对岸传来吵闹声,那些群星般的灯光都闪烁起来,他们离开自己的餐桌,离开温暖的客厅,在漆黑的对岸大声喊我的名字,就好像我孤身一人站在舞台上一样。"

"那……后来呢?"

"后来我冻得实在受不了了,也没人来找我,我就转身准备回家,在河堤下发现了我家的车。原来从我出门开始,司机就一直开车跟着我,他们随时知道我在哪里,当然不用担心。"

唐桃听得心里闷闷的,低下头,安慰似的往夏炽那儿凑近了一点儿。夏炽脱下校服外套,披在她肩头,衣服的衬里带着淡淡的体温。他俯下身专注地看着她:"冷吗?"

唐桃不说话,摇头。

"事实上,我早就应该明白,我已经不是当年的那个小孩子,不用每次都偷偷跑到这里来唱歌了。"有力的手掌握住她的肩膀,唐桃抬起头,望进夏炽那双在夜色中熠熠生辉的眼睛,"让我想明白这些事情的,是你。"

"我已经在市歌剧团报了名,后天就去面试实习生,市歌剧团里的高手很多,是个很好的锻炼机会。"夏炽伸出手指,整理她脸上被风吹乱的头发,动作非常轻柔。

"不为我加油吗?"他轻声问。

唐桃在黑夜中睁大眼睛。

他真厉害……

从意大利回来只不过几天,知道了母亲的死讯也不过半个多月,他居然能这么快地振作起来,收拾好心情,并且明确地规划好今后该走的路。他的心就像一支笔直的利箭,一旦射出就绝不回返,而她只因为一个淳子就乱了心神,每天都很忐忑,浑浑噩噩的不知道该干什么。

唐桃像被打了一支强心针,忽然觉得冰冷的手脚又有了力量。她抬头,认真地看着夏炽的眼睛大声说:"加油啊!你的每一场演出我都会去看的!"

夏炽的睫毛颤动,漂亮的眼睛眯起来,像一只打坏主意的狐狸。他忽然转开话题,问:"明天晚上你要打工吗?"

"不用,我是每周的单数日要上班。怎么啦?"

"明天晚上八点,你去找一下莫明雪。"

"为什么?"

她本来还打算明天晚上好好看看书呢。

夏炽摇了摇手上的红茶瓶,神秘地说:"去了就知道了。"

次日下午。

红石学园第一教学楼。

一百多个学生趴在教室外的走廊窗台上,争先恐后地探头往下看。

"那是莫明雪吧?"

"是吧?这么长的头发,我们学校里不就她一个吗?她来这里干什么?"

"不知道啊,找人?"

"找谁?岚组的人找我们普通班的能有什么事?"

"不知道,但肯定不是好事。"

莫明雪焦急地在第一教学楼下踱步,一头乌黑亮丽的长发像旗帜一样随着步伐摆动。楼上的议论声越来越大,她的脸色也越来越不好,拨出号码的手机依旧显示无人接听,并在呼出四十秒后,自动挂断了。

好家伙,居然敢不接电话!

她蹙起那对英气的眉,用力一跺脚,十厘米的鞋跟在泥土上跺出一个洞来。楼上

瞬间鸦雀无声，学生们相互看了看，像什么事情都没发生一样，一窝蜂地下楼往食堂走。他们可不比岚组那么轻松，晚上还有晚自习，再看热闹就来不及吃晚饭了。

莫明雪咬牙，提起那双Burberry（英国奢侈品牌巴宝莉）定制高跟鞋，风风火火地往第一教学楼走去。

什么破地方，居然连电梯都没有！

吭哧吭哧爬上三楼，她怒气冲冲地来到走廊尽头。4班教室的门虚掩着，几个吃完饭的学生正趴在桌子上睡觉，莫明雪猛地抬起脚，"咚"的一声踹开门，离门最近的同学从睡梦中惊醒，"啊"地尖叫了一声。

"陆长歌，你给我出来！"莫明雪气势汹汹地冲进教室，站在讲台上往下扫视。教室右侧的最后一排坐着一个男生，面容清瘦，眉宇凌厉而端正，左眼下有一颗泪痣，给那张清秀的脸增添了一份神秘。

陆长歌漫不经心地抬起头，目光落在莫明雪涨红的脸上："你来干什么？"

莫明雪飞快地奔到他面前，把自己的手机往桌面上一拍，愤怒地说："我今天一共给你打了几个电话？啊？整整八个！一个小时打一次！为什么不接？"

"我是普通班的学生，没有岚组的特权，在上课时间接电话是违反校规的。"陆长歌的声音十分冷淡，"上课的时间是每周周一至周五，每天上午八点到下午五点，如果你不记得，可以回去翻翻红石学园的守则。"

莫明雪心里的火越烧越旺，守则？这个时候居然拿守则来堵她？她"呵"地冷笑一声，两只手臂交叉在胸前："我是不清楚学园守则上是怎么说的，但我很清楚前两天你跟我签的合约上是怎么说的。"

"哦？"陆长歌终于舍得把眼睛从书本上移开，颜色略浅的眸子转到她脸上，"怎么说的？"

"合约上说，在接下来的半年里，你作为我的助理，必须无条件地服从我的指令，协助我处理一切公司及私人事宜，并不得单方面解约。相对地，我每个月会支付给你一笔费用，作为助理的聘用酬劳。你知道这是什么意思吗？"

"什么意思？"

"也就是说，你这半年都是我的狗，我要你'汪汪'你就不许'喵喵'。"莫明雪把手机在桌上拍得砰砰响，"我要你接电话，你就得接电话。"

"你说的没错，但不全对。"陆长歌露出无声的冷笑，"我和你签合同的时候，提出过履行这些义务，要符合以下三个条件：一、不得占用我的必要学习时间；二、不得干预我的私人生活；三、不得暴露我和你签过合约的事情。"

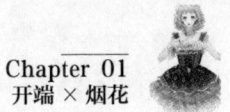

Chapter 01
开端 × 烟花

莫明雪怔了怔。

"你在上课的时候给我打电话,是在占用我的必要学习时间,你要我对你无条件服从,是在干预我的私人生活,而你气势汹汹地跑来第一教学楼,把我和你签约的事情闹得尽人皆知,也违反了我提出的第三个要求。"陆长歌面无表情地看她,目光十分锋利,"你没有什么想说的吗?"

莫明雪本来血都涌上了脸颊,随着嚣张的气焰一点点回落,脸也一点点白了。她羞辱地握紧手机,恶狠狠地瞪着陆长歌:"我找你有急事,属于紧急情况,你说的都不算数。"

"哦?那请问莫大小姐找我有什么急事?"

"陪我去一个地方。今天晚上七点半,在第二教学楼下面等我。"

"我有晚自习,到八点半。"

"那就翘课!"

当面放下命令,莫明雪不给他拒绝的机会,用力一甩头发,头也不回地走了出去。她说得很急,走得也很急,所以没发现陆长歌镜片下的凤眼里,闪过一丝若有若无的笑意。

他还是头一次觉得这个气焰嚣张的大小姐,真的挺可爱的。

同一时间,唐桃已经回到了宿舍,趴在桌子上写作业。

说是写作业,但笔尖点在作业本上一个字没写。她的一颗心全部悬在夏炽昨天晚上说的话上——今晚八点去找莫明雪。

为什么?

说起来,她今天一天都没见到夏炽,那个翘课之神没老实几天,又开始玩起了失踪大法,而且玩得很漂亮。她试过给莫明雪打电话,但对方的心情似乎很不好,嗓音比平时还要尖。莫明雪非常不耐烦地凶了她几句,在挂电话之前,命令她今天晚上打扮得美一点儿,不要给自己丢人。

她平时难道很丢人吗?

唐桃郁闷地叹了口气,把脸贴在作业本上,心情非常沉重。

耳边忽然响起门铃声,她住的这栋别墅位置偏僻,平时难得有访客。难道是夏炽回来了?她立刻整理一下自己的衣服,又在镜子前照了照,然后心脏"扑通扑通"直跳地跑下去开门。

"你回……"

"姐姐！你果然在这里！"淳子没等门全部打开，就从那道狭窄的缝隙里挤了进来，笑容满面地说，"我不是叫你在教室里等我的吗？怎么又跑了？"

"哦，我有点儿事情要做。"

其实是待在教室里静不下心，想早点儿回来准备一下。

"不管这些了，我可以进来吧？"淳子把鞋子在玄关甩掉，两条细细的手臂吃力地抬进一只大箱子，"帮个忙，这个东西实在太沉了！"

唐桃连忙撸起袖子，和淳子合力把箱子拎到了客厅。淳子也不嫌脏，两腿叉开往地上一坐，伸手擦额头上的汗："呼——真的累死我了。"

"你带什么东西来了？"

"我带来的东西，那肯定是好东西啦。"

柳原淳子笑嘻嘻的，问唐桃要了一杯水灌下去，然后坐在地上打开箱子，一样一样拿出里面的东西。有看起来非常华丽的、似乎是红木镶金的古董化妆盒，有一整套看起来很复杂的盘发道具，而最扎眼的还是箱底叠得十分仔细的几套和服，色彩夺目，像是整个夏季在箱底铺开。

唐桃毕竟不笨，看到这些就明白了柳原淳子的来意："你知道我晚上要出去？"

"知道啊。临阵磨枪，不快也光嘛！"

"你是怎么知道的？"

柳原淳子手上忙忙碌碌的，抬头看她一眼："姐姐啊，你是不是天天读书，连人都读傻了？学校里全是宣传海报你没看见吗？"淳子从口袋里掏出一张皱巴巴的纸，塞进她手里，"自己看。"

唐桃摊开海报，"烟花大会"四个大字映入眼帘。晚上八点，在红石湖后面的山坡上举办烟花大会，对所有红石学园的学生开放。

唐桃想到夏炽的话，耳朵忽然红了。柳原淳子把她的反应全部看在眼里，忽然握住她的肩膀，把她按在客厅的椅子上："别看我平时那个样子，帮别人打扮还是很在行的。你放宽心，一定给你收拾得美美的去约会。"

"谁说去约会了……"唐桃低下头。

"嘿嘿，不要害羞嘛。"

柳原淳子抬起她的脸，露出一副专业的挑剔眼神，在她的素颜上打量了半天。由于打工的关系，唐桃具备一些基础的化妆技能，但是在淳子手上挥舞的那些刷子和瓶瓶罐罐，让唐桃觉得自己不是坐在椅子上，而是坐在手术台上。

"淳子，你真的会化妆吗？"唐桃心里有点儿忐忑。

Chapter 01
开端 × 烟花

"那当然，我以前上舞台表演，全都是自己化妆的，如果可以的话，其实连衣服都想穿自己的。"

"哦，你经常上台表演？"

一问完唐桃就后悔了，这不是废话吗，人家年纪轻轻就是享誉世界的天才钢琴手了。柳原淳子没有一点儿不耐烦，像是很愿意和她分享自己的过去，神气地说："是啊，这几年拿到的奖项多，可以不用再去参加那些小比赛了，可是刚刚出道的时候，一天中可能会有两三场比赛，必须一直在车上赶路才来得及。一整天弹下来，我的手指都要断了。"

"啊？这么辛苦啊，是你的家人要求你的吗？"

"不，是我自己要求自己的。"淳子凑近了给她画眼影，乌黑的眼瞳慢慢放大，写满了专注，"真正忙起来了，就不用去想那些让人心烦的事情。我还挺喜欢忙碌的感觉的。"

柳原淳子往后退了两步，像一个画家打量自己的作品一样，眼睛在唐桃的脸上转了好几圈。十秒钟后，她满意地打了个响指："成了！"

"真的？"唐桃连忙找镜子。

"别急，等换上衣服之后再照。"

柳原淳子拽过唐桃，把她拉到沙发旁边，从箱底小心翼翼地展开那些美丽的和服。唐桃还是第一次接触到真正的和服，比自己在电视里看到的还要华丽，细致的纹绣搭配着明媚的色调，像一幅幅生动的浮世绘，每一幅都有自己的故事。

柳原淳子动作轻柔地捧起一件和服，像是怕碰坏了那样仔细："我带来几件适合你的衣服，你都试试吧。"

绛紫飞白的百合纹样、黑底红花的繁针刺绣、浅蓝菱格的双面织绣、简单大气的湖绿印染……柳原淳子仔细地为唐桃披上一件件和服试穿，神色严肃，不像是在给朋友打扮，更像是完成一个庄重的仪式。

试到最后一件，柳原淳子的手指在她肩上停住，然后侧身，往后退了一小步。那是一件浅象牙黄的夏季和服，领口点缀着几朵粉色的桃花，大方却不失精致，洋洋洒洒出氤氲的春天。

灯光将唐桃的短发染成了深棕色，暖黄的色调如瀑布般倾泻，温柔得不可思议。

柳原淳子目不转睛地看着她，片刻，喃喃地说："真像……"

"像什么？"唐桃被她看得有点儿不好意思，"是不是不太适合我？"

"像仙女啦，怎么会不适合！"柳原淳子摇摇头，眼睛弯成两道月牙，"其实穿

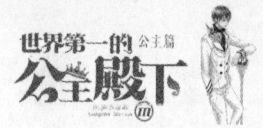

和服更适合盘发，你还是短发有点儿可惜。"

柳原淳子从化妆盒的下层取出一只缀着珍珠的精致发夹，比了比大小，夹在她的头发上。两串粉色的璎珞从发间垂下来，唐桃抚摸着领口的桃花，有些担心地说："这些和服很贵重吧？我看我还是不要穿了，烟花大会在山坡上，很容易弄脏。"

"你很适合它们，所以不用担心这个。"柳原淳子亮晶晶的眼睛盯着她看，"我在意大利给你添了很多麻烦，就当是我给你赔罪的礼物吧。"

"你也知道你给我添乱了？"唐桃忍不住笑了。

"嗯，但是你一点儿也不计较，所以我更加喜欢你了。"淳子笑嘻嘻地说，"晚上我有事就不去了，玩得开心！"

晚上七点五十分。

莫明雪站在唐桃宿舍楼下，交叠着双腿靠在跑车车门上。就连爽朗的夜风都不能驱散她内心的焦虑，莫明雪烦躁地不停用指甲尖敲着手机，瞪着眼睛看手机屏幕上那个"正在呼叫"的图标一直闪。好你个陆长歌，不接电话是吧？

宿舍的门"咔嚓"轻响，唐桃脸上带着少见的害羞，从门后面探出半个头。莫明雪眼风扫过来，语气很不友善："快上车！"

唐桃吐了吐舌头，到底是谁招惹了莫大小姐，让她这一天的脾气都跟炮仗似的。唐桃打开跑车的副驾门，小心地把穿着木屐的脚踩上去，和服的下摆比较窄，活动起来不太方便。莫明雪这才注意到她那身精致的打扮，眼睛在她身上停留了好久，不知道是夸她还是损她："哟，挺拼啊。"

"淳子跟我说，日本的夏天大家都这么穿。"

"她跟你这么说你就信？你脑袋里装的都是什么东西？"

莫明雪的眼光不动声色地扫过她脑袋上那颗玻璃珠那么大的白珍珠，和衣摆上绣工复杂的刺绣，默默在心里估了个价。嗯……似乎比自己那条镶钻的礼服还贵。

唐桃看了她一眼："你今天是吃了炸药吗？"

"我倒宁愿吃炸药，这样就能直接去把第一教学楼炸掉。"

莫明雪猛踩油门，跑车非常潇洒地拐了个弯，贴着湖边的围栏往后山驶去，引起一群学生羡艳的惊呼。校区的教学楼附近有车辆限速，但是湖后面的空地没什么限制，莫明雪把车停在山坡下面，对唐桃说："下去吧，夏炽估计已经到了。"

唐桃脸一红，连忙说："你陪我去吧！"

莫明雪眼睛一瞪："为什么？"

"不是烟花大会吗，而且你晚上也没事，对吧？"

Chapter 01
开端 × 烟花

听她这么说，莫明雪的心里又开始冒火，本来约陆长歌就是不想当唐桃和夏炽的电灯泡，现在被放了鸽子，难道真死皮赖脸地坐在两个人中间吗？

"我一会儿有事，公司里有会议。"

"哦，"唐桃失望地垂下眼，"那就没办法了。"

莫明雪还是一张所有人都欠她钱的臭脸，目送着唐桃转身。在唐桃走上山坡之前，莫明雪忽然说："衣服很漂亮，对自己有点儿信心。"她双手抱胸对唐桃扬扬下巴，"加油。"

山坡上灯火通明。

烟花大会是由红石学园出资、由三个普通班级策划的，沿着山坡长长的腰线，每隔几步就有一些贩卖手工艺品的小摊子，制作人都是学生。

沿途的树梢上挂着红白相间的灯笼，几只飞蛾围绕着灯笼乱飞，光线影影绰绰，拉长的影子如夜的精灵在狂舞。

唐桃本来以为自己的服装会很显眼，一直躲着人群走，没想到山坡上奇装异服的人很多，都是学校里cosplay（角色扮演）社团的成员，三三两两表情夸张地聚在一起拍照。唐桃甚至看到一个人提着青龙偃月刀（当然是模型），在一群学生的欢呼声中耍了一套刀法，场面群魔乱舞。

她原地等了一会儿，没看见夏炽，更没看见本应该簇拥着夏炽的人流，就沿着有灯笼的路慢慢走，很感兴趣地打量着小摊上的手工艺品——有一些学生自制的玻璃摆件、木质玩偶，还有许多非常精致的手工面具。

面具以白色底色居多，模仿日本《怪谈》里的妖怪脸谱，在朦胧的灯光下散发着诡异的气息。唐桃琢磨了一会儿，心想还是不要戴着吓人了吧，没想到一回头，就看到一只惨白的"狐狸"狰狞的大嘴。

唐桃吓得手上的包都要掉了。

"狐狸"面具下的红瞳闪过笑意，目光在她身上转了一圈，压低上半身，在她耳边说："在日本的传说中，狐狸都喜欢漂亮的女孩子。它们会蒙住女孩的眼睛，把她们带到深山里去，然后女孩从此失踪，再也回不来了。"

"别的女孩我不清楚，如果是我的话，我不会跟狐狸走的。"唐桃仰起头，非常肯定地说。

"狐狸"看起来很惊讶："为什么？"

"因为我不喜欢面具。"唐桃意有所指。

"狐狸"愣了一下,眼里掠过一丝无奈。他妥协地伸手摘下面具,把那张十分媚气的狐面扣在唐桃脑袋上。

面具遮住了一部分视线,手心微微一热,他的手非常温暖。

"走吧。"

夏炽牵着她,往山坡的高处走去。

唐桃紧张得心脏都快要跳出喉咙,毕竟这么多人在,夏炽的粉丝群人数众多,万一被看见就糟糕了。

其实谁又会往这里看呢,夜空、星星、深蓝色的湖面……这一切就像是童话里的梦境,美丽又不真实,在梦境里没人会注意到两个牵着手的闯入者。

越往后山走,四周就越静。

在一处能吹到晚风的地方,夏炽停下脚步:"这里好吗?视野比较开阔,看烟花看得清楚。"

唐桃点头。她很害羞,那种十几年来从没体验过的害羞,就好像小学的时候有人逼她上台用破锣嗓子唱歌一样,但又稍微有些不同。别人逼她,她可以不上台。但是现在,却怎么也舍不得放开那只手。

她忽然想到自己之前在网上发的帖子,赌气说出租宿舍给别的女生住,一个月五千可能确实便宜了点儿。可是这只手——唐桃暗暗地想——这只手真的是多少钱也舍不得租的。

两个人在山坡上席地而坐。

晚风拂过,唐桃头上花的缀饰,像有生命一般在发间飘动。

夏炽慢慢松开紧握的拳,修长的手指一根根松开,像张开一张绷紧的弓。

"我今天去见了真夜老师。"他忽然说。

唐桃知道夏家两兄弟和真夜老师的关系很好,却没想到夏炽和老师私下会见面。唐桃好奇地问:"除了你和夏姜之外,岚组的人都没见过真夜老师吧?他长什么样?为什么从来不出现?"

夏炽思索了一会儿,蹦出两个字:"很帅。"

"求照片。"唐桃眯着星星眼说。

"不过没有我帅。"夏炽眯起眼睛,"你看我就好了。"

他的眼睛在夜色中那样神秘,像两颗有温润光泽的红宝石,带着包容而温暖的气质,这样的夏炽是唐桃不熟悉的。说起来,其实几天前夏炽就很不对劲了,他不凶她，不冲她发火，出奇地耐心，也出奇地温柔。就好像意大利的朱利安潜移默化地融入了他的体内，成了他的一部分，又好像……

又好像唐桃的心上有一道巨大的伤口，他看得心疼，所以格外呵护。

唐桃本来还有点儿感动，心想自己用热脸贴了这么久的冷屁股，终于也有翻身的时候了。然而对上他略带犹豫的目光，唐桃忽然清醒了些——不对，夏炽这个人不爱闲聊，很少会跟她说无关紧要的事情，既然提到真夜老师，就一定有他的用意。

她的身体慢慢绷紧："是真夜老师身体不好吗？我记得他好像生病了吧？"

夏炽默默看着她，摇摇头。

"那……那是夏姜出了什么事？我已经好几天没看见他了，他不会被什么人绑架了吧？"脑洞越开越大，唐桃的语速也越来越快。

夏炽继续摇头。他看见身边的女孩神经越绷越紧，神色也越来越慌乱，说出的话开始驴唇不对马嘴，明白是自己的表情吓到她了。

"我有个问题要问你。"他说，"你觉得我有什么优点？"

唐桃一愣："啊？"

"你说出我的三个优点，我就说出你的一个优点。"

唐桃往旁边坐了一点儿，拉开一点儿距离看他，不清楚他在打什么可疑的主意。然而夏炽的笑容完美无瑕，眼睛里更是写满了真诚，仿佛真的很期待她的答案。

"这不公平，凭什么你有三个优点，我只有一个。"

"我的优点远远不止三个，你可以挑重点来说。而你的优点在我看来只有一个，想再找出一个难度实在太大。"

唐桃嘴角抽搐了一下，扬起了嘴唇："你的优点我想想啊……嗯，臭不要脸算一个吧。"

"嗯，算。"夏炽居然笑了。

"自命不凡算吧？"

"算。"他继续点头。

"狂妄自大、目中无人、眼高手低算吧？"

"这和自命不凡是一个意思。"

"那……那得意忘形、非常臭屁！"

"你对我还真是没有什么好印象啊……"

夏炽两条长腿懒洋洋地搭在草地上，手臂撑在膝盖上方，歪着头盯着她看，眼里不知道是苦笑还是无奈。

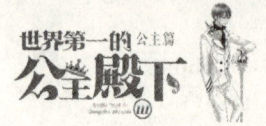

唐桃的心像被那双忧郁而明亮的眼睛狠狠攥住，怎么也移不开视线。

当然还是有一点儿优点……比如有一点儿温柔，有一点儿体贴，有一点儿耀眼……

这些打死唐桃都不会说出来。

"该你了，我的优点是什么？"

唐桃笑嘻嘻地问，心里却有点儿紧张。夏炽的瞳孔缩了一下，坐直了身体，带着郑重的表情与她对视。

他张开了嘴巴。

"啪——"

第一道烟火从后山发射，逆着晚风升到红石湖上空。金黄的尾翼像燃烧着的彗星，毫无顾忌地往深色的天空中冲去，如同一个无所畏惧的旅人，要在旅途中燃烧尽所有的生命。烟花在至高点爆散开来，下起了一场金色的雨。

夏炽和唐桃都停止说话，两个人目不转睛地盯着那道烟火，那样灿烂而短暂的美丽胜过了世间所有的美景。

"啪——"

"啪——"

一道道彩色的烟火比肩接踵地冲向夜空，璀璨的金、热烈的红、静谧的蓝，聚集学生最多的山坡上传来山呼海啸般的欢呼。

唐桃一下子蹦起来，往红石湖那儿走了几步，对着漫天的烟火绽开笑容："这就是你给我的红茶回礼吗？"

唐桃笑着问，她还记得夏炽那天晚上的话。

然而夏炽侧着头，看着她被烟花照亮的小巧的脸——无论要付出什么样的代价，他都不会让笑容从她脸上消失。

"唐桃，我……"

他深吸口气，准备向她坦白今天从真夜老师那儿得到的消息，然而下一秒，脱口而出的话语立刻变成了"小心"。唐桃身后，当所有人都被烟花吸引了注意力，一个鬼鬼祟祟的人影忽然从树林里蹿出来，拿一张白布蒙住了唐桃口鼻。夏炽悚然一惊，立刻往前冲了两步，谁知脑后猛地一阵剧痛！

倒下之前，夏炽看到了身后提着棍棒的人影。

下一秒，他的意识陷入长久的黑暗。

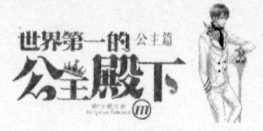

"夏炽……"

"夏炽,你醒醒……"

"喂,醒醒啊……"

低低的呼唤声在耳边响起,很熟悉的声音,带着显而易见的焦急。他的意识像沉浮在酷寒的海水中,无论上下都是一片漆黑,可那声呼唤就像海水中轻轻漂浮的水藻,散发出朦胧的光线,在他的眼前来回摇晃着。

谁?谁在喊他?

他伸出手,想要触摸那团光。

夏炽动了动,缓缓睁开眼睛,两簇炽热的火苗重新在双眸中燃烧。他眨眨眼,环顾四周,然而什么也看不见,只能听到风吹动树叶的沙沙声。

"天哪,你总算醒了,吓死我了……"唐桃的声音从右手边传过来,刻意压得很低,"你怎么样,头还疼吗?记得我是谁吗?记得你自己是谁吗?"

"我难道不是那个臭不要脸又自命不凡的人吗?"

夏炽嘟囔了一声,头疼得厉害,那个人下手又狠又准,似乎很有经验。

等等,那个人?夏炽猛地清醒过来,瞳仁中的火焰跳动。

"你怎么样?有没有事?"

"我没事,我们被绑架了,这里是山坡后面的树林,我感觉他们走了很久,可能已经是树林很深的地方了。"

"你还记得我们是怎么到这里的吗?"

"我也不太清楚,他那个手帕上有迷药,我昏迷了一段时间,醒来就已经在这里了。我一直在装睡,所以刚刚他们离开的时候没发现我已经醒了。"唐桃扭着屁股挪过来,努力靠夏炽近一点儿,压低声音说,"我的手脚都被绑起来了,你呢?"

夏炽试着动了动,手腕和脚踝都用麻绳束缚住,绑得非常牢固,根本挣脱不开。他仰起头,对着顺风的方位轻嗅,空气里有微弱的火药味,今天晚上风大,花的气味传得很远,他们离红石湖应该有一段距离,但还不至于离开学校的后山。

夏炽飞快地分析着目前两个人的处境,以及从这里逃脱的策略,下意识放慢了呼吸,像消失在了黑暗里一样。唐桃见他不吱声,有点儿慌,拿膝盖撞了他一下:"喂,我们接下来怎么办?总不能在这里干等吧?"

"你最近有得罪什么人吗?"

"怎么可能!"

"那柳原淳子有得罪什么人吗?"

Chapter 02
阴谋 × 柳原社

唐桃呆住了:"为什么提到淳子?"

"你今天穿着一身和服,和柳原淳子很像。虽然只是猜测,我觉得那些人很可能是冲柳原淳子来的。"

"那……"唐桃回忆起最近柳原淳子明显藏着心事的眼神,心里跳了一下,"不会吧,难道淳子知道今天晚上有人要绑架她?所以把我扮成她的样子?不可能,她应该不是这样的人。"

夏炽蹙起眉,听她把最近淳子举止怪异的地方说了一遍,沉默了一会儿,叹了口气:"柳原淳子想告诉你的应该不是这件事,她大概还没有胆子雇人来绑架你。"

"那绑匪是想干吗?"她往夏炽声音传来的方向看了看,"劫财?"又看了看自己,"劫色?"

夏炽嗤笑一声:"不管劫财还是劫色,我都比你更有价值吧。"

他说得好有道理,唐桃竟然无言以对……

远处忽然传来窸窸窣窣的脚步声,断断续续的谈话声由远而近,绑匪不止一个人,鞋子在有断枝的地面上踩出不小的声音。夏炽立刻对唐桃说:"他们来了,继续装睡。无论如何都不要出声。"

唐桃立刻闭起眼睛,听话地往后面的大树上一靠,把脖子歪在一边。她毕竟不是那种遇事就惊慌失措的小姑娘,知道现在敌在暗己在明,两个人又没有行动的自由,按兵不动才是上上之策。

耀眼的手电光刺破黑暗。绑匪A蹲下来,毫无顾忌地拿电筒扫着两个人的脸,唐桃紧张地蜷缩起身体,努力不让慌乱表现在脸上。夏炽平静地与绑匪对视,绑匪A"哟"了一声:"男的已经醒了。"

"你是谁?"夏炽问。

"小同学,你不用害怕,我们呢也就是看中了那边的那个日本人,想拿她换点儿钱,绑你是顺便。只要你们配合,我不会为难你们。"绑匪A撤走了手电,笑嘻嘻地说,"不过如果你不配合……嘿嘿,就别怪哥哥我不客气了。这边月黑风高,又没人来,埋在这里很冷的。"

绑匪A自认为这段话讲得条理清晰目标明确,配上右手旋转着的小刀,俨然就是电视剧里恶人的标准形象。可眼前的人质哪有一点儿害怕的样子,少见的深红色眼瞳光芒流转,眉梢眼角都带点儿嘲讽:"你们要绑架柳原淳子?"

"没错,她不是什么天才钢琴家吗,家里又有钱,哥哥我最近缺钱花,就拿她换换钱喽。"

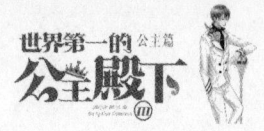

夏炽轻蔑地挑唇:"那你绑她干什么?"

绑匪A倒也不笨,很快警惕起来:"你什么意思?"

"她和柳原淳子长得很像,但其他方面就不太像了,你们想从她那儿劫财,最多也就只能劫个五十块吧。"

绑匪A狐疑地盯着夏炽,脸沉了下来:"小兄弟,她身上的衣服首饰那么值钱,你要编理由也要编个像样点儿的。"

"大概是别人借给她的吧,以她自己的经济实力,连那件衣服上的一块布都买不起。"

唐桃嘴角抽搐——到底是救人还是骂人,你倒是选一个啊!

"等下……"一直站在旁边不出声的绑匪B忽然走过来,把一张手机图片伸到夏炽面前,"你的意思是另一个女孩才是柳原淳子?"

居然是那张在食堂里偷拍的照片,唐桃和柳原淳子一起站在卖麻辣串的窗口前面,画质模糊。

夏炽皱眉:"你们居然上红石贴吧?"

"不然你觉得我们是从哪儿知道烟花大会的消息的?你们这些少爷小姐也真是有闲心,我这儿还吃不饱呢,你们却把钱炸到天上去烧。"绑匪A把刀刃贴近夏炽的下巴,"你们学校是不是还有个岚组,里面都是有钱人的小孩儿?既然这个女孩不能用,你就帮我叫个岚组的少爷小姐出来,行行好给点儿零花钱吧。"

夏炽在刀刃下露出微笑,忽然说:"我确实很有钱。"

"什么?"

"如果你知道岚组,就应该听说过夏炽吧。我就是夏炽,这个红石学园是我家的财产。"

绑匪瞪大了眼睛,感觉一盆金子就这么砸在了自己头上,刚开始绑来的时候没细看,还真不清楚这个男生的斤两。拿起手电筒把他打量了一遍,衣着华贵,气度不凡,尤其那张一看就是混血儿的俊脸——如果不是有钱人,应该也娶不起外国妞吧。

绑匪A乐了,拿手拍拍夏炽的脸:"这就好说了,你叫人过来送钱,我们拿了钱就走,不会为难你们。"

"你拨这个号码。"夏炽报了一串数字。

绑匪A点点头,解锁手机屏幕。就在唐桃以为电话打通了的时候,绑匪A忽然扬起手臂,手肘向下,狠狠地砸到了夏炽的脸上!

夏炽一声闷哼,头往后一偏,被撞断的树枝发出咔咔的响声,听得人心慌意乱。

Chapter 02
阴谋 × 柳原社

唐桃惊得肩膀一抖，声音尖厉地大喊："你别碰他！"

"哟，醒了啊。"绑匪A幽幽地笑了起来，"不揍你的心上人几下，我看你还不舍得出声呢。"

一道阴冷的凉意爬上唐桃的后背，是啊，是自己太天真了，既然对方敢在学园里绑架他们，又有什么事情做不出来？何况这里是学园的后山，连巡逻校警都没有，如果真的激怒这两个歹徒，或许就见不到明天的太阳了……绑匪A攥着小刀，朝靠在树上的唐桃走去，唐桃警惕地往后缩了缩，眼睛戒备地盯着他："你想干什么？"

"我问你个问题，那男生是岚组的吗？"

唐桃回答："是。"

"你和他是什么关系？"

"他是夏家的少爷，我是他的同学，在他家打工。"

这个时候只有把自己说得无关紧要，才不会成为夏炽的软肋。

"哦？一个少爷会和家里的用人约会？还在湖边一起看烟花？你是不是偶像剧看多了？"

绑匪A笑得平易近人，然而笑容底下藏着的冷酷让唐桃不寒而栗，比起一脸凶悍的同伙，显然他才是主谋。

唐桃脸色更白了，一副受惊仓鼠的样子："是我一直在追求他，所以才约他出来的……我们是同班同学，我靠助学金入学，出于学校的立场，他不好拒绝我……"

绑匪A毒蛇一样滑腻的视线在唐桃脸上兜着圈，掏出手机："他报号码，你来通话。你既然能拿到红石的奖学金，脑袋一定很聪明吧？找个理由让他家里人把钱送到市中心×路的邮局前，不许报警，不然我可不保证你心上人的安全。"

"好。"

夏炽没对唐桃的话语做出任何反应，在绑匪的要求下又报出了一串号码，和第一次报得明显不一样。绑匪冷哼了声，拨好号，把手机插进唐桃胸前绑得牢牢的绳子里："不要调皮啊，要是暴露了我们的位置，我手里的小刀肯定比警察快哦。"

绑匪冲她微笑。

电话很快就通了。一个熟悉的声音传了出来。

"Hello（你好），这里是真夜，请问哪位？"

愉快的声线飞扬在树林中央，是真夜老师！唐桃的心怦怦直跳，飞速在脑袋里整理信息，斟词酌句地说："总管先生，您现在在夏宅吧？我和少爷在一起呢。"

"对，我在。"对方只想了一秒，飞快接上，"你是小唐吧？有什么事？"

"是这样的,今天少爷和朋友在外面飙车,不小心把别人的车子给撞毁了,对方要他赔偿。少爷没带那么多钱,正在和对方吵架呢!"

"又撞了?这个月第几次了?"真夜老师的声音忽然拔高,"老爷以前说过,要是少爷再在外面闯祸,就让他自己去卖肾还钱!"说完听筒里一阵噪声,居然是要挂电话。

"可是少爷说他只能求您了!他现在人被对方扣着,就等着您拿赔款过来了!"

唐桃不敢说得太明白,只能尽可能地提醒真夜老师,希望他能从中听出端倪。绑匪一直近距离地观察着她的表情,示意她继续和话筒的那一头沟通。

"总管,您就把钱送到那里吧,到那儿之后让少爷跟您解释!这事要瞒着老爷,千万不能让他知道啊!"

"好吧好吧,服了他了。"真夜老师宠溺地叹了口气,"让他在那儿乖乖待着,不要再和人吵起来啊。"

电话嘟嘟地挂断了。

唐桃喘口气,几滴冷汗从脖子滴进衣领里。绑匪A收起电话,和绑匪B耳语了两句,绑匪B很快走出树林,绑匪A席地而坐,手里晃着那把小刀:"现在我兄弟去拿钱,拿到了,我就放了你们。不会太久的,你们好好配合哦。"

打电话的时候,唐桃的手一直在抖,这时候对上夏炽担心的表情,才反应过来自己的脸色一定很不好。夏炽脸上挂了彩,嘴角青了一大块,然而眼神依旧平静而坚定。他看着唐桃,向绑匪使了个眼色。

唐桃以为他有办法,眼睛一亮。

夏炽淡定地做了个口型,似乎是——"美人计"。

什么?美人计?唐桃张开嘴,几乎不敢相信自己的眼睛。

然而夏炽又认真重复了一遍。

他从容不迫地盯着她,看起来丝毫不像在开玩笑。

刚刚是谁说劫财劫色都冲他来的?

唐桃努力克制着翻白眼的冲动,内心非常挣扎地酝酿了一会儿。这么高端的计谋她只在电视上看过,露个香肩走个光什么的,但都完全不适合现在这个场合啊!唐桃脸色发青,对劫匪结结巴巴地说:"大……大哥……你要绑的是我家少爷,我没钱的,你能先放了我吗?"

"放你回去报案?"绑匪A嗤笑一声。

"反正……反正他也不喜欢我……"唐桃低下头嘀咕了一句,"也就那张脸长得

Chapter 02
阴谋 × 柳原社

好,没什么其他优点……"

夏炽低低地咳嗽了一声。

唐桃看绑匪丝毫没有动摇,努力在脑袋里搜索可以借鉴的撒娇实例——阿娜妮?以她的武力值估计这时候都和绑匪打起来了,而且很有可能把绑匪打个半死,最后自己被抓到警察局里去;月城叶?她那个一点就着的暴脾气,成事不足,败事有余,肯定不能借鉴;学月城田非常礼貌地和对方摆事实讲道理?这种情况下一定没有用。

那么莫明雪?

唐桃一想到她就头疼。

自己身边就没一个正常的花季少女!

"可……可是绳子绑得我好疼啊!"眼看之前的恳求都没有效果,唐桃只好学着以前在TVB(香港电视广播有限公司)电视剧里看到的女二号撒娇的样子,"你就帮我解开嘛,反正这里又黑又可怕,我也跑不掉的喽!"

黑暗中一声闷笑,夏炽那个浑蛋居然在这种紧要关头笑了起来。

绑匪A细长的眼睛闪过一道微光,冲唐桃端详了一会儿,忽然说:"我发现你这小妞还挺有姿色的。"

说完就往前走了两步,蹲下来,一把捏住唐桃的下巴。

夏炽的视线冷厉起来:"你干什么?"

"干什么?你说干什么?"绑匪右手一挥,干脆地割断了唐桃胸前的绳子,粗糙的大手往她的衣襟伸过去。唐桃的双手双脚依旧被绑着,根本没有反抗的余地,急中生智,张嘴一口咬向绑匪的耳朵!一年多来独自抗击黑暗势力的记忆走马灯一样闪过唐桃的脑海——刚入学的时候被莫明雪的手下绑架、去意大利的时候被小混混儿缠上,要不是她唐桃一心向学,说不定真有做女警探的潜质!

她奇异地发现自己并不害怕。因为夏炽近在眼前,所以她不害怕。

张嘴咬了半天,却发现自己咬的是空气。唐桃愣了一下,就看见草地上一对人影扭打在一起。夏炽正好用石头把手上的绳子磨断了,一只胳膊勒着绑匪的下巴,两条腿都锁在绑匪身上,那是最基本的格斗技,用来短时间限制对方的行动。

他面红耳赤地冲唐桃大吼:"快走!"

唐桃立刻说:"怎么走?"

夏炽用力伸过腿,把绑匪手上的小刀踢到了唐桃脚下,唐桃立刻俯下身咬起刀柄,非常艰难地去划绑住手脚的绳子。变故来得太突然,她的整个身体都在抖,小刀几次划到脚踝上,顿时鲜血流了下来。夏炽仗着人高腿长,竟然和绑匪打了个平手,

可是绑匪受过专业训练，动作歹毒狠辣，夏炽很快就无法占据上风，只能拼尽全力护住自己。呼啸的拳头落在夏炽身上，他的眉毛紧紧地皱在一起——那丫头再不快点儿他就撑不住了！

"快点儿！"他朝唐桃的方向大喊。

"我知道了！我在弄啊！"唐桃叼着刀的嘴巴一抖，终于割开了绑住双脚的麻绳，她立刻站起来，要冲上去帮忙。

"往西北方向跑！那边有一个最近的警哨！"

唐桃大喊："哪个方向是西北？我是路痴啊！"

"跑出树林，往教学楼的那个方向！快！"

唐桃的一颗心在胸腔里怦怦直跳，脚跟发软，她知道留在这里是给夏炽添乱，然而落在那副躯体上的拳头让她心惊肉跳。唐桃知道自己不能再犹豫，咬着牙跑出了树林："我立刻过去，你等我回来！"

这种情况下也管不了别的了，她用力撑开和服碍事的下摆，甩掉两只木屐，赤着脚向树林外面狂奔。大风扬起她的短发，唐桃在树林中飞奔如一只灵活的燕子，茂密的树木在眼前分开，一轮皎洁的明月从云层后探出来，照亮她眼前的山坡。

巨大的月亮，遍地银白的清辉。

那不只是今天的月亮，也是以前的月亮，是她十几年的生命中无数次看见过的月光，在一个人的公寓窗前，在无人的操场和放学回家的路上。这样的月光中她永远是孤独的，这样的月光中她永远是恐惧的，在这样的月光之中，她永远都是一个人。

无依无靠的日子，究竟什么时候才是尽头？

泪水冲刷着唐桃的脸颊，她没有时间去管心里的恐惧，心心念念要找到夏炽所说的警哨。

唐桃环顾四周，夏炽推断得没错，这里果然还在红石学园内，从山坡的高处能够看到教学楼哥特式的尖顶。唐桃沿着树林的边缘往左边跑，睁大眼睛害怕错过救命的警哨，一路大声呼喊求救，然而这里实在太偏了，声音传出去很远，又无力地消散在空气中。唐桃的心脏忽然瑟缩了一下，一个可怕的念头浮现在脑海。

夏炽不会是骗她的吧？

难道根本就没有什么警哨？

这时候，她忽然看见了靠近树林边缘的一根红色柱子，上面有个很大的按钮，还有一个刻着公安标志的显示屏幕。

她连忙冲过去，双手还被绑着，就用脸颊去按报警的黄色按钮，显示屏闪烁着亮

Chapter 02
阴谋 × 柳原社

了起来。在令人窒息的五秒钟后，播音孔里传来"咔嚓"一声。

"这里是校警室，请问有什么事？"

"我是岚组的学生，我和夏炽被绑架了！我逃了出来，就在能看见教学楼顶的小树林附近！"

那个平淡的声音在听到绑架两个字后严肃起来："我这儿能看到你所在位置的地标。你详细说一下事情的经过。"

唐桃努力保持着镇定，把事情的前因后果尽可能有条理地叙述了一遍，播音孔里传出沙沙的笔记声。在听到夏炽的名字时，对方顿了一下，忽然问："你是唐桃？"

"对，我是！你怎么知道的？"

"我们见过，"对方安静了两秒钟，"我是常清。"

唐桃一开始没有反应过来常清是谁。然而她在红石学园认识的人本来就非常有限，眼前很快就浮现出教室里第一排的桌子，和那个幽灵一样从来没有露过面的名为常清的同学。

"我……我自己逃出来了，夏炽还和绑匪在一起，很危险！"

"你不用害怕，我这儿已经收到真夜老师的联络，五分钟前校警队已经出动，现在根据你的情报做了位置调整，你待在原地不要动，千万不能回去找夏炽。"

"可是……"

"听我的，留在原地。"对方的声音非常平静，但有一种不可质疑的威严，"你过去也是给他添麻烦，夏炽小时候受过专业的搏击训练，不是那么容易被制伏的。"

唐桃焦虑地咬着唇，觉得自己的手掌从指尖麻痹到了掌心。她不停往来路看，期待着夏炽能够出现，然而过了一分钟，两分钟……他一直没有来。

唐桃忽然扭过身，撒腿往山坡上跑。

她不能让夏炽一个人。

她不能总是理所当然地站在被保护的位置。

她的生活虽然充满波折，但也遇到过许多善良的保护者，这其中有菊，有夏炽，甚至还有莫明雪。

可是没有人能保护她一辈子。

唐桃看起来像一头发怒的小狼。

她借着月光照亮前路，拼命往树林的方向跑，头发散乱，衣衫破碎。还没跑到树林，忽然有只手臂把她的喉咙勒住了，背后一股大力，她狼狈地倒在潮湿的山坡上，

眼前忽然放大一张脸。

是校警,帽子上有红石学园的标志!唐桃高兴得几乎哭出来,扯着嗓子喊:"他们在里面!就在这个树林后面!"

谁知校警却非常粗暴地钳制住她的双手,在对讲机里声音严肃地说:"已经抓到了可疑分子,请大部队立刻前来支援。"

欸?等等,谁是可疑分子?她?

"我不是绑匪啊,你们搞错了!绑匪在树林里面!我手还被绑着呢!"

唐桃用力挣扎,她这个纤纤弱质的女孩子怎么可能绑得了夏炽啊!过了一会儿,校警的身后忽然响起一个平静的声音:"放开她吧,她不是绑匪。"

是夏炽!唐桃一抬头,就看见夏炽被一群校警簇拥着走了出来,满身都是泥土,那张足以征服全校女生的俊脸上青一块紫一块,哪里还有男神榜第一名的样子。

万幸,他看起来没受到什么大的伤害,脸只要休养几天,总能长好的。

"少爷!"押着唐桃的校警一看见夏炽,立刻松开了固定唐桃的手。唐桃灰头土脸地扭动着,向夏炽控诉:"我怎么可能是绑匪!你让他们赶紧去抓那个人啊!"

夏炽冷冰冰的视线扫过她鸡窝一样的头发(在地上揉乱的)、破布一样的衣衫(淳子的)和沾着鲜血(唐桃自己的血)的嘴角,轻轻扯了扯唇:"你看起来真的一点儿都不可疑。"

绑匪没抓到。在绑匪问夏炽要号码的时候,夏炽特地先报了校警处的号码,试探绑匪对红石的了解。对方果然一眼识破,可见已经蓄谋很久,对红石学园的地形也有研究,在察觉到校警的包围后,立刻往树林深处躲藏,顺便给了夏炽的鼻子一拳。

已经有两队校警进去搜索了,但找到的可能性不大,对方像一条灵活的鲤鱼滑入池塘,没留下一点儿痕迹。

一个衣服比较华丽、模样很像队长的校警在对讲机里讲了几句,俯下身:"少爷,学园长很担心您,要您立刻就去见他。"

夏炽的脸色有点儿阴沉。他看了队长一眼:"知道了,我马上过去。"然后走到唐桃身边,仔细地打量她,"还有其他地方受伤吗?"

"没有了……啊,淳子的衣服!"

这么漂亮的和服,现在像破抹布一样挂在自己的身上,唐桃顿时充满了内疚,连死的心都有了。

夏炽叹口气:"这个时候还管什么衣服,一会儿他们带你去校医院,务必好好检查,检查完我叫他们送你回宿舍。今晚会有校警守在宿舍门口,你可以放心。"

Chapter 02
阴谋 × 柳原社

夏炽的脸色并不好看，除了担心之外，眉宇间居然还有一丝隐忧。说完这番话，他立刻转身向警车走去，显得很着急。

唐桃不知道哪根筋搭错了，一把抓住他的手："等等！"

夏炽回过头，盯着她看。

"那……那个，你也要好好检查。"唐桃的脸一红，松开手，"你去办事吧，我不打扰你了。"

夏炽的眸光如朦胧的月色，安静地落在她抖动的睫毛上。他轻笑一声："要是你害怕的话，给我打电话。"

经过两个小时巨细无遗的检查，终于排除了唐桃内出血、骨折或脑震荡的可能性，唐桃在校警的簇拥之下回到了宿舍。被绑架当然是件大事，学校会重视也是应该的，但唐桃明显从中嗅出了不自然的气息，仿佛绑匪在学园出现只是个开始，大家显然还担心着什么更加危险、更加棘手的事情。

回到宿舍后，唐桃没开灯，直接上了二楼，紧紧地锁上房门。夏炽说的没错，校警果然守在宿舍楼下，她偷偷拉开卧室窗帘往外看，能看到路灯下站得笔直的影子。

他们的意思是，绑匪还会回来找自己吗？

唐桃浑身发冷，钻进被窝把头埋进被子里，过了好久才觉得自己的心跳稳定下来。

夏炽被打得那么惨，脸上也挂了彩，要是被别班的女生知道，估计就不会那么客气地叫她"唐草包"，而是要起更加恶毒的外号了。唐桃把手机抓进被子里，盯着空无一物的屏幕看，脑子里忽然掠过一个信息——夏炽好像跟她说，明天要参加市歌剧团的面试来着？

他那张脸怎么去面试啊！

刚刚平静下来的心又慌了，唐桃感觉自己的太阳穴附近隐隐抽痛。

犹豫了半天，打开手机敲字："你看过医生了吗？没事吧？"

过了很久，差不多有二十分钟，夏炽才回话："刚查完，没什么事，鼻子可能撞裂了。"

鼻子撞裂了？那只被女生们誉为如希腊雕塑一样完美的鼻子？唐桃额头渗出汗水："还能长好吗？"

"要是不能呢？要对我负责吗？"

"我没跟你开玩笑。明天你要去面试吧，脸被打伤了，可以延迟几天再去吗？"

"不能延迟,不用担心,天生丽质难自弃。"

没等回话,又陆续有几条短信进来。很难得,夏炽的话居然这么多,像是不知道该如何精准地表述心里的想法一样。

"我还没告诉你你的优点。"

"我认为如果你想,你就能变得非常勇敢。"

"无论你做什么样的选择,我都支持你。"

每个标点都透着认真,每个字都很有分量,可以感受到对方郑重的心情。唐桃无言地盯着短信看了一会儿,她不会逼问夏炽说这些话的理由,因为他一定不会坦白。唐桃并不是傻子,她知道夏炽在以自己的方式保护她。

"如果我选择毁灭全世界呢?"她笑着回答。

隔了一会儿,手机亮了。

"那我也站在你这边。"

唐桃对着那条短信看了很久,连自己都没察觉到的微笑洋溢在脸上。过了一会儿,她关掉手机,拍松了枕头,打算好好睡一觉。明天的事就让明天的自己去担心,如果麻烦始终无法避免,那么至少要保持充沛的精力。

入睡之前,唐桃的眸光越过门边的衣架,又落在那幅乱七八糟的画上。

线条凌乱,结构模糊,然而无论是谁都能一眼认出,画上的人是唐桃。

新学期开始之后,菊就和她断了联络,那个总是围在身边到处乱转的大男孩,忽然像一只挣脱了风筝线的风筝,一下就飞到了看不见的地方。其实唐桃不怕找不到他,也不怕见不到他,她在害怕另外一件事情。

不是有句老话常说吗,吵着嚷着说要离开的人,总是会在最后红着眼睛弯着腰把一地的玻璃碎片拾掇好。

而真正准备离开的人,只会挑一个风和日丽的下午,随意裹上一件外套出门。

再也不会回来。

意大利,米兰。

午后三点。

纯黑的迈巴赫轿车驶入教堂后的小路,像一只优雅的钢琴黑键在司机的操控下飞驰。这是米兰市中心附近的住宅区,旁边环绕着艺术学院,租金不算很贵,所以许多自主创业的学生都在附近租了公寓,一进巷子就闻到一股活泼的脏乱气息。再往前迈巴赫就开不进去了,戴着白手套的司机弯下腰,恭敬地打开后座的门,一只锃亮的皮鞋踏了出来，看得出主人身份高贵，就连鞋底都一尘不染。

瘦高的男人穿着深灰色的西装，打着领带，口袋里的方巾花纹独特，是从拍卖会上拍到的维多利亚时期的珍品。男人走出迈巴赫，眯着眼睛看了一眼脏乱的小巷子，然后在司机的陪同下走上石级，停在门牌上写着"3#"字样的公寓门前。

司机抬手，不轻不重地敲了三下，往后退了一步。男人两只手交叠在一起，视线落在自己的脚尖，这些不安的细小动作出卖了他——他打扮得非常体面，穿着非常入时，可是他很紧张。

门没有在预料中打开，回应男人的是无止境的沉默。男人皱起眉，这次亲自在门上敲了三下，依旧毫无反应，仿佛这不是一扇门而是一只空空的贝壳。

"先生，是否把请柬留在这里？"司机出声询问，双手捧着一只精美的黑信封。

"不，今天我一定要见到她。"

男人整理了一下领带，再次深呼吸，伸手转动那只黄铜的门把手。果不其然，门开了，他闻到一种古怪的面食的味道，说明房间确实有人居住。

"Evan？"男人的声音很轻，带着期待。

没有人回答。客厅没开灯，光线从卧室里透出来，连带着微弱的鼾声。

菊还在睡觉。

梦里他回到了自己的童年，也就是和父母、小桃一起生活的时候。有一次他过生日，唐桃想给他一个惊喜，于是自己存钱买了好多做蛋糕的书，想提前一天做好生日蛋糕，在生日的当天送给他。小桃从小就聪明，偏偏厨艺不行，做出的蛋糕像外星生物，舍不得扔，只好藏在冰箱里面。生日前一天，菊的朋友们打完篮球过来休息，看到冰箱里的蛋糕大声嘲笑，正巧被唐桃听见。

那时候唐桃没发火，菊以为她不在乎。现在想想，是因为真的伤心了。

菊在梦里发出一声呜咽，抱紧了怀里的被子，哪知道今天被子一点儿都不软，手感怪怪的。菊抱怨地哼了一声，蒙眬地睁开眼，忽然看见窗前逆光站着两个人，其中有一个人的手臂还被自己抱在怀里。

"啊！"他尖叫。

卡伦的手还被菊拽着，脸上青筋直跳，他觉得自己的脑袋快要爆炸了。为什么Evan的画室像个垃圾堆一样，为什么Evan的床上躺着一个男人？为什么这个男人还要用惊恐的嗓音冲自己尖叫？

卡伦用力抽出手，强忍着给他一拳的冲动："你是谁？为什么在这里？Evan呢，

我要见她！"

卡伦说的是意大利语，一串节奏很急的叽里呱啦，直接把菊给听蒙了。菊在意大利虽然待了一段时间，但没有系统地学过意大利语，顶多就会几个"苹果""面包"之类的常用词。他从床上坐起来，抓了抓乱成一团的金发，冲卡伦露出灿烂的笑容："你能用英语讲吗？我听不懂，或者如果你会中文也行。"

卡伦一张脸憋得通红，恶狠狠地瞪了菊一会儿，改用流利的英文问："你是Evan什么人？弟弟？情人？"

"Evan是谁？"菊睁大眼睛。

"这里是Evan的画室！你居然连她的名字都不知道！"卡伦简直要崩溃了，一把抓住菊的衬衫衣领，把他拎了起来，"把她叫出来，我有话要问她！"

菊盯着卡伦茶色的眼睛看了一会儿，居然明白了，哦，他说的是不是那个女画家？菊马上严肃起来，点点头："我知道了，你是不是找我师傅？"

"师傅？"

"对，我姑且算是她的徒弟吧，前段时间她什么都没说就走了，把这个画室留给我用。我不知道她现在在哪儿，你如果要找她的话，最好去别的地方问问。"

菊颠三倒四地解释了半天，抬头一看，发现那两个人根本没在听。他们不约而同地盯着菊左手中指的戒指，连表情都凝固了——仿佛那是一只能威胁到宇宙和平的核弹发射器。

"这个……"

"这个？"菊顺着他的视线，举起自己的左手，"哦，这是女画家……不，是Evan留给我的。"

"留给你……"

"对啊，而且她还写了一封信，信上神神道道的，说什么戴上这枚戒指就不能得到幸福，还会孤独终老，听得我瘆得慌。"菊耸了耸肩膀，无所谓地说，"你们找我师傅干什么？是她的朋友吗？"

卡伦不吱声，从看到那枚戒指开始，他的脸上就充满了绝望。还是司机反应快，无声地往前走了一步，低声说："先生，既然Evan走了，是否……"

"不可能！"卡伦从胸膛深处忽然发出一声怒吼，他猛地往前蹿了两步，再次揪住菊的衣领。菊慌张地直摆手，结结巴巴地说："你……你放手！再不放手我报警了！"

"给我看你的画！"卡伦双目雪亮，仿佛有火星从里面飞溅出来，"我不相信她

把戒指传给了你！给我看你的画！"

菊心想这哪儿来的神经病啊，不仅私闯民宅，还非要逼他把画拿出来。可卡伦脸上的表情把他惊住了，那不是开玩笑的眼神，他是真的在用所有的理智来约束自己的怒气，不让自己一拳砸在菊的脸上。

菊与他视线相撞，仅存的睡意荡然无存。他掰开卡伦揪着自己衣领的手，整理了一下服装，然后平静地说："你们去客厅坐，我把画拿过来。"

卡伦翻看着菊的速写本，一开始还有点儿惊讶，后来连表情都从脸上消失，变成了读不懂的一片空白。

选择留在意大利之后，平心而论，菊并没有做出和想象中相符的努力。他每天睡觉睡到自然醒，提着画板去外面的广场画画，完全不愁没生意，那些外国的游客比起绘画，显然对菊的兴趣要大得多。他一个下午能画二三十幅速写，赚两三百欧元，然后去旁边的小咖啡厅坐到晚上，再回画室练练画，然后睡觉。他的画比起一开始并不是全无进步，然而进步得很慢，毕竟他没有扎实的美术功底，而女画家的教法又比较随性，从来没给他制订过要求。

在卡伦翻看速写本的时候，菊扔掉桌上那几只空的老坛酸菜面面杯，从厨房里翻出两只不配套的茶杯，给客人倒了点儿水。司机的心理素质显然比卡伦好，道了声谢，脸色温和地看着菊："请问先生如何称呼？"

"啊，我叫菊……菊花的菊，意大利语我不知道怎么说。"

"菊先生，您在这儿多久了？"

"没多久，我今年暑假才来意大利。"菊拖了张凳子坐下，好奇地问，"你们找我师傅有什么事？为什么这么着急？"

"Evan是一位非常出色的画家，卡伦先生是她的崇拜者。"司机的神色非常恭敬，视线始终落在比菊低的地方，"虽然没有得到Evan的正式确认，不过既然她选择在这个时候离开，说明她已经选定了您为这一届大赛的参赛者。"

崇拜？画家？大赛？菊听蒙了，笑着摇摇头："对不起，我没听懂你在说什么。"

"够了！"

一直沉默着的卡伦忽然把速写本往桌上一摔，有些零散的纸页夹在本子里，被猛烈的气流掀飞了出来。卡伦脸上挂满讥笑，他拿一只手指点着速写本，对司机眯起眼睛："就这样的东西，你居然还邀请他去参赛？"

"这是大赛的规矩，拥有戒指的人必须参赛，不论他是皇宫里的贵族还是街头的乞丐。一百多年，从未变过。"

"即使他的画连小学生都不如？"

"即使他的画连小学生都不如。"

卡伦和司机无声地对峙着，菊能感到一股带着戾气的张力在两个人之间绷紧，气氛诡异凝重。过了五秒钟，卡伦从口袋里掏出黑色信封，把那只跨越了半个米兰市区特意送来的信件，像扔垃圾一样扔在地上。

"Evan疯了，你也疯了。既然他要参赛，那就让他来吧。"卡伦冷笑一声，极端的愤怒扭曲了他英俊的脸，"我会负起责任，让他尝尝真正败北的滋味。"

门被重重摔上。

菊一脸莫名其妙地呆站在原地，不知道他为什么要冲自己发火。

司机从地上捡起信封，掏出手绢擦干净，然后双手递到菊的身前。他身上带着意大利老绅士的从容和优雅，处变不惊，不疾不徐。

"他刚刚讲什么大赛？"菊问。

"这是一张邀请柬，邀请您去参加四个月之后的画展。您的老师Evan本来是参赛人选，可是现在她把戒指传给了您。"

"画展？什么画展？"

"欧洲的油画界也分门派，每隔十年这些门派都会聚在一起举办画展，由此交流绘画心得，并且让自己的后辈切磋比试，您可以把它当成一次锻炼的机会。"

"锻炼？没这么简单吧？"

看到卡伦的态度，菊就算再傻也知道这个画展绝不简单，说不定是华山论剑之类的高端峰会，参加的都是大人物，他这个学徒哪敢凑热闹，不怕死啊？

菊脸色发白："能不去吗？"

"可以。但您要考虑清楚，您的这一派系历来是画展上的赢家，声名享誉国际，如果今年无故缺席，必定会引起轩然大波。"

菊的脸色更白了："可是我画得很烂啊！"

司机不说话，温和地微笑着。似乎就算要参赛的是一只蛤蟆，他也会为这只蛤蟆打开车门。

"我……我刚刚学画，连线都画不直。你也看到刚才那个人的反应了，他恨不得杀了我啊！"

Chapter 02
阴谋 × 柳原社

司机依旧不说话。

"我……我……"

在司机无声逼迫下，菊迫不得已，伸手接过信封："好吧，那我考虑一下……"

司机苍老的脸上露出笑容。看到菊低垂着脑袋的泄气样，司机的目光在他左手一扫，忽然说："画师界有一个传言，T先生的戒指会选择它的主人。它能看到一个人内心深处的力量，而不是那些惑人耳目的表象和皮囊。"

留下这句耐人寻味的话，司机脱下帽子对菊行了个礼，简短地说："菊先生，再会。"

菊坐在客厅那张歪了脚的椅子上，把信封举起来对着光线反复看。封口处戳着深红色的蜡印，印着两朵枝叶交缠的铃兰，十分精致，充满历史的厚重感，充分说明这不是一个恶趣味的玩笑。

菊掂量着这封信，像拿着烫手的山芋——到底是拆还是不拆？

老实说他一点儿都不想知道里面的内容，他虽然喜爱画画，但还没有自恋到认为自己能去参加画展的地步。但不拆，万一错过了什么重要的信息——毕竟，他觉得女画家还是会回来的，说不定这枚戒指只是一个玩笑，如果真是那么贵重的东西，她怎么会随便传给自己？

心里挣扎了一会儿，菊从厨房拿来一把切水果的刀，小心翼翼地割开信封。

一张平整的纸笺掉了出来，烫金的底纹，上面有一股好闻的花香。

致亲爱的先生/女士：

兰铃会期待您的参赛，请在指定时间内携信物前往以下地点，进行参赛的前期准备及说明。

祝您拥有愉快的一天。

兰铃会

中国。八点整。红石学园。

唐桃踏出宿舍的门，敏锐地感觉到学校里微妙的变化。路边的校警增多了，他们以两人为一组轮流巡逻，对看起来不像学生的人逐一排查，拦住了好几个来散步的大爷。进教学楼也变成一桩难事，居然要出示学生证，短短几个小时就搞得人心惶惶。

同学中都在传学校里潜入了可疑人物，貌似是什么德州电锯变态杀人狂，唐桃心里清楚是怎么回事，也只能沉默。

她觉得学校反应过度了,就算那个绑匪真的盯上了岚组,应该也有更低调的保护手段吧?至于让整个学园武装起来吗?

走进教室,莫明雪快速冲过来,握住唐桃的肩:"你昨天晚上被绑架了?"

"欸,你怎么知道的?"唐桃惊讶地问,"学校告诉你的?"

"不,我们在学校里都有自己的情报网,联系一下昨天晚上出动的校警,不难推测出来。"阿娜妮依旧坐在椅子上,眼睛却紧紧地盯着唐桃,"怎么回事?"

唐桃在所有人的注视下,把昨天晚上的事情一五一十汇报了一遍,包括绑匪是从贴吧上看到岚组的消息,也很熟悉红石学园的地形,说完之后,教室里陷入诡异的沉默。阿娜妮托腮想了一会儿,问莫明雪:"你怎么看?"

"全市都知道岚组的人很有钱,但以前没发生过这种恶性的绑架案例,学校会重视也是当然的,毕竟一旦岚组的人出事,会对其名声造成非常恶劣的影响。"莫明雪的视线紧紧锁着唐桃,看得她浑身发毛,"不过对方找你下手就很奇怪了,你是个穷光蛋,靠奖学金才能加入岚组,贴吧上有一半女生在骂你,绑匪那么熟悉岚组,不可能会不知道。"

"哦,他好像把我错当成了淳子!"唐桃想起来了。

"不可能,他这个借口也就骗骗你。"阿娜妮冷笑一声,把手机举到唐桃面前,"你和柳原淳子长得像的事情,已经从淳子来的那天就在贴吧置顶成加精帖,一直都没有动过。绑匪怎么可能不知道?"

月城叶这才听懂了,费解地抿着嘴:"也就是说,那个绑匪就是冲唐桃来的?为什么?她不是很穷吗?"

教室再度陷入沉默。过了一会儿,莫明雪和阿娜妮异口同声地说:"我也想知道……"

"总而言之,你最近不要再单独行动,出门的时候尽量结伴,不对,尽量不要出门。"莫明雪走到窗子旁边,看着入口处那些校警,"学园既然已经加强了安保措施,学校里肯定比外面安全,不管绑匪的目的是什么,不让他抓住就行了。"

"我倒真不觉得绑匪是为了绑我,为了夏炽的可能性更大。"唐桃嘀咕着,把书包放在桌子上,看了一眼右边,"淳子今天没来?"

"你现在还有心情管她?"

当然要管,那件破成了抹布的和服还躺在宿舍的桌上,等着她向淳子负荆请罪呢……唐桃心情沉重地拉开椅子,屁股还没落在椅面上,教室里的广播忽然响了。

"岚组的唐桃,请速去教务楼理事处。岚组的唐桃,请速去教务楼理事处。"

唐桃站在原地呆了半分钟，用手指指着自己："我？"

她唯一一次去教务楼，还是当年入学的时候签订助学合同，而且没去理事处，只在一楼的会议室坐了一会儿。

她问："谁要找我？"

莫明雪的脸色更难看了，盯着唐桃无知的小脸看了会儿，叹口气："你还是自求多福吧。"

教务楼和教学楼紧挨着，里面都是老师在办公，连走廊上都静悄悄的，和喧闹的教学楼完全不同。唐桃在门口登了记，被带到专用的电梯前，这部电梯可以直达八楼，出来就是理事处的大门。

唐桃站在电梯的大镜子前，整理一下校服，把本来就已经很平整的领子抹得更平，觉得自己有种《千与千寻》里千寻坐电梯去见汤婆婆，被迫签订邪恶契约的感觉。

电梯大门朝两侧分开，一条花纹繁杂的波斯地毯延伸到走廊的尽头，理事处的大门两侧竖着比唐桃还高的巨大花瓶，白色的大理石墙壁上刻满了希腊人物浮雕，充满威严与压迫感。唐桃放轻脚步小心翼翼地走到红木门前，她本来以为岚组的教室已经够华丽了，然而与这里一比简直就是小渔屋之于神庙，小巫见大巫。

唐桃闭上眼睛，调整呼吸，屈起手指准备敲门。然而黄铜的门把手自己旋开，柳原淳子的脸从门后探出来，看见唐桃，眼睛亮了："你终于来了！"

淳子？

唐桃被淳子拉进大门，光线从巨大的落地窗外透进来，透过窗帘，给暖色调的房间蒙上一层朦胧的光。理事处除了唐桃之外只有三个人——淳子，一个陌生的、戴着眼镜的中年人，和一个背对着唐桃站在落地窗前的男人。

唐桃首先被那个落地窗前的男人吸引了。他看起来大约四十岁，穿着量身定做的深灰色西装，英姿挺拔，一直注视着窗外那块菱形的花圃。听到动静，他缓缓回头，与唐桃的视线相对，面容沉肃冷静。

唐桃倒吸一口凉气，努力克制住自己的面部表情，不能做出太失礼的行为。不用别人介绍，她瞬间认出了那个人是谁——夏炽和夏姜的父亲，坐拥整个红石学园的学园长，夏长虞。

尤其是那种不怒自威、不可冒犯的气质，简直和夏炽一模一样。

作为红石的特别生，对方就是她的赞助人，唐桃应该立刻露出甜美的笑容，大方

而谦逊地感激对方的栽培，学学那些机灵的女孩子如何拍马屁，而不是像一根苍白的筷子一样插在地上。

柳原淳子看出她的不自在，小声在耳边问："姐姐，你怎么了？"

"没……没……园长好。"

唐桃总算反应过来，用僵硬的动作行了个礼，头低下去的时候，脸也唰地红了。她想给夏长虞留个好印象——不管是为了奖学金还是别的原因。

"你就是唐桃。"

夏长虞的眸光依旧落在唐桃脸上，带着一丝打量，看不出其他正面或负面的情绪。他示意唐桃走过来，拉开办公桌前的椅子，简短地示意："坐。"

唐桃不敢怠慢，立刻在那张柔软的真皮椅子上坐了下来。夏长虞站在她身边，对她说："柳原淳子你已经认识了，旁边这位是柳原家的徐管家。"

徐管家转向唐桃，严肃而恭敬地行了一礼，身体弯曲到九十度，仿佛她是个了不起的大人物。唐桃连忙站起来问好，这一站就不敢坐下了，不停用疑惑的眼神看向淳子，期待她的解释。然而淳子仿佛被关进笼子里的小猫，完全没有平时的那股嚣张劲，只冲唐桃挤了挤眼睛，表示自己也没有办法。

夏长虞介绍完之后就没再出声，仿佛他的任务也就是给唐桃引见一下管家。徐管家是位五十岁左右的中年人，身材细瘦，镜片下的一对鹰眸充满威严。行过礼之后，他直起身，用一种苍老而不容置疑的声音说："唐小姐，这次请您过来，是为了跟您确认几件事情。"

"请讲。"唐桃紧张地说。

"您是否幼年时曾寄宿在本市的孤儿院中，后被英国国籍的格林夫妇收养？"

唐桃一怔。管家的声音忽然间变得恍惚，仿佛周围的世界以她为中心开始扭曲。她的内心深处有股微弱的电流流过，血色从她脸上消失了——她非常清楚管家接下来说的话她并不想听。

可她还是深吸了一口气，回答："是。"

"您是否还记得自己亲生父母的样子，或对他们有任何印象？"

"没有。"

"您的左耳后面。"管家忽然抬起眼，眼睛雪亮，"恕我冒昧，那里是否有一颗棕色的小痣？"

她用力喘了两口气，不让内心的动摇表现在脸上。

"如果有呢？"她问，"如果没有呢？"

Chapter 02
阴谋 × 柳原社

"如果没有,说明老爷对您的回忆存在一些问题。"徐管家的脸色依旧十分平静,从容不迫地与唐桃对视,"如果有,那么您就不是什么被人抛弃的孤儿,而是柳原家的小姐、柳原社社长唯一的女儿——柳原希子。"

唐桃眼前一黑。

在淳子的惊叫声中,她的膝盖发软,踉跄地往后退了两步。一只有力的手掌托住她的背,稳住她的身体,夏长虞低下头,深沉的视线落在唐桃脸上:"他们是红石的客人,你是红石的学生,无论发生什么事,不要给学园丢人。"

听到学园长的话,唐桃的眼珠慌乱地转了两下。她一点儿也不想听到这些事情,不想知道淳子和徐管家为什么出现在自己身边,她现在只想赶快离开这里,到一处可以自由呼吸的地方,然后结结实实地瘫倒在地上。

可学园长说得对,他们是客人,她是红石的学生。她不能露怯,她不能丢学园长的脸。

她努力靠着桌子站直了身体,然而嘴唇颤抖得实在厉害,脸色苍白得吓人。柳原淳子一直老实地站在旁边,这时候终于忍不住,冲上去挡在徐管家和唐桃中间:"徐管家,今天就先到这里吧,姐姐她才知道这个消息,肯定现在没办法接受!您先让她缓一缓!"

"淳子小姐。"徐管家的视线蓦然变得犀利,像一把刀切开了淳子的阻拦,"这是本家和唐小姐之间的事情,还请您不要插手。"

柳原淳子的嘴唇动了动,大眼睛里的活力一瞬间暗淡下去。徐管家从西服的口袋里掏出一张名片,双手递给唐桃:"这是我的名片。当您平静下来之后,可以联系我,我暂时会留在×市。"

唐桃犹豫了一下,接过名片,目光空洞地越过老人银灰色的头顶,向学园长鞠了一躬,然后转过身,直接推门离开了理事处。

柳原淳子一直追到了楼下。

"姐姐!你等我一下!我可以跟你解释!"柳原淳子飞快地跑上来,一把拽住唐桃的胳膊,"徐管家不是什么坏人,他今天来就是要告诉你你的身世,你难道不想知道吗?不想知道你的亲生父母是谁?你现在跟我回去,我们当面把话说清楚!"

一丝冷笑爬上唐桃的嘴角。她平时看起来有多么和善,现在看起来就有多么绝望。她转身面对淳子,声音激动得发抖:"说清楚?在意大利,你在我身边乱晃了那么长时间,有那么多机会,为什么不说清楚?"

现在唐桃明白了,为什么柳原淳子总喜欢黏着自己,说的话里总是带着试探,她根本就是柳原家派到自己的身边来打探消息的奸细!她真是太傻了,居然完全没有怀疑过别人,早在意大利的小巷子里,遇见一个和自己长得如此相像的人,她就应该知道,自己已经钻进了一张大网,并且无论如何也挣脱不开了。

柳原淳子在唐桃陌生的目光中瑟缩了一下,但她不愿意逃避对方的视线,睁大眼睛大声说:"是!在意大利我是故意去接近你的!在本家打算找回你之后,我被派到你的身边,拿了你的头发去做DNA(脱氧核糖核酸)检测。但其实我第一眼看见你,就知道你一定是我姐姐,你和伯母长得太像了,你们……"

"闭嘴!"

唐桃大声喊。她这辈子都没这么生气过。

太可笑了。抛弃了她十几年,遗忘了她十几年,放任她像一棵无根的杂草一样漂泊了十几年。如今却派一个管家心平气和地通知,说她是柳原社的大小姐?当她是路边的小狗吗,喊声名字就会摇摇尾巴跟着走了?

没有父母,她照样生活得很好。

"别再靠近我。"

她一字一顿地警告,柳原淳子无奈地后退了一步,她的脸上忽然挂满了悲伤。

"姐姐,我现在不烦你,你一个人静一静。等你想通了,可以随时来找我。"

唐桃闷着头,一鼓作气跑到红石湖畔。现在是上课时间,湖边一个人都没有,微风吹动她的额发,世界空旷得仿佛只剩下她一个人。

唐桃控制不住,"哇"的一声哭了出来。

她实在是太委屈了,一个人苦撑了那么久,一个人孤单了那么久。小时候她不是没有想过,或许有一天亲生父母会回来找自己,顶着大风或大雨,跟她说当年迫不得已抛弃她的理由,并且请求她的原谅。或许他们和她走散了,找不到她了,又或许出于其他可以谅解的原因,那么她可以选择遗忘之前所受的苦,她可以原谅他们难言的苦衷或者短暂的懦弱,重新成为他们的女儿。

可柳原社是个跨国企业不是吗?柳原社的社长非常有钱不是吗?他几乎无所不能不是吗?

他有什么理由抛弃她,又有什么理由再趾高气扬地要回她?

唐桃哭得眼泪鼻涕滂沱而下,胡乱抹在脸上,掏出手机给莫明雪打电话。她需要一个肩膀,哪怕莫明雪会骂她也好,她不能打给夏炽,对方现在可能在面试,她不能成为他的绊脚石。

莫明雪来得很快，五分钟后就到了。她从车上跳下来，疾步赶到唐桃身边。

"你又作什么妖啊？怎么了？"

唐桃摇头，不说话，一股脑儿地把眼泪和鼻涕蹭到莫明雪袖子上，像一只邋遢的鼻涕虫。莫明雪觉得很恶心，又觉得很心疼，郁闷地把手放在她脑袋上，不轻不重地拍了拍——反正看起来没少胳膊也没少腿，不着急，等她哭完了再说不迟。

十分钟后，唐桃终于舍得抬起头，松开了莫明雪已经被糟蹋得一塌糊涂的衣领。莫明雪脱下外套，扔在了草地上："现在可以说了吧？到底怎么回事？"

唐桃哑着嗓子，一五一十地把刚才的事情说了一遍，声音依旧哽咽。莫明雪的身体慢慢僵硬，眼神惊疑不定——柳原社的大小姐？柳原社社长的独女？哇，这是一座金山砸在头上啦！

不过以唐桃的个性，显然不适合说这些。

"如果你是社长的女儿，那么柳原淳子是谁？"莫明雪立刻问。

"不知道，她没说……"

"那你的父母呢，见到了吗？"

"没，只有管家在那里。"

莫明雪秀致的双眉紧紧蹙在一起，眉头中间打了个死结，脑袋里霎时间闪过了无数念头。和涉世未深的唐桃不一样，莫明雪从小在商场的尔虞我诈间长大，口齿伶俐，长袖善舞，见过太多豪门恩怨和利益纠葛，第一个想到的就是唐桃是柳原社私生女的可能性。

这样就能说通了，唐桃是私生女，不被容于柳原家，但是现在出于某种理由要认回唐桃，所以先派柳原淳子来接近她，确认她的身份。

"这个问题，你想好了再回答我。"莫明雪忽然沉声问，"第一次见到淳子的时候，你是什么感觉？"

"什么意思？"

"淳子和你长得很像，你又是个孤儿，不记得小时候的事情，没有亲生父母的线索。老实说我怀疑过，估计夏炽也怀疑过，你和淳子之间存在血缘关系，她不可能没有理由地出现在你身边。"莫明雪看着唐桃，"你也这么想过，对不对？"

唐桃垂眸，不知道该怎么回答。当然啦，有一个和自己这么像的女孩子出现在身边，对她这么亲密，口口声声地叫她姐姐，以唐桃丰富的想象力，自然会联想出无限的可能性。可想归想，现实归现实，谁又会把一个无端的猜测当真呢？

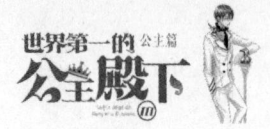

莫明雪紧盯着她看，内心有无数的心思在转，却不知道用什么方法沟通。换作别人，知道自己有这么有钱的父母恐怕会开心得跳起来，可唐桃不一样，她比起金钱更在乎感情，比起柳原社大小姐的身份，更会计较自己这么多年来所受过的伤害。

"所以呢？你在犹豫什么？"

一个清淡的声音忽然在身边响起，唐桃和莫明雪同时吓了一跳，难道这片草地上还有别人？风吹动山坡上的长草，一个圆圆的肚子露了出来，那个男生躺在几米外的草地上，穿一件浅绿色的T恤，淡茶色的眼珠看过来："所以呢，你不打算去见你的父母？"

唐桃眯起眼睛。她见过这个人，声音也有点儿熟悉，但他的脸像张褪色的旧照片，在她的记忆里朦胧而模糊。男生支起上半身，坐了起来，绿色的T恤背面印着一个动漫人物的头像，是个梳着双马尾的萌妹。

"啊！你是暑假来咖啡厅的客人！"

是他！是唐桃在cosplay咖啡厅打工时的常客，为她设计了一条礼服裙的那个人！男生看了她一眼，点点头："又见面了，我是常清。"

声音懒洋洋的，淡茶色的眼睛却很有精神。

莫明雪盯着男生看了一会儿，蹙眉："常清？那个三年来从来没在岚组班上露过面的常清？呵，我还以为是何方神圣呢，搞那么大的排场，居然是个死胖子。"

莫明雪早就看教室第一排放着的那只手机不爽了，全班就他搞特殊，拿个手机监控教室，真当自己是诸葛孔明，决胜于千里之外吗？唐逃连忙从草地上爬起来，一抹眼泪，用手肘捅了莫明雪一下："他帮过我好多忙，昨天晚上也是他及时联系校警，校警才能很快找到夏炽的位置。"

常清摆了摆手，以示不用介意，撑着地慢悠悠地站了起来，在舒服的湖风中深吸一口气。和暑假相比，他似乎瘦了一些，但依旧比正常人要圆润很多。

"真夜老师最近比较忙，有很多事情要处理，在他顾不过来的时候，我会接手一部分学园管理和监督的工作，这也是我能够不去班里上课的条件之一。"常清慢悠悠地说，"你们刚才的话我听到了，我本来以为柳原社的人会晚几天来学校，没想到这么快就找上门来了。"

"你早就知道唐桃是淳子的血亲？"莫明雪问。

"这件事我和真夜老师也是几天前才知道的。暑假回来之后，夏炽带来了淳子和唐桃的头发样本，交给真夜老师去做DNA检测，最近才出的结果。我想淳子那儿也早有行动，在确认了你的身份之后，才会派家里的人来红石学园，和你取得联系。"

唐桃的肩膀猛地抖了一下，夏炽，夏炽拿了她的头发……怪不得他总是一副欲言又止的样子，看着她的眼神充满担忧，像在看一只待宰的小鸡。

"已经做过DNA检验了？那唐桃确定是柳原社社长的女儿了？"

"确定。"常清平静地回答，"前几天柳原社那边和我们取得联系，已经告知了会接手唐桃的全部学费以及生活费用，相信再过几天，真夜老师就会和你重新签订学费合同了。"

"我不会回去的。"唐桃忽然说。

"什么不回去？"莫明雪莫名其妙，"你不会是想说，你不认那个巨有钱的爹妈，要继续做一个自由奔放的孤儿吧？"

"对，我就是这个意思，没有他们我也活得好好的，现在更加不需要他们。"唐桃固执地说。

莫明雪一把抓住她的肩膀，脸凑得很近，一个字一个字地说："唐桃，你可千万不要犯傻，他们再怎么抛弃过你，再怎么伤害过你，既然现在愿意回来找你，这就是你的机会，改变命运的机会。你要是拒绝了，就是天底下最傻的人。"

"那我如果愿意当一个傻子呢？"唐桃苦笑了一下，"他们自称是我的父母，检验书上也写了是我的父母，但都不愿意亲自来见我，我又能报以什么期待？"

常清站在一边，静静地看着两个女孩争论，忽然轻笑一声。两个人同时闭嘴，一起回过头来看他。

"你抱着什么样的期待？让你的父母声泪俱下，跪在地上乞求你的原谅？还是动用X市的所有媒体公开声明，跟你道歉，直接将你作为继承人恭请回家？他们对你而言是陌生人，你对他们亦如此，他们派人来和你接触，想必也是要提前了解你的为人。你都没给他们说话的机会，又怎么能知道他们来这儿的目的？"

唐桃愣住了，常清说得没错，她在听到自己父母消息的瞬间就失去了理智，多年来的不甘和怨恨让她没有办法思考。唐桃攥紧了双手，咬着苍白的嘴唇："那你的意思是，要我心无芥蒂地坐下来听那个管家的解释？"

"我的意思是，给对方一个机会，也给你自己一个机会。"常清淡淡地说，"我曾经因为家里的项目去过孤儿院，和那里的孩子有所接触，他们往往一辈子都找不到自己的父母，甚至连怨恨他们的机会都没有。不管你是什么态度、什么想法，不去面对，就无法开始。"

"我饿了，吃午饭去。"

常清丢下陷入沉思的两个女孩，慢吞吞地向食堂走去。

唐桃把自己关在屋子里，翻看徐管家给她的那张卡片。

散发着樟木香气的白色卡纸，上面烫着金灿灿的宋体字，就好似从豪门里伸出一只体面华丽的手，要把唐桃从贫穷暗淡的岁月中解救出去。

可是那只手的主人是怎样的？是爱护她还是要利用她？她的父母，她那富有又事业有成的父母，为什么会隔了十几年才想起自己流落在外的女儿？

其实早在淳子出现在她身边的时候，唐桃就上网找过柳原社的资料，对于企业的介绍很多，但对于创立者的说明很少。无非就是国内的一个年轻企业家，在日本打出了传统食品业的一片天地，怎么雄才大略，怎么挥斥方遒，但离唐桃的生活却很遥远。她听不见他们的声音，看不见他们的样子，父母对于唐桃来说，遥远得就像异国传说中的幽灵。

手机振动了一下，是夏炽的短信。

"我听真夜老师说了，柳原社的人来找你了。"

唐桃没去拿手机，傻傻地盯着亮起来的屏幕看。

"我前几天就知道了这件事。考虑了一下，还是由柳原社的人来说比较合适。"

"你在哪儿？"

"我打电话给你。"

好似知道唐桃就在手机前似的，语气一条比一条急，像一支支箭一样紧凑地射过来。唐桃连忙抓过手机打字："我才看到，没事的，你不是去面试吗？结果怎么样，通过了没？"

夏炽打字很快："通过了，我可能今天就要开始实习，所以暂时没办法回来。"

唐桃的心往下一沉。她不想让夏炽看到她现在消沉的样子，但见不到他，心里有些失望："恭喜你啊，我知道你可以的。"

"不要恭喜我，好好考虑你的事情。无论你做什么样的选择，我都支持你。"

唐桃盯着那行静止不动的文字看，一瞬间有无数念头闪过。过了一会儿，她敲字："哪怕我选择做一个什么都没有的孤儿，继续靠奖学金上学，以后也不知道去哪儿上大学，不知道找什么工作……你也支持我？"

唐桃并不傻。

所以她真的很害怕夏炽会劝她回到柳原社，做一个中了奖的大小姐。

短信很快进来了，只有短短几个字。

"对我来说你只是唐桃，这就足够了。"

Chapter 03
试炼×芳菲

第二天,"丑小鸭竟是凤凰女,富豪父母千里迢迢来认亲"的消息登上《红石日报》的头版头条。

唐桃在一夜之间成了学校里的红人、冉冉升起的巨星,出门的时候格外吸睛,前簇后拥如同女王出巡。别人看着她的眼神也不同了,带着羡慕又带点儿嫉恨,就像唐桃花两块钱中了几百万的彩票似的。红石贴吧从没这么热闹过,一条条热帖里都是偷拍的唐桃照片,下面的评论也众说纷纭,有的羡慕唐桃有这么有钱的父母,有的说唐桃其实是故意隐瞒自己的身份,潜入红石学园有着不可告人的目的,情节跌宕起伏大起大落,前因后果编得天花乱坠,几乎能当作小说看了。

"你看吧,好事不出门,坏事传千里。"莫明雪丝毫不在意别人的目光,在教学楼下不停地来回踱步,"你一会儿小心一点儿,沉住气,不要对方说什么就被牵着鼻子走,实在扛不住了,我来帮你拿主意。"

"嗯。我知道。"

唐桃点点头,依旧心事重重。昨天她在床上翻来覆去到凌晨两点,最终还是决定给淳子发消息,约她和徐管家在学园餐厅的咖啡馆里见面。柳原淳子几乎秒回了短信,看来也没睡,原来在那个夜晚,每个人心里都转着不同的心思。

"该死,那个姓陆的怎么还没来?"莫明雪压低了嗓音,咬着牙说。

过了大概两三分钟,陆长歌两只手插在口袋里,一脸冷漠地出现在教学楼楼下。看见唐桃,他的眉毛皱在一起:"怎么回事?听学校里的传闻,我以为你已经被柳原家接走了。"

"现在是午休时间,不是上课时间,按照我们的合约,你的空闲时间都是属于我的。"莫明雪冷笑了一声,没正眼看陆长歌,"我和唐桃现在要去和柳原社的那些家伙谈判,你跟着我们就行,不要出声。"

唐桃偷偷拉莫明雪的袖子:"你叫上他干什么啊?"

"有个男生在场,好歹帮我们撑撑场子。要真打起来,至少有个人能保护你。"

"不会打起来的,那个徐管家的年纪也挺大了,你总不能真跟他打架吧?"

"凡事不怕一万就怕万一。"莫明雪低头看了唐桃一眼,其实她怕的不是徐管家,而是怕唐桃一时控制不住情绪,让陆长歌来看着她。

三个人很快走到学园餐厅,看热闹的学生们簇拥在门口,给他们让出一条通道,看起来倒像是在迎接他们似的。徐管家坐在正中间的一张桌子旁,腰背笔挺,闭着眼睛养神。柳原淳子坐在他的对面,一直抬头往出口看,看见唐桃他们,脸上立刻浮现笑容。然而对上唐桃漠然的视线,笑容慢慢消失了,淳子在座位上低下头,手指玩弄着桌布上的垂穗。

徐管家看见唐桃，站起来微微一鞠躬："唐小姐，您来了。"

"我们是她的同学，您不用管我们，就当我们不存在。"

莫大小姐笑得一脸从容，不等对方招呼就在柳原淳子旁边坐下。唐桃只好也坐下来，从屁股落在椅子上的瞬间，心里就开始咚咚地打鼓。明明昨天已经想好该说什么了，一定要冷静一点儿，别被对方的气势压倒，按照莫明雪常说的话，谈判就像谈生意，有退让也有底线，这样才能主导话语权。

徐管家细长的眼睛在唐桃脸上扫了一下，开口："唐小姐今天叫徐某来，有什么话想说？"

"有，但不是对你说。"唐桃握紧了拳头，"我要求见我的父母，我有问题要当面问他们。"

"唐小姐有问题可以问徐某，徐某若认为可以回答，自然会回答您。"

"你是什么意思？"莫明雪火了，一拍桌子，"既然你们想把唐桃要回去，自然就要拿出诚意来。她是你们家家主的女儿，自然就应该由家主来请，父女之间的事情该由父女来解决，轮不到外人来插手。还是说你觉得自己已经够厉害，能够代替柳原家在外面说话了？"

陆长歌本来站在两个女孩身后，听见这话摇了摇头。徐管家的眼风从镜片后扫过来，声音毫无波动："既然莫小姐这么认为，那么柳原家的家事，就更轮不到莫家来插手了。既然老爷派我来，就是全权委托我来处理唐小姐的事情，还请莫小姐保持安静，不要打扰我与唐小姐的谈话。"

莫明雪两只明眸一瞪，还要再说，忽然一只手搭在她的肩膀上。陆长歌给了她一个意味深长的眼色。在陆长歌家的生意败落之前，他曾经听说过这个徐管家，柳原社的大小生意和业务往来全是他一手掌控，在媒体中也经常露面，可以说是柳原家的实权人物，远远不止一个管家那么简单。

"这么说，你是不让我见父母了？"唐桃听出管家话里的意思，脸唰地白了。

"不，不是我不让您见他们，而是他们不想见您。"徐管家幽幽地说，从公文包里取出一只信封，推到唐桃身前，"这是老爷托我交给您的。在完成这只信封里的任务之前，您无权也无法见到他们。"

血液一股脑儿地从脚底涌上脸颊，唐桃的头有点儿发晕，本来预想到的最坏结果，无非是见不到父母，没想到徐管家的话比这还要残酷。什么意思？要完成任务才能见人？那要是完不成呢？继续把她当垃圾一样丢在马路上，从此不管不问？

柳原淳子连忙伸手扶住唐桃，脸色苍白："姐姐，你别乱想，管家不是你想象的那样，他其实对你的事情很上心。但……"

"唐小姐，如果您想知道自己的身世，如果您想见到老爷，就请按照老爷的话去做，并且在约定的期限内完成这个任务。"

唐桃气急了，反而笑了起来："如果我完不成呢？"

徐管家的眉毛抖了一下，他的唇边居然泛起一丝笑意："您不会完不成的。没有人会不想知道自己的身世，为了这个秘密，您就算完不成，也会想办法完成。"

莫明雪唰地甩开陆长歌的手，站起来大声说："唐桃，我们走！既然你这么没有诚意，这笔生意我们就不谈了！"

莫明雪这么一吆喝，整个咖啡厅的人都朝这里看过来，更有人掏出手机拍照，估计今天晚上红石的贴吧里又要热闹了。莫明雪很担心地看着唐桃，却看见她深深吸了口气，坐直身体，慢慢把那只信封接了过来。

因为她忽然想起了夏炽的话，她是唐桃，她做了十七年唐桃，而不是柳原社的大小姐，所以根本不用去在意徐管家的挑衅。她对自己的身世好奇，那么她完成任务，他提供情报，这可以是一桩公平的交易，而不是一个女儿向父母急切地索要感情。

徐管家看到唐桃的举动，锐利的眼睛里闪过一丝欣赏。

"明天下午两点，我会派车来接您。"

说完，他拎起公文包，向唐桃鞠了一躬。

莫明雪一把抢过信封，撕开来。信封里面一共只有两张卡，一张银行的子卡，一张直属于柳原社产业下的门卡，上面没写地址，也不知道在什么地方。莫明雪用指甲弹着那张子卡，冷笑了一声："还挺大方的，这张卡的单日消费限额是十万，子卡刷卡，母卡还，你是要发财了。"

陆长歌冷锐的视线落在唐桃脸上，兜了一圈，忽然说："我无权对你的家事发表意见，但如果他们不拘泥于感情，你也不用太拘泥于感情。"

唐桃感激地看了他一眼："嗯，我知道。"

"什么叫不拘泥于感情？感情是什么，能吃吗？他们既然没尽到父母的责任，你这个做女儿的就该提醒他们。"莫明雪两根手指夹着那张银行卡，甩了甩，"看见这张卡了吗？日额度十万，不少了。"

唐桃忽然有种不祥的预感："你要干什么？"

"明天你去的地方肯定和柳原社有关，即使你的父母不去，肯定会有亲戚朋友

去，暗中观察你、评价你，再添油加醋地转告你的父母。你就穿这么一身破烂，不是故意让人笑话吗？"莫明雪伸手拉住唐桃的胳膊，"跟我走就对了，陆长歌你也来，帮我们拎东西。"

唐桃本来不想去，无奈莫明雪的力气太大，手指像白骨爪一样死死地扣着她。在经过图书馆的时候，唐桃的视线中忽然闪过一个矮小的人影，头发像缎子一样黑，乖巧地垂在脸颊旁边。

"夏姜？"

这么久没看见夏姜，真的挺想念这个古灵精怪的小正太，没有他在的岚组，就连气氛也沉闷了不少。莫明雪也朝那个方向看："怎么了？"

"那是夏姜吧，刚刚走出图书馆的那个，我去跟他打个招呼。"

"你还嫌自己的事情不够多，现在还有空管别人的闲事？"莫明雪一把拉住她，"肯定是你看错了，夏姜那个小孩儿怎么可能去图书馆？天天忙着整人玩还差不多吧！"

唐桃一想，也是，夏姜和图书馆怎么看都不太搭调，他的IQ（智商）和大家不是一个等级，当然不需要再在课外花时间学习。惊鸿一瞥间，那个男孩的脸上似乎毫无笑意，唐桃没见过不笑的夏姜，那张娃娃般精致的小脸上，无论何时都洋溢着甜美可爱的笑容。

"行了，走吧。"莫明雪一伸手，把犹豫的唐桃塞进了车里。

常清拎着两盒炸鸡咖喱饭，慢吞吞地推开办公室的木门。

"真夜老师，你想吃饭就自己去食堂，天天要我帮你送饭，算什么？"

常清就连抱怨的时候语气也很平淡，擦了擦被太阳晒出来的热汗，拿起一份炸鸡饭，坐在办公室宽敞的真皮沙发上。窝在沙发内侧的人影动了动，探出一张瘦削而俊美的脸："你要是不想帮我带饭，就包剪锤赢我啊。"

"谁能赢得了你。"常清叹口气，"你的身体不好，不要总关着门窗。每隔两个小时记得打开窗子通风。"

真夜老师"咯咯"地笑起来。他从毯子里钻出，低声咳嗽，坐在茶几旁边拆开了另一盒饭："刚从食堂回来？"

"是啊。"

"我可爱的学生怎么样了，化险为夷了吗？"

"他们谈判的地方都是人，围得水泄不通，全都是看好戏的。我没怎么听清楚，

不过唐桃应该答应了徐管家的要求。"常清往嘴里塞了口炸鸡,"我认为柳原社的决定并不明智,他们伤了唐桃的心,对他们没有好处。"

"哦?"真夜老师浅灰色的眸子转过去,漾起感兴趣的笑意,"难得看你这么维护一个人。怎么?为她打抱不平?"

"他们带着血缘鉴定书来找唐桃,就有要把她认回去的意思,既然如此,我觉得双方都应该开诚布公,谈好条件,商量解决办法,这比让她完成什么任务要高效得多。"

"所以说你还是太年轻,人心毕竟不是生意,不是把条条款款列清楚就能签订合约的。"

真夜老师用筷子点了点常清的脑门儿,还想再说什么,忽然脸色一变,剧烈地咳嗽起来。常清连忙扔掉筷子,替他拍打着后背顺气,真夜老师的胸腔里传来令人心悸的震动,他咳得浑身都在抖,大滴的汗珠从额头滚落下来。

这已经不是第一次了。自从暑假之后,他的病情似乎恶化了很多。

办公室的门被人推开,夏长虞站在门口,一双剑眉紧缩。常清一看见学园长,立刻站了起来:"您好。"

夏长虞摆摆手,示意不碍事。真夜一边咳嗽,一边笑,他的眼睛弯成两道月牙,对夏长虞笑眯眯地说:"最近都没看见你,我还在想你什么时候会来找我呢,说曹操曹操就到。"

"要么咳嗽,要么笑,不要同时做两件事情。"

夏长虞的声音冷冷的,往常清那儿看了一眼,常清点点头,收拾好饭盒走了出去,关好房门。夏长虞在真夜的沙发前站定,沉着脸:"我最近经常看到那个学生,你是打算在你死之前,抓紧时间培养一个接班人吗?"

"要么关心我,要么诅咒我,你也选一个。"真夜拿夏长虞的话噎他,慢慢地拍打着自己的胸口,一点点压抑住嗓子里的不适。他抬起眼,声音里带着点儿调笑:"怎么想起来找我了?"

"我把药带给你。"

夏长虞抬起手,拎着的袋子里装着三四盒药,上面写的都是看不懂的德语。真夜老师叹了口气:"你也知道这些药是没用的啦,又不好吃,何必折磨我呢。更何况,我最近越来越不舒服,还不是被你那两个儿子害的?"他用手指了指房间中央的办公桌,"你自己去看。"

夏长虞蹙眉。桌上散落着两张纸,都是高三下半学期的离校申请,一个是夏炽

的，一个是夏姜的。

"你的大儿子志在歌剧，非要赶在这半年里去市歌剧团实习，这毕竟对后面的留学考试有好处，我也就不计较了。可是小坏是怎么回事？你作为父亲也不管管？我每天给他打五个电话，他一个都不接！整天都泡在图书馆里，不知道在干什么！"

夏长虞眉间的皱纹更深了。夏炽去歌剧团实习他是知道的，但夏姜提出了离校申请，他也是现在才听说。

夏长虞脸色微沉，道："夏炽和夏姜的性格都像母亲，打定主意之后就不会回头，我不会试图说服他们。他们的人生是属于他们自己的。"夏长虞踱步到窗边，深邃的眼睛倒映着柔和的天光，一如波光粼粼的海面，"真夜，我们认识了那么多年，从学园创立之初你就一直在我身边帮我，学园的大小事情都是你在管理。这个学园离不开你，夏姜也离不开你，所以……"

夏长虞的话顿住了。他并不善于表达感情，严肃的脸上流露出一丝尴尬。真夜盯着他的后脑勺儿看，拍着沙发的扶手爆笑起来："天哪，夏长虞，你不会是要跟我求婚吧！"

"我是希望你能保重自己，不管是为了学园，为了夏姜，还是为了我。"夏长虞回过头，雕塑般线条利落的脸上闪过一丝伤感，"茉莉亚去世之后，能和我分享过去的回忆的，也就只有你了。"

真夜有些恍惚。多少年了，他从没在夏长虞的嘴里听到过茉莉亚的名字。那个男人大概是真的害怕了，害怕真夜会忽然撒手而去，所以不惜拿出妻子的名字来压他，希望能让他更加珍惜自己的生命。

真夜苦笑了一下，果然人心都是肉长的，就连夏长虞这个木头脑袋都会用苦肉计了。他从塑料袋里抓出一盒药："行了，别老是摆着那副上坟似的面孔，我吃药，多吃几颗，总行了吧？"

夏长虞一看目的达到，立刻头也不回地往门口走，他还有一堆事要处理。真夜连忙喊："喂，你真是来骗我吃药的？我们都这么久没见了，一起去喝一杯吧，我刚托朋友带来两瓶红酒，88年的，不喝后悔。"

"你放在酒窖里了？"

真夜乐呵呵地点头。

夏长虞掏出手机，拨通了某个号码："林秘书，去一趟酒窖。把里面的红酒都给倒了，全部换成牛奶。"

晚上六点五十分。

×市医大附属医院。

整个挂号大厅里灯火通明，人头攒动，大屏幕上不停滚动着病人的号码，红色的号码一个接着一个向前跳跃，发出急促的"叮叮"声。最近×市爆发了大规模儿童流行感冒，症状比较严重，医院里人满为患，到处都是乱喊乱叫的小孩子。

林护士在咨询台后面伸了伸胳膊，打了个哈欠，目光再次落在大厅中心那个呆站着的男孩身上——柔顺的黑短发，灰色格子衬衫，黑裤子，五官精致如瓷器，背着一只大而重的书包。

他的站姿非常挺拔，表情也很严肃，和那群猴子一样上蹿下跳的小孩子形成了鲜明的对比。林护士已经注意他很久了，那么可爱的孩子本来就扎眼，更何况只有他的身边没站着家长。

林护士从咨询台后面站起来，向男孩走去。

"小朋友，怎么了？哪里不舒服吗？"

"没有哪里不舒服。"声音清清冷冷的。

"那你的父母呢，走丢了？要不要我去广播帮你找一下？"

"我来找一个人。"

男孩面无表情地抬起头，眼睑微动，林护士忽然被他的目光狠狠地刺了一下。那是一双怎样的眼睛啊，灿然生辉，却又冰寒刺骨，带着完全不属于这个年龄的成熟。

林护士结巴了一下："你……你找谁？"

"任萱，任专家，我听说她是你们医院最厉害的医师。"

男孩的声音不疾不徐，带着一种难以形容的压迫感。林护士困惑地眨了眨眼睛，心想这难道是任专家的孩子？可任专家明明才刚满三十岁，而这个小正太起码也该小学毕业了吧？

"对不起啊，小朋友，你要是不舒服呢，可以让你的父母带你来挂号看病，挂任专家的专家号。不过任专家最近在忙一个会议，这两天都不坐诊，你如果非要她看的话，只能过几天再来了。"

男孩扯了扯嘴角，仿佛在冷笑："好，那我就去会议室门口等。"

没等林护士反应过来，男孩已经绕过她，一个人朝医院走廊的深处走去。林护士目送着他的背影，这才发现他背的是学校统一发的书包，好像是本市很有名的红石学园。书包的包带上用细线绣着学生的名字——夏姜。

Chapter 03
试炼 × 芳菲

医院的会议室集中在医院四楼，这么晚还在使用中的不超过三个。夏姜避开走廊里的医生，成功绕进会议室区域，踮起脚去看会议室大门上贴的条子，很快就找到了任专家参加的会议。他在会议室门口的椅子上坐下，把书包抱在怀里，像抱着什么能够取暖的东西，脸色苍白，神情紧张。

会议室的门缝里透出黄色的灯光，不停有说话声传出来，有时还伴随着大声的争吵。走廊没有时钟，所以夏姜也不知道现在几点了，只看见窗外的光线一点点暗下去，走廊里的灯越发亮堂，他盘着双腿蜷缩在医院的长椅上，像一只在秋风中瑟瑟发抖的茧。

咚咚咚——心脏跳得好快，像要震破那层薄薄的胸膛，把所有恐怖和不安都泄露出来。

"咔嚓"一声，会议室的大门打开。两个头发花白、挺着啤酒肚的医师走了出来，后面跟着一个精瘦的中年人，满脸倦色。最后出来的是一个漂亮女人，干练的黑短发，一身简洁的职业装，外面套着长长的白大褂。看见那个女人，夏姜"唰"地从椅子上站起来："任萱。你是任萱。"

夏姜一说话，所有人的视线都落在他身上。任萱本来手里拿着一叠资料，正在跟助理模样的姑娘说着什么，转头看见夏姜，黑眸里闪过微弱的惊讶："对，我是任萱。孩子，你找我有事？"

"对，我找你有事！"夏姜立刻抱着书包走上前，大眼睛里有火苗跳动，期待的火花蹦溅出来。旁边那个白头发的医师笑了一声："哟，任专家，这不会是你的儿子吧？"

"我哪里有儿子啊。"任萱大方地笑了笑，半蹲下，看着夏姜的眼睛，"你叫什么？迷路了吗？"

"我没有迷路，我是来找你的。"

夏姜把书包口朝下，哗啦啦倒出十几本厚书，全是医学系本科生必须学习的专业书籍，一本比一本艰深高难。夏姜直视着任萱的眼睛，非常认真地说："过去的一个月，我自学了医大本科所有最重要的书籍，我想当你的学生，请你教我怎么治疗癌症。"

旁边的医师"扑哧"笑了："小朋友，这些书可不是你平时看的那些连环画啊，这么难的书，你能看得懂？我像你这么大的时候，连上面的字都认不全呢。"

"行了，别嘲笑人家了，小孩子都认识任专家，说明我们医院的基层宣传做得好啊。"另外一个医师伸手来拉夏姜的胳膊，想把他带出去，"小朋友，这里不是你能

来玩的地方,去找爸爸妈妈吧,记得以后不要乱跑啊。"

粗糙的大手抓住夏姜的胳膊,夏姜眉头一皱,刀一样锋利的视线割了回去。医师心口一凉,下意识松开了手:"这孩子怎么回事……脑袋有问题?"

任萱不动声色地打量了夏姜一会儿,像是在看什么非常新奇的东西,笑着说:"既然小朋友是来找我的,你们就不用管了,剩下的事情我来处理,赶紧回家吧。"

任萱做了个请的手势,示意夏姜走进会议室,然后把等着看戏的医生们都劝出了大门,反手轻轻关上。她从地上一本本拾起那些厚书,拍了拍上面的灰尘,然后拉开一把椅子,对夏姜说:"请坐。"

"任萱,中国医科大学硕士,德国海德堡大学医学院海归博士,发表核心论文十余篇,主要研究领域为耳鼻喉科,对鼻咽癌、喉癌的研究处于世界领先的水平。"夏姜没坐,站在原地直勾勾地看着她,"我说的没错吧?"

任萱惊讶地眨眨眼睛:"没错是没错,但从你嘴巴里说出来总觉得怪怪的,你的同龄人,大概连耳鼻喉科是什么都不知道吧。不自我介绍一下吗?你叫什么名字?"

说这句话的时候,任萱放下了手里的文件夹,不着痕迹地把桌上那些鲜血淋漓的病理照片压在了下面。

"我叫夏姜,是红石学园岚组的学生。"

"岚组?专收有钱小天才的那个岚组?看来我这儿来了个不得了的客人。"任萱笑起来非常亲切,用手拍了拍旁边的椅子,"你打算一直站着?"

"我希望能做你的学生。"

夏姜的眼神浓烈而炽热。任萱眸光一凝,眉毛皱了皱,她这才意识到夏姜的话居然是认真的,他不是来医院玩,也不是来炫耀他惊人的学习能力——他是真的想做她的学生。

"你今年多大?"

"十四岁。"

"十四岁,在国内是刚上初中的年纪吧?你如果想学医,应该先读初高中,再考医学类大学,为什么要跟我学?"

"我只想学有关喉癌的治疗方法,其他的我不感兴趣,不想浪费时间。"夏姜斩钉截铁地说,线条柔婉的嘴唇绷成一条直线,"你不用怀疑我的智力水平,我在一个月内读完那么多书,就是想告诉你,我有和那些大学生一样的学习能力,我不比他们差。"

他的胸膛急促地起伏,两只大眼睛死死盯着任萱,生怕她不答应。他拼命想用强硬的言辞来隐藏心里的恐惧,却不知道正是这样的语气出卖了他。

任萱沉默了一会儿,笑了:"夏姜,如果你以后考上医学院,我随时欢迎你来找我切磋。"

"不行,我不能等!"夏姜大声说,"我现在就要跟你学医,现在,马上!迟一天也不行!迟一秒钟也不行!我什么苦都能吃,什么事情都愿意做,所以你现在就得答应我!"

任萱一愣:"为什么这么着急?总得给我一个理由。"

夏姜的肩膀颤了颤,瞳孔猛地收缩。威猛的气势从身上缓缓流失,他的脸色重新苍白起来,看上去像一具没有灵魂的人偶。

"我不管,你不答应我,我就不会走。"

任萱盯着他看了一会儿,默默地叹了口气。她拉起夏姜冰凉的手,把他带到走廊里,锁上会议室的门。

"你的来意我明白了,今天你先回去。我明天有一个学术研讨会要参加,搭乘今晚九点半的飞机,有什么事情,等我回来再说。好吗?"

夏姜的拳头在身侧缓缓收紧。他抿紧了嘴唇,艰难地挤出一个字:"好。"

把夏姜送走之后,任萱回到办公室,翻了翻夏姜带来的书。每本文献都翻烂了,每页的空白处都有密密麻麻的注解,任萱不过扫了两眼,居然有点儿心惊。这是大学本科的医学教材,语言晦涩,内容更是艰深,从医学世家出来的任萱当年也花了三个月才吃透。

可夏姜不只做了笔记,也不只画了重点。

从注解的内容来看——他真的读懂了。

次日下午两点,徐管家如约来接唐桃。

管家镜片下的眼睛把她从头扫到脚,思考了一下措辞:"唐小姐……您今天很漂亮。"

唐桃尴尬地咳嗽了一声,她穿着花了一整晚精心搭配的"战斗服"——香奈儿的黑色露肩礼服裙,Valentino(华伦天奴)的红色铆钉鞋,脖子和耳朵上挂着莫氏珠宝今年主打的"星辰少女"款钻石珠宝,耳朵里回荡着莫大小姐的教诲。

"我告诉你,我最了解那些人的心思了,表面上管家是接你去谈判,暗中肯定有柳原家的人监视你,打量你,要是你不符合他们的期待,就会拼命贬低你。你的气质也就这样了,回天乏术,但外貌可以改善啊,穿着我给你搭配的这身衣服去,让他们

刮目相看！"末了还加一句，"反正刷的是他们的卡，你也不用心疼。"

想到昨天一通血拼下来花费的庞大数字，唐桃觉得自己要站不稳了。

"请上车。"

管家拉开车门，让唐桃坐了进去。大概四十分钟后，车驶入了靠近市区的一片绿地，树木繁密高大，一处精巧的和式院落藏在树林中心，很有点儿世外桃源的意境。唐桃好歹也在富人堆里熏陶了两年，知道越清净的地方越高档，越简洁的东西越贵，不禁开始感谢莫明雪没让她穿T恤来。谁知车头一转，避开了那扇幽静的竹门和门口罗列的豪车，向建筑的后院驶去。

"唐小姐，我们到了。"管家开门。

严厉的训斥声传了出来。一个胖胖的女人揪着一个店员的耳朵，语速快得像机枪，骂人的词汇"嗖嗖"地蹦出来，一转头看见车，冲管家大声说："老徐，人带来了？"

"带来了，这是唐桃唐小姐，今天就来店里工作。"

"糖小姐？我还盐小姐呢，这儿没什么小姐，既然来了就赶快干活儿。"胖女人的视线在唐桃脸上身上一扫，鄙视地朝后院的房间里喊，"直叔，你要的新人来了！"

"怎么回事？"唐桃慌了。

"家主的意思，这里是柳原社的分店，叫柳原堂，会员制，平时接待一些贵客，也培养一些新人，很多有名的糕点师都是从这儿出师的。家主需要您学习一下柳原社的生意，从制作甜品开始。"

"那……那我什么时候能见到他？"

"或许今天，或许明年，要看您什么时候完成家主布置的任务了。"

徐管家的目光投向院子，对一个在围裙上擦着手的中年男人鞠了一躬："直叔。"

"欸，徐管家来了？这个小姑娘就是唐桃？我看看，长得很标致嘛！"

"直叔是柳原社资格最老的糕点师，所有呈给客人的点心都要经过他的检查，是柳原社的灵魂人物。"徐管家一板一眼地介绍，"你后面就跟着他做事，有什么疑问问他就好。"

直叔是个五官英挺的中年男人，浑身散发着成熟大叔的魅力，和老字沾不上边。他伸出沾满面粉的大手，在唐桃白皙的小手上一握，毫不吝啬地给她一个大大的笑容："行，交给我吧。"

Chapter 03
试炼 × 芳菲

"都几点了,还在这儿聊天?"胖胖的大婶尖声插话,"想在这儿工作就去换身像样的衣服,穿什么裙子,来这儿跳舞呢?"

唐桃脸一红。直叔豪爽地拍拍唐桃的肩,把她往后厨里带:"行,今天跟我熟悉一下环境,徐管家你去忙吧,这儿有我就行。"

徐管家又一鞠躬,居然真的开车走了。唐桃连忙问:"直叔,我想见家主,你知道他在哪儿吗?"

"知道啊,不过恐怕你现在见不着,怎么,是他的粉丝啊?"直叔把唐桃带进厨房,"对了,徐管家有样东西要我交给你,没说是谁给的,你知道吗?"

说完,从放杂物的抽屉里取出一封信,交到唐桃手上。很普通的信纸,没封口,像封普通的家书。

唐桃喉咙发干,捏紧了信封的一角。

"小唐,小唐!"胖大婶从院子里走进来,手上提着把斧头,看见直叔,眼睛一瞪,"还在这儿聊天?我们人手都不够了!小唐,拿着斧头到后院,把那边的柴给劈了!"

唐桃一怔。她虽然吃苦耐劳,但好歹也是花样年华的少女,被差遣去劈柴不合适吧?

"你不知道吧,我们这儿都用柴火,这样制作的甜点才带有木头的香气。现在那些甜品制造业啊,都是用钢铁机器,硬生生把食物的灵魂弄没了。"直叔显然误解了她的惊讶,冲她眨眨眼,愉快地说,"去劈柴吧,所有的新人都是从杂事做起的,要认真对待哦。"

这一劈,劈了将近两个小时。

比起一般的女生,唐桃的力气不算小,但劈柴毕竟是男生干的活儿,斧头又重又沉,大石头似的。硕大的后院中,就看见唐桃手起斧落,木桩震得砰砰作响,木屑横飞,汗水四溅。

过了一会儿,背后传出笑声。

"你这是在劈柴哪,还是砍人哪?"直叔围着唐桃转了两圈。

唐桃惭愧:"对不起……我以前没劈过柴。"

"你要这样,力气用在木头中心,那一块最脆。木头砍成四瓣就好,关键大小要相同,这样灶膛里的火才能充分燃烧。"直叔接过唐桃手里的斧子,给她做示范,嘴里说个不停,"刚刚那个胖胖的阿姨,叫曲婶,在这儿工作了几十年,负责后勤,整

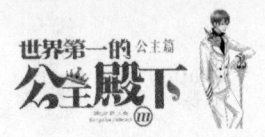

个店都离不了她。嘴虽然坏一点儿，但不是恶人，她也不缺你这把力气，主要为了磨你的心性。"

唐桃低着头，不甘心地说："我不是过来打工的，她没必要为难我。见到家主我就走。"

"为什么急着见家主啊，你真是他的粉丝？"

"不，我……"

唐桃想，她总不能说自己十几年前被柳原社社长无情抛弃，今天是来寻仇讨公道的吧。

"那封信你看了吗？"直叔问。

唐桃这才想起来有封信，刚刚热火朝天地劈柴，随手把信塞进了口袋。她连忙在绣着"柳原"两个字的围裙上擦擦手，把信封掏出来展开。上面只有一行字，用娟秀的小楷写着——三个月内，复制糕点"芳菲"。

就这样？没了？

直叔凑过头，吹了个口哨。

"什么意思？这就是他需要我完成的任务？"

唐桃今天第二次大脑一片空白。做一份糕点？做完糕点就能见到社长，就能知道自己的身世之谜？唐桃不信地摇摇头："不可能这么简单。"

直叔惊讶地挑眉："简单？这简直是最刁难的任务啊！你知道芳菲有多难做吗？整个柳原社里，也只有我一个人能做出来。"

"你？"

"没错，'芳菲'这个糕点是我研发的，最好的那盒用在小姐的满月宴上，距今已经有十几年了。"

直叔抱着双手，面色骄傲。唐桃的耳根红了，对，她知道这个故事，暑假的时候真夜老师曾经以"芳菲"作为赌注，虽然最后被岚组的人瓜分，唐桃没吃到。可那时候，唐桃并不知道柳原社的小姐是谁。

那盒糕点，是为了她制作的。

唐桃攥着信封，心里有说不出的酸楚。

"作为资深糕点师，我可以向你保证，制作'芳菲'绝不容易，而且之前那份食谱我也不记得了。"直叔耸耸肩，"你不如直接告诉布置给你任务的那个人，你做不成。"

"不行！"唐桃立刻说，"这是他给我的考验，我没有认输的道理！"

"你像是来打仗的。"直叔笑着说。

"我不是来打仗的,是来打胜仗的。"唐桃挺起胸脯。

"有冲劲的新人,我喜欢。"直叔笑了笑,把斧头塞回她手里,"帮你劈了一些,剩下的干完之后,就进来吃晚饭。"

柳原堂地处市中心,奢侈地占据着黄金地段,绝大部分的土地却用来种植树木。它主要分为三个部分,前厅的包厢对外接待客人,后方的厨房用来准备和开发餐点,常驻工作人员住在别院,和主建筑隔着一个古色古香的院子。

唐桃是以打工仔的名义被徐管家塞进来的,所以虽然人人对她的身份好奇,但没人对她客气。

"即使你是徐管家介绍的,也别指望我给你放水,只要被我发现你不中用,立刻麻溜地滚蛋。"曲大妈叉腰站在唐桃面前,手里挥舞着一只鸡毛掸子,"听好了,你先在后厨学习一个月,包括劈柴、整理餐具和各种打杂工作,要是直叔对你的表现满意,就会给你分配新任务。你现在是学生,可以放学后再来帮忙,不用住在店里,每个月的薪水按小时算。"

"我在市里还要打工。"唐桃犯难了。

"辞掉。"曲大妈斩钉截铁。

"可我答应老板要当夜班,他现在找不到人替我。"

"你是什么意思?现在就想走人?"曲大妈的鸡毛掸子虎虎生风,"走就走吧,想进柳原堂的人能排到郊区去,不差你一个!"

"好了好了,何必对新人这么苛刻。"直叔放下吃饭的筷子,挡在两个人中间,"小唐,你今天就到这里吧,一会儿吃完饭回学校,太晚回去不安全。"

唐桃沉默地往嘴里塞饭,味同嚼蜡,她本着摆事实讲道理的心态来要说法,家主没见着,却被曲大妈的三板斧打得魂飞天外。看来比起做出"芳菲",要想办法先在这里生存下去。

唐桃和直叔告别,坐公交车回红石学园,刚走到宿舍楼,就看见柳原淳子蹲在门口。嘴里叼着根草,身边放着迷彩水壶和压缩饼干,表情坚毅,很有不破楼兰终不还的架势。

她一直躲着淳子,但这个丫头不屈不挠,居然直接找上门来了。唐桃无奈,发短信给莫军师。

"提问,家里被人蹲守了怎么办?"

"回答,冲上去打一架。"

"提问,打不过怎么办?"

"回答,可以来我家住一晚,按五星级酒店收费。"

唐桃笑了:"住不起。"

"你有柳原家的卡呀!"字里行间洋溢着欢快,"欢迎你来刷卡!"

Chapter 04

夏姜 × 任萱

唐桃很快就知道了莫小姐心情好的原因。

打车来到短信上的地址，莫明雪的"行宫"还算低调，至少没像唐桃想象中那样全部镶嵌着宝石，太阳一照能晃瞎眼睛。一栋两层的精致西式洋楼，有个郁郁葱葱的小院子，延伸到院中的石子路上泊着两辆风格华丽的跑车。陆长歌给她开的门，他还穿着校服，一脸冷漠。

唐桃下巴快掉了："你们什么时候住一起了？"

"别多想，我是她聘的助理。"陆长歌皱眉，"今天晚上有很多工作要做，其实我希望没人来打扰。"

"不打扰不打扰，我保证不多话。"唐桃连忙挥手。

莫明雪正在二楼的书房里办公，看到唐桃走进来，问："我给你配的衣服呢？怎么又穿得跟个丫鬟一样？"

"哦，这是柳原堂的堂服，我可能又被坑了。"

唐桃把下午的事情说了一遍，莫明雪一脸嫌弃："反正超过一千块的衣服，在你身上一定穿不过五分钟。"

陆长歌坐在对面咳嗽了一声："有闲聊的时间，不如赶紧看完这季度的报表，做完了我还要回家，一会儿没公交了。"

"你可以住这里。"莫明雪大大咧咧地说。

唐桃"扑哧"笑了一声，不出意料获得了两双白眼。她赶紧收敛笑容，拿着手机乖乖地说："不打扰你们了，告诉我房间在哪儿，我立刻就去睡觉。"

临出门，陆长歌忽然喊住她，问："夏炽是不是去应聘市歌剧团了？"

"对啊，你知道了？他被录取了，大概已经开始实习了吧。"

陆长歌的神色变换了一下，用探究的眼神打量着唐桃。看她脸色红润，一副信心满满的样子，在心里叹了口气。

算了，还是不知道比较好吧……

"那我去睡了啊。"

唐桃道了晚安，心情不错地朝客房走去。

客房里的阳台，视野非常开阔。

一轮圆月从棕榈叶的缝隙里透出，莹莹白白，清辉遍洒。唐桃深吸口气，站在阳台上吹风，试着踮脚往红石学园的方向看，期待着看到教学楼尖尖的塔顶。或许是离得太远的缘故，入目只有葱茏的树木，蝉鸣响在耳边，让人心情舒畅。

Chapter 04
夏姜×任萱

古人说得好，"举头望明月，低头思故乡"。安静的月夜总能勾起心事，那些凛然的清辉如同一只只锋利的小钩子，把白天藏在心里的秘密全部勾出来。

比如现在的唐桃，举头望明月，低头思……某个人。

他现在在干什么？一定还没睡吧？今天是夏炽开始实习的第一天，过得开心吗，和同事相处得顺利吗？

唐桃一点儿也不担心夏炽的工作能力，她担心他的人际关系。

正这么想着，手机震起来。一看来电显示——夏炽。

唐桃差点儿没把手机扔下楼。不会吧，这么灵？

"你在哪里？"

背景音有点儿嘈杂，脚步声和人声混杂在一起，大概还在歌剧厅室内。夏炽的声音无论何时都沉稳动听，如弦乐一样，和背景里的噪声泾渭分明。

"我在莫明雪家，今天淳子在宿舍门口堵我，所以我就逃过来了。"

听筒里沉默了一小会儿。片刻之后，他问："你今天去见柳原家的人了？"

"是啊，不过没见到，徐管家说我先要在柳原堂里打工，完成任务之后才能见家主。"唐桃苦笑了一下，"我和打工太有缘啦，下次干脆把名字改成打工战士好了。"

夏炽丝毫不觉得她幽默，话筒里一声冷笑。

唐桃吐吐舌头："今天也是你实习的第一天，歌剧团怎么样，专业吗？有见到什么高手吗？和同事相处得好吗？"

三个问题过去，换回一句——"还行吧。"

还行？那到底是行还是不行？

唐桃没泄气："那你的第一场表演是什么时候？什么角色？我攒钱买票去看啊！"

又是三个字——"不知道。"

很好，这才是她熟悉的那个夏炽，惜言如金。

两个人又聊了一会儿，漫无边际，随便闲扯。夏炽似乎有心事，语言总是很简洁，过了一会儿，问："最近你有没有见过夏姜？"

唐桃一愣："没有啊……哦，上次在图书馆旁边貌似见过他，不过是背影，没来得及打招呼。"唐桃皱起眉，"夏姜怎么了？又闯祸了？"

"他休学了。"夏炽语出惊人，"真夜老师刚告诉我。"

唐桃脑袋里"嗡"的一声，果然，前几天还在想夏姜怎么不闹腾了呢，原来在酝

酿着更大的风暴。她担心起来："为什么要休学？他打算去哪儿？"

"我也不清楚。总之，如果有他的消息，第一时间通知我。"

唐桃连忙点头，虽然夏姜经常以戏耍别人为乐，但唐桃是真心喜欢那个淘气却聪慧的男孩子。夏炽那头静静的，什么都没说，唐桃听见听筒里传来的呼吸，均匀，悠长，有种奇异的安心感，又有种奇异的不舍。

他们在城市的两头，可不知为什么，唐桃并不觉得他很遥远。

"啊，对了，你在歌剧团实习，周末肯定有休息的时候吧。我现在打工的柳原堂的甜点很有名，最老牌的糕点师傅做的，有空的时候你过来吃啊……不过客人需要提前预约，你来的时候跟我说一声，我帮你跟直叔打声招呼……"

像是怕对方挂电话似的，唐桃的语速很快，想说的东西一股脑儿蹦了出来。夏炽安静地听着，一直等到她说完，嘴角不自觉地浮起一抹笑容。

傻丫头。

就不能直说想见他吗？

"我知道了，有空我会去找你。"夏炽说。

夏炽等对方先挂断。他还在歌剧厅里，找了个僻静的位置接电话。舞台导演发现他，伸手一招呼："夏炽，愣在那儿干什么，我可不是请你来打电话聊天的！"

笑容缓缓从脸上消失，夏炽红瞳微缩，又恢复了那副拒人于千里之外的表情。

"把这两个箱子搬到后台，之前交给你整理的文件弄好了没有？手脚麻利点儿！"导演满脸不快，"就算进了歌剧团，也别以为自己就是明星了，要你做什么，你就做什么！"

夏炽的表情毫无变化，甚至连眼皮都没动一下。也就是这张傲慢从容的俊脸，让导演看他格外不爽。

其实他现在的处境，倒和唐桃蛮像的……

夏炽闭上眼睛，吐了口气，把手机插回裤子口袋。

在唐桃欢天喜地地回房间休息之后，陆长歌从灯火通明的书房里走出来，找了没人的僻静角落，回拨电话。

铃响了两声，接通。陆长歌恭敬地说："父亲，找我有什么事？"

"刚才为什么不接电话？"

"她……莫明雪在，不方便接。"

"呵。"苍老威严的声音露出一丝笑意，"你和她的关系改善了？"

"没什么改不改善的,她出钱聘我做秘书,我尽力帮她做事。在我看来这没问题。"

"莫家手下能者如林,莫明雪又是莫老头的独女,掌上明珠,怎么会缺帮忙的人?"陆父顿了顿,语重心长地说,"她既然对你特别,你也要学会抓住机会,长歌,我知道你心气高,觉得这件事不光彩,但你有能力,也有头脑,我说的话你不该不懂。"

懂。

他当然懂。

可就是这个"懂"字,像带着倒刺的钉耙一样翻搅着他的心。

陆长歌站得笔直,背对着月亮。月光将他消瘦的影子拉长,与窗外的树影交缠在一起,显得诡异狰狞。

"我知道了。"

过了一会儿,陆长歌回答,几个字像是从唇缝里挤出来。

"只要结局是好的,不要太在乎手段。"

陆父叹了口气,无视儿子的纠结,挂断了电话。

这是一个难眠的夜晚,每个人各有喜悲,各怀心事。然而唐桃少见地睡得很好,第二天去学校上了一整天课,躲了一整天淳子的追逐,准时在下午六点半到达柳原堂,精力充沛地开始工作。

迎接她的却是地狱模式的工作。

"小唐,要你洗的盘子洗好了没有?"曲婶挥舞着鸡毛掸子,魔音穿脑。

"小唐,刚才我要你放的蓝莓你放哪儿了?没那个我没法摆盘呀!"打工仔小刘说。

"还有冰块,准备好了吗?半个小时前就提醒你了!"打工仔小李喊。

直叔嘴里叼着根牙签,同情地看着唐桃在料理台前手忙脚乱。年轻真好啊,想当年他也在曲婶的大嗓门下狠狠地被折磨了一把。

唐桃也是倒霉,正赶上柳原堂最忙碌的时候。

柳原堂采取预约制,营业时间是每天上午十点到晚上八点,六点半本来就是高峰期,再加上店里的每一个瓷器都是古董,世界仅此一只,经常需要清洗完成后重新上桌,所有人都等着唐桃手里的盘子用。

唐桃打工经验丰富,到这里还是甘拜下风,恨不得从别人那儿再借两只手。不过

洗个盘子就忙成这样，要是再加上别的活儿，她很难保证不出错啊！

直叔看着唐桃从刚开始的应接不暇，到慢慢掌握了规律，开始优先清洗那些数量少、使用率高的盘子。他乌黑的眼睛里写满了笑意，用力点点头。

聪明的小姑娘，不错！

一个半小时很快过去，在唐桃心里仿佛只过了十分钟。柳原堂终于打烊，客人们满意地驾车离去，厨房里同时发出一声叹息，感慨又度过了充实的一天。

柳原堂的厨房非常讲究，各类刀具和器皿的使用有一套章程，大大减轻了善后工作，但一整天车轮大战下来，要清洗的东西还是堆积如山。水槽里放满沾了果酱的器皿和煮牛奶的大锅，刀具需要全部擦拭干净，还有一大堆厨余需要分类处理。

曲婶打了个哈欠，对厨房里的人挥挥手："行了，大家收拾收拾，回去睡觉吧。"

唐桃还在用力刷洗，闻言抬头，欲哭无泪。

"小唐，走的时候记得关灯锁门。"

柳原堂万恶的规矩，来打杂的新人总是最累的。小刘从衣架上取下帽子，路过唐桃时，同情地拍了拍她的肩膀。

"加油，都是这么过来的。"

一个人收拾这么一大片狼藉，大概要两个小时。一串道别声后，后厨安静下来，夜风撞着回廊上的风铃，只留下唐桃卖力刷碗的声音。

清洗完一半的器皿，连着前堂的拉门被推开，直叔居然还没走。他穿着柳原堂的堂服，沾了面粉的手在围裙上擦了擦，笑着说："在忙呢？"

"嗯，大概还得一会儿，直叔你先走吧。"

"不着急。"

直叔走到她身边，把垃圾全部清理到袋子里，掏出抹布开始擦料理台。擦了一会儿，说："小刘今年二十六岁，是美国硅谷的设计师，在辞掉工作来柳原堂打杂之前，月薪四万。现在工资只有四千，少了一个零。"

"设计师？那他为什么要来学做甜品？"唐桃问。

"因为喜欢啊，喜欢所以努力，没什么好奇怪的。"直叔微笑，"小李，之前是一家贸易公司的总经理，刚来的时候像你一样做了几个月的杂事，然后才开始帮厨。"

唐桃"呀"了一声，这两个同事话都很少，其貌不扬，没想到以前的经历这么厉害。直叔认真地看着她，平静地问："小唐，你为什么来？"

Chapter 04
夏姜 × 任萱

这是直叔第二次问这个问题。唐桃嘴巴动了动,她当然不是为了学甜品来的,实情又不能说,怕伤了这个资深甜点师的心。

"我是为了知道自己是谁,才来的。"唐桃回答,这是句隐晦的实话。

直叔眉宇沉静,眸中光芒如电,他笑起来的样子亲切,严肃的时候却让人不敢亲近。过了一会儿,直叔的黑眼睛里漾起笑意:"嗯,是个好回答。"

唐桃的打工生活,至此正式拉开序幕。

她的心态很好,一点儿也不急躁。柳原堂毕竟是通往柳原社的接口,就算现在见不到家主,暗中也一定会有人监视她、评价她,再把她的表现汇报上去,落进那个人的耳朵。通往真相的旅途是一座通天的巨塔,想要一点点往上爬,需要比以往更多的耐力和坚韧。

唐桃自己都没意识到,她已经把家主当成了塔顶的大boss,一个长着蝙蝠双翼、邪恶的敌人,必须打倒!

一星期后,唐桃的吃苦耐劳的战略小有收获。她善于思考,手脚勤快,和之前进来的那些娇滴滴的小姑娘很不一样。人际关系好转了很多,店员们看她的眼神都温和了,就连曲婶也背着她点头,面露赞赏。

不过刻薄的口气依旧没改。

"把这叠抹布给我洗了。"曲婶说,"打湿,搓三遍,甩干,你那细胳膊用点儿力!"

"用力!"唐桃大喊一声,拼命拧出抹布的水。

"还有这些盘子,上面怎么全是水?让人怎么用?"曲婶说,"洗完以后立刻擦干,别让我再说第二遍!"

"擦干!"唐桃大声说。

一旁的小刘笑了。在曲婶叉着腰去为难别人的时候,凑过头来说:"你也太拼命了,这样会累坏的。"

"那没办法呀。"唐桃苦笑,"这是我的工作嘛。"

"傻丫头,都是工作,我当初就没你这么累呀。"小刘说,"我教你,你在台子上放一块干净的布,洗完的器皿就倒扣上去,这样等洗完一批,前面的那批自己就干了。"

唐桃按照小刘的方法一试,果不其然,工作量锐减三分之一。原来洗盘子也有很多道理,她以前在餐厅打工就没悟出来……小刘吹了个口哨,继续煮牛奶了。

又忙了一会儿,直叔从前堂回来,冲唐桃招手:"小唐,你过来。"

"怎么了直叔?"唐桃说。

"你认不认识一个叫莫明雪的?穿着你们学校的校服,挺漂亮的,一头长发。"

"认识啊,怎么了?"

"她在'卯月间',喊你过去。"直叔说,"你们是朋友吧?我本来不打算叫你,怕影响你工作,但是她脸色很差,我怕有什么要紧事,你还是过去看一下吧。"

唐桃心里"咯噔"一下,不会吧,难道又出了什么幺蛾子?莫大小姐脸一黑,红石的后山都要抖三抖啊。

唐桃整理了一下仪容,非常忐忑地来到前堂。第一天来柳原堂的时候直叔带她参观过,前堂一共有十二个独立的包厢,对应十二月份,莫明雪的那间"卯月"就对应着四月。在门上敲了敲,唐桃小声说:"莫明雪?你在里面吗?"

木质拉门"唰"地打开,一只涂着丹蔻的手一把抓住唐桃,把她用力拽进去。

"你真倒霉。"

这是莫明雪的第一句话。

"我没见过比你还倒霉的。"

这是第二句。

"你……"莫明雪打量她脸上溅着的水渍,"欸……你真倒霉……"

唐桃急了:"我倒什么霉了你倒是说啊!"

莫明雪偏不说,闭着眼睛叹口气,重新坐回包间里的蒲团上。雅间里布置非常讲究,充满禅意。包厢的一侧是白沙做成的河流,上面一座石桥,旁边点缀着一株芬芳的桃树——四月是桃花盛开的季节。

陆长歌坐在莫明雪对面,闭着眼睛喝茶,漫不经心。

"你自己看吧!"莫明雪咬咬牙,把一个信封扔过来。

信封,又是信封,上面有个熟悉的银行标识,和徐管家交给自己的那张副卡一样。

这是一张账单。

唐桃以前没用过信用卡,只有存折,所以一下还没反应过来。直到看见账单末尾的几个零,她才恍然大悟,一盆冷水直接浇上头顶。

20,010。

是那天莫明雪带她出去血拼花的钱。

唐桃的第一个念头:还好珠宝是借的。

第二个念头：那些衣服能退吗？

第三个念头：完了，剪标后应该退不成了。

她真倒霉。

"你最近躲着淳子，她没法当面跟你说，所以让我把账单转交给你。"莫明雪略一犹豫，泼辣如她也不确定下一句话该不该讲，"柳原淳子说，柳原社的那个家主，看到这个账单很生气，要你自己还钱……"

看到账单很生气，要你自己还……

唐桃就算再怎么坚强，依旧觉得后背冷得刺骨。

当徐管家给唐桃那张卡，并说明今后的生活费用由柳原家负责时，谁都认为这是一种安慰，是对唐桃十年来自力更生的经济补偿。可现在呢，不过两万块，这样一个家大业大，一分钟的营业额都不止两万的柳原社主人，却跟自己的亲生女儿计较起得失，说你这钱花得不对，你要自己还。

这算哪门子父母？简直有毒吧！

以莫大小姐的脾气，要是这件事落在自己身上，她先去刷一个带围墙的古堡，再刷一个地中海的小岛，估计都不太解气。

莫明雪当时就把淳子骂了一顿，表示这些钱是她怂恿唐桃花的，可以由她来还，这样这件事就不会传到唐桃耳朵里。哪知道柳原淳子摇摇头，说："你不了解家主，他既然直说让姐姐还，就不会让你还。她既然在柳原堂打工，可以直接从工资里扣。"

"你们柳原家的人都有病吧！"莫明雪大骂。

"你不懂，我小时候也是这样。想要零花钱必须自己挣，想买的东西必须自己买，从来不敢问家人要什么。小时候我学钢琴，家里给我请了老师，买了第一架钢琴，一万左右，非常普通。后来我自己换琴、买材料，都是靠比赛的奖金。"

"怎么可能一样？"莫明雪冷笑，"你用的或许是一万的钢琴，但请的是月薪十万的老师。柳原社在你身上的投资是隐形的，请了名师指导，有了良好的平台，才能培养出现在的你。可唐桃呢，谁管她，谁给她投资，她会弹琴吗？会画画吗？她现在唯一擅长的就是学习和打工，这还是生活逼她学会的东西。"

莫明雪愤愤不平，她心疼唐桃，所以格外憎恨柳原社的行为。柳原淳子又摇头，精致的小脸上神情严肃："我倒觉得姐姐学会了很多东西。她身上有很多优点，是我没有，也学不来的。"

"两万不好赚,我给……不,我借你。"莫明雪一本正经地说,"慢慢还,不着急。"

"不用。"唐桃说。

陆长歌冷笑一声,一副冷眼旁观的样子,他早就劝过莫明雪不要来,莫明雪非不听。唐桃这个人,从小靠自己,现在遇上亲生父母的刁难,被激发出昂扬斗志还差不多,怎么可能接受别人的帮助?果不其然,唐桃又嘴硬:"这是我和他们之间的事情,既然他们要我还,我就还给他们看。"

"你还?你现在的工资才多少,难道要再打一份工吗?"

"慢慢还吧,从工资里扣,我就不信他们还能收我利息。"

莫明雪恨铁不成钢,用眼睛瞪了她好一阵子,居然觉得唐桃和陆长歌很像。强烈的自尊,对自身能力的自信,还有那种怎么打也打不死,总能一脸淡定地讲出让人无法反驳的话的——小强精神。

"她身上有很多优点,是我没有、也学不来的。"

柳原淳子的话忽然浮现在脑海。

莫明雪和她对视了一会儿,叹口气,妥协了:"行吧,既然你说不要,我逼你也没意思。"她站起来拿起手包,"我来就是为了告诉你这件事,既然你有打算,我就走了。记住,我随时愿意高价收购你的那套破衣服。"

唐桃冲莫明雪甜甜一笑:"知道啦,谢谢莫大小姐!"

晚上八点,柳原堂正式收工。

唐桃今天干活儿格外卖力,抢着洗碗收盘子,小刘有一半的工作都被她抢了,看着她的时候满脸惊诧。唐桃的精神面貌异常饱满,一边卖力刷洗水池里的碟碗,一边跟曲婶打招呼:"曲婶,还有什么事情要我做吗?"

"今天刚从日本空运来两袋绿豆,你把它挑一下,坏的都挑出来扔掉。找个人和你一起弄。"曲婶叉腰环视四周,"谁今天晚上有空?"

小刘正在穿外套,闻言向后一缩:"我不行,我今晚要和女朋友约会。"

"我也不行!"小李赶紧摆手,"今天晚上有球赛,我和哥们儿约好一起看球!"

"没关系的,我自己来吧。"唐桃自告奋勇,"你把方法告诉我就好。"

这时候唐桃还没理解曲婶口中"两袋"的含义。曲婶上下扫了她两眼,冷笑:"行啊,既然你一个人能做完,那就做完再走。"

Chapter 04
夏姜 × 任萱

曲婶把她领到厨房旁边的储藏室，从里面推出两只褐色的麻袋。半米宽，一米高。

唐桃傻眼了。

"动作麻利点儿，明早应该能做完。"曲婶笑了一声，对大家招招手，"收工了啊，都回家去吧！"

屋顶的藤灯昏暗地亮着。

唐桃一个人留在空旷的厨房，跪在走廊上，脚边放着只筐子，小心翼翼地挑绿豆。柳原堂用的绿豆都是上品，低温运输，很少会有虫蛀或者破碎的豆子，可唐桃还是挑得很认真，仔细检查每一颗豆子，确保呈现给客人的都是最完美的食物。

一滴，两滴。眼泪打在手心，绿豆模糊成一块斑点，在她的视线里晕开。

真难受。心里像被烙铁烫着，被油煎炸着，火辣辣的，周围越静，灼痛就越发强烈。她不停地拿袖子抹眼泪，可是泪水还是源源不断地流出来，她在莫明雪面前、在大家面前不哭，不代表她真的不难过。

关于柳原社、关于父母的最后一丝幻想被无情地捣碎，她不敢报以期待的心更加千疮百孔，像扎满了碎掉的玻璃，嵌在肉里。

抽痛。

她的动作慢下来，两只手垂在地板上，低着头。

一只手帕递到她面前。右下角缀着一瓣桃花。

温柔磁性的声音响起。

"我听过一个说法，仙女的眼泪包治百病，那被我们小唐的眼泪洗过的豆子，会不会有什么特殊功效？"

直叔蹲下身，还穿着柳原堂的堂服，围裙上沾着面粉。唐桃连忙背过去，用力擦了几下眼泪："直叔你还没走啊？"

"本来要走，看到这边灯还亮着，就知道是你。"直叔笑了笑，把手帕放在她的头顶，"哭什么？谁欺负你了？"

"没人欺负我，就是心里难受。"

唐桃把地上的豆子捡起来，勉强挤出一个笑容："直叔你先走吧，不用管我，我一会儿就弄完了。"

直叔看了眼堆成山的豆子，又看了看唐桃，忽然闷笑一声："这个手挑豆子的办法是谁教你的？"

"曲婶说的,过小的、有虫眼和裂痕的豆子都要拿出来,不能用。"

直叔转过身,从一旁的竹柜里翻出一个圆形的筛框,每个孔洞都制成固定大小,用来筛选豆子的尺寸。直叔把筐子递给她:"有时候啊,真不知道你是聪明还是傻。"

从这两天的表现看,大约是傻……

唐桃默默地接过筛子,脸红了。

"来,我帮你一起搞,筛豆子只是第一步,把坏豆子挑出来才是最费时的。"直叔撸起袖子,笑起来露出一口锃亮的白牙,"我们一起,争取三个小时内弄完!"

直叔是唐桃以前从没遇到过的类型,非常友善健谈,和柳原堂里的每个人关系都很铁,简直就是职场万金油。唐桃对他有种难以解释的亲切感,没有拒绝他的帮助,揉了揉酸痛的眼睛,开始细心地筛豆子。

直叔问:"你知道柳原堂为什么连筛豆子都这么严格吗?"

唐桃说:"因为细节做得好,整体才能好?"

直叔哈哈大笑:"当然了,这是其中一个原因,这个理念已经被饮食行业用烂了,几乎每个人均消费上百的店都会这么说。可柳原堂有不同的理念,它更强调人在做一件事的过程。"

"过程?"

"当你筛选绿豆的时候,豆子经由你的手和汗水,经由你的专注努力,就赋予了它高于绿豆的价值。厨师对食材、器皿的感情,能够影响产物最后的真味,这是柳原堂创始人,也就是柳原社社长的理念。"

唐桃不相信:"真能吃出来吗?"

"不要用舌头,用心。"直叔点点自己的心口,"用心做出来的东西,和用手绝不一样。顾客愿意来到这里,花费不菲的金钱,我们提供的也绝不只是甜点。你觉得曲婶布置这么多琐碎的任务,是在为难你吗?这星期你打杂、洗碗、拖地,乃至今天挑豆子,不过是为了磨炼你的心性,让你体会柳原社的根本。修性之前,必先修心,索取之前,必先奉献,这是柳原社的社训。"

唐桃心里很有感触。刚来柳原堂的时候,直叔说过,他是这里资格最老的甜点师。

柳原社创立才多久?二十年?三十年?

"直叔,你见过柳原社社长吗?"唐桃问。

"见过啊,怎么了?"直叔挑眉。

"我有点儿好奇,想知道他是怎样的人。"唐桃连忙解释,"大家不都说他很厉害吗,白手起家,能做得这么成功,所以我……"

直叔的眼神暗淡了一瞬,过了一会儿,笑了:"是个身不由己的人。"

唐桃"咦"了一声。

"比起想做的事,他选择去做对的事,有时会伤害到身边的人。"

凌晨两点,绿豆终于筛选完毕。

直叔叫了辆出租车,把唐桃送回红石,说这么晚了一个人不安全。车停在离宿舍最近的大门,唐桃手酸脚痛、哈欠连天,现在只想扑到自己柔软的大床上好好睡一觉,什么也不想。

这条路唐桃很久没在晚上走过,路灯昏黄,地面上树木的影子狰狞吓人。她的困意醒了大半,加快步伐往宿舍楼走,这几天虽然忙得昏天暗地,但她并没有忘记自己前段时间被绑架过,那个阴影依旧笼罩着她。

右边灌木丛"唰"地一响。蹿出一个黑色的影子。

"喵——"

"茄子!"

唐桃惊喜地喊,她暑假回来就没见到这只野猫,还以为它跑到别的地方去了。茄子依旧是那副狡猾的样子,眯起眼睛看着唐桃,过了一会儿,又慵懒地"喵"了声。

"茄子,你想没想我啊?"

唐桃傻笑着,伸手抚摸茄子头顶,它发出满足的咕噜声,又往唐桃腿上蹭,比以前亲密了不少。茄子的眼睛闪了闪,用尾巴扫着唐桃的膝盖,又往左边走了几步。

茄子回头看她,示意她跟自己来。

大概五米远的草坪上停着一辆跑车,顶上罩着防雨布,积了厚厚的灰。在茄子的示意下,唐桃把防雨布拉到一边,就看见跑车的座椅上,三四只黑白相间的小花猫"喵喵"叫着,有两只眼睛还没睁开。

唐桃的脑袋里"嗡"一声——茄子是母的吗?

怪不得总是缠着夏炽!

奶猫一团团毛茸茸,温软可爱,唐桃忍不住伸手去摸,心想茄子如今也是只做妈妈的猫了。被小猫占据的跑车也有点儿眼熟,红色车身,前脸贴满了各国国旗,彰显着车主独特的品位。

不对啊,这是夏姜的车……

从积累的灰尘看，车起码两个月没有用过，这可是夏姜的爱车，经常载着他驰骋在校园的马路上。唐桃立刻想起夏炽的叮嘱，可是她最近学校和柳原堂两点一线，还真没见到那个小恶魔。

"茄子啊，这是夏姜的车，说不定他哪天就要用了。你跟我回宿舍吗？反正夏炽不在，宿舍很空。"

茄子仿佛听懂了她的话，闭上眼睛趴在座椅上，示意自己不想走。

"好吧，那我有空来看你啊！"

唐桃温柔地笑笑，又摸摸茄子的头。

她没有注意到，在跑车的另一侧，草丛上有被踩过的痕迹。脚印深而宽——属于成年男性的脚印。

同一时间，×市医大附属医院。

"任医师，那个小孩儿又来了。"助手说。

任萱刚刚结束一台五个小时的手术，饿得浑身脱力，头昏眼花。她脱掉手术衣摘下橡胶手套，靠在更衣室的椅子上休息，听见这话眉毛一动："哪个小孩儿？"

刚问出口就反应过来——哦，那个小孩儿。

自打从外地开会回来之后，只要她在医院，几乎都能看到夏姜的影子。要么坐在凳子上等他们开会，要么抱着书包站在办公室门口，怎么赶都赶不走。任萱揉揉眉心："这里是手术室，他怎么找来的？"

"那小孩儿说手术室里的是他爷爷。"助手尴尬地笑笑，"所以护士就让他在门口等了。"

任萱"扑哧"笑了声，轻轻叹口气，把盘在一起的黑发散下来，走到镜子前面整理好："辛苦了，今天没事了，你们收拾收拾就回去吧。"

"那个孩子怎么办？"

"既然是来找我的，我就去见见他。"任萱眨眨眼睛，"人家等了我这么久，总得请他喝杯牛奶吧。"

任萱换好衣服，往更衣室外面走，没走几步就看见走廊上那个小小的人影，坐在长椅上，两条腿盘在一起。她主动打招呼："哟。"

夏姜双眸雪亮，"噌"地站起来。

"几点来的？"任萱问。

"下午六点就来了。"

Chapter 04
夏姜 × 任萱

"吃饭了没？"

"我不需要吃饭。"夏姜说，"收我做徒弟，我要跟你学医！"

任萱不回答，趿着拖鞋走在前面，背影有些疲惫。夏姜一直盯着她的脸，说："这台手术很长，你八点进手术室，现在已经凌晨了。"

"嗯，六十岁的老先生，鼻腔肿瘤，有点儿棘手。"任萱揉揉眉心，"教了三十年的书，今年才退休，没来得及享福就被推上手术台。前两天他的病房里挤满了学生，搞得像道别一样……万幸，手术比较成功，还是救回来了。"

"鼻窦癌。"夏姜说，"我在书上读到过。"

任萱微微一笑："要是我的那帮研究生也有你这么好学就好了。"

夏姜跟着她走到一台售货机前。凌晨两点的医院，只有这里能找到东西吃。任萱塞进二十块的纸币，随便按了几个热量高的东西出来："能量棒、巧克力、薯片……薯片你吃烧烤味还是鱿鱼味？"

夏姜一愣："鱿鱼。"

"巧克力呢？黑的还是曲奇的？"

"曲奇的……"

"那喝的呢？我看看啊……"任萱在饮料名称上看了一圈，"没有牛奶啊。"

"你别把我当小孩子。"夏姜大声说，"我是真的想跟你学医！"

任萱不接话，"唰啦"打开薯片袋，塞两片进嘴里："这两天我托人调查过你。夏姜，今年十四岁，红石财团董事夏长虞的小儿子，有个哥哥叫夏炽，都在红石学园念书。我说得没错吧？"

"那又怎样？"夏姜问。

"你还未成年，天天跑来闹着要跟我学医，你父亲同意吗？"

"我要做什么和他没关系，就算他不同意我也要学！"

任萱温和的目光落在夏姜涨红的脸颊上。任萱出生在医疗世家，八岁就在监控室旁观父亲做手术，十岁开始在癌症病房里乱窜，见过太多的生离死别，很容易就能读懂别人的心思。她考虑着措辞，温和地问："我能问问你不去考医学院，不走正规的升学通道，非要跟我学医的理由吗？"

不出所料，夏姜僵住了，白皙的小脸露出明显的不信任，像只戒备的小猫。

"你看，你口口声声说要学我的医术，但什么都不肯说，这就是不信任我。既然你不相信我，我又怎么相信你呢？"

夏姜犹豫一下，咬住下嘴唇："你是癌症方面的专家，国内没几个人的水平超过

你。跟你学最快，最好。"

"你很着急？"

"我很着急！"

"那我劝你趁早放弃。"任萱面色一沉，"画画有一个月速成班，为什么？因为即使画得不好也不会死人。但医学没有捷径，或者说不允许有捷径，你经验不足手艺不精，病人怎么放心把自己的性命交给你？万一手术失败，你怎么向悲痛欲绝的家属解释，说因为你着急吗？"

"这不一样，我会好好学！"夏姜站起来急切地说，"我很聪明，也能吃苦，像你说的，本科两年的教材，我两个月就能看完！我可以比别人学得更好，我和你以前见过的那些学生不一样！"

"是不一样。"任萱眼里闪过一丝厉色，"你还不如他们。"

"如果真想学医，去报考医学院，和那些你认为愚蠢的学生一起学习。这样你才会明白医学一途有多么艰苦，而现在你说的话，是对于医生的侮辱。"任萱吃完最后一块薯片，拍拍手站起来，"我明天还有两台手术，要回去睡了。你怎么说？"

夏姜低着头，露出头顶深色的发旋，双肩有些发抖。

"你是×市医大的教授，对不对？"

"对。"

"至少……至少让我去旁听，那些人做的作业我都做，实验我都参加，我证明给你看！"夏姜"唰"地抬起头，"我证明给你看，我和他们不一样！"

昏暗的灯光下，少年的眼睛闪闪发光，亮过星辰。

"那你就试试吧。"

任萱转过身背对他，嘴角上扬，露出一个意味深长的笑容。

次日，×市医大阶梯教室。

早上八点，三百人的教室座无虚席，不仅有本校学生，还有许多慕名而来的任教授的仰慕者。学医的学生穿得都很低调，灰扑扑的人群里，就看见夏姜白白的脸蛋亮堂堂的，占据全场最醒目的位置——第一排正中间，刚好对着任萱的讲台。笔记本摊在桌上，拿着笔，腰背挺直，抱臂坐正。

真夜老师要是看到这一幕，估计得嫉妒得咬手绢。

"小朋友，你跟我换个座位吧。"一个戴眼镜的男学生来跟夏姜打商量，"我今年打算报任教授的研究生，坐前面一点儿好给她留个好印象。"

Chapter 04
夏姜 × 任萱

"我也要报她的研究生。"夏姜面无表情。

"呵呵，你？"小眼镜诧异地笑了，"你才几岁啊，任萱是谁你知道吗？来这儿凑热闹？"

任萱这时候正好推门进来，穿着一身优雅的职业套裙，黑发用夹子绾在脑后，露出线条优美的后颈。与夏姜的视线相撞，任萱面露惊讶，夏姜"噌"地站起来，大声喊："任教授好！"

声音稚嫩洪亮。全场鸦雀无声。

任萱哭笑不得。

"好了，大家都坐吧，没椅子的可以去隔壁教室搬一下，我们马上就开始了。"任萱把U盘插进电脑，准备课件。

"相信大家都认识我了，不然也不会大热天来听我的公开课。自我介绍就省了吧，我们现在看一个案例，这是我在美国的研究团队去年的课题，截止到今天，已经有了初步的成果。"

PPT（幻灯片）上不断滚动出鲜血淋漓的照片，学医的习以为常，所有人都仔细盯着屏幕看。任萱简单介绍一下项目的背景，问："有没有人对Y细胞培养技术有了解？在我陈述之前，先听听大家的看法。"

Y细胞培养技术是近年才提出的癌症治疗手段，在国内并不普及，资料和书籍大多是英文，看过的人很少。一片静默中，一只小手在任萱眼皮底下举起来。

任萱眼皮一跳……不是吧，这都知道？

"夏姜，怎么了？"

夏姜口齿伶俐，吐字清晰，把看过的英文文献一板一眼地翻译成中文。任萱只知道他是夏长虞的儿子，不知道他还有个精通五国语言的母亲，小时候别的孩子都看《白雪公主》，而夏姜是抱着《哈利·波特》的原版英文书长大的。

阶梯教室里响起富有层次感的赞叹声。任萱清了清嗓子："说得很好，就是这样。我在美国的团队主要运用这项技术来进行癌症的治疗，目前已经在澳大利亚获得初步许可，用动物做一些实验。"

"这个项目我在美国的导师Peter也跟我提过，去年我去美国找他，和他一起度过了很愉快的时间。"一个自信的声音从夏姜背后传来，回头一看，是小眼镜。他急于给任萱留下印象，抓住一切机会自吹自擂，"任教授，Peter您认识吧，是美国的癌症专家，和您一起参加过国际交流会的。他很赏识我的研究成果，我们经常就国际医疗的发展和前景进行深入的讨论。"

其实Peter教授确实厉害,却和这个小眼镜不熟,两个人只是用邮件交流过几次,从此小眼镜就拿他来大吹大擂。夏姜不动声色地听了一会儿,忽然说:"没记错的话,Peter教授去年不在美国吧?"

小眼镜一愣:"你……你说什么?"

"Peter Worsen,美国前沿医疗的代表人物之一,从前年的十月起就去罗马尼亚做项目,至今没回来。你是怎么在美国见到他的?"夏姜讽刺地笑了,"灵魂出窍吗?"

阶梯教室传出窸窸窣窣的笑声,小眼镜是大五有名的匹诺曹,编起故事轻车熟路,很多人的耳朵都受过他的荼毒。任萱尴尬地清清嗓子:"Peter教授我不太熟,有机会可以讨教一下。"

夏姜抬头,"唰"地举起胳膊。

任萱眼皮又一跳,笑容有点儿绷不住了。她从牙缝里挤出两个字:"夏姜?"

"我有个问题。"夏姜一脸严肃,"你宁愿敷衍那个骗人的小眼镜,都不肯收我做徒弟?"

"现在是讲课时间,有什么私人问题下课再说。"

"如果我是个普通的学生,现在我问的确实是私人问题,但如果我在医学上很有天赋,将会成为优秀的医生,这就不是私人问题,而是全人类的问题。"夏姜振振有词,"你早一天答应我,我就能多学一天知识,我早出师一天,就能多救一个人。你可以不收我,但我会一直追着你。"

夏姜发表了一通"国旗下的讲话",慷慨激昂,脸不红,气不喘。小眼镜气得脸色发青,还听见身后女生们红着脸说:"哇,表白?那个小男孩好有勇气啊!"

小眼镜气疯了——表什么白,都疯了吗?他明明就是在跟自己呛声!

夏姜的一双大眼睛直勾勾地盯着任萱,神情期待又专注。

过了一会儿,任萱扶额,小声说:"夏姜。"

"在。"

"去门口站二十分钟。"

夏姜在阳光下站着。

说站门口,他还真站门口,也不知道换个阴凉的地方。太阳晃着眼睛,眼前一片炽热,似乎有双温柔的手抚摸着他的头发,像小时候一样,舒缓好听的声音轻轻问:"小姜,还难受吗?要喝水吗?再等一等啊,马上医生就给你看病啦,看完病我们就

Chapter 04
夏姜 × 任萱

好啦……"

茉莉亚的笑容遥远而模糊。发烧不难受，看病也不难受，难受的是……你已经不在我身旁……

一只手粗暴地拍打夏姜的脸。夏姜睁开眼睛，满脸晒得通红。

小眼镜居高临下地俯视他："小孩儿，任教授要你去拿样东西。"

"什么东西？"听到任萱的名字，夏姜精神了。

"看到那栋楼没有。"小眼镜指着阶梯教室旁边闪着银光的楼房，"你上二楼，往右走，最里面的那间教室。桌上有任教授要用的资料，你把它拿过来，快点儿。"小眼镜扔给他一把钥匙。

"你干吗不去？"夏姜问。

"你不正好罚站吗？为什么要我去？"小眼镜冷哼一声。

任萱接下来的课讲得心神不宁。

无论嘴里讲什么，和学生讨论什么，眼前总浮现起那双黑色的大眼睛，带着热烈的期盼和执着。那不是一双属于孩子的眼睛，不应该出现在一个十四岁男孩的脸上，它包含了太多热烈的感情，让一贯淡定的任萱不知所措。

这种眼神让任萱害怕，仿佛让她看到了当初赴海外求学的自己。

"任教授……任教授？"助手姑娘的声音传来，"任教授，时间差不多了，是不是让学生们再问最后一个问题？"

任萱回过神来，微笑，对助手点点头。

讲座结束已经到了中午，任萱收拾好东西，和相识的教授们打完招呼，夏姜的笔记本和手机都放在桌上，人却没回来。

不是说好只站二十分钟的吗？难道站了两个小时？

任萱赶紧跑到门边一看，没有夏姜的影子。

"任教授，系主任找您去商量一下调课的事情，要不您现在去？"

"夏姜的东西还没拿，你看到他了吗？"

"没有，应该先走了吧？毕竟是个小孩子，怎么可能真的在门口等？"助手说。

"不会，他肯定还在，可能有什么事情出去了。"任萱扫了眼桌子，居然有点儿心慌，"你帮我在这儿等等，帮他看着东西。"

可是等任萱从系主任的办公室里走出来，夏姜依旧没回来。

任萱着急了，夏姜脾气古怪，性格执着，不可能无缘无故地放过任萱，很可能是

出了什么意外。任萱赶紧拿起夏姜的手机，还好没设密码，翻到通讯录那一栏，居然发现里面空空如也，一个号码都没有。通话栏里倒是有好几个未接来电，本市的号码，全都被夏姜按掉了。任萱心想赶紧通知他的家人，还没呼出去，就接到一个新的来电。

是个女孩子的声音。

"夏姜？你居然接了！我是唐桃。"女孩的声音很有精神，"你现在在哪儿啊？我听说你要办休学，真夜老师在到处找你，要不然你先回来一趟，商量一下？"

"你好，我是任萱，×市医大的老师，你是夏姜的同学？"任萱立刻说，"他本来和我在一起，好像走丢了，你有没有办法找到他？"

电话那头的女孩倒吸了一口凉气，过了两秒，立刻说："你在哪里？我立刻过来！"

唐桃打车到×市医大，刚下车就看见任萱。任萱脸色发白，手里攥着笔记本和手机，摇了摇头："我刚刚用校内广播找他，没找到。"

"夏姜为什么跑到这里来？"唐桃问，"难道他要学医？"

任萱叹了口气："他缠着我有段时间了，要我教他，这件事以后再说。你有没有线索，知道他会在哪里？他只走丢了一会儿，我也不好通知警察。"

唐桃绞尽脑汁，夏姜这个小正太的脑回路太神了，要猜到他的去向比登天还难。甜品店？电影院？游乐场？总之一定是玩去了。

不过夏炽上次打电话来，口气非常严肃，还是要盯紧一点儿。

两个人干着急的时候，助手正好收拾完东西从阶梯教室出来。听到两个人的谈话，助手眼珠子转了转，忽然说："我记得夏姜在门口罚站的时候，有个学生跟他说话。"

"哪个学生？"任萱和唐桃异口同声。

"就是那个和夏姜在课上吵起来的戴眼镜的男生，还给了夏姜一把钥匙，不知道说了什么，离得太远我没听清。"

任萱立刻问："钥匙是什么样的，你记得吗？"

"是学校教室的钥匙，挂在铁片上的，我记得那个样式。"

任萱摸了摸下巴，飞速在脑袋里串联信息——小眼镜她之前见过，是大五的学生，记得系主任提过，教学楼的实验室最近拨出一间归他们班使用。那间教室在走廊的最里面，平时没有人去，很难被别人发现。

Chapter 04
夏姜 × 任萱

任萱二话不说就往教学楼跑，明明穿着十厘米的高跟鞋，两条小腿却动得飞快，上楼梯气势惊人。唐桃惊疑不定地跟在后面——不会吧，夏姜难道被关起来了？他居然也有被别人坑的一天？

实验室在走廊最里面，空旷的楼道里回荡着急促的高跟鞋声，任萱很快冲到门前，用力拧动门把手，锁了。

"夏姜！夏姜你在里面吗？"

没有人回答，门上的玻璃窗被窗帘挡着，看不见里面。唐桃被任萱脸上的严肃感染，心里更紧张，立刻伸手去拉教室旁边的窗子，也从里面反锁了，纹丝不动。

"教授，我借到钥匙了！"助手一路小跑过来，任萱劈手夺过钥匙，把门打开，扑面一股浓烈的福尔马林味。教室里没有开灯，窗帘拉紧了，光线非常晦暗。夏姜缩在靠近门边的角落里，闭着眼睛，呼吸急促，脸颊灼热。

任萱伸手一摸："发烧了。"

门明显是被人反锁的，在这个味道难闻的密闭空间里，夏姜起码独自待了三个小时。四周都是阴森可怕的人体模型，柜台上整齐地摆放着各种化学试剂，房间的中央摆着两只一人半长的大铁柜，装着用来解剖的尸体。光在里面站一会儿，唐桃就起了一身鸡皮疙瘩。

"他是被人关在这里的？"唐桃的脸黑了。

"学校医务室的老师还在，帮我把他抱过去。"任萱二话不说，提起夏姜的领子，看唐桃还愣在那里，立刻喊，"快呀，我一个人搬不动！"

三个女的一个托头，一个扶腰，一个抬脚，好不容易把夏姜四仰八叉地弄进了医务室。保健老师满脸诧异地看着任萱，给夏姜量了体温，说："低血糖，估计没好好吃饭，再加上着凉，估计要回家躺一两天。让他好好休息，吃点儿退烧药就好。"

任萱这才长舒一口气，伸手抹了把汗。保健老师笑盈盈地看着她："干吗？你儿子？"

任萱扯扯嘴角，已经没有解释的力气了。

唐桃帮夏姜把被子盖好，伸手摸摸额头，果然吃了药就没那么烫了。

任萱轻声说："我在学校里还有急事，必须今天内处理完。看你和他很熟，你能先照顾他一会儿吗？"

唐桃点头："放心吧，他是我的同学，我留到他好了为止。"

任萱又笑了下，和保健老师一起走出去。唐桃握着夏姜的手，坐在床边的小板凳上，盯着夏姜苍白的脸看。她还记得第一次见到他，在红石学园的喷泉池边，灵动清

澈的大眼睛，满脑袋都是整人的点子。现在细看，才发现他瘦了很多，仿佛用两个月的时间拼命成长着，眉眼看起来坚毅清明。不知不觉间夏姜已经长大，和夏炽又像了两分，但心里想的事情也越藏越深，更加难以捉摸。唐桃紧紧握住他的手，心想整个学校的人都在找他，这次不能再放他跑了。

夏姜的热度一点点退下去，唐桃心里放松，眼皮越来越沉。这不怪她，这几天白天上课，晚上打工，根本没足够的时间休息。

睡着睡着，就听见一个熟悉的声音。

"唐桃。"

声音低沉好听，能烫进心里似的。唐桃猛地抬起头来。

"你来了！"唐桃说。

逆光站在窗前的人影身材颀长。夏炽嘴角含着微笑，视线在唐桃脸上晃过一圈，落在熟睡的弟弟身上。

"收到你的短信我就来了。还是你有办法，能找到他。"

夏炽走进来的瞬间，病房温馨起来，唐桃原本晃悠悠的心踏实落地，就连空气里的酒精味都不难闻了。这对夏家兄弟就像天上的流星，能不能遇见基本靠运气，既然相聚了，唐桃祈求这样的时间再多一点儿。

"他最近一直缠着那个叫任萱的教授，貌似要学医。"唐桃轻声说，"估计你们找不到他，是因为他跑到这儿来了。"

夏炽的目光紧紧锁在夏姜脸上。病房里的空气似乎凝固了一瞬，片刻，夏炽说："他居然真这么做了。"

"怎么做？"唐桃抬起头。

"任萱是国内耳鼻喉科顶尖的医师，在治疗癌症方面有先进成果，他之所以要拜师，是因为茱莉亚。"夏炽脸上闪过一丝沉痛，"在茱莉亚死后，我对喉癌做过了解，听过任萱的名字。"

唐桃"唰"地站起来，为了茱莉亚，这个理由她根本没想过。是呀，她光顾着体会夏炽的感受，为什么没有想过年纪还小的夏姜，在听到茱莉亚的死讯后是什么心情？真夜老师说，夏姜待在图书馆里一个多月，这一个多月他用什么心情看书，什么心情入睡……为什么她从没考虑过？

"可是……"唐桃咬着嘴唇。可是茱莉亚已经去世了，夏姜折磨自己有什么用？

"你不明白，他就是要折磨自己。"夏炽闭上眼睛，"他小时候虽然性格软弱，好欺负，但好欺负不代表不倔强。六岁那年，他养的一只金丝鹦鹉丢了，他在外面找

Chapter 04
夏姜 × 任萱

了整整两天，不吃不睡，被管家强行塞进车里拖回家。此后四五个月，他天天在街头巷尾贴海报，去每一个宠物收容所问，不找到决不罢休。七月的最后一天，他路过隔壁小区的时候看见有家人窗外拌着他的鹦鹉，一眼就认了出来。"

"他一旦认定的事情，无论如何都要完成。可这次的事和鹦鹉不一样。"夏炽深红的瞳仁中闪过一丝痛色，"无论他如何努力，茱莉亚也找不回来了。"

唐桃鼻子一酸。她虽然从小不在父母身边长大，但人心是相通的呀，想想菊，想想离开的格林夫妇，心里已经翻腾得难受。

夏炽弯下腰，细细看着夏姜的睡脸，缓慢地伸出手，还没碰到夏姜柔软的头发，忽然顿住。

手指一根根弯曲，抽回，握成拳头，收紧。

"走吧。"他说。

"走什么？他还没退烧呢。而且真夜老师一直在找他，总要先让他回学校一趟吧？"唐桃说。

"如果他以我弟弟的身份胡闹，我当然会让他回去。但他留在这里，是以夏姜的身份，既然下定决心要为了某件事努力，我没有阻止他的权力。"

夏炽说完，抬腿就往门口走，不给唐桃阻拦的时间。

这两兄弟真是越来越像了，无论是固执的方面，还是不善于表达感情的方面……

唐桃"扑哧"一笑，对门口的背影说："你等等，我送送你。"

两个人一前一后，往大学门口走。

夏炽俊脸紧绷，眉毛微蹙，看起来心情不佳。唐桃仰着头打量他，发现他眼底居然有淡淡的青色，立刻问："你最近睡得不好吗？"

"宿舍里有人打呼噜。"夏炽说，"太吵了。"

"我睡觉就不打呼噜。"唐桃颇为骄傲，"怎么样，想念我和你当室友的时候了吧？"

夏炽嘴角一动："你是不打呼噜，但你流口水。"

唐桃眼睛一瞪："胡说八道！"

"当年我从红石的迷宫里把你抱回来，你睡得倒香，流了我一胸口的口水，那件衣服我当场就扔了。"夏炽露出很嫌弃的表情，"你现在打工赚钱了，什么时候赔我衣服？"

"柳原堂里有制服，就是logo（商标）有点儿显眼。我给你拿一件？"

夏炽唇角微勾,有点儿怀念这样斗嘴的感觉。他的眼睛冷淡疏离,一旦漾起笑意,宛如烫不伤人的火焰,明艳而温暖。唐桃默默地看着他,过了一会儿,轻声问:"你在歌剧团里怎么样,不会很辛苦吧?"

"还行吧。"夏炽淡淡地说。

"那……那我能去看你不?"

夏炽摇摇头:"管得严,外人不方便进。"

"那我去给你送吃的!我给你们团每个人都做一份,这样就不是外人了。"

夏炽嘴里迸出三个字:"不敢吃。"

唐桃还想还口,心里一掂量,自己在柳原堂光洗碗了,还真没学到拿得出手的厨艺。她一咬牙:"等我得到直叔的真传,一饭千金难求,你想吃也吃不到!"

"那个时候我再考虑要不要吃。"夏炽说。

两个人走到门口,从教学楼到大门的路实在太短了。唐桃的心像从云端跌落下来,翻过几个山头,落进潮湿阴暗的湖里。见一面已经这么难,下次再见又是什么时候?

夏炽似乎也有点儿不舍,眸光一直在她的眉宇间打转。过了会儿,伸出手,把她额头的碎发拨到耳后。

"不要对夏姜说我来过。真夜老师那儿也暂时保密。"他定定地看她,轻声说,"我走了。"

Chapter 05
歌剧 × 礼物

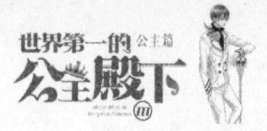

意大利。米兰。

菊站在精致的黑铁大门前,内心非常煎熬。

前段时间收到管家的请柬,又被卡伦那个小子骂得一无是处,平心而论,菊是不愿意来的。但一则女画家是他师傅,于情于理都应该来看看,二则他很好奇,传说中的兰铃会到底是什么东西?水平很高吗?有薪水吗?管饭吗?

要是管饭他倒可以考虑。

伸出右手叩了叩门上的黄铜把手,菊立正站好,把请柬放在胸前。

门开了,眼生的年轻人,戴着副眼镜。

年轻人上下扫了他两眼,面露轻蔑:"我已经说过了,我们画廊不收大学生的画,你请回吧。"

"我不是大学生,也不是来卖画的。"菊立刻把请柬递给他,"上次有个老先生跟我说,想参加什么绘画比赛,就要来这儿。"

年轻人的目光似乎被请柬烫了下,脸上惊疑不定。他使劲盯着菊看了好几眼,声音都变了:"你是哪个派系的?师傅是谁?有信物吗?"

"信物?啊,是这个吧?"菊把右手伸出来,给他看那枚金戒指。

年轻人生动地诠释了什么叫作变脸如翻书。菊的形象似乎一瞬间从落魄小画家变成了御用宫廷画师,年轻人伸出双手把他拉进来,耳根涨得通红,嘴里喋喋不休:"我已经听说今年参赛的不是Evan,没想到你居然这么年轻!真厉害啊!你多大了?三十?"

"我十八。"菊无奈。

"十八?"年轻人叫起来,"十八岁就能参加比赛?你真是近百年来的一朵奇葩,就连Evan都是三十岁才第一次参赛的!"

菊一愣:"Evan今年多大?"

"快三十五了吧?"年轻人说,"不过她长得很小,看起来也就二十五岁。"

两个人穿过幽深的画廊。画廊建在一个小巷子深处,整体呈长条形,走廊两侧挂满了油画画作,有的只有A4纸那么大,有的占据了整面墙。空气里弥漫着淡淡的丙酮味,衣着体面的客人在狭小的空间里与店员交谈,这些画作大多数都是兰铃会参赛者们的旧作,在这里拿下,或许四个月后的价值会翻十几倍。如果菊见识足够,就会发现身边衣冠楚楚的客人曾露脸于全球各类报纸,有政界要员,也有球星明星,抽空飞来这个狭小的画廊里,像爱好古董的学究在潘家园里捡漏。

"这幅是Evan的,在她连续夺得三年的比赛冠军后,这幅画价格暴涨,有人出十万欧元想买下,我们店主不让。"

"就这东西?"菊目瞪口呆。年轻人指的是墙上的一副速写,还没A4纸大呢,上面寥寥几笔画着三只鸭子。

"这张是我们店主的最爱。"年轻人感慨,"有一次我不小心呼了口气上去,快被店主骂死了。"

"你们店主品位真奇怪。"

"马上你就能见到他了。"年轻人爽朗一笑,替他推开画廊尽头的一扇门,"请。"

对着门口的高脚桌上有一大束绿玫瑰,空气里浮动着淡淡的花香。菊往前走了一步,就看见巨大的彩绘窗下,堆着许多卷宗的大木桌后,坐着一个熟悉的人。

卡伦头发梳得油亮,穿着一身体面的灰色条纹西装,见菊进来,嘴角勾起冷笑:"你居然来了。"

菊大惊:"你怎么在这儿!"

"这是我家的店,我为什么不在这儿?"

菊瞬间明白了,为什么"店主"这么爱惜Evan师傅画的三只鸭子。这个人根本就是变态嘛,估计连Evan打个喷嚏都是香的。

年轻人麻利地把门关上。房间里安静得诡异,两个人大眼瞪小眼,过了一会儿,菊说:"我来了解一下情况。"

"什么情况?"

"我不打算参加这个大赛,你说得对,我没足够的实力,不太好给Evan丢人。"菊抚摸着手指上的戒指,"你有办法联系到我师傅吗?"

"我要是有办法,还会干坐在这儿?"卡伦暴躁地"啧"了声,飞给他一个大白眼,"我想过了,这个比赛你必须参加,我就是要你丢T先生的人,输得越惨越好。Evan不在乎名利,但她在乎T先生,你要是表现得太差,我想她会出现的。"

菊表示很不赞同,如果Evan知道要面子,根本不会把戒指留给他这个学画两个月的新人。

"行了,什么都别说了,你老实点儿,在报名表上签字吧。"卡伦从卷宗里抽出一张表,又拿起一支羽毛笔,"每个月会有定期的交流会,要上交固定主题的画作,十二月上交的那幅画用来定胜负,所以你还有点儿时间。不懂的直接问我,我懒得关照你。"

卡伦把表往菊那里塞,一副想屈打成招的架势。

菊问:"这个比赛有多少人参加?"

"人不少,各个流派的年轻精英都会来。不过按照往年的趋势,有信心竞争冠军的画家不多,连T先生一脉在内,共四个。"

菊脑袋里"嗡"的一声。

画得不好不丢人,毕竟刚刚开始学。可一颗老鼠屎掉在粥里本就显眼,更何况,那碗粥里只有三粒米!

多尴尬啊!

菊已经准备好开溜,满肚子搜刮理由。这时候,目光落在金戒指上,室内阳光灿烂,在戒圈上一闪。

菊忽然震住。

眼前闪过一大束香槟玫瑰。临别前送给小桃的那束。

"接下来的半年,我打算出去旅行。"

"放心吧,我不是逃跑,只是在这儿找到了我该做的事情。"

该做的事情。是啊,当初留在意大利就已经决定,绘画也好,自己也好,不想停留在原地,总要做出改变。前十八年他过得浑浑噩噩,眼睁睁看着小桃离自己越来越远,那今后呢?还要这样下去吗?

菊木然的表情落在卡伦眼里。卡伦把羽毛笔塞进他手里:"快签!有什么好犹豫的!"

菊的眼睛动了动。过了一会儿,声线低沉下来:"我想赢。"

卡伦一怔:"什么?"

"我不想故意输,我想赢。不为了奖金,也不为了T先生的荣耀。为了我自己。"

菊的气场在一瞬间变了,表情沉肃,眉目凛然,和之前进门的时候判若两人。大金毛一样的少年瞬间变成了狮子,骄傲的利齿在嘴里一点点撑开,卡伦忽然觉得有股压迫力,从那对明亮的碧色眼睛中传来。

然而只一瞬间,那股感觉又消失了。

菊唰唰地签好字,交给卡伦。

低头一看,漂亮的花体字。

劳伦斯·格林(Laurence Green)。

相隔几个时区。中国柳原堂。晚上七点。

Chapter 05
歌剧 × 礼物

唐桃弯腰埋在水池里刷洗。在柳原堂打工大半个月，基本的杂事都做熟练了，本来要用四个小时处理的问题，现在两个小时就能搞定。曲婶为难她的次数越来越少，当然口气还是凶狠："盘子擦干净再放进去！眼睛给我睁大了！"

"好的！"唐桃大声答应。

前段时间柳原堂新推出了绿豆羊羹，获得食客的一致好评，每天下班所有人都被留下来拣豆子，几天下去，唐桃一闭上眼睛，眼前全是绿的。

通往前堂的门被敲响，一个员工探头进来："今天客人太多，前面忙不过来了。你们谁有空，来搭把手！"

"谁都没空，帮不了忙。"曲婶一甩抹布，叉起水桶腰，"看不见这儿那么多事吗？"

"可是……可我们真的忙不过来，你们出菜倒是很快，但来不及送到食客手里呀！"

柳原堂有许多冰镇甜点，要求在出菜一分钟之内送达客人的桌子，否则冰品融化，达不到最好口感，就要返回后厨重做。今天的客人太多，门口排起长队，七八份绿豆冰留在出菜口没人送，陷入了恶性循环。

"你们前台都是小姑娘，我们就算去也帮不上忙。"正在熬牛奶的小刘说。

"就是啊，我们长得五大三粗的，坏人胃口就不好了。"小李嘿嘿直笑。

曲婶还想说什么，犀利的眸光一转，忽然落到唐桃身上。小刘和小李也闭了嘴，像是才发现厨房里有一个长得不赖的花季少女。

唐桃没工夫听他们说话，还在埋头刷碗。

过了一会儿，腰被人捅了一下。曲婶提着鸡毛掸子，朝门边努努嘴："去，帮忙去。"

唐桃一头雾水，满脸不解地被拉到房间里换衣服。漂亮员工跟她说："你别紧张，前台服务不难的，你拿着本子进去，搞清楚他们要吃什么，然后送到厨房就行。"

"本子，吃的，厨房。"唐桃默念，"懂了。"

唐桃不知道，一般新入的前堂员工要接受至少一个月的训练，从穿衣到进门的礼仪，从说话的方式到甜品的介绍，都有严格规定，就连手臂抬起的角度都有限制。漂亮员工也是新人，不清楚唐桃是个特例，是被管家硬塞进来的，连和果子（以小豆为主要原料的一种日本点心）的种类都说不全。

她帮唐桃整理好了浅黄色的衣服,又拨了拨额前刘海儿,竖起大拇指:"不错,挺好看的。我那边还要忙,先走了,'文月'间和'长月'间就交给你了。"

文月间和长月间是编号7和9的包厢,已经坐了客人,就等唐桃去点单。柳原堂的菜单也很有特色,名册造型,在褐色宣纸上用毛笔书写菜名,相当古朴。

唐桃紧张得要命,这是要打无准备之仗啊,和不复习就考试有什么区别?

学着别人的样子推开拉门,唐桃两手平放于地面,对里面一鞠躬:"打扰了。"

"哟,都说柳原堂的服务好,没想到一进门就有人跪呀!"胡子拉碴的中年男人豪迈地坐在蒲团上,勾勾手指,"行,过来吧。"

"向导,你不懂,这是他们的习惯。"另一个客人长得尖嘴猴腮,刻薄地说。

唐桃在心里蹙眉,这两个人怎么回事?她缓步走到桌子旁边,双手递上菜单:"请。"

被称作向导的男人"嗯"了一声,接过菜单,快速翻阅起来。过了一会儿,大声问:"怎么全是字?没图片我怎么知道这都是什么鬼东西?我认得的只有铜锣烧啊。"

"柳原堂的菜单都是这样的。"唐桃轻声说。

"比如这个,'雁月',名儿挺好听,谁知道是什么东西?"

"啊,这个甜品的样子很像切片蛋糕。"唐桃想起直叔给自己吃过,"里面有鸡蛋和黑糖,是很有特色的秋季日本点心。"

向导促狭地看着她,忽然扯起唇角:"那这个呢?"

他指的名字很长——"地锦红叶"。唐桃立刻心虚起来,这个她只看过,没吃过,根本描述不出用料和味道。

仿佛看出唐桃的心虚,向导眼神狂妄,毫不遮掩地在唐桃苍白的脸上转来转去。

要不要骗骗他?

算了,管他呢。

"这款点心也是柳原堂的自信之作,表面做成三色,用红叶点缀寓意秋天,取亲近自然的意思。您如果有兴趣,不妨尝试一下。"

唐桃不愧是学霸,回答得滴水不漏。直叔说过的,柳原堂的特别之处在哪儿?在故事!人人都喜欢听故事,有了好故事,谁还在乎点心的配方呢?

向导挑起一边的浓眉,颇感兴趣地打量她。过了一会儿,"啪"地合上菜单:"行,就那个。"

唐桃出门的时候一头虚汗。小刘的脸从出菜口探出来,问:"怎么样?"

"太可怕了。"唐桃捂心口。

日式点心和西方点心不同，材料大抵是水、豆子和粉，没有大量的油，易变干易变质。"雁月"和"地锦红叶"的留存期比冰品要长，但也需要现做。唐桃端着精致的糕点瓷盘，小心翼翼地往包间走，走到门口时，听见里面的谈话。

"向导，我听说你排的歌剧出了点儿状况，这个月来得及吗？"

"不是大事，演员不听话而已。今年不是新进了几个实习生吗，一个个狂得很，都把自己当角儿，欠收拾。"

"现在的年轻人都这样，有眼不识泰山，敢在向导您面前出声。"声音非常谄媚，"我看啊，您就把不听话的都开了，反正不少他们几个。"

"别，现在市歌剧团里老人多，新人进来，自然有新人的用处。"

听见市歌剧团四个字，唐桃耳朵竖了起来。不会吧，难道这个向导就是歌剧团里的导演，夏炽的顶头上司？

她把盘子轻轻放下，耳朵贴在门上。

"哈哈，向导真幽默。我看定制的道具什么的明天也该送来了吧，东西那么多，又有一顿忙的。"

"不怕，这不有新人在吗！"

房间里传出默契的笑声。

唐桃听得牙根痒痒，这个向导果然不是好东西，连一个柳原堂的服务生都要刁难，更别提夏炽那个臭脾气，到哪儿都是大爷，不被刁难才怪呢。

她恨恨地盯着瓷盘里的甜点，心想要不要让他吃点儿灰。

直叔的脸浮现眼前。温和中带着严厉，非常有威信。

唐桃赶紧摇摇头，把念头甩出脑袋。算了，君子报仇，十年不晚。

第二天中午。

在莫明雪怀疑的视线中，唐桃满脸心虚，偷偷从学校里溜出去。

市歌剧厅位处×市的中心，建于1956年，在四年前由政府出资重新翻新，数块几何形的外墙相互交缠，组成了歌剧厅最有代表性的菱形尖顶。中午没有表演，整座建筑静悄悄的，唐桃绕到侧门，果然看见几个集装箱在卸货，运出很多长板状的货物，用厚厚的雨布包裹着。

唐桃瞧了眼集装箱上的logo——巧了，这家运输公司的老板她认识啊！

果不其然，背后传来熟悉的声音："小唐？你怎么在这儿？"

"王老板,果然是您啊!"唐桃喜笑颜开。

唐桃以前在这家公司打过工,不搬东西,专在办公室里整理数据,跟王老板很熟。王老板长相憨厚,抹了把头顶的汗:"听说你转学到红石了?不错啊,果然变高雅了,都会来歌剧厅了!"

"老板你别嘲笑我,我就是来这儿转转的。"唐桃笑得很甜,看了眼他手里的表,问,"这次搬的是什么东西?"

"这个月月底有歌剧表演,什么婚礼来着,高端的名字我也记不清。舞台布景做好了,拜托我送过来。"

唐桃压抑着内心的喜悦。在委婉地表达了今天很闲,并且对歌剧厅后台非常神往后,王老板果然上当,让她帮着统计一下货物。

"你辞职的时候我还真舍不得,你做事又快又好,没人比得过。"

歌剧厅里光线充足,地方宽敞,小皮鞋在大理石地板上敲出"哒哒"的响声。走廊两旁挂着近期演出的海报,有钢琴独奏会,也有交响音乐会,还有一张歌剧海报——《费加罗的婚礼》。

唐桃立刻扑上去,一字一句地读海报下方的演出名单,找了一圈,没看到夏炽。不会是实习生不让上台吧?

"那边那个人,来搬一下东西!"

工作人员冲唐桃招手,唐桃赶紧答应一声,抓起手边装服装的塑料袋。穿过两条走廊,视野变得狭窄,工作人员把她领到舞台后方,说:"今天是《费加罗的婚礼》的排练,等他们排练完,你帮他们试一下衣服,看尺寸对不对。"

以前组织过红石学园祭,唐桃对这些事很熟悉,倒没有之前介绍甜点那么慌。后台人少,演员都集中在台上,念台词的声音从舞台方向传来。

唐桃屏息凝听。

《费加罗的婚礼》是一出四幕喜剧,唐桃去的时候,他们刚排练到第二幕。扮演男仆凯鲁比诺的女高音是个优雅的中年女人,清唱全剧中最脍炙人口的咏叹调——《你可知道什么是爱情》。

在座的女士,谁知道爱为何物?

看看爱是否存在我心中。

满怀希望,时而欢乐,时而痛,我并不了解它,我浑身冰凉。

然而我感觉到,我的精神激昂燃烧。

但在下一刻,却又再次归于冰冷。

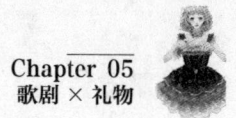

Chapter 05
歌剧 × 礼物

我心跳加速,浑身颤抖。

在座的女士,谁知道爱为何物?

声音高昂婉转,饱含深情,唐桃仿佛真的看见一个热血天真的少年,他的心被名为爱恋的火焰焦煎,为自己的赤诚感到恐惧。女高音还没唱完,被一个粗鲁的声音打断,唐桃伸头一看,果然是那个讨人厌的向导。

"唱的什么东西,排练了两个月,拿这个来糊弄人?"向导不耐烦地说,"跟你说过多少次,带着感情来唱,你这样干巴巴像在念经一样,谁能被打动?"

唐桃表示,我被打动了。

"还有你。"向导又跑去数落一个缩着脖子的年轻人,"同样的问题我也跟你说过,你不听,现在好了,整个剧团的音都被你带跑了!"

舞台上鸦雀无声,人人敢怒不敢言。向导黑着脸,忽然喊了声:"夏炽!"

唐桃迅速往幕布后一缩,心快要跳出喉咙。夏炽原本站在聚光灯外,悄无声息的,闻言,缓步走到舞台中央。

"什么事?"

"你示范一下,这段该怎么唱!"

向导把剧本往地上一摔,气急败坏地坐在椅子上。夏炽面无表情地走上前两步,闭眼,启齿,圆润如珍珠的嗓音响彻礼堂上空,唐桃仿佛看见成群的鸟儿,扑棱着翅膀逆光飞向空中。他整个人就是闪闪发光的宝物,一举一动都光彩夺目,唐桃连忙掏出手机,想录下来回去听,结果那向导又不识趣地打断。

"够了,下去吧。"

夏炽眼里闪过一丝冷意。然而他一反常态,没有回敬标准的夏式冷笑,只点点头,重新站回聚光灯之外。

唐桃敏锐地感到不对劲,只要跟夏炽有关,她头顶的雷达总是转得特别快。接下来的演出,只要演员有失误的地方,向导都让夏炽上前示范,却没有一个角色是属于夏炽自己的,连龙套都没的跑。

唐桃有种奇怪的感觉,这个向导,是在把夏炽当调音器用啊!

果不其然,等到所有演员都排练完了,夏炽还是没有上场的机会。向导喝掉矿泉水瓶里的最后一口水,把瓶子捏扁扔在地上,口气轻蔑:"行了,别练了,练了也白练。把舞台收拾干净,下午演员们试服装。"

向导的轻蔑和敌视,像针一样扎在唐桃心里。

可夏炽依旧没有反抗。

他站得笔直,双眼隐在额发里,绷紧嘴唇,吐出一个字。

"好。"

唐桃恨不得能变成一面盾牌,扑到他面前,替他挡下导演的口水,然后指着导演的鼻子骂——他唱得这么好,你拿他当调音器。你傻吗?

但她不能,因为有只手把她拉住了。

"常清?"

唐桃皱眉看着身后的胖子。常清穿着白色T恤,面无表情地抓着她的胳膊,摇摇头:"别过去。"

"你怎么在这儿?"唐桃压低声音,"你也来看夏炽排练?"

"这次的舞台服装是我设计的,我跟过来,看有没有尺寸需要改动。"常清指指身后开始忙碌的人群。

唐桃差点儿忘了,常清还是个大设计师来着。

"这个剧团的人太过分了,这么欺负夏炽。"唐桃好不容易遇见自己人,愤愤不平,"他们明明唱得都没夏炽好,导演居然还不让他上场,这不是嫉妒是什么?"

常清浅茶色的瞳仁在她脸上一晃,眸光带着深意,忽然问:"你觉得其他人唱得怎么样?"

"挺好的。"唐桃说。

"你算是外行,所以听不出来。你看,饰演伯爵夫人的女高音,她被英国的歌剧团炒掉,来我们市剧团唱歌,所以排练根本不用心。再看那个饰演园丁的男低音,他还是音乐系的大学生,来剧团里实习,刚记住唱词。"

唐桃面露疑惑:"难道这个剧团的水平不行?我记得×市歌剧团很有名啊,在国际拿过好多大奖呢!"

"那是半年前的事情了。"常清叹口气,"往年剧团的班子都是固定的,彼此之间感情很好,也有固定的演出场次,后来剧团内部因为利益纠纷解散,好的演员解约的解约,辞职的辞职,由向导演接手的时候,剧团内部已经是东拼西凑,一盘散沙。"

没有固定的班底,没有演出的默契,没有实力派演员。剧团只剩一个空壳,背负着往昔的盛名,像一具被华丽的锦缎包裹着的腐朽身体。

可这层锦缎就要被撕开了。

在下个月演出的时候。

Chapter 05
歌剧 × 礼物

唐桃紧张地说:"不会吧,这么惨?夏炽当初就是因为×市歌剧团足够好才会来呀!"

谁知常清摇摇头:"不对。他之所以会来,正因为这里只有乌合之众。"

常清后退一步,松开唐桃的胳膊,冲路过的工作人员耳语了几句,然后说:"跟我来。"

两个人朝歌剧厅深处走去。

"去哪儿?"

常清不说话,两只手插在口袋里往前走。路过调音室,又路过演员休息室,最后脚步停在一扇窄小的门前,对她说:"我打过招呼了,你看看吧。"

唐桃狐疑地看了他一眼,常清一向话少,但不是喜欢装神弄鬼的人。缓缓推开木门,扑面一股难闻的臭鞋味,唐桃忍住往后退的冲动,手摸上墙壁,打开灯。

这里原来是储物室,后来改成休息室,供开演期间的工作人员短暂居住。十五平方米的小房间里挤着三张两层铁床,地板上非常脏乱,到处散着脏毛巾和换下的衣物,桌上甚至还有没倒的泡面桶,一股酸味。

唐桃捏住鼻子,问:"谁住这里啊?"

常清不说话。唐桃有种不好的预感,视线落在角落里的那张床上。

唯一一张叠了被子的床铺,床单和枕头都很干净,以一种严谨的规格摆放在床尾。枕头底下压着一本书,走近一看,是《费加罗的婚礼》的剧本。

她懂了。怪不得夏炽不让她来,因为他住在这种地方。

唐桃心里一阵酸楚,那可是万花丛中过,还要嫌花脏的夏炽啊,他连衬衫上的一点儿污渍都难以忍受,怎么住在这么差的地方?

"歌剧演员不要求住在剧院,就连一直为难他的向导也没有提过,是夏炽自己选的。"常清缓缓开口,"我跟进剧团的项目已经很久了,也来过两三次,夏炽从来都是默默做事,从来没有抱怨过。"

"可是……"唐桃不知道该怎么组织语言,"可他唱的是最好的啊!为什么导演不让他主演?"

"一个人演唱的是歌曲,不是歌剧,如果整台表演是一个机器,演员就是其中的零件。没有人会为了局部而放弃整体。"常清说,"夏炽的演唱根本没有问题,无论到哪个剧团他都能挑起全场的大梁,但不代表他是个好演员。"

"我不明白。"唐桃实话实说。

"导演不用他,不是因为他不好,而是因为他太好。"常清回答,"一堆石头里

如果混入一粒金子，就会显得石头太拙劣。没有观众会花钱去看石头的演出，哪怕里面藏有真金。"

下午三点。夏炽收拾好舞台，来不及休息，又开始帮忙整理堆成山的道具、服装。

演员们已经试过戏服，需要调整大小的返回工厂修改，尺寸适合的就收在道具架上，推到后台备用。下午场地借给芭蕾舞团彩排，需要及时清场，夏炽整理着主演们的服装，手指抚过质地厚实的棕色毡子外套，他闭上眼睛，脑袋里浮现出费加罗的咏叹调——

现在你不要去做情郎，如今你年纪已不算小。
男子汉大丈夫应该去当兵，别再一天天谈爱情。
再不要粉头油面，再不要喷香水，
再不要满脑袋风流韵事，小夜曲写情书都要忘记。
红绒帽、花围巾都扔掉。
不要惋惜，不要悲伤，往昔已一去不复返。

他闭着眼睛哼唱，浑然忘我，手指在布料上敲击，长而密的睫毛在脸颊落上一层阴影。一个脸上有雀斑的女孩子抱着衣服，躲在椅子后面看他，她是后台的工作人员之一，总是在一旁沉默地跟着夏炽。

今天她想做出一些改变。至少跟他说说话。

"这些东西我来收拾吧。"女孩轻声说，"你累了一天了，先去休息吧。"

即使在心里预演了无数次，声音还是在颤抖。夏炽睫毛一颤，缓缓睁开眼睛，宝石一样的双眸光华流转。女孩像被那目光烫到，心跳如鼓，手指蜷缩了一下。

"不用了。"

夏炽把服装抱到道具架旁，一件件套上防尘塑料袋。女孩满脸通红，紧紧跟在后面："你是《费加罗的婚礼》的演员之一吧？为什么天天做杂事？我听过你的演唱，唱得很好。"

夏炽平淡地回答："导演不让我上场。"

女孩一愣："为什么？"

"我也不知道。"夏炽把衣服挂上铁钩，按照演出的顺序排列好，"整理好了，可以推走了。"

女孩脸色苍白，不甘心地咬着嘴唇。她注意夏炽已经很久了，几乎剧院里所有的

Chapter 05
歌剧 × 礼物

女孩子都在议论他，猜测他的来历，甚至讨论他的星座，今天好不容易说上话，怎么能让这样的机会溜走？

"你……你是红石学园的学生吧？我听别人说起过。"女孩连忙说，"你是高二岚组的？学习不忙吗，为什么有时间来打工？"

夏炽眉毛上挑，过了一会儿，居然笑了："你查我？"

他的眸光冒着火，带着隐忍的怒气，像把钢刀一样插进了女孩的软肋。女孩心一慌，低下头，快要哭了。

"没啊，我就是好奇，我……我想跟你说说话。"她的声音越来越低，"下周是国庆，我们商量着出去玩玩，不知道你有没有时间……"

女孩的声音越来越小，委屈的表情一目了然。夏炽有点儿无语，他从小学开始就能收到雪片一样的情书，扔的时候都用塑料袋装，但奇怪的是，很少有女生有勇气在信里署名。夏炽鄙视这样的人，想邀请就大大方方邀请，喜欢就大大方方喜欢，遮遮掩掩算什么？

他张开嘴，打算直接拒绝。

就在这时候，一滴眼泪从女孩脸上滑下来。泪水砸在地上，没发出响声。

夏炽怔了怔。

为什么哭？把事情说清楚难道不好吗？

唐桃来之前，他没有顾及过任何一个女生的感受。唐桃来之后，他的眼里也再没有其他人。他一贯言出必行，高高在上，他不明白女孩的感受，也体会不到她忐忑而脆弱的心情。

Lukas教授的话再一次浮现脑海。

"夏炽，你现在缺少的不是专业知识，而是体察人心的能力。说穿了，歌剧也是演戏的一种，你空有一副好嗓子，却不是一个好演员。"

是这样吗？

所以他才无法跟剧团的人好好相处，无法体会女孩的心情。所以导演才不让他上台，因为他不是一个好演员？

夏炽的视线深沉，深红色的火苗席卷了瞳孔，渐渐转化成墨一样的黑。

过了一会儿，女孩感觉到头顶嗓音震颤。

"我去。"

女孩一惊，不敢相信地问："你说什么？"

"我去。"夏炽平静地回答，"定好时间地点，记得告诉我。"

唐桃切浆果的刀子一偏，不小心切到了手。

从歌剧院回来后她就心神不宁，不管干什么，眼前总是浮现夏炽坐在乱糟糟的房间里，像垃圾堆里高贵的家猫，眉头紧锁，一脸嫌弃的样子。他说晚上睡不好，因为有人打呼噜，这下唐桃懂了，那哪是人住的地方？

曲婶悄无声息地绕到她背后，用鸡毛掸子敲她脑袋："怎么？嫌这次进的果子不够红，染染色吗？"

唐桃"啊"了一声，这才发现食指上破了个小口子，鲜血滴滴答答地落在切菜板上。赶紧将手指含进嘴里，一股子血腥味，小刘赶忙熟练地找出创口贴。

"你魂飞了？今天第几次切到手了？"

"第三次？"唐桃汗颜。

"不想干就别干了，去，把厨房的地扫扫。"

曲婶胳膊一挥，唐桃赶紧点头，再这么弄下去，估计给客人端上的甜品里会有一根手指头。她拾起扫把，卖力地打扫，就听见小刘说："曲婶，过几天周末，我记得我们有两天假吧？"

"对，这个周末柳原堂不开门。"

"为什么？"唐桃问，"周末一般不是生意最好的时候吗？"

"生意再好也要让人休息啊，我是来学艺的又不是来做苦役的，休息时间还是要有的嘛！"小刘说，曲婶的眼风扫过来，他立刻噤声。

"小唐，周末你有什么安排？没有的话跟我们一起吧，直叔请我们去唱歌，市中心最贵的一家，很高级哦。"小李接话。

唐桃想了想，柳原社放假，学校也不上课，自己还真没什么事。等等，不对啊，万一这个周末夏炽那里也放假呢！

白云在飘飘，小鸟在鸣叫，多好的天气，正是联络室友感情的好时候！

唐桃立刻婉言谢绝："我应该有事。"

小李"哦"了一声："柳原堂假期不多，要好好珍惜哦。"

唐桃有了找夏炽的借口，手里的扫把挥舞得更有劲了。国庆节，该找个什么借口把他约出来？好久不见非常想念，帅哥出来看个电影呗？不行不行，一听就不是自己的风格；夏姜最近学习太辛苦，我们一起带他出去玩玩？不行，更不行，先别说找不找得到夏姜，光是想到和那个小正太相处一天就不寒而栗；那……我发了工资了，大发慈悲请你吃顿饭，千万不要拒绝哦？

这个可以有啊！

过了一会儿，一条消息进来。

莫大小姐：干吗呢？

桃子：上网呢，什么事啊？

莫大小姐：周末有假吗？出来玩玩，我心烦。

桃子：不会还是因为陆长歌吧？他又不听你话了？

莫明雪那儿顿了顿，唐桃看起来呆头呆脑，说话却总是命中靶心。

莫大小姐：叫你出来你就出来，哪儿那么多废话！

桃子：我想问问夏炽有没有空……

莫明雪又沉默了，过了一会儿发来四个字——重色轻友！

唐桃想，其实认识夏炽那么久，从没有送过他什么像样的礼物。现在两个人在城市的两头，处境都很辛苦，她想亲手给夏炽做一样东西，让他在看见的时候就能想到自己。

当然能骗到两行感动的清泪就更好了。

唐桃一不做，二不休，打开红石学园的贴吧，开始向前辈们讨教经验。

加精帖里还真有送礼帖，手把手教你俘获男神。

点赞最多的第一条——手工点心。

要点：1.要做自己拿手的点心，不会失败的那种，成分最好含有巧克力；2.配合情人节、圣诞节送出，烘托节日效果，能成倍提高好感度。3.切记，点心的外表比味道重要，而你的外表比点心的外表更重要。一定要打扮得美美的去送啊！

高二的时候唐桃还真送过巧克力，不过那时候在蔷薇迷宫里，环境太黑，哪知道夏炽有没有感动。更何况，两个人蹲在月黑风高的迷宫里分食巧克力，怎么看怎么像荒野求生，和浪漫没有半毛钱关系……

点赞最多的第二条——手工围巾。

要点：1.选择好的毛线，手感越柔软，越能收获成倍的好感度。2.花纹要简约大气，颜色以黑、白、灰最佳，你也不想自己喜欢的男生戴着一条粉色的围巾走在街上吧？3.心机小贴士——送围巾的时候可以在手指上缠些创口贴，侧面表达自己的辛苦，但被问到时一定要否认，并伴随不好意思的微笑。

唐桃啧啧咂嘴——要是被打围巾的针戳破手指，那得是多大的洞啊！

点赞最多的第三条——你的真心。

要点：送什么其实不重要，重要的是礼物里包含的心意。楼主已经表白成功了，大胆地说出你想说的话吧，希望每个看到帖子的人都能俘获男神的心。

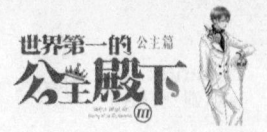

唐桃忍不住微笑,还真被这个发帖的女生暖到了。是呀,夏炽那个人这么挑剔,做饼干会被他说难吃,织围巾说不定也会被嫌弃丑,干脆送点儿实用的,丑得也不太明显的。

什么东西是夏炽能用得上,而自己又做得出来的呢?

唐桃的目光落在院子里。散落的木头上插着一把斧头,是她天天挥洒汗水的所在。

有了!

唐桃问小刘要了根做勺子用的檀木,带回宿舍,那之后的两天,客厅里的灯总会亮到凌晨三四点。

她的性格比较执拗,用莫明雪的话来说是有点儿蛮,一条道走到底,从来不回头看合不合适。加班加点十个小时,终于出了成果,唐桃把成品放在手心左看右看,非常满意,这才想起来自己根本没约夏炽——明天就是周末了!

赶紧发消息。

"你们这个周末放假吗?"

"放。"

"回学校吗?有样东西给你。"

"不回。"

咦?

有礼物也不要?

他不想想万一是好东西呢?

"那天你要干吗?"

"有事。"

唐桃有点儿不高兴了。她知道他忙,也知道他说有事就一定有事,可多打一个字会死吗?又不是在做单选题!

她不知道夏炽正在犹豫。夏炽站在舞台的阴影里,握着手机,耳边听着向导的"教诲",难得有点儿走神。

很快到了周六。

晚上八点,柳原堂的五个人在市中心的商厦前集合。这次参加聚会的除了唐桃和直叔,还有小刘、小李和前台的漂亮小妹。曲婶严词拒绝了邀请,说有她在他们这群

Chapter 05
歌剧 × 礼物

小年轻肯定玩不开心。

直叔对此表示很受用，原来自己也是年轻人。

"小唐，怎么不高兴？被人放鸽子了？"

"啊，没。"唐桃连忙把目光移开，手机塞口袋里，"难得放个假，我们今天唱通宵！"

"这才是玩的态度！"直叔爽朗一笑，对走在前面的小李和小刘说，"看到没，都跟小唐学学，人家一个小姑娘也没闹着要回家。"

"我这不还有约会吗……"小刘委屈。

几个人坐电梯到了商厦顶楼，唱歌的地方果然很高级，富丽堂皇，像夜总会似的。直叔订了包间，把所有人都哄进去，小李和小刘先翻菜单，把最贵的菜轮番点了个遍。

"你们有这么饿吗？"唐桃看不过去，"柳原堂的工资也不高，我看包厢就已经很贵了。"

"直叔是柳原堂资格最老的甜点师，和徐管家称兄道弟，你真当他每个月就拿几千块钱啊？"小李不屑一顾。

热气腾腾的菜肴由穿黑西装的侍者端上来，小李开了瓶红酒，给唐桃满上一杯。前台小妹笑了："红酒哪有倒这么满的？土鳖！"

"你懂啥，感情深，酒就满，来！一口闷了！"

唐桃连忙往沙发里靠："别别，我还未成年，不能喝。"

"那你来！"小李又转头去灌小刘，"你代她喝，你喝两人份的！"

唐桃嘴角上扬。柳原堂里的人都非常直爽，待人真诚，相处时间长了，就把唐桃当自己的妹妹看，处处护着她。上次她因为学校里有事来不及过来，也是小刘和小李帮忙做完了她的工作，没让曲婶发现。

直叔在前台付好钱，推门进来："哟，都喝起来了？"

"我要了几瓶92年的洋酒，不心疼吧？"小李笑哈哈的。

"不心疼，只要你不点92年的雪碧。"直叔眨眨眼睛。

唐桃没见过直叔不穿沾满面粉的工作服的样子，今天大大惊艳了一下。十月份，天气转凉，他套了一件棕色针织毛衣，衬衫领子露在外面，下巴上留着青色的胡楂，很有成熟男人的韵味。

直叔去点歌台点了两首歌，回来，拿起话筒。唐桃赶紧坐直了，洗耳恭听。

《粉雪》。日文歌。

直叔一只手抓着麦,另一只手插在裤子口袋里。优美的前奏响起。

总是错过细雪纷飞的季节

就算人潮拥挤,天空也还是一样

风吹起,相似的冰冻

我不能了解你的一切

但一亿人中我遇见了你

虽然没有证据

我是这么想的

直叔刚刚开口唱了几句,就把所有人都震住了。小李的酒杯停在空中,小刘忘了咀嚼,前台小妹瞪大眼睛,不停说着"原唱没关吗"。没有人知道,他的歌喉居然这么动听。

我把耳朵贴近你的胸口

深深贴近那声音的来源

想更贴近一点儿,想永不分离

想互相了解的是我,想抚摸你的是我

你冻僵的手,也想紧紧握住

嗓音低沉富有磁性,婉转深情。感动是种奇怪的东西,像是有只手伸进你的胸腔,拨动心里那根弦,泛出酸涩的弦音。直叔沉浸其中,手指在麦克风上敲击,他的侧脸在荧光屏前显现出沧桑的弧度,嘴角微微下沉。唐桃在这一刻才明白,直叔虽然爱笑爱热闹,但也走过很多路,见过很多人。他是个成年男人,有许多真正的伤心事,和小屁孩们不一样。

没有细微的争吵,就无法分享相同的时间

若无法坦率诚实,喜悦与悲伤就是虚幻

细雪啊,如果能将心染成一片纯白

是不是就能分享两人的孤独。

细雪啊,若是连内心都染成雪白

包容着两人的孤独飞向天空

不知是不是错觉,昏暗的灯光里,直叔眼角有微光一闪。

小刘气都不敢喘,哑着嗓子说:"呀,我都要哭了……"

小李比较年长,来柳原堂的时间也长。他沉默地抿了口红酒,忽然低声说:"直叔结过婚,不过妻子很久之前就去世了。"

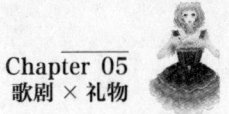

Chapter 05
歌剧 × 礼物

唐桃抬头看直叔。他微阖眼帘，嗓音低沉，沉浸在歌曲之中。

唐桃找借口去厕所，在那只黄铜镶玻璃的罗马式洗手池里洗了把脸。

眼睛有点儿泛红，忍着没哭出来，直叔的歌声太具有感染力，她现在的一颗心变得潮湿而柔软。

直叔已经无法再见到自己所爱的人了，夏学园长也是，真夜老师也是。他们的悲伤、后悔和孤独或许能诉诸一两支话筒，却永远传不到心爱之人的耳朵里。可唐桃呢，虽然心里生气，虽然死鸭子嘴硬，但她知道只要自己打电话过去，夏炽一定会第一时间接听。

不是每个人都有明天。不是有情人终能相遇。

每分每秒都很珍贵。

唐桃掏出手机。从昨天开始就没回短信，夏炽发来了四条未读消息。

"怎么不说话？"

"柳原堂放假？不忙吗？"

"最近有没有见到夏姜？"

"看到消息后回我电话。"

唐桃嘴角浮现微笑。

拨通电话，铃声响起，这时候正好厕所门口也有人电话响了。唐桃往里走了两步，以免被人打扰。

"舍得回电了？"夏炽的声音传来。

"才看到你的消息。"唐桃故作平静，"什么事啊？"

"你那儿挺吵，出去玩了？不带上我？"

"不是你自己说没时间的吗？亏我还想大发慈悲送你个礼物！"唐桃摸着口袋里包装好的袋子，"你不要算了，我送别人！"

夏炽轻笑："你确定别人会要？"

话筒那头传出嘈杂的噪音，唐桃一开始以为是歌剧，闭上嘴细听，居然听出了熟悉的旋律——《爱你一万年》。

歌剧厅也表演通俗歌曲啊？

"我这里还有点儿事，礼物帮我留着。我要。"夏炽说。

"行吧。"唐桃忍不住笑，"那看你的表现。"

唐桃意犹未尽地挂了电话，洗好手往门外走。刚进入走廊，听见店里播放着熟悉

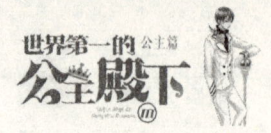

的《爱你一万年》。

她忽然愣住了。

左边的拐角闪过一个背影。深红色的头发，背影迷人，穿了件眼熟的黑色针织衫。

唐桃脑袋里"轰"地一下，像有两三千捆烟花同时炸开。

《治疗男朋友出轨之方法》《邀请心上人约会之对策》《挽回男朋友的八大奇招》一直盘踞在红石贴吧的加精贴顶端，唐桃无聊的时候拜读过。自己也应该发个帖子——《男神假期KTV（练歌房），抛下室友独自吹冷风》，一定很多人顶。

然而题目完全无法解恨。

明明理智不允许，唐桃还是鬼鬼祟祟地跟了上去，眼睛盯着那颗红色的后脑勺儿，视线四处摇晃。夏炽走进一间不远处的包厢，一瞬间包厢里的歌声漏了出来，声音娇嫩，百分百是女生，还不止一个。

唐桃像脑袋被人打了一拳，整个人都放空了。

她蹲在走廊里，试着冷静了一会儿。完全冷静不下来。

赶紧发消息给莫明雪。

"我在KTV看到夏炽了！"

"三个感叹号，看来是大事啊。"

"他和好几个女生在一起！"唐桃往门上镶嵌的玻璃里看一眼，两眼一黑，"好几个！七八个！"

"哦，挺能耐的。"

"你赶快过来！"

"我过来干吗？"莫大小姐很高冷。

过来替她分析下状况，或者，在她想要踹门冲进去的时候拉住她。

莫明雪的效率相当高，三十分钟后，高跟鞋踏地的声音回荡在走廊里。唐桃看她脸色不对，连忙往前一蹿："你干吗？"

"不是你叫我来的吗？"莫明雪莫名其妙，伸出手推门，"进去看看怎么回事啊，万一他们沙发底下还藏了两个，是一男十女呢？"

唐桃这才知道叫错人了，莫明雪从来只会暴力拆解，无论什么事两只手各抓一头往两边一拉，怎么收场根本不干她事。唐桃手上加力："先看看再说，万一是……是他们剧团的聚会呢？"

Chapter 05
歌剧 × 礼物

"剧团？剧团聚会为什么要瞒着你？"莫明雪冷笑一声，"你瞎吗，那个女的手都要摸到夏炽脸上去了。"

"不过，你还真和以前不一样了。"莫明雪忽然垂下眼看她，眸光中富有深意。

放在以前，唐桃遇到这种事情，大概会缩脖子就走。

如今懂得维权了，真是件好事。

夏炽坐在吵闹的包厢里，好似一座沉默的火山。

他的内心比外表看起来煎熬千倍。故作稚嫩的谈笑充斥着耳朵，每个女生都极力装作不在意，但眼神总往他这儿飘。他来之前可不知道聚会里全是女生，而邀请他的罪魁祸首小雀斑，如今缩在旁边不吱声。

一只纤长白皙的手伸过来："夏炽，你吃不吃葡萄，我帮你剥好啦。"

"不吃。"夏炽板着脸。

"那鸡翅呢？鸡翅很好吃，在这里很有名。"

"拿走。"夏炽心里开始冒火。

说什么增进交流、体验生活，有一晚上的时间，做什么不好？温习一下剧本，打扫一下房间，如果还能见到她……岂不更好？

夏炽生平第一次，为自己做出的决定后悔了。

小雀斑抬眼偷偷看夏炽，周围的女生太过主动，反而显得她呆板笨拙。背包里有一条围巾，织了大半个月，打算送给夏炽。一个多小时过去根本没找到机会。

忽然身边的沙发一轻，夏炽站起来，沉声说："走了。"

小雀斑的心也跟着一轻，立刻站起来："为什么走？你不喜欢这里吗？"

"不。我有点儿私事。"

小雀斑咬着嘴唇。她看得出夏炽不高兴，可地方是同事们选的，自己没有发言权。如果可以，她也很想和夏炽喝喝咖啡、聊聊天，听他说说自己的爱好，讲讲自己的过去。可她不能啊。她看着夏炽的眼睛根本说不出话，像被美杜莎定身的石像。

小雀斑的手伸进背包。这是最后的机会了，错过了这次，她就再也没有勇气开口。

"夏……"

小雀斑的声音忽然顿住。

她鼓起勇气看向夏炽的脸，竟然发现他眼里有一丝慌乱。

包厢门口站着一个女生，衣着普通，短头发，一双眼睛又大又亮，稍稍泛红。

夏炽的手慢慢握成拳头。

唐桃一言不发，转身就走。

她心里堵得厉害，她看见包厢里那些女生的眼神了。夏炽的爱慕者多，连起来能绕地球三圈，现在他坐拥大堆美女，意气风发，玉树临风——虽然眉头皱着，谁知道心里是不是暗爽呢？

唐桃连包都没拿，闷不吭声往KTV外走。

"站住！"夏炽三两步追上来，轻松得跟散步似的。

"凭什么？我又不是你养的狗。"

"那些是剧团的同事，出来聚会。"

"行啊，我又没有怪你，你想做什么就做什么，我哪有权利怪你。"唐桃抓紧衣角，越说越委屈，低下头，"你走吧，我马上也回去了。"

夏炽默默看着唐桃低垂的头，眼神里有宠溺，有无奈。线条优美的嘴唇不擅长安慰，炽烈如火的眼睛也不会说话，夏炽不知道用什么方法，来让她听懂他。

傻呀。这种时候，拥抱就好了啊！

夏炽妥协地低叹一声，他伸出胳膊，抓住唐桃的肩膀，将她拽进自己怀里。

风一瞬间停止了喧嚣。

夜色包裹着安静的两个人。

她的头枕在他的胸口，衬衫上冰凉的扣子贴着她的鼻尖。唐桃能听见急促的心跳，从那件散发着热度的白衬衫下传来。

他……他在紧张吗？

他也会紧张吗？

"我走？我走到哪里去？"低沉磁性的声线从上方传来，带着淡淡的无奈，"我不在学校，剧团里又忙，有时候工作到凌晨，不知道你是不是醒着。所以我就站在歌剧院外面，看着月亮，心想，你现在睡了吗，你梦里有什么。"

唐桃屏住呼吸，整张脸"噌"地烧起来。

"我平时话不多，也不擅长和人相处，有些事情我不说，因为我认为你明白。"夏炽低下头，炽热的视线望进唐桃眼里，"今天能见到你，我真的很开心。"

平静的声音，朴实的话语。可他的每一个神情，说的每一句话，都像咒语一样蛊惑了唐桃，在她的脑袋里烫下无可磨灭的印记。

Chapter 05
歌剧 × 礼物

谁说天蝎座腹黑的，谁说天蝎座不擅长表白的？

当他在你面前毫无戒备，把那颗心毫无保留地掏出来给你看时，你就会知道，这样的感情比谁都要热烈，比谁都要赤诚。

唐桃扭捏得像一只鱼塘里的泥鳅，嘴巴张了半天，什么都说不出来。她的手指伸进口袋，摸出包装精美的礼物："这……这个是给你的。"

"谢谢。"夏炽认真地回答。

他的手忽然用力按住唐桃的后脑勺儿，把她的脸压进胸口。唐桃一颗心又悬到嗓子眼儿，心想夏大男神还要不要人活了，这时候，夏炽在她耳边低声说："小心，有人跟着我们。"

声音严肃而紧绷。

唐桃身体一僵。那个可怕的夜晚，那次可怕的经历又闯入她的脑袋，引起她一阵战栗。

绑匪至今还没有抓到。可她却已经放松了警惕。

夏炽紧紧抓住唐桃的胳膊，手掌传来热度。他的嘴唇贴着唐桃的头发，轻声说："不要害怕，放轻松点儿，跟我来。"

两个人掉转方向，向商厦里走去。

一进入亮堂堂的商场，混进热闹的人流里，唐桃就感觉好了一些。她忍不住左右张望，夏炽一捏她的手，示意她冷静："不要乱看，那个人还在。"

他拉着她走进一家服装专柜，唐桃还没反应过来，夏炽就扔了一件外套过来。

"还不错，买了。"他掏出卡扔给售货员，在唐桃还没反应过来的时候，把大衣披在她的身上，伸手搂住她的肩。

"喂……我们是在逃命吧，怎么逛起街来了……"唐桃低声问。

"你原来的衣服颜色太艳，走在街上太好认了。"夏炽看了她一眼。

两个人快速在卖衣服的专柜间穿行，一圈绕下来，唐桃基本上从头到脚都焕然一新了。夏炽看了看，随手从架子上取下一顶帽子，压在唐桃头发上："我们从商场后门出去，你直接打车去学校正门。那里有校警，让校警送你回宿舍，看着你进去。"

"那你呢？"唐桃赶紧问。

"我还有点儿事要办，你记住了，以后千万不要晚上一个人出门，实在不行，让柳原家的人过来接你。"夏炽深深看着她的眼睛，"我知道你不愿意受柳原家的恩惠，但被人跟踪是大事，保护你是他们的义务。我不希望你出事，这点你必须答应我。"

唐桃看着他的眼睛，傻傻地点点头。就算夏炽这时候要她穿着草裙去跳舞，唐桃也会稀里糊涂地答应。

出租车很快就来了，夏炽替唐桃打开门，把她塞进去，对司机说："红石学园正门。"

唐桃还想说什么，车门"砰"一声关上，话就憋回了嘴里。

夏炽目送出租车驶进夜色，红色的尾灯在拐角一晃。过了会儿，他转过身，冷冷地说："你该出来了吧。"

身后传来轻轻的笑声。瘦削高挑的人影从阴影里走出来，有一双湛蓝的眼睛，和玩世不恭却又邪魅异常的笑容。

夏炽眯起眼，惊讶地问："修？"

楼上KTV。莫明雪姿势豪迈地坐在卡座中间，跷着二郎腿，线条优美的小腿从开叉长裙下露出来，不过没人敢盯着看。

母老虎的小腿，谁敢看哦……

"你……您是小唐的朋友？"小刘满脸堆笑，战战兢兢地给莫明雪倒酒。

"不算朋友吧，我是她的监护人。"莫明雪说。

"那您是来做什么的？小唐叫您来的？"

"她要我帮她处理感情问题，这下好了，我刚来，那两个人就走了，把我当什么人了？"莫明雪越说越来气，一仰头干掉红酒，大声说，"满上！"

"您是小唐的同学，不能喝酒吧？"

"我比她年纪大，我已经成年了好吗？"莫明雪已经有点儿醉了，慵懒的眼波一扫，忽然拽住小刘的衣领，拉近，"怎么……你嫌我老？"

小刘脸煞白："不老不老，我年纪比您大，哪敢嫌您老啊！"

莫明雪的长发从颊边散下来，一杯接一杯地喝酒，白皙的脸颊浮上可爱的酡红。直叔两只手交握在膝盖上，盯着她看了一会儿："再伤心也不能这样喝。"

"我不伤心……谁说我伤心了……"莫明雪说话有点儿大舌头了，用手指着他的鼻子，"你……你是那个什么直叔，我听唐桃说过你……你是个好人，你陪我喝！"

莫明雪手掌在桌上重重一拍，呼吸沉重急促。直叔立刻说好，然后伸手接过莫明雪的高脚杯，一饮而尽。

一整杯红酒下去，直叔没有一点儿反应。

"还喝吗？"

Chapter 05
歌剧 × 礼物

"呵呵……你好，你很好……喝！继续喝！"

莫明雪往这边挪了挪，开始给直叔倒酒。直叔脸不红，气不喘，直接三四杯红酒喝下去，视线依旧清明得吓人。

"他们这是在干吗呢？互相灌酒？"小刘说。

小李忽然也惆怅起来，伸手摸了摸小刘的头："随他们去吧，人憋得太久，总要找个借口借酒消愁。谁都有伤心事，谁都需要烂醉如泥的时候……好在今夜还很长。"

莫名雪的手机响起来，她醉眼一撇来电显示，从鼻子里哼了一声。

喊，不接！

可她已经按下通话键了。

陆长歌带着恼怒的声音传出来："你在哪儿？"

"你管我在哪儿！"

陆长歌咬牙切齿："是你要我今晚整理好所有的开会资料，给你送来。我已经在你家楼下站了一小时了。"

"那就再站一个小时……不，站一天，站一年！"

莫明雪大着舌头，"嘿嘿"傻笑，陆长歌这才听出有点儿不对劲儿。他想了想，问："你在哪儿？"

"我在……我在……"莫明雪转头看了半天，什么都看不清楚，眼里只有KTV红蓝的灯光，模糊成一团的直叔的脸，和脑袋里"嗡嗡"的响声。

"我不知道我在哪里……"她的声音忽然放低了，很轻很轻，带着一丝祈求，"陆长歌，你来接我吧……"

Chapter 06
堂妹 × 兰铃会

醉酒的人比石头还沉。

莫明雪喝得脚软，根本站不直，在直叔和小刘的帮助下，陆长歌总算把她背在了背上。直叔问："真的不要帮你们叫车？"

"不用了，我自己下去叫。"

陆长歌背着莫明雪走进电梯，从电梯镜子里看见她那张乱七八糟的脸：眼睛红肿，妆花了，头发一绺一绺地贴在脸上，哪有平时娇贵体面的样子。

陆长歌心里很不舒服。他连夜赶出五十页的会议报告，在冷风中等了一个小时，都没有像现在这样不舒服。

莫明雪应该是毒舌、霸道而干练的。自己背上的女生不像她，但又确实是她。

陆长歌深吸了口气，把莫明雪无力的身体往上颠了颠，背着她往商场外走。

深夜，街上行人稀少。

卖唱少年在花坛旁声嘶力竭地弹唱。

几对情侣在树下卿卿我我，发出"咯咯"的笑声。

一辆出租车疾驰而过，带起一阵风，掀起陆长歌的额发。

他的手臂发酸，腿也发酸，腾不出手打车了。正想办法的时候，背上的人动了动，莫明雪呼出一口气，模糊地问："陆长歌？"

陆长歌没好气："沉死了。"

莫明雪居然"嗯"了一声，果然喝糊涂了。她的脸颊在陆长歌的外套上蹭了蹭，忽然收紧手臂，更加用力地搂住他的脖子。

陆长歌的心也跟着收紧。

他浅色的瞳孔闪过一丝慌乱，像流窜于黑夜中的萤火。

"你醉了，我送你回家。"他绷紧了声音。

谁知莫明雪摇头，脸在肩膀上乱蹭："不……不回去……太空了，冷……"

凌晨十二点，灯火稀疏的街头。一辆辆出租车从身前飞驰而过，亮着绿色的客灯，其中有一辆朝陆长歌鸣笛，问他需不需要帮助。

可陆长歌忽然有点儿舍不得背上的重量。他觉得，这么一步步走回去，也挺好。

他空出一只手，把莫明雪脸上的泪水抹掉，抬腿向前走去。

陆长歌家离这儿不远，一是方便坐校车上学，二是因为房租便宜。

爬上四楼，掏出钥匙，陆长歌已经连气都喘不匀了，还是坚持把莫明雪背到客厅，平稳地放在沙发上。这是间五十平方米的单室套间，装修精致，整洁得吓人，放

Chapter 06
堂妹 × 兰铃会

在唐桃眼里已经是很好的住所，却和陆长歌家道中落前根本没得比。

在莫明雪眼中，这间房子就是只火柴盒，装着陆长歌这根易燃的火柴，空气中充满自尊的味道。

可现在她躺在沙发上，睡得沉了，不像一只母老虎，倒像一只小猫。

陆长歌倒了杯水，喝了一口，在沙发前坐下，盯着莫明雪看。

小猫吗？

酒真是害人的东西……

一丝微笑浮现在陆长歌的嘴角，他推了推眼镜，在沙发前的茶几上摊开资料，开始修改几处不满意的地方。今天莫明雪没来得及准备，不要紧，明天开会的时候，只需要翻看他整理好的要点——前提是她起得来。

莫明雪睡觉很老实，寂静的客厅里，能听见她绵长均匀的呼吸声。不知过了多久，阳光一点点从窗帘外透进来，在纸页上投下钢笔的阴影。陆长歌揉揉酸痛的眼睛，才发现自己趴在桌上睡着了。

他赶紧去看桌上的文件。嗯，职业素养很高，已经全部整理好了。

陆长歌琢磨着去冰箱里找点儿吃的，才一抬头，就和莫明雪目光相对。她支起上半身，头发乱得像鸡窝，眼里有凶狠的火焰在燃烧。

"这是哪儿？"她咬牙切齿地问。

"我家。"陆长歌说。

"我为什么会在你家？"

"你昨天喝醉了，求我带你来的。"

陆长歌走到冰箱前面，拿出两个蛋在平底锅里煎了，又切下几片面包，夹进几片火腿。莫明雪使劲揉了揉脸，环顾四周，眼睛里的光彩一点点亮起来，刻薄的讽刺像弹簧一样绷在嘴里，就要脱口而出。

"真小，真破，真穷。"陆长歌把两碟三明治放在茶几上，冷冷地说。

莫明雪很惊讶："你怎么知道我要说什么？"

"狗嘴里吐不出象牙。"

"你才狗嘴！"

哦。说错了，是猫嘴。

陆长歌坐下来吃三明治，经过两个月的相处，他似乎摸清楚这个暴躁雇主的脾气了。反正什么都是反着来，她越高兴的时候话越少，越紧张的时候反倒话越多。

陆长歌吃自己的三明治，也不还口。

过了一会儿，莫明雪矜持地抓起三明治，嫌弃地咬了一口，说："难吃死了。"

两个人对坐着吃完了早餐。陆长歌把桌上的文件整理好，放进文件夹，拾起外套："走，我送你回去，今天还要开会。"

"怎么这么体贴？"莫明雪狐疑地问。

陆长歌的脚步顿住。过了一会儿，他回过头，耸耸肩："因为我喜欢小动物。"

周一，唐桃起了个大早去柳原堂帮忙。

直叔正在院子里劈柴，额头上扎着条毛巾，热汗源源不断地滚下来。这两天不营业，整个柳原堂的大院子都静悄悄的，只能听见斧头下柴火裂开的声音。

"直叔！"唐桃打招呼。

直叔这两天有点儿奇怪，不仅唱歌那天晚上神色郁郁，就连今天都没什么精神，心不在焉的。听见唐桃的声音，他一愣，斧头直接劈到了垫木头的木桩上。

"哦，是唐桃啊，今天怎么过来了？"

"直叔，你还好吧？"唐桃盯着直叔苍白的脸看，"我前段时间不是旷了一天工吗，今天补上，反正今天也没什么课。你休息一下，我来劈柴吧。"

"不用了，正好我有事要你做。"直叔从口袋里掏出一把钥匙，朝院子后面的一个大仓库努努嘴，"前两天我就想找人收拾仓库，一直没时间。你要是愿意，去把里面打扫打扫吧。"

"得令！"唐桃说，"真不要我帮你劈柴？"

"不用。"直叔朝她眨眨眼，"你在仓库里好好找找，说不定能发现好东西。"

唐桃拎着大水桶和抹布，吃力地拧开仓库那把生锈的大锁。阳光透过高窗射进来，仓库的空气里飘浮着金闪闪的微尘，乍一看漂亮，可唐桃刚走进去就打了两个大喷嚏，水桶里的水都洒了。

仓库不知道多久没人来过，地上厚厚一层灰，唐桃推开窗户，让污浊的空气和户外流通。这间仓库分为上下两层，下层摆放着很多务农和烹饪器具，非常古老陈旧，甚至还有一个石磨。唐桃记得以前听淳子说过，柳原堂之所以选址在市中心，是因为这里原来是柳原家家主和夫人生活的地方，他们在这里开了家小甜品店，就是柳原堂的前身。伸手去摸石磨的磨盘，触手温润，带着轻微的暖意。

有道木梯直通二楼，踩上去咯吱作响。唐桃没敢带水桶上去，怕太重，紧紧抓住扶手一点点蹭上去。

二楼灰更大，上面堆满了书架，每个书架上都放满了书，大约有几千本。

唐桃"哇"了一声。这么多书是用来干什么的？

书架被详细分了类，朝南面的是西式点心谱，朝北面的是中式点心谱，包含了中式点心和日本的和果子。因为柳原家家主交给唐桃的考题是复制出传奇糕点芳菲，唐桃之前搜罗过一些相关书籍，很多都能在书架上找到。

唐桃擦掉封面上的灰，按照顺序翻阅，书本真是神奇的东西，百年前的配方和做法通过书本流传至今，在直叔手上发挥出更加动人的魅力。

一个黑影从眼角余光中溜过。唐桃肩膀一抖，大喊一声："谁？"

没动静。过了会儿，二楼墙角的杂物下有东西动了动，钻出一只黑色的老鼠，眼睛很大，胡须很长。

唐桃并不是很怕老鼠。

前提是老鼠不朝她冲过来。

黑老鼠两腿一蹬，忽然开足马力朝唐桃奔来，唐桃凄厉地惨叫一声，大喊："直叔，直叔，有老鼠！"

没人理她。院子里早没人了。

唐桃一屁股坐在墙边，手磕到箱子的尖角上，钻心地疼。过了会儿，战战兢兢睁开眼，老鼠不知道跑哪儿去了，反倒是自己的手掌被戳破了皮。

唐桃的眼睛落在那只古老的木箱上，也没多想，顺手打开。里面放满了笔记本，纸页发黄，很有年头了。笔记本上的字密密麻麻，还有一些用铅笔画的和果子造型，非常精致好看。字迹很眼熟，和给唐桃签假条的字迹一模一样。这是直叔的字，这些笔记本是他的。

唐桃顿时肃然起敬，直叔是柳原社资格最老的甜点师，他的笔记就相当于甜点师界的《葵花宝典》啊！其中最旧的那本已经散页了，变成了零落的纸片，唐桃小心翼翼地整理着，忽然瞥见某页的两个字——芳菲。

传奇糕点芳菲。

柳原家家主让她复制出来的芳菲。

唐桃有种考试前看到考试答案的心情，喜忧参半。喜的是知道了糕点的配方，忧的是即使知道配方，以她的一双"巧手"也不一定能做出来。

唐桃连忙叠好笔记，放进怀里，喜滋滋地去找直叔。直叔不在院子里，唐桃把抹布晒在木桩上，刚打算进屋，就看见一个熟人。

柳原淳子。她比之前瘦了点儿，下巴尖尖的，穿一身纯黑的和式礼服，在院子里张望。唐桃连忙闪到门后，她之前一直躲着淳子，现在更加不知道该说什么。

淳子显然知道她在这里,在院子里晃了一圈,没找到,失望地走了。唐桃觉得很奇怪,难道直叔把她支到仓库去打扫,就是因为淳子今天要来?

唐桃两只手在围裙上擦了擦——跟上去看看!

虽然在这里打工一个月了,但柳原堂占地面积很大,很多地方都没去过。唐桃小心翼翼地跟在淳子后面,像条鬼祟的小尾巴,淳子没发现她,推开一扇拉门走进去。

那是一间大会客厅,用来商量正经事,闲杂人等不让进。

唐桃沿走廊摸过去,耳朵贴在门上,偷听。

没什么动静。

奇怪了?难不成淳子在睡午觉?

唐桃的脸越贴越近,没留心有个人正从房间里朝门边走。

门"唰"一声拉开。

唐桃重心一偏,向门里栽倒。

十几道视线同时投过来。唐桃揉着额头爬起来,就看见满屋子黑压压跪坐的人,他们统一穿着黑色的礼服,袖子上绣着柳原堂的家纹,气氛压抑沉重。

而唐桃呢,腰间围一块围裙,头上顶着块毛巾,因为刚去过仓库,整张脸都脏兮兮的。柳原淳子看见她,惊喜地压低声音叫道:"姐姐!"

跪坐着的男女们集体一愣,又集体皱眉,显然唐桃刚刚做了一件极其不合规矩的事情。

"姐姐,快跪下呀……"淳子伸出手拉她的衣服,"别傻站着。"

唐桃莫名其妙,为什么要跪?

这时候,忽然有只手搭上肩膀。直叔面色平静地看着她,轻声问:"仓库收拾好了?"

"哦,还没有呢,我刚刚找到了……"唐桃忽然意识到有些话不该在这里说。他们穿得这么正式,就连直叔身上也是黑色的衣服,应该是很重要的场合吧?

直叔神色温柔,目光在她脸上逡巡很久,像看着什么很怀念的人。过了一会儿,摸摸她的头:"没收拾完就赶紧去,淳子,你也去帮忙。"

唐桃没注意在这个规矩森严的柳原堂,直叔居然直呼了淳子的名字。而淳子脸一红,虽然没回话,却立刻冲上来抓紧唐桃的手。

"姐姐,我陪你去仓库。"

"可是……"唐桃犹豫。

"别可是了,这次我不会让你跑掉的。"淳子的双目射出光来,"跟我走。"

Chapter 06
堂妹 × 兰铃会

唐桃被淳子强行拉回仓库，她不断往回看，问："你们在那间屋子里干什么？"

淳子神色复杂："现在我不能说。"

"这也不能说，那也不能说，那你何必来找我？"

"姐姐，我……如果可以的话，我怎么会不告诉你？你是我姐呀！"

淳子睁大那双活泼的眼睛，急着解释，她平时总是古灵精怪，充满活力，难得有这么紧张的时候。唐桃心情也很复杂，打量着她与自己十分相似的眉眼，她从不讨厌淳子，最初被欺骗的伤心也随着时间淡去，现在只是……有点儿别扭，像不知道怎么和好的小孩子。

唐桃一屁股坐在仓库门口的台阶上，叹了口气："坐吧。"

淳子一喜："你愿意跟我说话啦？"

"愿不愿意跟你说，要看你能告诉我多少东西了。"唐桃摆出一副老练的讨价还价姿态，其实心里紧张得要命，"你天天叫我姐姐，可我连你是谁都不知道。"

唐桃疑惑这个问题很久了。自己和淳子长得这么像，又通过DNA验证了亲属关系，可淳子究竟是堂妹还是表妹，还是亲妹妹？

淳子的声音变调了："这你都不知道？"

"没人说我怎么知道啊！"唐桃火了，"你不说，徐管家也不说，那我怎么知道？猜吗？"

淳子怔了一下，忽然弯腰大笑起来，笑得整个后背都在颤。唐桃的脸一阵红一阵白，几乎都要骂人了，才听见淳子说："姐姐呀，我是你的堂妹呀！对不起，我以为你知道，所以一直没解释。"

堂妹……是……是父亲家的？

"你的父亲，也就是柳原家家主只有一个哥哥，我是你大伯的孩子，你的堂妹。"淳子解释，"你已经知道了，柳原堂是家族生意，当时我的父亲和你的父亲一起创业，将柳原堂越做越大，相当于这里的二把手。"

"那后来呢？"

"后来……我的父母都出了意外，在我很小的时候去世了。"柳原淳子低下头，玩着自己的衣摆，"我失去了父母，从小就养在你家，但我也很少见到家主，顶多过年的时候一起吃个饭。后来的事情你也知道了，家主想要回你，派我去意大利，就是想看看你是什么样子。"

唐桃默然。这个看起来没心没肺的小姑娘，居然也曾失去过这么多东西。

过了一会儿，唐桃伸出手，揽住淳子的肩膀，轻轻拍打着。

　　她心里有种奇怪的感觉，像有条无形的纽带把自己和淳子联系在了一起。现在身边坐着的女孩是自己的堂妹，是血脉相连的人，如果她们能够一起长大，现在应该是互相嘲笑妆化得难看的关系。

　　"有件事我一直没说，那天烟花大会你借我的和服，被我穿坏了。"唐桃说，"那些和服很贵重吧，对不起。"

　　"没关系。"淳子笑着看她，"你穿起来很漂亮，衣服的主人也会高兴的。"

　　晚上，唐桃泡了两杯茶，在宿舍客厅和淳子一起研究"芳菲"的食谱。

　　"片栗粉50克，砂糖30克，水350克左右，白豆沙80克……"唐桃仔细研读食谱，"这些配料很常见啊，没什么难的。为什么直叔说'芳菲'很难做？"

　　片栗粉是日本和果子最常用的原料之一，白豆沙之类的配料更常见，桃花花瓣也到处都是。唐桃一直用业余时间钻研和果子，也试过自己动手，并非难到无法完成。

　　淳子摇头，叹了口气："我到现在还不敢相信家主居然要你做这个。你说得没错，粉和糖都不难找，糕点本身的工序也不复杂，但难点在这里。"

　　淳子两指并起，敲了敲食谱最后四个字——桃花花瓣。

　　"柳原堂的糕点不用人工色素，'芳菲'的粉色就来源于桃花花瓣，用天然色素染色。这不是普通桃花，我听家里的厨师讨论过，这种花长在×市郊区一个老农的院子里，一百多年的老桃树，每三年开一次花，每次花期只有一个月。"

　　"哇……听起来像武侠小说……"

　　"所以啊，想要复制这个糕点岂止是难，根本就难于登天，谁知道那株桃树到底在哪儿，今年还开不开花呀？"淳子喝了一大口茶。

　　唐桃曾经目睹过"芳菲"的真容，晶莹剔透的半圆形球体内漂浮着一朵朵桃花，比普通桃花要大，有股奇异的芳香，想拿一般的桃花冒充肯定不行。

　　"那怎么办？"唐桃问。

　　淳子跷在椅子上的脚抖了抖，视线在唐桃脸上乱转，忽然凑近问："姐姐，你和直叔的关系怎么样？"

　　"挺好的啊，他很照顾我。"

　　"直叔是唯一做过芳菲的人，他肯定知道那株桃树的位置，你把大概的方位套出来，我去帮你一家家找。在我找到之前，你先把其他的配料都准备准备，做出不加花瓣的'芳菲'试试。"

　　"套出位置？怎么套？"唐桃问。

　　淳子俏皮地眨眨眼睛："很简单，一共八个字——卖萌撒娇，软磨硬泡。"

Chapter 06
堂妹 × 兰铃会

同一时间。意大利。米兰。

菊站在小路旁边打车。他要去参加交流会——交流会是兰铃会的例行活动，参赛画家根据协会公布的主题每个月作画一幅，在会场上给大家品鉴。不分胜负，只做交流，算是为最终大赛热身。

菊收到入场券后没多想，穿了件休闲西装，反正肯定又在哪个小画廊，大家热热闹闹挤在一起看画，不用太正式。他大大咧咧惯了，没注意请柬上"亚历山大皇家酒店"或者"凡尔赛厅"之类彰显酒店地位的字眼。

一下车，傻眼了。硕大的圆形广场上豪车如云，酒店奢华如恺撒大帝的宫殿，两排黑衣侍者在酒店大门前呈扇形排开，就连鬓角的长度都修剪得一模一样。

菊还没进门就被拦住，一位侍者恭恭敬敬地用带着意大利口音的英语说："这位先生，请出示您的入场券。"

菊把带着手汗的入场券掏出来，皱巴巴一团。

"凡尔赛厅是吧。"侍者端正地一鞠躬，"请跟我来。"

八层水晶吊灯点亮了宽阔的大厅，酒店穹顶绘满了彩绘，是耶稣复活之后与门徒们论道的故事。侍者见菊不停地东张西望，笑着解释："这座酒店的内饰就是由兰铃会的画家设计的，花了整整两年的时间才竣工，为此酒店也延迟开业了两年。"

"厉害啊……"菊说。

侍者把他领到一扇雕花大门前，门口的铜牌上刻着厅名，大门向两侧推开，交谈声与笑声纷涌而出，会场左侧陈列着参赛画家们的画作，右侧是自助式酒水食物，菊一眼看见了桌上高达十层的香槟塔，在灯光下璀璨生辉。

我的天，这群画家怎么这么有钱？

菊茫然地站在门口，无数穿着晚礼服的美丽女士从身边擦过，香水跃动的味道在空气里浮动。兰铃会历史悠久，又是会员制，这个大厅里的大多数人都互相认识，相谈甚欢，没人搭理菊。菊耸耸肩，心想，我已经来了，任务完成了。

他端了只盘子，去拿火腿吃。

吃到第三盘的时候，终于有人来搭话，是个眉眼清秀的意大利小姑娘，穿一条黑裙子，眼睛非常灵动。

"你好，你也是参赛的画家吗？哪幅画是你的？"

菊噎了一下，赶紧用手绢擦嘴："你怎么知道？"

"因为你穿的衣服啊。"少女笑着说，"我母亲跟我说，会场上穿得好的是贵族和商人，穿得普通的才是艺术家。如果看到穿T恤或者拖鞋的，就是艺术家中的艺

家，一定要去结交。"

少女语气天真，长得水灵灵的，很讨喜。菊笑了，说："你真聪明，我确实是来参赛的，不过是个小艺术家。"

"那你是谁的门下？M先生还是E女士？或者，你是个新人，没有派系？"

"呃……"小姑娘的话菊有一半听不懂，赶紧说，"我带你去看看我的画吧。"

"好呀，非常荣幸！"小姑娘放下手中的盘子，淑女地伸出手，"你牵我过去吧。"

画作都挂在黑色的展板上，菊在里面找了半天，没找到自己的，正打算找个人问问，后背被人戳了一下："你来晚了。"

是卡伦。他穿着绅士的格子西装三件套，头发梳得油亮，鞋面光滑得能当镜子照。他嫌弃地把菊从头扫视到脚："你穿的什么东西。"

"这位小姑娘说了，穿得越差画技越高超。"

卡伦斜眼看他："那你的画技高超吗？"

菊装作没听懂这句话。

卡伦三言两语把小姑娘忽悠走，把菊拽到一幅画前。菊一看，乐了："欸，这不是我的画吗！"

"你是脑子有问题吗！"卡伦耳朵涨得通红，恨不得伸手去敲菊的头，"这么重要的大会，站在这张地毯上的都是名流和富商，人人都拿出吃奶的力气展示自己，想找一两个金主支持自己绘画。你就交了这么个东西？"

"我觉得挺好的。"菊的回答令人吐血。

这次交流会的主题，是"秋"。

有些人画了秋天田野的景致，有些人画了人物肖像，有些人画了农家丰收的景象，但都没有菊别出心裁。卡伦指着那幅画，手指都在抖："你这画的是什么？"

"柚子啊。"菊说，"你连这个都不认识啊。"

于是连成一排的画作呈现出这样的趋势——风景，风景，风景，人物，柚子。

很单纯很不做作，清新脱俗。

"我知道这是柚子，你怎么能画柚子！"

"秋嘛，我想最能表现秋天的就是柚子了。"菊说，"画得不好？"

不是好不好的问题，是国家领导人到你这来吃饭，在满屋的摄像机和记者眼前，你从厨房端出一只热气腾腾的包子——再好吃的包子也是包子啊！卡伦快崩溃了，Evan已经是出了名的不靠谱，也赶不上菊的十分之一。

Chapter 06
堂妹 × 兰铃会

"哟,这不是我们的卡伦好兄弟吗!"一位戴金丝眼镜的年轻人走过来,眼睛却盯着菊看,"这位先生是?以前没见过啊。"

"我叫菊——不,是劳伦斯·格林。"

卡伦的脸色阴沉起来,很显然和这个年轻人不对盘。卡伦低声做了介绍,名字一大长串菊记不住,于是打算叫他"金丝眼镜"。

"我等您很久了,格林先生。"金丝眼镜的目光落在菊的脸上,眯起眼,像考古学家在做鉴定,"我派人调查过,您是Evan的徒弟?"

"算是吧,其实我也不太清楚。"

"那……这是您的画?"金丝眼镜瞥了眼柚子。

"嗯,确实画得简单了点儿。"

金丝眼镜的眼睛眯得极细,那是种在精品店里看到了假货的表情。过了一会儿,他问:"既然这样,能不能给我看看T先生的信物?"

卡伦忽然一把握住菊的手,眼神警惕,非常轻微地摇摇头。菊莫名其妙地回望他,怎么了吗?看下戒指而已。

"喏,在这儿。"菊平伸出右手,中指的戒指发出耀眼的光泽。

"天哪,难以置信……"金丝眼镜脸色发白,忽然大声说,"诸位,这位格林先生就是T先生的徒弟!他有T先生的戒指!"

金丝眼镜忽然抓住菊的右手举向天空,菊有点儿不知所措,因为就在"T先生"三个字说出口的刹那,整个喧闹的大厅忽然静可闻针。人们放下餐盘,停止聊天,甚至有些人酒倒了一半,深红色的葡萄酒顺着手腕滴下来。数不清是几十道还是几百道视线,菊处在所有人注目的焦点,手足无措。

窃窃私语像午夜的风声一样盘旋在大厅,菊即使听不清,也知道他们在议论自己。T先生在兰铃会是个神话一样的存在,可神话的徒弟只会画柚子,就变成笑话了。

金丝眼镜得意地扬起眉,一点儿都不掩饰自己的恶意。菊大脑一片空白,正发着呆,袖子被人一拉。

卡伦按住他的肩,低声说:"我们走。"

卡伦把菊拉到酒店后面的花园,远离人们的议论和富丽堂皇的灯火。

夜风吹拂着菊金色的额发,他坐在花园的台阶上,有点儿失神。

卡伦长叹口气:"怪我没有事先提醒你。T先生是个了不起的人物,参会的人有很多是他的狂热信徒,在你没来之前,所有人的话题都是你,猜测T先生的徒弟、代

替Evan参赛的到底是怎样的青年才俊。"

菊低着头，默不作声。过了一会儿，问："T先生有多了不起？"

"他和普通人的区别，就相当于金子和鹅卵石的区别，鹅卵石可以通过努力把自己打磨得更有价值，但永远无法变成金子。"卡伦也在菊身边坐下，声音有点儿沙哑，"T先生是真正的天才，是连续获得兰铃会十届冠军的人——第一次夺冠他才二十岁，一年之后，他随手一张速写都已经被炒到天价。可能厌倦了这样的生活，T先生把戒指传给Evan，没过几年，Evan又把戒指传给了你……可你……"

你就画了个柚子。还画得一般般。

菊心想，自己是让整个会场的人失望了。他作为天才大师的徒弟，却连一幅像样的画都交不出，难怪被人记恨。

"你说要给自己、给Evan争面子，你说你要赢，我真的觉得不可能。即使你现在画得和我一样好，你是青年画家界的英才，但一旦戴上T先生徒弟的帽子，光好可不够，你必须很杰出、很耀眼，才能让别人认可你。"卡伦望着夜空长叹口气，"看见天上的星星了吗？星星再怎么亮，月亮一出来，也就没人能看见它了。"

菊垂下眼帘，把玩着中指的戒指。他不是什么天才，更不是什么有恒心的人，像街上的小狗一样，一会儿追追蝴蝶，一会儿嗅嗅花，自得其乐。他决定要赢得比赛，因为不想再重复充满悔恨的人生，可所有人都不看好他，甚至等着看他笑话——这不是菊想要的生活，也不是菊想要的责任，既然如此，Evan为什么要把戒指留下？

女画家的脸浮现在眼前。年轻又沧桑，活泼又深沉。

菊忽然很委屈。

他的心脏仿佛被一只手拉扯着，忽上忽下，压抑得难受。

卡伦一点儿也不喜欢菊，但也看不得菊被人欺负。过了一会儿，卡伦站起来，拍拍裤子上的灰："走吧。"

菊抬头。

"Evan毕竟教你的时间太短，很多绘画基础你没打牢。去我的画室，和我一起画画，至少在一个月后，交一幅像样的画出来。"

说着说着，卡伦耳朵红了："先说好，我可不是为了你。我虽然不想你赢，但也不能让你这样丢Evan的脸。"

一周后，唐桃身边出了一件大事。

夏炽翘班了。

那天她在宿舍研究和果子的制作方法，忙得大汗淋漓、面粉冲天，常清一个电话打过来，直接把她从天堂打下了地狱。

常清说，前两天他去剧团里确认演出道具，看见向导大发雷霆，夏炽居然无故缺勤，已经好几天没出现在表演现场。唐桃一颗心跳得跟大型钻地机似的，不对呀，她每天都跟夏炽发短信，没听他说过这件事呀。

想让夏炽翘掉歌剧，简直是让老鼠不吃奶酪，impossible（不可能）。

掐指一算，夏炽消失的时候，正巧是那天晚上唱完歌被人跟踪的时候。

难道有人绑架了夏炽，用他的手机发短信？可夏炽那种独特的聊天方式，也不是人人都能模仿的呀！

唐桃把手里的面团一扔，立刻打电话过去。三秒钟后，接通了。

"你在哪儿？"唐桃问。

"我在外面，怎么了？"

"我听常清说你很久没去剧团了，是不是那个臭导演为难你？"

"没有，我有点儿别的事情要处理。"

是夏炽的声音，是夏炽的语气，听起来也不像陷入了什么麻烦。这下唐桃搞不懂了，歌剧是夏炽的命，就连之前向导恶意刁难都没打倒他，为什么现在反而玩消失？

她还想继续问，可夏炽不愧是打太极的高手，三言两语就把唐桃咄咄逼人的问题全部推了回去。末了，还问："你送我的东西，为什么上面有一个屁股？"

唐桃一愣："什么屁股？"

电话那头沉默了一会儿，说："我这儿还有点儿事，先挂了。"

唐桃握着传来忙音的电话，心里很不是滋味。之后的两天，她在去柳原堂打工之前都会抽空去一趟歌剧院，夏炽房间里的东西都没动，人也没回来过。他神通广大又极其顽固，如果想玩消失，那就像一滴水融入池塘，连捞都捞不出来。

没过多久，群众的力量带来了好消息。

莫明雪在网上扔给她一个视频，标题是《摇滚王子引爆夜场，乐队主唱花落谁家》。视频是观众用手机录的，黑暗的舞台上，身材颀长的主唱坐在高脚凳上，一只手把着麦克风，后面有一支伴奏的乐队，都是外国人，画面上闪着雪花，看不清脸，也没有声音。主唱用帽子压着头发，大半张脸藏在阴影里，依旧藏不住帅气逼人。

唐桃刚瞄了两眼，脑袋就开始嗡嗡作响。

莫明雪的嘲笑声传过来："不错啊，剧团里混不下去，夏炽准备出道了。"

对于红石学园的人来说，夏炽的行踪一直神秘莫测，飘忽不定，平时见不到，认

不出来不奇怪。可唐桃对他多熟悉啊，别说这么烂的画质和音效了，就算只有一根头发丝儿也绝对不会认错。

"视频你在哪儿找到的？"

"最近市中心开了一家叫'热月艺术空间'的，征集新主唱，里面那个三号貌似是夏炽。我有朋友在后台工作。"

唐桃慢慢被名为心酸的情绪填满。她和夏炽培养了那么久的感情，才能听他唱一两首歌，现在那些小姑娘只要买个门票就能听到了？

她也想去听啊！

莫明雪对她的重点感到无语："话我传到了，要怎么做是你的事。不过你要当心，夏炽本来就扎眼，剧团里都是老头老太太还好说，可'热月'那种地方都是漂亮小姑娘，你的夏炽不一定能活着出来。"

唐桃眼前顿时浮现一只香喷喷的大面包被乌鸦们分食的画面，场面生动形象，寓意令人胆寒。

她连忙打开电脑，搜索"热月艺术空间"的门票。今晚只有一场演出，演出者——Black Soul（黑色灵魂）乐队，演出时间——21：00。

剩余票量——0。

厚着脸皮和直叔请了假，唐桃在八点半抵达"战斗现场"。

"热月艺术空间"建在一个大公园的地下停车场里，要顺着一条长长的楼梯走下去，再拐两三个弯。唐桃找到它没花多长时间，因为停车场早就塞满了人，争吵声二十米外都听得到，伴随着强烈的火药味。

这种场面唐桃很熟悉，她默默地低下头，竖起耳朵开始了解情况。

"我从五个小时之前就开始排队了，凭什么不让我进去？"

"就是啊，网上的票早就卖完了，我们才来这儿等的！这么大的地方，我们进去站着不行吗？到底有没有诚意啊？"

"我加钱，你说多少，我加钱还不行吗？赶紧放我进去！"

加钱的想法一出，忽然有两三个人开始喊价，随着时间的推移，价码不断抬高，好好一个演唱会搞得像拍卖会现场。瘦小的工作人员被围在中间，活像掉在狼群里的小羊，满脸通红，快要哭了："我……你们买不到票我也没有办法呀，里面真的很挤了，真不行了……"

唐桃叹了口气，心酸地伸手摸了摸演出厅紧闭的大门，室友太受欢迎真不是一

Chapter 06
堂妹 × 兰铃会

件好事。

唐桃正在伤心，眼睛忽然瞄到了地面上一张花花绿绿的票。不知道谁的门票被挤掉了，大家的目标都放在工作人员身上，反倒没人注意。

唐桃僵住了——当成功的捷径就在眼前，当所有人梦寐以求的机会唾手可得，她会冒着被良心谴责的风险，用别人的票进入演出会场吗？

当然会啊！

唐桃猛地喘口气，把票悄悄捡起来，又在票原来掉落的地面上放了一百块钱，溜到后门走进会场。事实证明，在有关夏炽的问题上，就连唐桃也会暂时性失去原则，被想要见他的想法冲昏头脑。

工作人员放唐桃进去，可唐桃又被人推了出来，地下室改造成的大厅已经塞满了人，真的再多一个都不行。她急中生智，贴着墙根一点点挤到舞台正后方，明明乐队还没上台，所有目光却都紧紧锁在舞台上。

封闭的空间里，灯光晦暗，唐桃没一会儿就闷出了一身汗，顺着额头滴下来模糊了视线。她是第一次来这样的地方，周围都是奇怪的人，有戴着脐环的蛇蝎美女，也有染着满头绿毛的朋克青年。唐桃穿着白色衬衫、牛仔裤，扎条马尾，活像小学生在上学路上误入《西游记》片场。

蓝色的射灯在头顶移动，观众群里光线明灭。

唐桃左顾右盼，在心里评选场中最漂亮的前三名美女，第三名很好定，但第一、二名很难抉择。一个是走成熟性感风的高跟鞋大姐姐，一个是眉眼俏丽的清纯女神，脸颊上有一点儿雀斑，恬静中有一丝俏皮。

唐桃盯着清纯女神看，忽然觉得有点儿眼熟——咦，这不是那天在KTV里，坐在夏炽旁边的小雀斑吗？

她化完妆居然这么美？唐桃莫名感到不是滋味。

没过一会儿，周围响起激动的欢呼声。

乐队出来了。

率先走上台的是乐队的贝斯手，也是Black Soul乐队的组织者，当那张熟悉的外国脸出现在聚光灯下，唐桃几乎连呼吸都停止了。修？是修？他怎么会在这里？

那些在意大利的糟糕回忆，有一半是修带给她的。

害怕身份被拆穿的胆战心惊，刻意的欺瞒与设下的陷阱，唯恐天下不乱的挑衅……如果唐桃讨厌人的等级分为十级，那么修已经处在相当危险的位置。

偏偏他又出现在这里，像一只阴魂不散的幽灵。

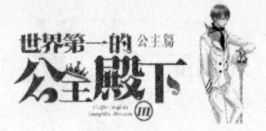

唐桃真希望手里有西红柿。

修享受着大家的欢呼，十秒钟后，扬起手在半空做了个休止手势。他卷起的袖口挂了一大串金属链，在话筒上碰擦出刺耳的响声："承蒙大家支持Black Soul，玩得都还开心吗？今晚是我们的半决赛，主唱人选只剩下四个，你们喜欢的还留着吗？"

"留着！"整齐的欢呼声里夹杂着口哨声。

"大声告诉我最喜欢哪一个！"

下面又是一片笑声，几乎喊出了同一个数字。

"好吧，好吧，你们的热情我感受到了，但比赛也要按照规矩来。和之前一样，心仪的主唱出场，请点亮手中的荧光棒。"修举起手中的棒子示意，拖长音调大声说，"现在有请我们的一号主唱，来自西伯利亚的bbox（节奏口技）达人，无人能挡的风暴之神——绿魔人！"

舞台上的射灯疯狂旋转，光斑乱飞，白色的冷凝烟雾里，迈上一个魁梧的光头大汉。唐桃用力盯，再用力盯，明明是亚洲人，哪里来自西伯利亚了？

图文不符啊。

绿魔人话不多说，灵活地在舞台上喷起麦来。观众们大概只看颜值，热情不高，观众席上漆黑一片，星星点点几盏灯，绿魔人并没有得到很多的支持。

唐桃挤在人群中间，汗像瀑布一样淌，她进来的时候忘了找工作人员拿棒子。

第二位上场的是"眼神忧郁如大海的风神之子"。

上来一个戴眼镜的文艺青年，唱了一首王菲的《棋子》。

眼镜文青的票数高一点儿，有几个女生给他亮了荧光棒。唐桃闷得难受，这地方又热又吵，夏炽到底什么时候出来啊？

刚一转头，唐桃发现小雀斑的眼睛亮了。她精心描画过的双眼透露出光芒，像月光一样点亮了白皙的脸。

修再次走上台，向莫名躁动的观众做了个嘘声的手势："我知道你们是为他而来。这位不愿透露姓名的歌唱者，将为热月的舞台带来最好的声音。"

观众屏息。唐桃握紧双手，紧紧盯着舞台后方。

修吊足了观众的胃口，压低嗓音，轻声说："下面有请漆黑的堕天使，命运的审判者，来自遥远地狱的——恺撒。"

一双缀着银链的马丁靴缓步踏出，一步，一步，迈向舞台的中心。黑风衣，黑衬衫，领口用白色蛋白石点缀，像漆黑夜色中的一点雪。帽子压住深红的发丝，他的整张脸藏在阴影里，浑身有股难以亲近的气势，像刀剑一样凶悍逼人。

台下齐刷刷亮起了灯。蓝色的，星星点点，如光之海。

他甚至还没开口。

唐桃揉揉眼睛，又揉揉眼睛。那个仿佛从灵魂里撑出刀刃，想要斩开束缚的枷锁的人，她不认识。

是不是看错了？

可既然能有纯白的朱利安，为何不能有纯黑的恺撒？他的表象是如此多变，一瞬天堂一瞬地狱。

台下静可闻针，对着表情冷漠的主唱，没人有胆量欢呼或鼓掌。大家遵循着默认的规则，一言不发，像信徒在朝圣，不求回报，只是舍身给予。

修亲自伴奏，坐在后方的高脚凳上，贝斯奏响了第一声。

难以想象的沙哑声音冲破夏炽的双唇，像一把古老的乐器失去了控制，在战栗的手指尖发出颤抖的声音。唐桃的汗毛在一瞬间全部竖起来，音波冲破了她的耳膜，把她的心抓在手里用力地揉搓。整个舞台炸开了，在强劲的音乐和激烈的鼓点里，人们激动地举起双手，不断发出高分贝的尖叫。

舞台上的灯光快速变化，强烈的白光晃花人们的眼睛。唐桃拿手遮挡，根本没用，几乎目不能视的情况下，夏炽的声音毫无阻拦地冲进心里。

曲子激昂热烈，富有节奏，像一只濒死的鸟声嘶力竭，充满求生的渴望。夏炽的声音无论如何表达都富有魅力，在强烈的伴奏中亦是如此，他合上双眼，感受着脚下舞台的震颤，任由白光晃花眼睛。

在这个舞台上可以什么都不去想。

在这个舞台上，他感觉被观众所需要。

大滴大滴的汗水从额头滑落，滑过线条紧绷的下巴，落进漆黑的衣领。

他明明在宣泄，却隐藏了更多东西。他明明想寻求慰藉，却觉得更加压抑难受。

唐桃急促地喘着气，这才明白夏炽为什么瞒着自己。他一直把最温柔、最无私的那面留给她，毫无保留地给予她帮助，可那些最绝望、最失意的部分呢？它们全部化成了刀剑，反过来刺向夏炽自身。

修看出了这一点，他知道夏炽在剧团里受人排挤，不被重用。

他是钻入人心灵缝隙的高手，非常清楚如何利用人软弱的那一面。

半夜十二点，修去车库提车，被人堵住了。

他诧异地看着拦在保时捷前面的女生——满脸通红，眼神防备，两臂张开向着

修,像一只咄咄逼人的护崽老母鸡。

"柳原淳子?"修问。

"我是唐桃!"唐桃大声说。

"我知道。"修坏坏地笑了,"柳原淳子才不会大半夜跑来拦我的车。怎么,见到我这个老朋友不高兴?"

"你跟夏炽说什么了?他干吗要来你的乐队唱歌?"

"别这么凶嘛,这个问题你应该问他,干吗问我?"修斜靠在保时捷上,车钥匙在手指上转着圈,"实话告诉你,我今年毕业后打算来这里发展,和艺术空间的人搞好关系,在选乐队主唱。夏炽的长相和唱功都属上乘,很吸粉,是乐队的理想人选。那天问了剧团的人,说他在KTV,我就跟过去了。"

"那天跟踪我们的是你?"

"怎么算跟踪呢?我是不好意思打扰你们。"

唐桃瞪他:"夏炽喜欢的是歌剧,以后也想成为一个歌唱家,我告诉你,你不要动歪心思!"

唐桃说不清自己对修的感觉,她有种面对天敌本能的畏惧(当然也有想砸西红柿的冲动)。她甚至不敢靠近修,害怕自己被他抓住什么把柄,害怕被他看穿。

修的蓝眼睛闪了闪,音调一变:"哦?你觉得我威胁了夏炽?"

"不然呢?他那么热爱歌剧,又很有责任心,不可能无缘无故离开剧团。"

"那剧团呢?剧团爱他吗?夏炽的自尊心那么强,剧团却拿他当背景墙,良禽择木而栖,来我这里有什么不好?我让他当主唱,让他享受女孩们的爱慕和追捧,乐队的收入我分他一半,连我的工资都没他高。"修两只手插在牛仔裤口袋里,一步步向唐桃靠近,声音越来越轻,凑在她耳边,"你一点儿也不了解夏炽,你不知道他想要什么。男人想要的东西无非女人和名利,所有人都一样,他没你想象得那么清高。"

"胡说八道!"唐桃大声反驳,"他和你才不一样,他真的热爱歌剧,和名利什么的没关系!"

修露出好笑的神色:"你听起来像他的小粉丝。"

唐桃瞪回去:"我就是他的粉丝!"

修挑起一边眉毛,用怜悯的眼神看她。过了一会儿,他掏出手机,说:"我们打个赌,我们两个人同时约他,看他和谁走。"

唐桃戒备地退了一步,背贴在停车场的柱子上:"为什么?"

"看看他到底要什么,看看他到底在乎什么。是你呢,是歌剧呢,还是我能提供

给他的权力和荣誉呢?"

唐桃直视修讽刺的目光。在唐桃心里,夏炽对歌剧的热爱是信仰一般的存在,挫折无法摧毁,风雨无法动摇,她觉得修的挑衅不仅是对自己的侮辱,更是对夏炽付出的努力的轻贱。以前修就说过,歌剧已经过时了,没有观众了,可过时又如何,不被重视又如何,唐桃要让他知道,对一门艺术的热爱不需要任何理由。

她沉声问:"赌什么?"

"如果他跟你走,我当场辞退夏炽,让他回歌剧团。如果他跟我走,你做我两个月的女朋友。"

唐桃立刻说:"我拒绝。"

"这么不给面子?"

"就是这么不给面子。"

修这才站直了身体,若有所思地打量起唐桃。才两个月没见,这小妞身上似乎有什么东西变了——没之前软弱,也没之前好控制了。

"如果他跟我走,你不许再介入夏炽和乐团之间的事情。这个要求不过分吧?"

唐桃颇为周全地思考了一会儿,确定修的话里没藏鬼点子,才点点头。

手机在手里有些烫手,其实唐桃也没什么自信。夏炽显然不想让她知道乐队的事情,摆明了在躲她,该用什么理由叫他出来?

唐桃的大眼珠子转了两圈,急中生智——上帝啊,请原谅她善意的谎言。

电话很快通了。

"这么晚了,什么事?"

"啊,这个……"唐桃结结巴巴,"我生病了。"

果然夏炽的声音出现一丝紧绷,语气也加快了:"什么病?严重吗?"

"我头疼,晚上睡不着,眼前冒金星,感觉快死了。"唐桃用虚弱的语气说,狠狠地瞪了憋笑的修一眼,"我想,我在宿舍里一个人害怕,你能不能回来一趟?"

唐桃的声音嗲得自己都觉得恶心,本来想装装可怜,没想到演技太好没收住。电话那头沉默了一会儿,说:"你乖乖在宿舍待着,我让校医过去。"

"等等……你不过来吗?室友要死了你也不管?"

"我不是医生,不会看病,你有什么事就跟医生说。"他顿了顿,又说,"打工什么的就不要去了,我会帮你跟柳原社请假。好好睡一觉。"

唐桃的怀里像揣了只兔子,忐忑不安。

她轻声问:"你在哪儿,不能回来吗?"

电话那头是长久的沉默。过了一会儿,夏炽说:"今天不行,抱歉。"

唐桃握着手机的手指僵住,心一点点凉了。

修火上浇油,一脸嘚瑟地拨通了电话,过了一会儿,对着听筒轻快地说:"夏炽,准备好了我们马上去庆功宴。今天我请乐队所有人,还叫了几个小模特和美大的学生,都说要见你,是你的粉丝。我这儿还被一个女生缠着,也是你的粉丝,你说我要叫她一起去吗?"

说完眼神落在唐桃苍白的脸上。电话开的是免提,唐桃没出声,所以夏炽不知道是她。

"随你吧。"夏炽冷淡地说。

唐桃的脸色更白了,她像一只被吓着的小动物那样不知所措起来,呆呆地盯着电话看。

"所以,你去吗?"修挑眉问。

唐桃机械地摇头。去什么去啊,去了找不自在吗?她可不如模特好看,没美大学生文艺,甚至都没剧团里的小雀斑清纯可爱。

她就是一根小草。

如果夏炽不低头看,根本不会注意的小草。

唐桃声音颤抖起来,一半是委屈,一半是生气。

"我不去了,祝你们开心!"

女孩子的自信心就是这么脆弱。它通常产生于男生的仰慕与夸奖,终结于别的女孩子日渐提升的颜值。

唐桃在这方面比较迟钝,虽然底子不错,但平时也不好好打扮。别的女生天天在脸上刷粉底,她脸上全是面粉;别的女生天天在身上喷香水,她身上一股蒸笼味。

也难怪夏炽喜欢小模特和美大学生。

唐桃承认她被打击到了。

过了两天,打工的空隙,她去歌剧院拜访常清常大设计师。常清以为她是为了夏炽来的,刚一提,就听见唐桃叫:"我才不是为了他来的!我是为了自己来的!"

常清"哦"了一声,脸色毫无变化:"请坐。"

常清有一间专属的化妆室,还有三天《费加罗的婚礼》就要开演了,常清在给演员们调整舞台妆容,唐桃去得巧,常清正好休息。他给唐桃递了杯茶,垂着目光:"找我什么事?"

Chapter 06
堂妹 × 兰铃会

"我想请你……帮我转一下型。"唐桃红着脸说,"我对我现在的样子不太满意,你给我点儿意见就行,比如应该化什么妆,穿什么衣服,回头我自己琢磨。"

"可以。"没想到常清一口答应,"你要出席什么活动,酒会还是剪彩仪式?要知性风的还是清纯风的?你的男伴是什么打扮?"

"不不不,就是正常的妆,稍微漂亮点儿的。"

常清淡茶色的眼里掠过一丝不解:"你这样不好吗?"

"什么?"

"用自己的脸,自己的眼睛,自己的眉毛和鼻子,你觉得不够好看吗?"

"不太够吧……"唐桃声音有点儿犹豫,"至少和美女站在一起,我比较不起眼儿。"

常清托着下巴思考了一会儿,从抽屉里掏出一张白纸,拿铅笔在上面写画。过了一会儿,列了张单子给她:"给你推荐几个牌子的衣服,价格不贵,风格比较适合你,以后可以在这几家店里买。明天早上早点儿过来,我给你做个造型,顺便修修眉毛,日常妆容不需要太夸张,我化的时候你仔细看,争取学会。"

"好的大神!谢谢大神!"唐桃点头如捣蒜。

当唐桃努力提升颜值的时候,有些人在努力提升人品。

柳原淳子揣着手机,偷偷摸摸地往楼下车库走。奉亲爱的唐桃姐姐之命,她今天将要出发去郊区的一座山里寻找传说中的桃树,三年一开花,花带有异香,是重现"芳菲"的重要材料。唐桃还真有办法,一跟直叔开口,直叔就把地点告诉了她,完全没瞒着。

可不是吗,人家连"芳菲"的食谱都给她了。

就像所有的取经路上都有小妖精挡路,柳原淳子刚拐个弯,就看见徐管家站在那里。徐管家是柳原堂的骨干,淳子继家主之后最怕的人,出了名地严厉。她还记得小时候,偷偷从钢琴老师家里溜出来打电玩,被徐管家逮到后,二话不说把游戏机厅包场打了一晚上电玩,连第二天的钢琴比赛都错过了。徐管家说,要做一件事就要做到最好,既然电玩重要到需要逃课,就把游戏厅里所有电玩的最高纪录都刷新一遍,刷新完才能回家。

淳子第二天早上九点才从游戏厅里走出来。手指打电玩太久,直接失去知觉了。

徐管家从来不骂人,不打人。但就凭一身雷打不动的铁血精神,让淳子这个混世魔王也不敢轻举妄动。在徐管家的压迫下,淳子养成这种性格,可以说是物极必反。

徐管家站在院子里,车肯定拿不出来了。

淳子像做贼一样,悄悄从后院翻墙出去。

开车到郊区只要一个小时,但坐公交去却要倒三趟车,全程合计三个小时零五分。柳原淳子下车的时候,已经被晃得脸色发绿,她一个柳原家二小姐,打小没坐过公交,居然不知道自己晕车。趴在路边干呕了一阵子,她拿袖子一抹嘴,深吸口气,开始爬山。

直叔给的地址很奇妙,说在郊区的第一座山半山腰,一个长胡子的老爷爷家里。这也奇了,万一山上有好多个老伯伯,每个老伯伯都有一棵桃树呢?这还不得找到明年去?唯一支撑着她的就是对唐桃的歉意。那是她的姐姐,现在姐姐遇到了麻烦,怎能不帮?

柳原淳子早上八点从家里出发,爬到半山腰的时候,已经是下午三点。山中树荫浓密,空气还算凉爽,半山腰有一两片不大的果园,不知道种了什么水果。柳原淳子"扑通"一声跪倒在地,对远处的农民伯伯大喊:"伯伯啊,这里有个长胡子的老爷爷吗?"

农民伯伯转过身,笑了:"这里每家都有个长胡子的老爷爷,你找哪个啊?"

"家里有株老桃树的,三年开一次花,花很香!"

"桃花?我家种的梨。"农民伯伯朝她摆摆手,"你往里面走走,一家一家问吧。"

柳原淳子快要渴死了,出门的时候着急没带干粮,想拿钱跟别人买,一摸兜里只有十块钱,还是她回去的路费。好在大叔大妈们都很热情,这家塞给她两个馒头,那家塞给她两只梨,吃的问题解决了,可是包却越来越沉了。

绕了一大圈,将近一个小时,还是没找到。柳原淳子累得像条狗,瘫坐在路牙上开始啃梨,她本来性格就比较豪放,啃得满嘴都是汁。

啃完了,一抹嘴,抬头。一栋破败的二层宅院映入眼帘,拆了一半,泥土夯成的土墙开裂,露出里面掺着的茅草。

"对了,我想起来了。"一个路过的扛着锄头的大叔说,"这几年这座山都开始种梨,没什么桃树了,但这家院子里的树挺老的,我记得是桃树。院子荒废了很久,没人住,你自己进去看看。"

柳原淳子心想,这么破的屋子里能有什么东西。可走进去一看,顿时傻眼,一株成年人环臂粗的百年老树立在屋子后面,枝根粗壮,片叶不生,树干有一半烧焦了。这棵树死于几年前的一场雷电交加之夜,雷打到树冠上,废了。

Chapter 06
堂妹 × 兰铃会

淳子把包往泥地上一扔，蹲下来，叹口气。

她预想过的最坏情况无非是桃树不开花，哪知道树都死了。

她真没脸去见唐桃。

山里的天黑得快，没过多久就把日光完全吞噬。柳原淳子抬头一看，好家伙，一片极黑的乌云从远处往山顶推移，眼看就是一场大暴雨。

要赶快下山了。

柳原淳子抹了把脸，拾起泥地上的包。就在这时，她的眼神扫过树干，忽然发现一根树枝上有绿绿的一点。

她揉揉眼睛，再揉揉眼睛，发出惊喜的尖叫。最后一朵花苞，还没开，生长在半死的老树枝头。

要是雨砸下来，这朵硕果仅存的花就完了。

柳原淳子立刻放弃了下山的念头，冲进屋子里找遮雨的东西。老房子废弃了很久，屋上的瓦碎了一半，遮不住雨，地上不比外面干净多少。柳原淳子扒下柜子上的塑料布，又找了两根树枝撑在下面，简单做了一个支架，罩住老桃树的那根树枝。天上"噼啪"一响，天色猛然转黑，白色的闪电撕裂天空，大雨像钢铁的拳头砸下来，瞬间淳子全身都湿了。

细细的树枝根本撑不住，她要用手举着塑料布，才能拦住砸上树枝的雨。

泥水很快泡进球鞋，淳子感觉自己像根长在泥塘里的荷花。她两只手向上举，撑着塑料布，把树枝护在胸前，雨水瀑布一样从头顶冲刷下来，眼睛都睁不开。

这场雨下多久，她就得在这儿站多久。

真冷，周围一片漆黑，雨水冲刷走身体的温度，淳子冻得嘴唇发紫。她看见远处几户农家点亮的灯火，在漆黑的夜色里那么温暖模糊的小点，想必一家人正坐在餐桌前吃饭，笑着看窗外的雨吧。

她忽然想到自己的姐姐，唐桃，她小时候一个人回到家，连等待她的家人都没有。虽然淳子年幼失去双亲，但至少还有家主，还有徐管家，从没让她挨过饿受过冻，也没受过委屈。

都说换位思考才能理解别人的想法，淳子第一次意识到，唐桃曾经独自吞下多少苦，忍受过多少孤独。

至少这朵花，一定要为她守着。

淳子蹲下来，弓着腰，更加小心地守护着小小的花苞。雨不知道下了多久，她不

知道等了多久,直到身体逐渐后仰,靠在树干上睡着了。

凌晨四五点,天色熹微,周围都是草木香气,空气异常湿润。淳子从睡梦中惊醒,赶紧去看树枝,在她一整晚的守护下,花苞分毫未损,甚至花瓣微微舒展,有要盛开的架势。

淳子开心地在原地手舞足蹈,抓起手机看天气预报。今天五点半左右还有一场暴雨,在此之前,来得及去家里拿点儿东西。

淳子光速打车回家,让家里的用人付车费,洗了个热水澡,又冲去户外用品店,买了专业防雨帐篷、户外炖煮锅以及一切需要的用具。再上山的时候,她先把防雨布支好,确定老桃树百分之百安全,这才走进破屋子里,搭好帐篷,打开灶具,开始煮东西吃。

毕竟是有钱人家的孩子,买东西毫不手软,她在半山腰的破屋里硬是吃出了五星级自助餐的感觉,锅里煮的是北海道的速冻料理蟹肉,拌的是顶级冰岛鳕鱼鱼子酱。

淳子毫不知情,她匆忙间以为自己拿的是午餐肉罐头。结账的时候还想物价这么高,唐桃每个月拿两三千元是怎么活下来的。

食物的香气腾腾,连带着破屋也没那么寒碜了。吃完饭,淳子又吞了两颗感冒药,倒在帐篷里开始补觉。

半夜果然又下雨了。淳子睡不安稳,每隔半小时就要到屋外查看一次,确认花苞安好。等到天亮,她把防雨布拆开,又用在网上查到的方法给树根旁边的积水做了引流,确保老桃树不会被淹死。白天,她回家洗了个澡,准备点儿东西。晚上,又回到破屋之中,彻夜守护桃花。

淳子心里奇怪,这几天夜不归宿又没有解释,徐管家居然没罚自己。她不知道,山脚下停着一辆轿车,徐管家坐在车里看书,每天踏着夜色来,顶着晨光走。

如此三四天,花开了。

一瓣瓣晶莹如雪,柔美如纱,扑面一股异香。

离花骨朵完全绽放大概还需要最后一天的时间,淳子高兴得手舞足蹈,比得了世界级钢琴比赛冠军还兴奋。当天晚上,她坐在帐篷里辗转反侧,忍不住发短信邀功。

"姐姐,干吗呢?"

"我在敷面膜。"

淳子震惊了。那个出门只洗个脸的唐桃,那个从来头发往脑袋上一束都不知道要变花样的唐桃,在敷面膜?

淳子问:"你明天要嫁人?"

Chapter 06
堂妹×兰铃会

"……我敷面膜就那么奇怪？"

"挺奇怪的。不说这个，传说中的桃花我找到了！"

"哇，这么厉害！那我们做成'芳菲'有望啦！"

"等花开了我就给你带回去，我买了最好的保鲜柜，保证桃花放一个月也新鲜如初！"

淳子趴在睡袋里，下巴枕着胳膊，兴高采烈地和唐桃聊天。两个女孩你一句我一句，从柳原堂聊到学校，又从学校聊到乱七八糟的八卦。

"姐姐，你喜欢过哪些人啊？"淳子问。

"哪些人是什么意思？"

"很多人啊，比如小学的时候喜欢谁，初中的时候喜欢谁，高中又喜欢谁。不同的环境，肯定喜欢不同的人啦，你一共有多少个？"

唐桃想了一会儿，回答："你先说。"

"我数数啊。小学三个，初中四个，高中的时候五个，不，算六个吧。"

"怎么还递增了？"

"嘿嘿嘿，帅哥多嘛，没办法。"

"我……算两个吧。"

唐桃的脸埋在被子里，荧幕的光芒照亮她的眼睛。

"哟，第二个是夏炽吧？第一个是谁呀？"

"这么晚了，我先睡了啊！明天等你的好消息。"

柳原淳子"喊"了一声，不说不要紧，早晚套出来。

次日清晨，花盛开了。

花朵在阳光下晶莹剔透，美丽的花脉像一条条淡色的血管，交错延续着芬芳的生命。柳原淳子小心得不得了，用剪刀剪下花朵的枝干，用泡沫包好放进保鲜箱。保鲜箱是特制的，即使花朵离枝，也能保存一个月左右。

她立刻卷铺盖下山，去向唐桃报喜。

没走几步，迎面走来一个早起的年轻人，嘴里叼着一根草，皮肤黑黝黝的。看见淳子，他咧嘴一笑："哟，你是那个上山历险的小姑娘吧！怎么样，好玩吗？"

"我哪是来历险的，我是来办事的！"淳子"哼"了一声，得意地打开保鲜箱给他看，"看见没，这是一朵很珍贵的桃花，三年才开一次，最后一朵，被本小姐我救下来了。"

年轻人抓抓脑袋，又看了看花："这是梨花吧。"

淳子呆住了。

"这是梨花呀，傻妞，那栋房子后面是棵老梨树，没人跟你说吗？"年轻人大笑，"你要说三年一开的桃花，咱家倒有一株，咱刚摘了朵，要送咱家小翠呢！"

他摊开手，手心一朵红桃花，花蕊居然是奇特的鹅黄色，一股摄人的芬芳扑面而来，像有只手揪住你的鼻子，往里塞了一大把春天。

淳子傻眼了："你住哪儿？"

"后头那座山喽。喏。"他伸手一指。

"可我听说桃花在公车站旁边的第一座山上啊！"

"咱住的就是第一座山。"年轻人说，"你这儿是第二座，上头只有梨树。"

淳子的心情简直不可描述。她看看手里的梨花，又看看青年手里的桃花，问："我们能换换吗？"

"换？行啊，反正小翠戴桃花戴腻了，正好换朵别的。"年轻人大大方方地说，"这也是咱家桃树今年最后一朵，好好珍惜啊。"

淳子捧着桃花去献宝的时候，大大惊艳了一把。

常清不愧是专业设计师，对造型的理解很不一般。不过把发梢烫了烫，就显得脸尖肤白，不过把眉毛修了修，就显得双眸灵动有神。唐桃按照常清教的方法化了淡妆，走在街上时常被人盯着看，还不太习惯。柳原淳子像陀螺一样，转着圈左看右看，感慨："姐啊，你整容了吧？"

唐桃有点儿得意："没大整，小修了一下。"

"这个常清的号码我得留着，结婚的时候就靠他了。"

柳原淳子一边说一边把保鲜箱放在桌上，在唐桃期待的视线中缓缓打开。诱人的清香扑面而来，花瓣粉嫩晶莹，唐桃看呆了，忍不住伸出手轻戳花瓣。

桃花，和她同名的花。

就是用这朵花，做成了"芳菲"。

唐桃忽然有点儿感动。

能做出这样温柔的糕点，或许柳原堂并没自己想象的那样无情。

淳子打量着她的表情："姐姐，你打算什么时候开始做？"

"等我的手艺练熟吧。"唐桃深吸口气，把保鲜箱合上，"你好不容易带回来的花，糟蹋掉就不好了。"

Chapter 07
工了×老人

晚十点半。热月艺术空间。

主唱甄选进入最后一轮，和夏炽PK（比拼）的是"眼神忧郁如大海的风神之子"。

赢家毫无悬念，不如说修一开始就没认真找其他比赛选手，主唱竞选不过是个噱头。

夏炽手中握着麦克风。观众们的欢呼声如狂风暴雨，有点儿听不清伴奏。

他的视线透过射灯扫视台下，一张张脸扫过去，说不清在寻找什么。

自从唐桃打电话说自己生病之后，夏炽再联系，电话总是不通。问了校医，唐桃根本没去看病，她到底怎么了，病到打不了电话的程度？

夏炽越想越烦躁，眉宇深深蹙起，眸中泛起火光，更加贴合"地狱恺撒"的设定。

舞台灯光由红转白，乐曲进行到高潮，夏炽蓦然在观众中发现一张熟悉的脸。向导两只手插在外套口袋里，与夏炽对视一眼，点头示意。

向导朝门口扬下巴，示意在外面等他。

晚十一点。

夏炽在艺术空间外的小公园里找到向导，那个留着小胡子的中年男人坐在台阶上发愣。

"向导。"

"出来了？坐。"

向导拍拍屁股旁边的台阶。夏炽依言坐下，离他半米远，保持着生疏的距离。

"今天《费加罗的婚礼》开演，为什么不去看？"

夏炽交握的双手叠在膝盖上，不回答。

"我来告诉你为什么，因为你觉得那不是你的作品。"向导冷笑一声，"你有一副好嗓子，我不用你，却用那些连音都唱不准的人。你恨我？"

"你是导演，这是你的决定。"夏炽回答。

向导忽然笑了："喝一杯去？"

"我是高三生。"夏炽皱眉。

"瞧瞧，这就是你的坏毛病。你不让自己放纵，也不让自己脆弱，你把该做什么、不该做什么通通限制好，活得有什么意思？你觉得那些剧团里的人，唱得没你好，长得没你好，我看中他们什么？我看中他们是人，他们有喜怒哀乐，他们能够成为歌剧的一部分。"

夏炽生硬地回答："我不懂你的意思。"

在长达两个月的冷遇中，夏炽并未对向导产生任何埋怨，或者说，他从未把向导放在眼里。无论向导为难他是出于厌恶、嫉妒，还是真的认为他水平不够，夏炽都觉得这是他个人的想法，和自己无关。夏炽非常清楚如今剧团的水平，也清楚向导的水平——乌合之众，仅此而已。

"你一定在心里骂我，觉得我是个三流导演，领导三流团队，不但无法恢复剧团在全盛时期的雄风，还埋没你这枚真金。"向导看着他，眼睛里有光芒闪动，"可是，小子，你知不知道歌剧不是一个人的演出，当你太过出色，而别人十分平庸的时候，整个舞台就会成为你的个人秀，而不是有血有肉的故事？"

夏炽眼里第一次闪过怒意："你是想让我降低演唱水平，为了配合剧团里的其他人？"

"不是配合其他人，而是领导其他人。让整部歌剧成为你的故事，让观众们为了你的故事掏钱，而不是作为一部高音质留声机，在舞台上演唱完美的咏叹调。"向导叹口气，从口袋里摸出一张皱巴巴的票，"小子，你得好好想想到底什么是歌剧。"

《费加罗的婚礼》的票，好位置，向导自费买的，虽然演出已经结束了。夏炽盯着票看了一会儿，问："你在挽留我？"

"我不需要挽留你，你是被歌剧之神青睐的人，这是种强大到可怕的缘分。"向导朝他挥挥手，"我们要开始筹备下一场歌剧，希望到时能看到你。"

向导的背影消失在公园尽头。夏炽手里握着票，出神，手腕上的朋克银链装饰在风中摇摆。

夏炽自己也解释不清楚，那天晚上为什么要答应修的邀请。他热爱歌剧，他非常清楚自己的一生都将奉献给这门伟大的艺术，却还是对它的意义产生了动摇。

他要的究竟是观众、是美誉，还是一方能够自由歌唱的天地？

逃避不是夏炽的风格，迎难而上才是他的内核，他很好奇，也想测试自己，同样是音乐，同样是表演，站在别的舞台上，用"恺撒"的名字来表演，能否获得和演唱歌剧同等的快乐？

肩膀上横过来一瓶水，修站在他身后："发什么呆呢？观众们都在ancall（要求再唱），十分钟了，想让你再唱两首。"

"过了今晚你打算怎么办？谁做你的主唱？"

"喂喂，你是打定主意拒绝我了吗？我自认为开的条件不错啊。"修笑了，"灯

光、舞台、欢呼、美女,都是你的,还不够?"

"你知道我不可能留下来做主唱,请我,不过是帮艺术空间开业炒热气氛。"夏炽脱下黑风衣,扔给他,"我还有要做的事情,先走了。"

"'恺撒'要变回夏炽了?不知道多少少女要伤心喽!"修在身后阴阳怪气地说,"特别是你最在乎的那个。"

脚步顿住。夏炽回头:"什么意思?"

"那天唐桃来找我,说她是你的脑残粉,我还邀请她去我们庆功宴来着。"修笑眯眯的,"你忘了吗?"

夏炽连夜赶回红石学园。

自从绑架事件之后,这是他第一次回学校。夜已深,门卫正在岚组的宿舍园门口站岗,看见夏炽吃了一惊:"夏少爷,您回来了?"

夏炽做了个噤声的手势:"我随便看看。"

宿舍的灯还亮着。夏炽说不清自己为什么不进去,或许是不知从何解释,或许只是好奇——自己不在的时候,她在做些什么?

大厅的窗户没关。夏炽伸手拨开窗帘,看见厅里的景象。

唐桃很忙碌。她围着围裙,头发用夹子夹起来,一手搅拌器一手搅拌碗,工作得十分卖力。她的眉头微蹙,嘴唇紧抿,夏炽很熟悉这样的表情,是她遇见了什么难点,努力寻找解决方法的表情。

唐桃不断调整碗里的水面比例,努力调出食谱上"透明中带点白,像皮肤一样富有弹性"的感觉。桌上放了一堆失败点心,有的长得像鸭子,有的长得像石头,有的表面坑坑洼洼,看着就没食欲。

夏炽忽然掏出手机,若有所思地看着上面那个木雕吊坠。唐桃之前送给他的,一开始以为是屁股,现在想想,说不定是桃子。

夏炽唇角微动。夜风吹动窗帘,细纱悄悄摆动,像吹起了浅色的梦。

他忽然觉得这样的情景很美好,他知道她在哪里,知道她在做什么。她会因为一些失败而沮丧,也会因为别人的刁难而消沉,却不会磨灭自己的意志,总是努力做着力所能及的事情。

他非常了解唐桃。了解那双温和的眼睛,那双笨拙的手,和那颗坚强的心。

夏炽掏出手机,打了几个字。唐桃放在桌上的手机亮了,她一扫屏幕,连忙放下搅拌碗,用湿毛巾擦干净手。

Chapter 07
工厂 × 老人

夏炽："我离开修的乐队了。"

唐桃撇嘴，关自己什么事？

放下手机，犹豫了一会儿，又抓起来。

桃子："那真是恭喜。"

夏炽："上次的庆功宴，修说要介绍一位老歌剧演员给我认识。不然我不会去的。"

唐桃的脸没绷住，笑了。

桃子："哦。"

夏炽："你的头发剪了？"

唐桃一愣。她左右看了看，房间里安安静静的，只有自己在啊。

桃子："你怎么知道的？"

夏炽忽然起了逗她的心思。他把身体侧过来，屈指轻轻敲了敲玻璃。

唐桃回头，散落的发丝在夜风中飘拂，眼里掠过惊讶。

风鼓起窗帘。

树叶沙沙作响。

窗外已经没有人了。

隔天下午四点。

×市医大。任萱的实验室。

"你这里写错了。"夏姜说。

几个研究生趴在桌子上，替任萱整理下次实验要用的资料。夏姜趴在旁边吃薯片，扫一眼，立刻揪出一个错误。

"哪儿错了？"戴眼镜的研究生赶紧低头，在密密麻麻的字迹中翻找。夏姜伸出小拇指，在第三页的第十一行上一点。

"哎呀，果然错了，是我粗心。"研究生不好意思地摸摸头，"麻烦你啦，小夏。"

"你闭嘴行不行？影响我发挥。"小眼镜火了。他想报任萱的研究生，好不容易争取到来帮忙的机会，才刚坐下，就看着夏姜一直在耍威风。

"你放心，我不会帮你查的。"夏姜"咔嚓"咬一口薯片，"你最好早点儿出错，让任教授把你赶出去。"

任萱坐在实验室尽头的太师椅上，无奈地揉了揉眉心，引狼入室说的就是她。上

次夏姜被关在教学楼里导致昏迷,有任萱一部分责任,她出于愧疚,答应让夏姜在实验室里自习。可这个小夏姜啊,还真有本事,花了不到几天时间,俨然成了实验室一哥,呼风唤雨无所不能。

夏姜就像那种长着大眼睛的小动物,毛茸茸的人畜无害,在你的门前徘徊。今天叼一只小花过来,明天带一根小草,不知不觉,等你反应过来,他已经在你门前造好窝了。

任萱停下敲击键盘的手,说:"夏姜,你过来。"

夏姜立刻放下薯片,擦擦嘴,听话地走过来:"任教授。"

"上次让你看的书,看完了?"

"看完了,作业也做完了,我自己对过答案,错了两题。"

任萱挑眉,她给夏姜留了一些功课,不算太复杂,但彻底弄明白也需要两周时间,怎么这么快就搞定了?她不知道夏姜几乎把所有时间都用在学习上,上午去旁听本科课程,下午来她实验室自学,晚上回家也要看书,一天有十六个小时都在围着书本打转。

任萱翻开习题册,认真看了两页,在白纸上写了道新题递给夏姜。

夏姜扫了一眼,唰唰写出答案,递回来。

好吧,天才就是这么任性。

任萱无声地叹了口气,说:"你最近挺用心的,我布置的基础知识掌握得不错,休息一下吧,要不让你父母带你出去玩玩,散散心?"

"我不想玩。"夏姜立刻回答。

"那好歹也出去转转,你是个孩子,有活力一点儿,别天天闷在实验室里。"

"我不想玩,我想跟你学医。"夏姜执拗地重复,一双眼睛紧紧盯着任萱。

任萱真的快要哭了。她头顶是不是真写了"悬壶济世、妙手回春"八个大字,不然夏姜怎么总缠着她要拜师呢?

"这个问题我跟你讨论过了,你很聪明,也很有能力,学医有优势,肯定能考上好本科。想和我学医也行,考我的研究生,跟着我做实验,一步一步来,好吗?"

"不好!"谁知夏姜的声音放大了,目光炯炯地看着她,口气非常坚定,"我不想等,我不能等。我想学医,就今天,就现在!"

晚一天也不行。晚一秒也不行。

夏姜握紧拳头,炽烈的感情从双目中喷出,火一样灼烧着任萱的心。

又来了,这个孩子,他像在和什么可怕的东西赛跑,逼迫自己全速向前,一旦慢

Chapter 07
工厂 × 老人

下来就会被对方吞噬。他的急迫源于他的恐惧，他的坚定来源于他的渴望，可他在恐惧什么，在渴望什么？

任萱嘴唇动了动，问不出口。

她知道夏姜不会回答。

助手从门口急匆匆跑进来，嗓子都哑了："任教授，医院那边打来电话，要您立刻去一趟！"

"怎么了？"任萱皱眉。

"刚刚在学校附近出了严重车祸，五个涉事人全部重伤，需要立刻动手术，医院里人手不够！"

任萱"唰"一下站起来。她临危不乱，眼风在实验室兜了一圈，立刻说："小凡，小林，你们留在实验室继续整理资料，小张和小吴跟我一起去医院，你们俩都有实习经验，能帮得上忙。"

一片应和声里，她弯下腰去换鞋，袖子被夏姜抓住。夏姜说："我跟你一起去，我也能帮忙。"

"你能帮什么？你会动手术？"紧急关头，任萱顾不上注意语气，"别胡闹！那不是你能看的东西！"

"我要去！"夏姜大声说。

他紧紧拉着任萱的衣袖不放手，执拗而顽固。

助手都看不下去了，直拉夏姜的胳膊："小姜，别任性，赶紧让任教授过去。"

夏姜纹丝不动。他还是个孩子，力气不算大，但谁都没法狠心掰开他抓得紧紧的手。

任萱又叹了口气，过了一会儿，妥协了："行吧，既然你一定要去，跟我来吧。"

"教授？"助手惊呼。

"让夏姜待在观察室里，看我做手术，对医院就说他是我的学生。"任萱套上外套，利落地把头发绑在脑后，"谁有意见，让他来找我。"

医院急救室外的走廊异常嘈杂，脚步声、讨论声、鞋跟敲地声，汇成一股紧张的乱流。

躺在急救床上的是车祸司机，伤势最严重。三个护士推着病床在走廊里飞奔，铁轮在地面上咔咔作响，任萱飞快地和助手敲定手术细节，推门走进更衣间。

换拖鞋，换手术服，消毒，进手术室，一切都在无声中进行，任萱原本爱笑的脸

藏在口罩下,只露出一双镇定的眼睛。

手术灯亮了,手术室变得苍白。

穿着绿色无菌服的助手和麻醉师聚集在任萱身边,神情专注,双手倒悬在胸前准备着,随时等待她的调遣。

夏姜一个人坐在手术室旁边的观察室里。

观察室有一整面墙都是玻璃,原本是给外科学生观摩手术用的,完全隔音,夏姜听不到手术室里的谈话,能闻见空气里的消毒水味,听见自己越来越快的心跳。

他刚到医院脑袋就已经蒙了,五个出车祸的人,个个鲜血淋漓,从救护车上抬下来的时候,手指尖依旧在滴血。他想去帮忙推车,马上被护士拽住,严肃地说:"快出去,这不是小孩子待的地方。"

夏姜指尖发抖,他用力握住自己的右手,眼睛紧紧盯着前方。

手术室里,任萱低声说了句开始。

所有人同时动了起来,他们的行动精密而充满默契,每一支递出的止血钳都有另一只手接住,动作准确,像针线无声地缝合。监护仪监测着生命迹象,手术刀划开筋肉,血从病人身上喷溅出来,溅在任萱脸上,任萱眉头都没皱一下,旁观的夏姜却狠狠一抖。

他黑色的大眼睛失去了平日的光彩,狡黠的脸上被不安填满。这和《系统解剖学》里写的不同,和要做的习题不同,在这里,一步都不能错,不能错。

夏姜大口吸入空气,大口呼出,指甲陷进虎口肉里,掐出瘀青的印子。

这台手术持续了四小时。

夏姜在观察室里等了四小时。

陆续又有两个车祸的病人被推进来,任萱没有休息时间,于是夏姜也不休息。

他瞪大眼睛,专注地看着手术,呼吸急促,神情紧张。

四个小时过去,又四个小时。

当任萱终于舒口气,长叹一声抹去额头热汗时,已经是凌晨四点。

她对助手说了辛苦,和护士说了谢谢,与他们互相击掌庆祝,这才想起夏姜还在医院。

望了一眼观察室。里面已经没人了。

任萱饿得胃里直泛酸水,冲向走廊售货机买了三条巧克力和两瓶可乐。她在医院的门口找到夏姜。

Chapter 07
工厂 × 老人

夏姜坐在花坛旁边，抱着膝盖，面无血色。任萱把杏仁葡萄巧克力放在他脑袋上，说："饿了吧，吃点儿，别让人说我虐待儿童。"

夏姜摇摇头，巧克力掉在了地上。

任萱叹了口气，她现在累得要死，闭上眼睛就能睡，还要想办法安抚夏小朋友的情绪。任萱拆开巧克力，往嘴里使劲塞了两口，含混不清地说："什么时候出来的？"

"刚刚。"

"看了十二个小时？"

"嗯。"

"什么感觉？"

夏姜抿着嘴，握紧拳头，不说话。

"你已经可以了，比我当年强不少。我小时候晕血，看见一个小伤口就心慌，验个血都要大呼小叫，但我爸是外科手术医生，非逼着我承他衣钵学医。我十七岁就进医院观摩，二十二岁正式进手术室做助手，第一次上手术台，慌得打翻了一盘手术剪刀。哎呀那画面可美了，所有人都埋头捡剪刀，跟地上有钱似的，我爸差点儿没把我的脸瞪出洞来。"

夏姜抬起头，看着她。任萱拧开一瓶可乐，咕噜咕噜喝了一大半，舒爽地"啊"了一声。

"那你为什么要学医？你十六岁本科毕业，二十一岁博士毕业，二十二岁上手术台。"夏姜的眼睛闪了闪，"你为什么那么着急？"

任萱默默放下空瓶。她望着医院门口翻搅着晨光的天色，淡淡地回答："因为我爸生病了。"

"五十一岁，癌症，知道他病情的时候我刚上大一，握着电话就哭了出来。那几年我疯了一样学习，常常一整天忘记吃饭，啃书、做题、做实验，似乎那样就能赶在病魔带走他之前，将他从死神手里夺回来一样。可我爸不这么想，他是从业二十几年的老医生，不愿意受化疗的苦。他只打电话说，'萱萱啊，你早点儿学成，早点儿回国，多和我搭几台手术，爸爸就满足啦'。"

任萱表情平静，这些陈年伤疤早已不再痛楚，但摸上去依旧有清晰的疤痕。

"我和我爸只搭过那一台手术，我永远不后悔那天砸了老院长的慈禧年间古董茶缸，拿着博士毕业证书逼他同意我上手术台。"任萱说，"有的时候，你不知道什么时候就是最后一面了，不知道什么时候你骂他、责怪他，是能够对他说的最后一句

话。把想做的事情都做了,趁还来得及。"

啪嗒——

两滴泪水砸在任萱脚边。

任萱背都僵了,她从没想过夏姜会哭。这个聪明绝顶、满脑袋坏点子的小孩子,无法控制的悲伤从他单薄的身体里挤压出来,一颗颗重重砸在地上。

夏姜多后悔。

茱莉亚模糊的脸再次浮现眼前,那些错过的岁月在眼前交替、快进,像失速的电影,星辰的轨道拉出细而苍白的弧线。他浪费了多少时间,错过了多少机会,那些日子里他不知道茱莉亚的痛苦,他疯狂地恨她,又疯狂地想她。

他想过如何激烈地报复她,大声地羞辱她,指责她的自私与懦弱,控诉她不配成为一个母亲。可她早就去世了,很多很多年前,在某一个无人知晓的夜晚,像一缕烛光"噗"地熄灭。

夏姜的恨她不知道。

夏姜的爱她不知道。

如今再怎么拼命,再怎么努力,也拉不回那年错过的人,那天错过的手。

任萱小心翼翼地打量着夏姜。她伸手,握住他的肩,把他缓慢而轻柔地带进怀里。

夏姜的脊背轻轻颤抖。

任萱眼眶发红,一下下拍打着他的背。

她不会再问夏姜学医的理由。

她已经知道了。

"我考医大。"夏姜忽然轻声说,"我就考×市医大,考你任教的学校。明年我就会成为这里的学生。"

柳原堂里,唐桃在做糕点。

万事俱备,只欠东风。她这两天把宿舍大厅弄得一团糟,全是面粉,学校的保洁阿姨过来打扫,说要扣她卫生分数。唐桃赶紧把面粉、器具什么的收拾出来,带到柳原堂做。

不愧是诞生了无数名糕点的地方,被窗户外的小风吹吹,周围的樟木味熏熏,唐桃的手艺进步了,做出的东西也很有卖相。

"不错啊,看来你有做点心的天分。"直叔摸着下巴说。

Chapter 07
工厂 × 老人

这几天，他每天都会留下来陪唐桃练习，坚决不动手，但经常隐晦地给她提示。比如"捏这个造型用两根手指比较好呢，虽然我也不知道为什么"，或者"水放太多，片栾粉就变片栾汤喽，虽然我什么也没看见"。

唐桃能进步，多亏了他。

小小的团子握在手里，雪白粉嫩，晶莹剔透。她用普通的梨花揉进去做实验，已经很有模样了。

"直叔，你帮我尝尝。"

直叔咬一口，挑眉："要不要考虑来柳原堂做学徒？"

"算啦，我洗碗就够了，不敢染指点心。"唐桃吐吐舌头，抬头对直叔说，"直叔，我打算正式做'芳菲'了。请您转告家主，一旦点心做好，我就来找他。"

直叔站直了身体，神情肃然，缓缓点头："知道了。"

唐桃洗干净手，正打算回家，院子里射来晃眼的车灯。唐桃认得这辆宾利，这么晚了，徐管家来干吗？

徐管家从车上下来，这位老绅士脸上带着少见的苍白。他没来得及跟唐桃打招呼，径直走向直叔："淳子小姐出事了。夏学园长请您立刻过去。"

直叔神色一变，温润如玉的眼里闪过一丝凌厉。他敛眉沉思，视线在徐管家和唐桃中间兜着圈，当即说："立刻去红石，小唐，你也来。"

宾利车一路狂飙，连闯四五个红灯。夏长虞的办公室已经挤满了人，有学校的校警，还有负责后勤的老师。

夏长虞神色肃然，一听见直叔来了，眼里射出电光。

"柳原淳子被绑架了，我们正在分析监控录像。"夏长虞开门见山。

唐桃脑袋里"嗡"的一声："什么叫被绑架了？淳子怎么会被绑架？"

"这就是需要你帮忙的地方，我要你确认，你是否认识那个绑匪。"

夏长虞扫一眼校警，校警立刻调出监控录像，说："这是今天晚上十点四十五分的录像，现在十二点半，绑架发生于一小时四十五分钟之前。从画面上可以看到，绑匪趁淳子蹲在门口等人时实行了绑架，行动非常熟练，可以判断做了充分准备。"

"你认不认得这个人？"夏长虞问，"他和当时绑架你跟夏炽的是否是同一个人？"

唐桃眯起眼睛，脸快要贴在屏幕上了。可是当时正值夜晚，监控画面非常模糊，何况绑匪还戴着头巾。

"看不清脸，只能说身材很像，当时绑我的人有两个，其中有个和他一样高。"

因为淳子和唐桃身高差不多，能很容易估算出绑匪的身高。大约是三十岁的男人，一米八左右，动作敏捷，非常强壮，从捆绑淳子让其无法挣扎的动作看，受过专业训练。

和当时绑架唐桃的匪徒很像。

唐桃声音都变了："他们上次就要绑架淳子，他们以为我是淳子！上次没绑成，这次又来了！"唐桃非常慌乱，"淳子在等我，她以为我今天会回宿舍做糕点，我没告诉她我来了柳原堂，我……"

一只手放在唐桃头顶。直叔缓缓抚摸她的头发，轻声说："放轻松，不要紧张。你越镇定，越能回忆起当时的状况，你是唯一和绑匪接触过的人，我们需要你提供线索。"

唐桃环顾室内，所有人的视线都停在她脸上。唐桃这才意识到自己的失态，用力揉了揉脸："我说，我什么都说！只要是我知道的都告诉你们！"

唐桃在夏学园长的办公室里待了三个小时，努力回忆被绑架的所有细节。很多人在打电话，办公室里手机铃声响成一片，唐桃心慌得无以复加。

"你做了你该做的，剩下的交给我吧。"直叔说，"宿舍你不要回了，今晚先住到柳原堂。我安排人给你收拾一间屋子。"

"不行，柳原家还没有获得唐桃的监护权，我不能让你随便带走我的学生。"夏长虞忽然出声，看了唐桃两眼，"我派人送你去住的地方。"

一栋树林中的小别墅映入眼帘。

红石学园周边都是夏家的私有产业，唐桃不知道车程二十分钟的树林里藏有这样一个地方。在唐桃问司机去处时，司机语出惊人——夏宅。

夏宅，不就是夏炽的家吗？

如果淳子没出事，唐桃恐怕要紧张到死。可现在她眼神空洞，脑袋里一团糨糊，哪有精力去体会住在男神家里的激动。

司机把她领下车，早有用人候在门口。用人朝唐桃鞠躬，两手交叠在围裙前，毕恭毕敬地说："唐小姐，老爷安排您住在二楼，今晚请好好休息，事情如有进展，会在明天通知您的。"

唐桃"哦"了声，机械地随用人上二楼，在那条装饰优雅的走廊里走了好久，才走到客房门前。用人替她放好水，为她准备睡衣，建议她泡个澡。

唐桃整个人缩到浴缸里，只有在水下才听不见心跳声。

Chapter 07
工厂 × 老人

淳子，她的妹妹，为什么有人要绑架她？是为了柳原社的钱财，还是为了其他东西？

唐桃换上柔软的睡衣，把头埋进松软的枕头，鼻尖闻到淡淡的香味。大脑清醒得要死，毫无睡意。

她爬起来，向走廊走去。

夏宅是一栋欧式庭院，规模中等，有个草木扶疏的大院子。从房子能看出主人的性格，明明是欧风的内部装修，风格却简约大气，没有过多复杂的矫饰，和夏学园长一样清晰利落。客房窗外有株繁茂的桂花树，花密如云，芬芳入骨。唐桃深吸口气，花香奇异地缓解了焦虑，既然睡不着，出来转转也好。

她在月光下闭眼祈祷——淳子啊，千万不要有事。

她还有好多话没跟她说，好多事没和她一起做。

唐桃在二楼漫无目地瞎逛，她不敢下楼，免得惊动房子里的用人。和客房并列的是几间卧房，有的房门上挂着铜牌，刻着房间主人的名字。

其中一个唐桃不认识。目光扫过另一个——Julian。

哎，等等……

这是夏炽的房间吧！

唐桃猛地把耳朵贴在房门上，三秒钟后，觉得自己好蠢。夏大男神二十四小时待在歌剧院，怎么有空回家呢？

要不闯空门吧！多事之秋，有件事分分心也好呀！

唐桃贼头贼脑地张望片刻，伸手转动门把手，门居然没锁。她赶紧猫腰钻进去，又轻轻把门关上，确定从里面锁好了，才敢直起身打量室内。

是个小套间，刚进去是客厅，左侧是书房和盥洗室，右侧是卧室。前面说什么来着，房如其人，夏炽的房间秉持一贯的简洁风格，根本不像有人住过，灰色的地毯一尘不染，地面光可鉴人。唐桃摸到书房里，用手机照明，两排书柜里摆满了厚书，有很大一部分是关于歌剧的，还有一部分是意语原版书和文学名著。夏炽高中时期没怎么回过家，所以这些书他是什么时候看的，让唐学霸不寒而栗。

唐桃忍住没去开书房里的柜子抽屉，晃一圈就来到了卧室。卧室床头的花瓶里插了一束黄色小米兰，非常美丽，夏炽不在的时候，房间依旧每天被人精心照料。

唐桃有种奇怪的感觉，仿佛闯入了夏炽某个不为人知的秘密基地。他就在这栋房子里长大，在桌边学习，在院子里玩耍，在餐厅吃饭，在月光下和夏姜嬉闹——这里的一切充满了成长的痕迹。

唐桃往前走两步，偷偷坐在夏炽床上。月光从窗外洒进来，床单是宁静的浅灰色，有种妥帖的安全感。

唐桃耳朵红了。她小心翼翼地弯下腰，抱起夏炽的枕头，嗅了嗅。

像小狗要抱着主人的衣服才能入睡一样，她收紧手臂，脸上露出笑容。

第二天清晨。

唐桃居然睡得很好，她打个哈欠，伸个懒腰，迷迷糊糊坐起来。

"唐小姐，您醒了。早餐是在房间里用吗？"

用人弯腰鞠躬。

唐桃揉揉眼睛："啊，早上好……麻烦你了。"

"那是在您的房间用，还是在大少爷的房间用？"用人又问。

唐桃一个激灵。身下是皱巴巴的灰色床单，身侧是盛开的黄色小米兰，枕头上还有可疑的口水印——天哪，她昨天是在夏炽的房间里睡的！

《女神经夜闯男神房间，抱枕头入睡被用人发现》——她连新闻标题都起好了。

"我……我马上回去……"唐桃满脸通红，结结巴巴地说，"我昨天晚上睡不着，就……就……你千万不要告诉夏炽啊！"

用人明显在憋笑，嘴角绷得很紧："好的。"

唐桃飞一样奔回房间，利落地换好衣服。用人把餐具端上来，在茶几上放好，唐桃连忙问："今天早上有人找我吗？淳子的事情有没有进展？"

"老爷那边发来消息，让您不要担心，好好休息。具体事宜他们会处理，等风波过去就会把您接回去。"

"什么意思？"唐桃蹙眉，"夏学园长让我别管了？"

用人不回答，相当于默认。

"不行，我肯定要去！淳子是我妹妹，我肯定有能帮得上忙的地方。"

唐桃立刻站起来往门口走，用人一个侧身挡住去路。她还是毕恭毕敬的样子，然而口气已经有点儿不善："唐小姐，这是老爷的吩咐，我们不能让你离开这里。请您配合。"

唐桃这才看见，洋楼的四周围着不少保镖，把夏宅困得像铁桶。

"如果我一定要出去呢？"唐桃问。

用人低着头，声音刻板地说："那就要看您有没有这个本事了。"

唐桃被夏学园长软禁了。

Chapter 07
工厂 × 老人

她当然没有闯出夏宅的本事，别说保镖了，就连用人都被训练得滴水不漏，一点儿情况都问不出来，唐桃预感这次的事情性质严重，却怎么也想不明白为什么要软禁自己。唐桃不过想去学校待着，在能力范围内帮忙，哪怕仅仅端茶倒水，又没说要亲自去救淳子。然而直叔的手机打不通，徐管家也不接电话，夏学园长的手机号码她没有，有也不敢打。

这太糟了。

唐桃坐在沙发上，满脸担忧，心急如焚。

为今之计，只有找外面的人帮忙。唐桃在脑袋里过了几个选项——既然夏学园长不放心她，夏炽肯定更不放心，找夏炽没用；真夜老师倒是有可能，但听说他最近身体状况很差，唐桃不想让他操心。

有个金发绿瞳的人影忽然闪过脑海。还有他说的话——"我一定会回来，在任何你需要我的时候。"

唐桃吓了一跳，不知道为什么会想起菊。整整两个多月，她和菊没有任何联系，不知道菊在意大利的电话号码，不知道他的住处，甚至不知道他在做什么，是否还在画画？可不管分开多久，那影子从未从心里消失过，想起菊的笑容，就有股勇气从内心深处溢出。

不——唐桃立刻摇头——菊在意大利有自己的生活，她不能任性地叫他回来。

剩下的还有谁？

唐桃飞快地翻动手机通讯录，眼睛停留在一个名字上。

对了，常清！

她当初被绑架，曾听说常清拥有学校监控的调取权！

她立刻把房间门锁好，确定用人不在门口，才拨通手机。常清很快接了，电话那头非常安静，只有点击鼠标的声音。

"常清？我是唐桃，我想请你帮我个忙！"

"你说。"

"我现在被软禁在夏宅了，你有没有办法把我弄出来？"

"出来后你想做什么？"

"我想帮忙啊！淳子被绑架了！"

"你打算怎么帮？"

常清的声音一如既往，公安局做笔录似的，不带任何感情色彩。可唐桃愣住了，对啊，怎么帮？她连淳子在哪儿都不知道，也说不出更多关于绑匪的细节。

鼠标点动，电话那头有密集的敲键盘声。过了一会儿，常清说："你别担心，红石的警力非常充足，柳原社也不是好招惹的，我们已经确认了淳子的位置，正在实施营救。她十五岁那年补牙，柳原社在她的牙槽里安装了定位器，绑匪并不知情。"

唐桃喜上眉梢："这么说淳子能救回来了？"

对方长久地沉默。不安在空气里膨胀，过了一会儿，唐桃忽然问："你们是不是有什么事瞒着我？"

她没有根据，全凭直觉，可常清的沉默证实了她的猜测。常清叹了口气，反常地犹豫："他们既然都决定不说，我不知道该不该告诉你。"

"你应该告诉我。"唐桃用力攥住手机，"淳子是我妹妹，我有知情权。"

电话那头又没声了。过了一会儿，叮一声，邮箱收到一份视频。

"上次学园长给你看的监控是比较模糊的，有些细节你可能没注意。我发高清版给你。"

唐桃一头雾水，她连忙点开视频，把音量调到最大。

还是没声音，但画面清晰了很多。淳子蹲在宿舍楼门口玩手机，嘴里嚼着什么东西。一个黑影从宿舍楼后面绕出来，戴着帽子遮住脸，利落地挟持住淳子，对她说了句什么。

画质不清晰的时候看不清嘴型，现在能看清了。

唐桃放大画面，反复重播那三秒钟的对话。

她忽然看明白了。

汗毛一根根从背上竖起来，她跌坐在沙发上。

绑匪问了淳子一个问题，他问："你是唐桃吗？"淳子也愣了下，不过很快恢复镇定，脸色苍白地答了句。

"是。"

他们要的人是唐桃。

可柳原淳子主动代替了自己。

常清说："这就是学园长要软禁你的理由。淳子已经被抓走了，不能让他们再伤害你。"

唐桃感觉眼前都是雾，那种令人窒息、令人绝望的迷雾。她知道为什么现在还没有淳子获救的消息了——绑匪一定提出要求，要用自己来换淳子。

"学园长和柳原社担心你会冲动，所以不告诉你。"常清说，"你现在唯一能做

Chapter 07
工厂 × 老人

的事情，就是为了他们保护好自己。答应我，好好留在夏宅，不要冲动。"

唐桃不清楚自己是什么时候挂电话的。她的双眉紧紧蹙在一起，不是因为悲伤，而是疑惑。

如果绑匪求财，绑架淳子和绑架自己是一样的，没必要坚持特定人选。

如果为了报仇，自己过去的经历如同一张白纸，没得罪过谁，能和什么人有仇？

只有一个可能。

绑匪和柳原家家主有过节，他们要绑架的是家主的女儿。

唐桃反复看那段视频，不放过任何一个细节，在看到第二十遍的时候，她忽然按了暂停，在淳子被绑匪制住双手往树林里走时，她的手腕似乎动了动，往灌木丛里扔了什么东西。

会不会是线索？

不行，一定要去看看。

被保镖包围的夏宅固若金汤，唐桃就像困在笼子里的仓鼠，一举一动都在猫的监视之中。唯一的机会是晚上，用完晚饭后，用人就没有理由再来打扰自己，这是笼子唯一露出缝隙的时候。

唐桃定了定心神，环顾四周，开始制订计划。

晚上，用人端了餐盘上来，毕恭毕敬地说："唐小姐，用完晚饭，您可以去院子里逛逛。一直待在房间里对身体不好。"

"你愿意放我出去了？"唐桃问。

"我并没有限制您的自由，非常时期非常对策，还请唐小姐谅解。"

用人说话依旧滴水不漏。唐桃愤怒得涨红了脸，忽然大声说："你凭什么把我关在这里？我告诉你，我现在就要回学校！"

她忽然一把掀翻了用人端来的餐盘，拔腿就往门外跑。用人往门口扫一眼，立刻有两个戴耳麦的保镖走进来，一左一右挟持了唐桃。

"唐小姐，请您冷静。"

"我不冷静！你放我出去！"唐桃拳打脚踢，没一下能落在保镖身上。

"这里需要打扫，带唐小姐去隔壁房间。"用人看着地毯上一塌糊涂的汤水，吩咐道，"确保唐小姐待在房间里，不要再闹出事情。"

唐桃果然没再闹事。无论她在房间里怎么喊，两个保镖把门一锁，眼不见为净。

唐桃嗓子都喊哑了，在房间里拳打脚踢，主要是踢墙。到了后半夜，屋里没了声

音,保镖探头一看,唐桃在沙发上睡着了。

"闹累了。"一个保镖说。

"女人真难对付。"另一个保镖说,"还好我现在没有女朋友。"

沙发背对着大门,他们以为沙发上那一团鼓起来的是唐桃。其实她早就偷偷跑到卧室,开始实施逃脱大计。

昨天她就注意到,夏炽的卧室里有一扇天窗,可以打开通到外面。所以她故意打翻晚饭,逼迫用人给她换房间,又在屋里大吵大闹一通,做出睡着的假象,降低保镖的警觉。其实用人会不会把她带到夏炽的房间,保镖会不会中途进来查看,唐桃也不确定,只能听天由命。

现在她站在夏炽床上,用鞋拔子去够天窗上的把手。这个天窗设计得也太奇葩了,不架梯子根本碰不着。

唐桃运气不错,折腾了十几分钟,满头大汗,窗户居然真给她弄开了。唐桃气喘吁吁,又去书房里搬了把凳子,架在床上,增加落脚的高度。

好不容易扒住窗户,唐桃使出吃奶的力气往外钻,像挤出最后一点点牙膏那样困难。她憋得满脸通红,手使劲腰使劲腿使劲,终于在五分钟后挣扎成功,一屁股瘫坐在屋顶上。

哎呀妈呀,那些电影里的老贼们飞檐走壁,也是体力活儿啊!

唐桃瘫在地上喘了一会儿,爬起来。她这才注意到一个严重的问题,上是上来了,可怎么下去?

没梯子,没垫子,她也没长翅膀。

这就很尴尬了。

唐桃脸涨得通红,像只追着尾巴的小狗一样团团转起来。手机振动。

居然是夏炽的电话。

"你现在是不是想逃走?"

唐桃猛皱眉,天上是有夏炽的眼睛吗?

"你被关在哪个房间了?"夏炽又问。

夏炽很清楚自己老爸会采取什么手段。夏长虞虽然是生意人,但早年当过兵,性格相当铁血,不听话就关,不服气就打,如果敢逃就又关又打,真夜老师就是个活生生的例子。但上有政策下有对策,这栋房子里的机关不少,都是逃跑用的。

唐桃赶紧回道:"我从你房间的天窗爬出来了,现在下不去。"

"你走到房顶左边,看见那儿的供水管道没?这个管道上的固定金属扣比较粗,

Chapter 07
工厂 × 老人

可以踩着下去，你往屋檐下摸摸，说不定还拴着当年的固定绳。"

唐桃心想你这房子里都是什么古里古怪的东西，弯下腰摸了摸，还真摸到了绳子。她把手机调成静音放口袋里，拽着绳子小心翼翼地爬下去，水管上的金属扣还真好踩，每两个之间的距离都不远。

"我十岁的时候房子外部重新装修，我给设计师塞了红包，让他改的。"夏炽话里毫无骄傲的意思。

唐桃望天翻个白眼，轻巧地落在地上。这是房子后面的小花园，没有保镖，但周围的围墙一米多高，也没落脚的地方。

"这下怎么办？"

"你顺着墙根找，仔细一点儿，我记得修宅子的时候还让设计师留过一个狗洞。"夏炽言之凿凿，"夏姜有段时间很想养狗，父亲不让。所以就在墙根留了个洞，夏姜拿着热狗把手伸出去，就会有流浪狗来舔他的手。"

唐桃心想，你这是要我钻狗洞吗？

"你想飞出来也行。"夏炽冷笑一声。

唐桃恨不得往电话里塞只手，狠狠给夏炽一巴掌，就打脸，看他以后还拿什么高冷。她屈辱地跪在地上，开始在草丛里翻找，没找多久，果然手里一空。狗洞隐藏在杂草后面，杂草堆里还开了两朵小花，是个相当美丽的狗洞。

唐桃比画了一下大小，要是脸贴在地上挤挤，估计能钻出去。

还好没人看见她这个样子，不然也别做人了。

唐桃伸进一只手，探探外面的路，手腕忽然被什么东西一拉。她"啊"地轻声惊叫，就听见墙对面熟悉的声音。

"叫什么？想把人喊来吗？"

"夏炽？"唐桃惊呆了，"你怎么在这儿？"

"我不在这儿，你能出来？"夏炽抓着她的手，明显在忍笑，"趴在地上，赶紧的。"

唐桃慢慢地把头塞进狗洞，试了试，还行。又把双手塞进狗洞，也还行。可到了肩膀，狗洞明显窄了，她以一个诡异的姿势趴在地上，双手高举在头顶，使不上劲。

"你拉我一把，你在那头用力拽！"唐桃挥舞着双手。

谁知夏炽蹲在地上，垂着脑袋打量她，表情非常愉快："不，我觉得你这样挺好看的，多看会儿。"

唐桃快要气炸了。她满脸都是泥土，胸口剧烈起伏，咬着牙问："拉，或者不

拉,你选哪个?"

"不拉。"夏炽回答。

唐桃用力扭动双腿,扭动双脚,开始使劲地挣扎。十分钟后,她终于钻出狗洞,披头散发,表情狰狞,常清大设计师给她做的造型全喂狗了。

夏炽两只手插在口袋里,目不转睛地盯着她看。过了一会儿,伸手摘掉她头顶的树叶,又替她擦掉脸颊的泥土,动作温柔。

唐桃的心又不争气地跳了跳。她扭过头,凶巴巴地说:"下面怎么办?"

"很简单,你去哪儿,我去哪儿。"

夏炽往身后努努嘴,唐桃看见一辆曲线优美的黑色哈雷摩托,在月光下闪着锃亮的光。

"你这摩托车哪儿来的?"唐桃坐在后座上,牢牢抱住夏炽的腰。

"问歌剧团里的人借的。"

"你什么时候学会骑摩托车的?"

"我没什么不会的。"

夏炽身体前倾,猛转变速挡,摩托车发出低沉的咆哮,以骇人的气势冲出树林。唐桃一声尖叫,抱得更牢了,她本来就害怕速度太快的东西,更何况夏炽的车技实在狂野。

一轮满月悬在高空,黑色的摩托像翼龙一样在小路上疾驰。开车二十分钟的路程,他们飙了半个小时就到了。夏炽把摩托车停在宿舍楼后面,脱下头盔,低声说:"我们从这里走进去。"

"你相信我?"唐桃小声问,"他们都不告诉我事情的真相,也不放我出来,说怕我冲动。为什么你相信我?"

"不管我信不信你,该做的事你还是会做。既然如此,不如帮你一把。"夏炽忽然拉住她的手腕,眼眸低垂,落在她脸上,"因为出了淳子的事情,现在宿舍区的守卫很严。你小心点儿,跟紧了。"

唐桃也回握住他的手,用力点点头。

两个人弯着腰,贴着墙根,一点点往里挪动。

宿舍的别墅区只有五栋楼,除了唐桃那栋,其他的常年空着,根本没人住,但学校还是增派了校警,营造出唐桃还住在这里的假象。夏炽拉着她从宿舍背面绕过来,趁校警掉头往门卫室走,吐出一个字:"快!"

Chapter 07
工厂 × 老人

唐桃立刻蹲在地上，借助手机的微光在地面上翻找。监控录像里，她确实看见淳子往灌木丛里扔了什么东西，但这个线索学校显然忽略了。绿植的泥地里杂草丛生，摸了半天只能摸到树叶，唐桃忍着恶心，把手更深地伸到灌木底下，依旧一无所获。

"抓紧，他要回来了。"夏炽催促。

"找不到啊，奇怪了，我明明看见在这里的！"唐桃额头渗出汗水，无比着急，这是她现在唯一能为淳子做的事了。

忽然草丛动了动。两个人同时投去警惕的目光。

"喵——"

一只慵懒的灰猫慢慢从树荫里走出来，看见夏炽，竖起尾巴，亲昵地蹭了蹭他的裤脚。夏炽和茄子很久没见，也没洒几滴久别重逢的泪水，淡定地伸手揉了揉它的脑袋，说："你胖了。"

废话，人家刚生完孩子能不胖吗？

茄子把脑袋在夏炽的手心摩擦，嘴里貌似还叼着什么东西。夏炽把那东西拽出来，定睛一看，是一团小小的糖纸，上面印有柳原堂的字样。

唐桃连忙抢过来，正反面仔细看，这是柳原堂打算十一月份推出的话梅糖，市场上还没发售，只有内部人员能拿到。监控并没有拍到淳子扔了什么东西，或许就是因为糖纸太小，摄像头精度不够。

糖纸。为什么要丢糖纸？

"人来了，我们走。"

夏炽一把拉起唐桃。

两个人找了市中心一家还在营业的咖啡厅。夏炽看唐桃脸色很不好，替她点了一杯热拿铁。

"喝点儿。"

唐桃摇头，她还死死盯着那张糖纸，执着地认为这东西能成为侦破案件的关键。

"既然是柳原堂的糖纸，你觉得，淳子会不会在暗示柳原堂里有内鬼？"

夏炽抿了口黑咖啡，摇头："你刚才也说了，这次的绑匪很有可能就是上次绑架你的其中之一。还记得那时候吗？当时他们的目标是淳子，现在却换成了你。"

"什么意思？"

"如果是柳原堂的内鬼，应该早就知道你的存在，但他们的表现反倒像第一次绑架的时候才听说你，后来打探到你是柳原社社长的女儿，所以转换了目标。况且如果

是柳原堂内部的人，会分不清淳子和你吗？"

"不一定吧，很少有人知道我是谁，像曲婶、小刘他们都不知道。"

夏炽无语地看着她，叹口气："他们怎么可能不知道，只是不说罢了。你和淳子长得那么像，他们只要认识淳子，必然能猜出你的身份。"

唐桃"啊"了一声，对呀，徐管家带她进柳原堂的时候，淳子就已经是柳原堂的常客了！他们也太沉得住气了，明明知道她是家主失散多年的女儿，居然依旧不遗余力地折磨她。

唐桃端起拿铁，不是滋味地喝了一口。夏炽的手指在桌面上有节奏地敲击，问："你打算怎么做？"

"我……"

"别说你决定用自己去换淳子，我不会同意的。"夏炽不容反驳地说，"但把你排除在计划之外，也不是解决事情的好办法，那个直叔对你保护过度了。"

"直叔对我很好。"唐桃连忙说，"我去求求他，说不定他会同意的。"

夏炽挑眉，用一种奇怪的眼神看着唐桃，怎么形容呢？就像在看某种很傻很天真的小动物。过了一会儿，他叹口气，把椅子上的头盔扣在她脑袋上："走吧。"

"去哪儿？"

"柳原堂那边行不通，就只有从学校的渠道走了。我知道有个人，能说动我父亲。"

"谁这么厉害啊？"唐桃佩服。

"你的班主任，真夜老师。"

真夜老师正躺在办公室的床上发呆。

办公室里为什么有床？这是个好问题。为了改掉真夜不顾自己的病情跑出去买酒的毛病，夏长虞给他的办公室做了彻底改造，从寝具到娱乐设施一应俱全，甚至辟出了一块花草葱茏的绿地和一个室内电影院，简直就是挑战设计师极限的现代化住宅综合体。真夜气得快疯了，找外卖给自己送酒，过半小时外卖打来电话，说被三个校警全方位拦住了。

他软磨硬泡一星期，又买通了常清。过了两天，常清成绩单上的素质评分掉了十分，听说是学园长亲自操作的。

自此，真夜正式告别酒精，过上了每天只能喝牛奶的生活。

他很不幸福。

Chapter 07
工厂 × 老人

唐桃和夏炽深夜到访，开门的是常清。他坐在真夜老师房间外面的客厅里上网，打开门，面无表情："你们来了。"

"我找真夜老师。"夏炽说。

"他最近被学园长禁足，不让出来，有什么事情我帮你转达。"

唐桃无语地盯着那扇带锁的门："学园长还真喜欢关人啊。"

"我不否认。"夏炽回答。

三个人一起在沙发上坐下。过了一会儿，常清电脑上接到真夜老师的语音邀请。

"你们跟他说吧。"常清往旁边让了让。

"Hello（你好），好久不见啊，你们两个还好吗？"

"还好吧……"唐桃的眼睛来回在电脑和门那儿转圈，"老师，你真的不能出来啊？"

"钥匙在夏老贼手上，我怎么出来？现在只有他有我的探视权。"真夜老师哼了一声，听起来确实很生气，"我听说你也被关起来了？怎么逃出来的？"

"天窗。"

"哎，早知道我选办公室的时候也留点儿心了。这天花板厚得，火箭都打不穿。"

"真夜老师，我带唐桃来，是想请你帮忙。"夏炽打断了两个人的扯皮，"现在绑匪那儿要交出唐桃才肯放柳原淳子，但柳原家又不希望唐桃出面，局面僵持。我希望你能跟我父亲沟通，让他和柳原社取得联系。"

"那是别人家的女儿，你操什么心？"真夜老师笑了，"在意大利你不是被那个小姑娘整得挺惨吗？"

"是我要找淳子，她是代替我被抓走的！"唐桃连忙说，"淳子再能打也只是个小姑娘，她落在那些人手里太危险了，我不是想自己逞能，但营救计划里肯定有我能出力的地方！"

唐桃站起来，激动地对紧闭的木门说。过了一会儿，语音通话挂断，唐桃听见木门里传来脚步声。

"看来我也阻止不了你啊。"

唐桃第一次不通过电子产品听见真夜老师的声音。非常轻柔，很有亲和力，像山间静静流淌的泉水。

"你是我的学生，我不支持你冒险，但如果你愿意服从他们的营救计划，不冲动冒失，我想营救淳子确实需要你。"真夜老师走到门边，缓缓说，"你等一会儿，我

打个电话给你们学园长。别看我这样,说话还是有分量的。"又加了句,"至少我这么觉得。"

"拜托了。"夏炽说。

真夜老师坐回办公椅,轻喘了口气,仅仅站起来一会儿就让他头晕目眩。夏长虞关着他是有理由的,办公桌四周堆满了医疗器械,空气里有股淡淡的消毒水味,他这半个月来每天都要挂水,手背上密密麻麻全是针孔。因为他不想出去治病,所以夏长虞把办公室改成了病房,对外只宣称真夜老师身体欠佳,但实际情况远远比这严重。

就连他可爱的学生们,也不知道能再见几次。

真夜揉揉太阳穴,强忍下疲惫,拨通夏长虞的电话。

"我不会给你酒喝。"第一句话就是这个。

"酒就算了,反正我现在也没胃口。长虞,帮我一个忙。"

柳原社久久不展开行动,正是因为缺少了唐桃。

柳原淳子的牙槽里安装了定位装置,根据卫星定位,她这两天一直身处离×市市区八十公里远的深山之内。整座山没有藏人之处,只有一座二十年前废弃的工厂,淳子十有八九就在里面。绑匪很快发现了淳子的身份,单方面与柳原社取得联系。

想要柳原淳子,就拿唐桃来换。

由于深山地形复杂,工厂的地下室较多,柳原社的人至今不敢采取行动。对方的气焰越来越嚣张,甚至扬言再不交人就撕票。

唐桃在夏炽的陪同下再次走进学园长办公室。夏炽点点头:"父亲。"

夏长虞看了他一眼,不说话。

直叔和徐管家都在,徐管家面色铁青地站在一旁,直叔坐在沙发上。看见唐桃,他立刻站起来:"小唐,你怎么来了?"

"他们既然要我,就把我带去,我相信你们能保证我的安全。"唐桃斩钉截铁地说。

直叔两道剑眉蹙在一起。

"我们原计划把自己的人扮成你的样子,在对方识破之前进行交锋,救出淳子。但显然绑架淳子的两个人不是幕后主使,我们必须把主使揪出来,不然这类事情还会再次发生。"直叔看着她的眼睛,"你可明白,如果你决定参加营救计划,就要负责把幕后黑手引出?这非常危险。"

唐桃点头,没有丝毫犹豫。淳子是她的妹妹,更何况她相信柳原社的人能保护好

Chapter 07
工厂 × 老人

她。直叔深吸口气，和夏长虞对视一眼："你觉得呢？"

"我不同意我的学生以身涉险。"夏长虞说。

"但淳子……"唐桃急忙分辩。

"但柳原淳子也是我的学生，我同样不能丢下她不管。"夏长虞忽然走近两步，弯下腰，两只手放在唐桃肩上，"你是红石的学生，你在外面代表的是红石的形象。记住，坚强一点儿，冷静一点儿，不要给红石丢脸。"

夏长虞表情从容，眼神坚定，宛然就是二三十年后更加成熟的夏炽。唐桃脸上一热，结结巴巴地回答："谢谢学园长，我……我不会丢人的！"

"你脸红了。"夏炽冷冷地说。

"既然这样，跟我来。"直叔对唐桃招手，"我跟你详细说明营救计划，下午四点整，行动准时开始。"

三个车队向郊区进发，十辆吉普车的轮胎扒着地面，掀起呛人的尘土。

唐桃的车在最中间，直叔亲自开车。唐桃察觉到了直叔的不同，这个平日里温暖和煦的男人，眉宇间隐有刀剑的峥嵘。

她不禁想起提到直叔时，夏炽露出的奇怪表情。她一直很迟钝，看人也不准，但她相信直叔绝不会伤害自己。

"紧张吗？"直叔问。

"有一点儿，我的手指好像麻了。"

"对方提出的条件，是在工厂外围进行交换，但他们不一定会把淳子带出来。我只能陪你到工厂外面。"直叔的声音清晰冷静，"你的左脚鞋子内侧藏有报警装置，一旦他们做出要伤害你或者淳子的举动，立刻用脚踢报警器，我们的人会即刻冲进去。"

唐桃环顾四周。夕阳西沉，树木的巨冠在柏油马路上投下浓重的影子。不知道什么时候，其他九辆车都不见了。

"别紧张。"直叔踩下油门，"我们一直在你身边。"

开了大约四十分钟，破败的工厂出现在深山腹地，十米高的工厂外壁在岁月中破败，钢筋和电线裸露在外面，像巨兽腐烂的躯体。恐惧缓缓占据了唐桃的内心，她手指发麻，下车的时候腿有点儿软。

直叔扶住她的肩膀，在肩头用力一握："走。"

约定交换的时间是下午七点整，还有五分钟。鞋底在尖锐的石子上摩擦，耳边都

是风声,没过多久,忽然听见熟悉的声音。

"哟,这不是我们直叔吗?"

唐桃惊呆了。这声音太过熟悉,因为唐桃每天晚上去柳原堂打工,都能见到声音的主人,甚至还拜托过他帮自己向曲婶请假。

是小刘。

柳原堂学徒之一小刘。

唐桃的猜测是正确的。绑匪,就是柳原堂的内鬼。

"啧啧,看把你们吓的,有那么奇怪吗?我很不适合当坏人?"小刘啧啧称奇,很挑衅地冲直叔笑,"直叔,被身边的人背叛,是什么心情?"

"心情很不好。"直叔回答,"为什么要这么做?"

"简单喽,有钱能使鬼推磨,一开始我们老大要的是柳原淳子,结果第一次绑错了人,我被狠狠骂了一顿。可自从知道唐桃的存在,我才明白了十八年前那件事情的真相,小唐可比淳子值钱多了。"他冲唐桃一扬下巴,笑嘻嘻的,"进来吧,我带你去见淳子。直叔,我们之前说好条件的,不要背着我耍花样哦。"

唐桃连忙看向直叔。直叔给了她一个有力的对视,弯下腰,在她头顶轻轻一吻:"去吧,勇敢点儿。"

唐桃吞了口口水,是啊,勇敢点儿!她机械地跟着小刘往工厂里走,怎么也不敢相信,这个大哥哥一样好说话的存在会是绑架淳子的凶手。

工厂里漆黑一片,生锈铁门的间隙里透出一点儿微光。小刘转了好几个弯,脚步激起空荡的回音,他走到工厂深处,停步,绅士地伸出手:"请吧,小唐。"

门向两边打开。

唐桃立刻看见了淳子。

她被束缚在房间中心的椅子上,手脚都被麻绳绑住,头耷拉下来,毫无生气。小李坐在旁边,气定神闲地玩手机。

唐桃叫了声淳子,冲过去托起她的头,还好,还好,看起来不像有伤,只是脸色非常难看。

"别担心,她只是两天没吃饭而已,死不了。"小李拉起衣袖,上面有一排清晰的牙印,让人看着就疼,"事先声明,不是我不给她吃啊,我好吃好喝地款待她,结果她只想吃我的肉!"

唐桃没有开玩笑的心情,说实话,她现在看起来镇定,其实心里快慌死了。在意

Chapter 07
工厂 × 老人

大利的时候她也被袭击过，但那次淳子能打，而且绑匪也只求财。现在，她整个人孤立无援地待在郊区的工厂里，面对着曾经亲密，却瞬间变为魔鬼的同事。

"我们说好的，我来换淳子，现在我到了，你们放了她。"

"放心放心，我们老大说话算数的，他对淳子没有兴趣。"小李果真走过去，解开淳子手上的绳索，"她现在昏过去了，走不动。你看是等她醒过来自己走出去呢，还是我把她带出去？"

唐桃脸色苍白："你有这么好心？"

"不是好心，是盗亦有道。"小李摆摆手，"我和小刘也是拿钱办事，和淳子这个小姑娘没仇，别把我们想得跟魔头似的。"

小刘用从淳子身上解下来的麻绳绑住了唐桃的双手，紧了紧，掏出手机。

"别急啊，让我们老大验个货。"

唐桃头皮发麻，她又不是5A牛肉，难道还能从肥瘦相间的纹路里看出质量来？手机视频接通，漆黑一片，但唐桃能感觉到一道强烈的视线从手机那头投来。

小刘很有服务意识，用手机把唐桃从头扫到脚，全身和脸的特写都顾及了，最后停留在她那双惊慌的眼睛上。长久的沉默后，听筒里传出苍老的声音："对了，这才是直美的女儿。"

"老大对你很满意。"小刘高兴地说。

工厂外。直叔漠然地站在原地，双手抱胸。

"人来了。"

远远地传来一个声音，小李架着淳子慢吞吞地挪出来，表情相当吃力。直叔上前几步，把昏迷的淳子抱起来，沉下脸打量她的眉眼。

"别看啦，纯原装，保证一点儿伤都没有，我们老大说话算数的。"小李说，"直叔你也别瞪我，我们老大没想害小唐，他只想见见她。小唐是个好姑娘，要是真出事，我们心里也过意不去，您说是不是？"

直叔没说话，他棕色的卷发在晚风里拂动，掠过眉毛，露出鹰一样凌厉的眼睛。

"人送到了，先走啦！"小李回头。

"你觉得你回得去？"直叔挑眉。

不知什么时候，悄无声息地，工厂四周已经被人围住了，小李被困在十几个彪形大汉中间，脸色煞白。

"哎，别别别，说好你一个人来，不动手的！"

"我说在工厂里不动手,不代表在外面不动手。"直叔坚毅的嘴角露出一抹冷笑,朝领头的保镖抬抬下巴,"带到车上去,问出幕后主使的藏身地点。我倒要看看他的嘴有多硬。"

工厂里。

在验证完唐桃确实是上好的"无注水5A级牛肉"后,小刘根据老大的吩咐,给唐桃蒙上了"质量认证"的眼罩。

"你要干吗?你放开我!"感觉到了危险,唐桃开始挣扎。

"别动啦,免得到时候伤到自己,我不想对你动粗。"小刘无奈地抓住她的手腕,"老大要见你,但我们谁都不知道他到底在哪儿,只有你自己去找喽。"

他把手机塞进唐桃衬衫口袋,开了免提,把唐桃推进一扇小门。唐桃一个趔趄,摔在地上,可惜没把眼罩摔下来。

背后"咣当"一声,是门关了。唐桃趴在地上直喘气,就听见手机里说:"站起来,背对门的方向。往右转,往前走。"

唐桃心想,到底哪里是门啊,用绑在一起的手蹭了半天,才蹭到门把手。敌在暗她在明,双手又失去自由,唐桃分析一下形势,识时务者为俊杰。

她依言转到右边,慢慢往前走。

走了五十多步,手机那边又下令。

"往左转,继续走。"

那是个苍老的声音,嗓音沙哑却温和,没有丝毫攻击性。那声音让唐桃想到学校里教书的老师,或者实验室里的科研人员,这样的人,为什么要绑架自己?

唐桃试着向对方发问,以便获取能判断形势的情报,但对方丝毫不上钩。又根据提示转了几个弯,再加上蒙着眼睛,唐桃早就搞不清来时的路了,整个人如坠雾中。越往后走,地面的倾斜坡度越大,唐桃逐渐明白了状况——工厂下有个广阔的空间,迷宫一样复杂,所以小刘他们也不知道老人的所在。

"往右转,走四十步,再往左转。别碰你左边的墙壁。"

唐桃眼皮跳了跳:"碰了会怎样?"

"那么你会听见一连串的爆炸声。"老人缓缓地说。

老旧的通道里有股霉味,混合着腥臭的铁锈味,根据老人的说法,甚至有很多机关。唐桃手脚冰凉,口干舌燥,有几次想要转身逃跑,可一想到对方boss就在前面,不解决他,以后自己和淳子还会陷入无尽的麻烦。

Chapter 07
工厂 × 老人

勇敢点儿,勇敢点儿。她漆黑一片的视野浮现出夏炽担忧的脸,和被直叔拦住不允许跟来时,他无比担忧的眼神。

"我在这儿等你。"

夏炽的目光像能把她灼伤。

我一定会回去的——唐桃在心里说。

手机不断传出指示,这座工厂下的地道错综复杂如蚁穴,唐桃甚至记不清自己走了多久。渐渐地,被束缚的手臂传来钝痛,地底温度很低,阴湿入骨,唐桃的脑袋越来越沉,脚也越来越重。

就在这时,她的鼻子触到了冰冷的物体。

铁板。生锈的铁板。一扇铁门。

手机没声儿了。过了一会儿,门"嘀"地一响,自动弹开。

"进来吧。"

门弹开。

一股暖流像拳头一样砸在唐桃鼻子上。

多么好闻的气味啊,混合着花香和潮湿的松木香气,甚至还有一点点诱人的咖啡味。如果把这种香气放进香水博物馆售卖,那么标签上的名字一定是"家",很美好,很有归属感。

唐桃愣住了,这个房间像通往天堂的入口,和森冷的地道天差地别。

"把门关上。"

唐桃力不从心,她手还被绑着呢。

谁知老人不是在跟她说话。唐桃明显感觉到有个人走到身后,关上门,又动作轻柔地解开她手上的绳索。

束缚没了,唐桃反而不敢动。电话里叹口气,轻轻说:"把眼罩拿下来吧。"

唐桃双目刺痛。她花了很长时间才适应屋内的光线,然后惊讶地"啊"了一声。

温馨的色调充斥眼眶,棕色的毛皮地毯,材质柔软的沙发,壁炉中燃烧的松木发出喜人的清香,甚至厨房里的咖啡机还在工作。

她像走进了一座高级楼盘的样板间,房间的每个细节看起来都很舒适,但它却在荒山废旧工厂的底下,有种诡异的讽刺感。

唐桃环顾四周,没看见刚才为她松绑的人。手机里传出老人的声音:"别找了,他只是个用人。"

唐桃站在地毯中间，一脸迷茫。

下面怎么办？

这是大boss的巢穴吧？

他是来寻仇的吧？

那些电影里的经典桥段呢？扑面而来的刀山火海呢？大boss狰狞的表情和手里高举的尖刀呢？

她的脚都摆好了位置，准备向外面发出警报了呀！

房间里弥漫着诡异的和平气息。过了一会儿，苍老的声音说："沙发上有一套和服，去换上吧。"

唐桃一怔。

如果她不是被绑着双手送进来的，都要觉得自己还在cosplay咖啡厅打工了。

唐桃乖乖走过去，把鹿皮沙发上那件美丽的和服捧起来。鹅黄色的，上面有精美淡雅的刺绣，非常眼熟。

她想起来了。这套和服和烟花大会时淳子借给她的和服惊人地相似，唐桃左看右看，不能确定是不是真的一样。

一股诡异的感觉蹿上脊背。唐桃借着衣物的掩饰打量四周，这才发现房间的不对劲。除了走进来的那扇门之外，房间没有任何出口，也没有窗户，像一只方形的盒子，每面墙壁都紧密咬合。那么大boss在哪里？通过摄像头来监视自己？

"换上吧。"老人等得不耐烦，开始催促。

唐桃依言套上和服，直接穿在衬衫外面，系上腰带，但故意没换鞋子。房间里很安静，头顶的木质吊灯光线明亮，唐桃像陈列在展柜里的精美人偶，心中充满不安。过了一会儿，老人的声线起了变化："像，真像……你果然是直美的女儿。"

这是唐桃第二次听见这个名字。直美是谁，是她那素未谋面的母亲？

唐桃清了清嗓子，对着天花板说："应你的要求，我来了。你到底是谁？"

她的眼睛不知道该往哪儿落，毕竟在房间里没找到摄像头。她这番话说得很有技巧，没闹着要对方放人，却又保持着自己的立场。老人忽然笑了，声音沙哑："柳原社的人没告诉你我是谁？"

柳原社？

唐桃沉默。

"我是你母亲的旧友，我找了你很久很久。你父亲……那个狠毒的男人，他居然宁愿把你送到孤儿院，不管不问十八年，也不给我任何接近你的机会。"老人的声音

Chapter 07
工厂 × 老人

蓦然扭曲了,"什么都不知道的感觉很痛苦,是不是?他到现在还没把你认回去,是不是?"

唐桃快速整理老人话中的信息。显然,大boss认识自己的父母,听起来还有旧怨,对自己的身世也很清楚。柳原社一直无视唐桃的身世问题,那么,是不是能从老人的嘴里套出些情报?

唐桃的胆子真大,或许是因为老人没表现出应有的攻击性。唐桃往前走了两步,斟酌着措辞:"您认识我的母亲?"

"说认识有些见外吧,我和你母亲从小一起长大,是多年的好朋友。那时你母亲还没来中国,天天忙着家族生意,我在剑桥念书,一有假期就回去看她。我比直美大一些,你应该叫我叔叔。"

提到直美的名字,老人的声音明显变得柔和。像翻开童年的相册,找到一张旧照片,捏着它的手是那么轻柔,生怕碰坏一样。

"那……我父亲呢?您见过他吧?"唐桃小心翼翼地问。

大厅重新陷入沉默,唐桃显然问了不该问的问题。过了一会儿,老人留下一句话,手机里传来忙音。

"你就在这里生活吧。"

时间一分一秒流逝。房间里没有钟,唐桃只能感觉到大概已经到了半夜。

老人从那之后就没再说话,留唐桃一个人在客厅里闲逛。真是奇特的经历,她被绑架到大boss的腹地,就像爱丽丝进了奇幻仙境,非但没受到任何刁难,反而还给她建了个温馨的小屋子。沙发摊开来就是床,旁边放着整整齐齐的被子,打开冰箱,甚至能看到各种口味的速冻食品和新鲜水果,比星级宾馆的服务还到位。

简单瞄了两眼,都是日本的食物。唐桃毕竟还没蠢到在敌人的地盘上野餐,不过肚子饿得咕咕直叫,也到极限了。

工厂外不知道怎么样了,直叔有没有找到通往这里的通道?这些地道显然不是一日修成的,就算每条路都走一遍,也要花费相当长的时间。唐桃一路都根据指示,畅通无阻,但别的通道里会有怎样的机关,完全不清楚。

当务之急,是找到老人的所在。

唐桃坐到沙发上,偷偷摸摸打开小刘的手机,这部手机是特制的,只和大boss的通信装置相连,其他功能一样没有,废如板砖。

唐桃忽然有点儿绝望。如果大boss要让她吃点儿苦头,受点儿伤,那么好歹唐桃还

知道他的目的。可现在把她"圈养"在样板间,吃喝用度一样不缺,究竟是什么意思?

她托着下巴思考了很久很久,久到屁股都坐麻了,一无所获。

胃里的胃酸开始沸腾,她已经很久没有吃东西了。唐桃的眼神不断向冰箱那儿瞟,密封的速冻食品不像有猫腻,而且大boss如果想害她,不费吹灰之力就能把她捏死,也用不着往菜里下毒吧。

唐桃没骨气地站起来,贴着墙根往冰箱那儿挪去。

掏出一份咖喱饭热了热,唐桃用小拇指蘸一点儿酱汁尝尝,非常美味。她矜持地把那份盒饭吃完,环顾四周,灵机一动——既然没有事情发生,她可以自己搞点儿事情出来啊!

比如说忽然倒地抽搐,不省人事之类的。

大boss也不希望她死在这么漂亮的房间里,总要出来看看吧?

说干就干。唐桃左右瞟了两眼,忽然捂住肚子,呻吟起来。

她深深弯腰,想象自己被一脚踢中腹部的感觉,然后沿着烤箱的玻璃滑下去,跪在地上,痛苦的表情相当逼真。开玩笑,和影帝夏炽住在一起,这点儿演技还是要有的。

唐桃的脸贴在微凉的地板上,像条咸鱼,一动不动。过了一会儿,她听见怪异的咔咔声,像齿轮推着履带缓缓滚动,一只冰凉的手戳在她的脸上。

与其说是手,不如说是金属。唐桃眼睛睁开一条缝,对上一盏碧绿的大灯。

金属构造的机器人。浑身的电线都裸露在外面,红红白白的,用机械臂不停地戳她脸颊,摄像头来回转动,确定她的反应。

大boss的仆人。

也是开门时为唐桃松绑的人。

唐桃爬起来,看着机器人的眼睛。那对黑色的摄像头在玻璃罩里不停收缩,对焦,精准,无表情。

一丝寒意爬上唐桃的脊背。

她可能出不去了。

这是空无一人的地下迷宫,她被困在一只笼子里,手无缚鸡之力。大boss人不知道在哪里,他可能就在旁边的暗室,也可能在美国洛杉矶的大楼上边喝香槟边看监控录像,或者在东京天空树的展望台上用手机看直播。直叔说得不对,唐桃没有能力,也没有信心能引出大boss。

万一食物吃光了呢?

Chapter 07
工厂 × 老人

万一停电了呢？

万一通风设施出了故障，没人来维修呢？

她要死在这里了。

唐桃一咬牙，在厨房壁台的遮挡下并拢双脚，去找鞋上的报警开关。

手机忽然又响了。

屏幕亮了亮，传出老人带着戏谑的声音。

"别忙了。工厂的整个地下都被隔绝信号的材料包裹，你鞋上的东西信号传不出去，早没用了。"

唐桃不知道，甚至连柳原家家主也不清楚，老人在英国剑桥修的是双学位，一个食品的，一个信息技术的。

这座庞大的地下迷宫是他十年的心血，而设计出那个万能的保姆机器人只用了短短十天。

唐桃跌坐在地上。机器人伸长机械臂，从厨台上倒了杯咖啡给她。

"不愿意待在这里？"老人问。

唐桃不用再装了，反正自己插翅难飞："你到底要我来做什么？总不会把我像宠物一样养着吧？"

"我就想养着你，有什么不好？"老人淡淡地说。

唐桃无语。一定要找到话语的突破口，一定要激起老人的诉说欲，不然永远没有逃脱的机会！唐桃环顾四周，房子里只有机器人一个战斗力，如果它不具备从那具矮小的箱体里掏出机关枪的能力的话——她应该能成功？

"没人喜欢被关着，我想直美也不喜欢。"唐桃说。

"你说得没错，她从小就是个不安分的家伙。如果把她关起来，她大概能在地板上挖个洞逃出去吧。"

果然，起效了。

"我不了解我母亲，我打小就被送到孤儿院，柳原家的人也不愿意跟我说。"唐桃口气缓和，问，"叔叔，能跟我讲讲她的事情吗？"

唐桃神经再大条，也能听出提到直美时，老人有些变化的、带着眷恋的嗓音。

手机里传出两声咳嗽以及衣料的摩擦声。过了一会儿，他说："好，我讲给你听。"

"直美是你的母亲，我大她十岁，和她从小有婚约。那个时候虽然不算指腹为

婚,但我一直把她当未来的妻子看待,我们感情很好,约定等她十八岁就订婚。我们两家老一辈都是做甜点的,我跟她说,英国的东西太难吃了,可是如果你喜欢,我们就在牛津街上开店,卖中式和日式甜品。"老人的声音沉静温柔,带着回忆一样的气息,"后来我博士毕业,先留在企业就职,并着手准备她的住处。她一直向往欧洲有壁炉的房子,我就买下一处向阳的公寓,有壁炉能生火,有开放式的厨房和客厅,厨房的操作台必须很大,方便她做甜点。"

唐桃环顾四周,不说话。

"可是,我没能等到她。在她答应我来英国的那一年,她遇见了你父亲,藤本直树。"

老人的声音突然沙哑,带着一丝显而易见的恨意。

"你父亲是中国人,因为志在糕点业,去日本进修了很长时间。他们在一次聚会上认识,自那之后,直美给我写的信里全是他,直树如何如何,把我们的未来全忘了。其实我知道,从小一起长大,直美对我的感情更像对一个哥哥,但如果没有那个男人,直美迟早会是我的。

"直美大学毕业后,他们结婚,我与柳原家断了往来,回国专心做糕点生意。或许是年少气盛,或许是对直美耿耿于怀,我和柳原堂的生意竞争渐成水火之势,斗得非常激烈。你父亲是个看似老实,实则狠辣的人,他利用我们的争斗一点点缩小两家的实力差距,并着手开始吞并我的生意。"

"我承认,我太心急了,我被藤本直树逼到穷途末路,竟然傻到买通一些社会势力,替我打压他的气焰。其实我的目的,不过是让他老实一点儿、安分一点儿,可接下来发生的事情谁都没有想到。"老人声音一颤,"那天我的人照旧跟踪藤本的车,监视他的行动,没想到藤本的车掉转车头,反过来追踪我们。那天两辆车因为意外被卷入严重交通事故,车上的所有人都不治身亡,而那天坐在车上的不是藤本直树,而是淳子那丫头的父亲。"

唐桃手一抖,咖啡杯没抓稳,深褐色的液体迅速浸脏地毯。

"藤本出事的时候,他的太太已经怀孕,因为打击太大导致早产,没过多久就去世了。藤本直树把这一切都怪在我身上,之后的商业行动更加阴狠,无所不用其极,没过多久,我的生意就被彻底搞垮。那时候我也傻,想去英国前见你一面,托各方人打点,想把你带出来。你父亲怕我得手,竟然想办法把你送到了孤儿院,狠心不闻不问。从此你像一根针消失在大海一样,无论我用多少年、花多少钱,也问不出你的消息。"

唐桃脑袋里有细小的嗡嗡声,这些陈年往事从老人口中说出,在她脑中化为带着

Chapter 07
工厂 × 老人

昏黄滤镜的场景。

"在这场斗争中,没人手里干净,彼此诋毁在所难免,但我最痛恨的一点,就是他认为我会伤害直美。怎么可能呢?她是我此生最爱的女人,只要你的身体里有直美一滴血,我都不会做出伤害你的事情。"老人的声音颤抖。

机器人将弄脏的地毯拖到一边,叠成方块,又拾起咖啡杯扔掉,重新给唐桃倒了一杯水。

唐桃没接,盯着机器人背面焊接在机箱上的装置看——那是个红外线接收器,就是它将老人的指令发布到机器人的芯片上。

老人造机器人只用了十天,在原件的选择上没花心思。

唐桃记得这种红外线接收器的信号线程很短,只有一百米。

老人想要遥控机器人,必须在其一百米范围之内。

所以他本人就在这里。

在这个房间周边。

唐桃环顾四周,目光落在客厅那面巨大的镜子墙上,嘴唇发干。她只能孤注一掷,她只有一次激怒老人的机会,如果不成功,后面就更加没可能了。

她整理了和服的衣领,缓缓走到镜子墙前。她能清晰地看到自己的脸,苍白,恐惧,眉宇间却有一丝熟悉的坚定。

此时她像拿着左轮手枪,枪膛里只有一发子弹。扣下扳机,生或死,只能选择其中之一。

她慢慢举起右手,按住镜子,听见自己用颤抖的声音说:"你这样不算伤害我吗?你把我囚禁在这里,远离我的朋友和家人,不顾我的感受,把我像动物一样圈养起来。直美会选择藤本直树不奇怪,会讨厌你也不奇怪,你根本不知道如何爱一个人,你爱的是你自己。"

工厂外。

十个小时过去,从小刘口中没套出任何有用信息。

老人的地下帝国太过庞大,机关重重,小刘和小李从来没机会下去,平时的沟通都用对讲电话完成。直叔眉头紧锁,他在工厂门外站了十个小时,没有休息过。

专业技术人员通过地形勘测和工厂周围的排水口,正在模拟工厂地下的内部构造。和唐桃鞋上报警器连接的显示屏上一片空白,没收到任何信号。

气氛令人窒息。

"她还没消息?"一个戴着墨镜、打扮成保镖样子的人从车上下来,是夏炽。

"没有。"直叔看了一眼表,"十个小时了。要是半个小时之内还没反应,我们只能硬闯。"

"你在等什么?"夏炽眯起眼睛,"十个小时够她死一百次了。"

"十个小时也够你死一百次。夏学园长对小唐有恩,我不能让他的儿子涉险。"

夏炽讽刺地挑起唇角。他在旁边心急如焚地等了那么长时间,不过是因为尊重柳原社的决定。唐桃在里面多待一分钟,就多一分凶险,他是无论如何不能再等了。

夏炽摘掉墨镜,大步往工厂走去。

"你真不怕死?"直叔问。

"怕也没用。如果我真死在里面,至少能让她知道我没放弃她。"

直叔眼里闪过一丝笑意,年轻人,没手段没经验,却总是有天真的孤勇。他对勘探团队摆摆手,说:"别画那些破图了,直接闯吧。"

夏炽狐疑地问:"你知道她在哪儿?"

"唐桃的鞋上,除了报警器还有一个机关。我事先在她的鞋底涂了特殊涂料,只有在紫光灯的照射下才能显现。这不是特别保险的办法,也有走到一半就涂料用尽、失去脚印的可能。"直叔用手指梳了梳头发,对夏炽一笑,"不过在救小唐这件事上,我可不想输给你,太逊了。"

心脏在胸腔疯狂跳动。

唐桃说完那句话,脑袋就蒙了。

过了一会儿,平滑的镜墙发出"咔嗒"一声。镜子中间突兀地出现一条裂缝,向两侧分开,镜子后是一个黑暗的空间,涌出闷热的气息。

"你确实很聪明。"

老人的声音真切地从房间尽头传来。

"进来吧,给你看样东西。"老人说。

唐桃小心翼翼地走进去。镜子后是一个比客厅还要宽敞的空间,放着一把椅子,旁边是林立的巨大书架,堆满了书。镜子是单面镜,和红石学园食堂里的一样,她看不见里面,从内侧却能很清晰地观察到客厅。

如果唐桃不做最后的挣扎,或许老人就打算把她圈养在客厅里,像观察实验品那样观察她。

书架那头传来熹微的亮光。唐桃慢慢朝光源靠近。

Chapter 07
工厂 × 老人

一个头发花白的老人，肩上搭着厚厚的毛毯，坐在轮椅上。十几个发着光的屏幕从控制台上支起来，包围着老人，将老人的白发映成了蓝色。

老人转过头。他有一张相当慈祥的脸，温和地端详着唐桃。

这个瞬间他似乎毫无恶意，像慈爱的父亲望着自己的女儿。

"很抱歉没法站起来迎接你。"老人缓缓说，拍了拍腿，"我的腿不太好，只能坐在轮椅上。"

如果老人比直美大十岁，现在应该是五十几岁，但他看起来远比实际年龄苍老。老人按下控制台上的按钮，一把椅子轻巧地从暗处滑过来，停在唐桃旁边。

"坐吧，这间屋子里的东西都可以遥控。到了这个年龄才会明白，年轻时学门手艺还是有用的。"

唐桃坐下，打量那些像蝶翼一样张开的屏幕。每个显示屏都监视着工厂不同的角落，像钢铁的眼睛。

唐桃的心越来越凉。

老人沉静的目光落在唐桃脸上，非常轻柔，像陶艺家慢慢用手指感受着陶器的纹路。他说："你知道吗？你和你母亲长得真像。在你脸上，我看不到藤本直树的影子。你身上那件衣服是我仿制的，你母亲成年礼那天，我曾送过她一件一模一样的。"

唐桃有点儿吃惊，果然淳子当时拿给她的就是母亲的和服。过了这么多年，还保存得非常完好。

"我穿过。"唐桃咽了口口水，轻声说，"我穿过那件鹅黄色的，淳子拿给我的。"

老人的脊背忽然一颤。不符合年龄的神采从他的眼里射出来："直美还留着？她还留着我送她的礼物？"

"嗯。保存得还挺好的。"

不过后来因为绑架事件毁掉了——唐桃觉得这话还是不说为好。

"是吗……是吗……她还是相信我的，她是相信我的……"

仿佛卸下了心中的大石头，不，是整座遮天蔽日的大山，老人眉宇舒展，缓缓叹了口气："小丫头，你觉得我囚禁你很过分，可如果不见你一面，我怎么能听到这句话呢？"

唐桃的屁股在凳子上扭了扭，她忽然没有之前那么紧张了。这个老人是爱柳原直美的，他或许想法偏激，但至少说得通道理。

"你要给我看什么?"唐桃顺着他的话问。

老人的视线落在屏幕上,微微蹙眉。过了一会儿,苦笑一声:"他们来得比想象的还快。"

唐桃顺着他的目光看去,愣住了。监控着地下通道主要区域的屏幕里,有三四个快速闪过的人影,其中最大最中心的屏幕,也照出了一张紧锁双眉的英俊面容。

夏炽。

夏炽来找她了!

唐桃霍地站起来,椅子滑出去很远。

"心上人?"老人问。

唐桃和他对视,过了一会儿,回答:"是。"

"出去吧。"老人嘴角含着一丝苦笑,"能见你一面,我已经满足了。"

唐桃不敢相信自己的耳朵。他花了十几年的时间,建造这个隐秘的地下工厂,又花了将近三个月的工夫,把唐桃绑架到这里。只是聊几句就放她走?都不拿把刀子横在她脖子上逼个宫什么的?

就类似库巴在山上建了宫殿,飞越千万公里从城堡里抢到了公主,结果和马里奥一照面,就说"公主我不要了,你把她带走吧"。

说出来谁信啊?

老人的手伸进胸口的口袋里,掏出一只小小的锦囊。粉黄色的,刺绣精美,比神社里卖的护身符精致了很多。

"这是我留学前直美亲手给我绣的,保平安,这么多年我一直带在身上。给你啦。"老人吃力地拉过唐桃的手,把护身符放进她手心。

镜壁重新在眼前打开,客厅那扇紧闭的门后吵吵嚷嚷,传来撞击的声音。

她听见夏炽焦急的喊声。那声音从未有过地紧张,一直大喊着她的名字,剧烈地摇撼着她的心。

唐桃望着老人的眼睛,很不确定。

"有必要这么惊讶吗?"老人苦笑,"我说过,只要你身上有直美一滴血,我就绝对不会伤害你。"

离开屋子之前,唐桃下定决心,问:"您为什么不去见我母亲一面?如果真的有误会,为什么不说清楚?"

老人的眼睛盯着屏幕,有些浑浊的瞳孔映成蓝色。一大群人努力攻破最后一扇门,像忠诚的侍卫跋涉千山万水,只为救出王国的公主。

Chapter 07
工厂 × 老人

老人的视野逐渐模糊。他曾妄想着成为故事里的英雄，最后却拿到了大反派的剧本。

他很慢很慢地摇头。两滴眼泪滑下满是皱纹的脸颊，落在脚边的地毯上。

见不到了。

因为，见不到了啊……

大门打开的刹那，唐桃心弦一松，倒在破门而入的夏炽怀里。

夏炽满脸焦虑，手在她脸上乱摸，眼睛把她从头扫视到脚，像要确定她是不是真的。过了一会儿，收拢双臂，把她紧紧地搂在怀里。

"你吓死我了。"他轻声说。

"我也吓死了。"唐桃闭着眼睛，拉住夏炽的衣袖，"你来了，真好。"

直叔第二个进入密室。他脸色铁青，满是胡楂的下巴抽紧，视线在唐桃身上晃了一圈，冲身后的人使了个眼色。柳原社的人鱼贯而入镜子后的密室，过了一会儿，走出来，摇头。

"去世了。"

领头的人轻声说。

"身体还没凉。我们进来的时候，刚走。"

Chapter 08

父亲×浮士德

唐桃被抬进医院，昏睡了一天，然后在各种医疗器械间做了长达六个小时的检查。

她不停地强调自己没事，但直叔不同意，非要把她整个人用X光照一遍，像给被弄脏的碗碟过水。诊断结果出来，医生都很无奈——低血糖，吃点儿东西就好了。

唐桃当天被送回宿舍，直叔亲自开车，庞大的后援队在后面跟着。到了宿舍，直叔深邃的眼睛长久地凝视着她，问："今天还有力气吗？"

"吊了两个小时的葡萄糖，我应该不用吃饭了。"唐桃笑。

她的一颗心还忽上忽下，没能从之前的遭遇里缓过来，老人的护身符也装在口袋里，没敢让直叔知道。老人忽然离世给了她不小的打击，恍恍惚惚，觉得眼前都蒙着一层雾。

谁知直叔接下来的话更惊人。

"如果还有力气，把芳菲做出来吧。"直叔声音低沉，"明天我就带你去见柳原家家主，有些事情你该知道了。"

唐桃嘴唇动动，吐出两个字："真相？"

"对，真相。"直叔说。

夏炽陪唐桃回到宿舍。自从他开始在歌剧院实习，还是第一次两个人在宿舍共处。

夏炽那对红瞳灼灼地盯着她，片刻不离，像稍微眨一眨眼睛她就能飞了似的。唐桃被他看得很不自在，耳朵发红："你看什么啊……"

"看你啊。"

"看我干什么？"

"两天不见，感觉过了很久。"夏炽在她旁边坐下，沙发凹陷下去，"我打算以后多看看你。"

他衬衫上好闻的气息近在咫尺，混合着淡淡的檀香，也不知道在歌剧院后台那样的地方，是怎么保持每天都香喷喷的。唐桃"噌"地站起来，快步走进厨房找东西。

"我要开始做糕点了，明天还要交呢。"

"又不是作业，急什么？"夏炽靠在厨房墙壁上，双手环胸。

"你不知道，淳子为了找'芳菲'要用的花吃了多少苦，受了多少罪。这花就这么一朵，做失败就完了！"

她踮起脚，小心翼翼地把放在柜子最上面的保鲜盒取下来。刚一打开，满室生香，传奇的桃花还和刚摘下来时一样，每一片花瓣都娇嫩欲滴。

唐桃熟练地取出从柳原堂带回来的器具，开始搅片栗粉。没搅几下，眼前忽然一阵眩晕，她猛地向后倒，被夏炽一把扶住腰。

他倒是一点儿也不意外："叫你逞能吧。刚被绑架没多久，还抢着做好学生。"

"我答应直叔了呀，我明天要带'芳菲'见boss呢！"

夏炽把她拦腰抱起来，不顾她的挣扎，直接扔在沙发上。然后解下她的黄色小鸡花纹围裙，围在自己腰上，卷起衬衫袖子。

"食谱在哪里？"

唐桃惊呆了。夏男神这是要帮她做作业吗？

"你不行。"唐桃笃定地说，"这个点心很难做的，好多讲究，你别乱弄啊，花可就这一朵。"

夏炽不理她，捡起桌上那本记录步骤的笔记本翻了翻。随后拿起搅拌碗，把唐桃和出来的那团稀泥倒掉，重新开始调配片栗粉。

唐桃看着他娴熟的搅拌动作，内心翻江倒海——难道他不仅上得了厅堂，居然还下得了厨房？

夏炽的厨艺怎样，自己是真不知道啊！

夏炽在厨房里来回穿梭，骨节分明的手指像有魔力，金属搅拌器在唐桃手上笨拙得像木棍，在夏炽手上却优雅得跟指挥棒似的。大约三十分钟后，一排圆润可爱的点心出现在料理台上，夏炽小心翼翼地取出桃花，在透明的琼脂里慢慢搅拌。香味越来越浓郁，像打翻了香水瓶似的。粉嫩中透着洁白的传奇糕点"芳菲"，就这样出现在宿舍平淡无奇的料理台上。

唐桃快要疯了。

她在柳原堂苦修三个月，学会的不过是如何干净有效率地洗盘子。夏炽平时手都不抬一下，就这样做出了"芳菲"？

上天何其不公平。

唐桃把脸贴近糕点，拼命想挑点心的刺儿，全方位三百六十度看了半天，也没看出什么不对劲。夏炽没亲眼见过"芳菲"，所以外形稍微有点儿出入，但那记忆犹新的香味，却从料理台上温柔地散发出来。

"还满意吗，唐小姐？"夏炽解下围裙。

"你牛你牛，你牛还不行吗！"唐桃郁闷。

夏炽把点心装进打着精美绳结的点心盒子里，放进保鲜柜。手放在唐桃头顶，轻

轻揉了揉。

"去睡吧。"他温声说。

唐桃怔怔地望着他。暖黄色的灯光在他脸上投下温柔的光晕,顺着明亮的双眸,高挺的鼻梁,落在稍微有些泛青的下巴上。

为了唐桃,夏炽几乎没睡过,在医院里和衣休息一会儿,没来得及刮胡子。

"今天不用去歌剧院吗?"

"今天不去,留在这儿陪你。"

"那……那明天呢?"唐桃心里敲起小鼓。

夏炽像知道她在想什么,眼里泛出晶亮的笑意。

"想我的时候,随时给我打电话。无论我在哪里,一定马上出现。"

意大利。米兰。

当唐桃陷入绑架危机时,菊浑然不知。

他在某种意义上陷入了更大的危机——被卡伦羞辱到体无完肤的危机。

"这就是你的水平?"卡伦用沾着颜料的笔戳着画面,声色俱厉。

"以前Evan就是这么教我的,她说不要在意细节,我开心就好。"

"你跟Evan比?你的基本功跟Evan比?"卡伦气得快笑了,翻了一个大白眼,"你知道她几岁画画吗?她三岁就开始拿画笔了,画石膏像就画了八年,闭着眼睛就能把大卫、泰戈尔画出来。"

"你吼我也没用啊。"菊实话实说,"我要是有Evan的水平,也用不着跟你学了。"

自从那天卡伦把菊捡回了工作室,就怎么看怎么不顺眼。让他练基本功,练得倒是勤勤恳恳,就是没进步。骂他,怎么骂他都一副好脾气的样子,像只温顺的大金毛。

卡伦不知道该怎么办了。

这样下去,菊的水平还是得不到提升。卡伦在办公室里走来走去,意大利皮鞋在地板上磨出刺耳的响声。

"离月底没多少天了,你必须在这个月交一幅像样的画上去。现在所有人都知道你在我的画室,你要是画得糟糕,丢的是我的人!"卡伦拿手指用力敲墙,"告诉我,你对这个月的主题有什么想法?"

墙上的白板原来密密麻麻写着各国画家的展览日程和展出计划,现在全部擦掉,换上了两个大字——"天空"。

是这个月兰铃会要上交的绘画主题。说简单也简单，说难也难。

菊托着下巴想了一会儿，脑袋里浮现出一片蓝，飘着朵朵白云。

卡伦脸一沉："别告诉我你就想画蓝天。"

"不行吗？"

"当然不行！这是兰铃会的交流展，不是幼儿园的过家家！你不是在中国长大的吗？中国人不是很擅长考试吗？把它当作考试，动动脑子！"

卡伦说的是实话，想要在兰铃会上博人眼球，拉到赞助，仅仅画技高超是不够的。往年的参赛选手，学画最短的也有十五年，画技个个出神入化，考不出太大差别。这时创意和内涵就显得很重要，就像一帮大帅哥同时参加选秀，有幽默感、有深度的才更受人青睐。

卡伦记忆犹新的是前几年，有次题目为"希望"，卡伦去世界最贫困的国家支教一个月，坐在用黄土夯成的泥椅上画下那天的夕阳。回来的时候，他整个人黑了许多，瘦了整整八斤，参加展览的时候，别人还以为他得了什么绝症。

当然那次他还是输给了Evan。只因为她是天才，而他是凡人。

菊又冥思苦想了半天，一拍手："鸟！"

"什么？"

"天空啊，有鸟在飞啊，在天空翱翔，充满正能量！"

卡伦脸更黑了。菊立刻改口："不，不画普通的鸟，画大鸟……画雄鹰！"

卡伦无言了半分钟之久，他知道菊不是在开玩笑。

他缓缓叹口气，能让卡伦叹气的人菊还是头一个。他放下画笔，丢进菊脚边的水桶，拍拍他的肩。

"把你想到的都画出来，打个轮廓，不要深入。我有点儿事出去一下，回来再说。"

菊点点头。卡伦拿起外套，"砰"一声合上门。

菊端着画板和板凳，坐在外面看夕阳。

欧洲的空气很好，夕阳又圆又大，红彤彤的。菊把画板架在两条长腿中间，闭着眼睛吹风，风掀起他的刘海儿，整个人仿佛画一般。

菊觉得手很酸，头也很涨。什么都不愿意想，只在这里坐上一辈子。

阳光穿透眼睑，眼前一片炫目的光斑。菊深深吸了口气，口袋里的手机振动起来。

他用的意大利手机卡,知道他号码的人不多。菊垂头丧气,心想,卡伦刚才还没骂够,还要打电话来骂他?

手机里传来一个女声。

"你现在在哪里?"

菊愣了一下。是……莫明雪?

"我问你现在在哪里!"

莫明雪声色俱厉。菊连忙回答:"我还在意大利,在广场上坐着呢。"

"什么?唐桃的事你不知道?"

听见唐桃的名字,菊的脊背绷直了:"她怎么了?"

"我的天啊,你怎么不知道?她被绑架了啊,昨天才刚刚救出来。她没跟你说?"

莫明雪打电话是出于好意。她知道唐桃不会说,菊更加不可能主动联系唐桃。可那毕竟是唐桃和菊啊,出了这么大的事情,怎么能不闻不问?

菊的脑袋里"嗡"的一声,眼前的景物开始摇晃。

"唐桃现在已经救出来了,没事了,你不用太担心。但有时间的话,回来一趟吧,哪怕安慰她几句。"莫明雪不知道该用什么语气说这番话,"毕竟……你们的关系不一般,希望我没多事。"

菊忽然挂了电话。

他丢掉画板,回住处拿了护照,用最快的速度向机场冲去。

一模一样。

和当初一模一样。

从国内追小桃追到意大利。再从意大利千里迢迢地追回去。

他像一头牛,被命运的大手拖着走,哼哧哼哧,毫无主见。他心痛,他自责,他害怕,他惶恐,他无法控制胸口奔涌冲撞的感情,做的尽是错事。他知道自己难堪、丢人,无数次想坚强一点儿,硬气一点儿,却总被一两句话轻易摧毁。

买了回中国最早的机票,离出发还有三个小时。

三个小时啊……

菊的心像被从中撕裂,再用冰冷的小刀一点点搅成碎片。

他坐在候机室的长椅上,失魂落魄。人群从他身边走过,偷眼打量他,这个像模特一样高挑的大男孩,像只玩偶一样毫无生气。

Chapter 08
父亲 × 浮士德

分针在钟表上艰难地挪动,菊呼吸困难。他不愿意想象被绑架的细节,也不想知道绑架的理由,他只想立刻冲到小桃身边,用力地、用力地抱紧她。

用压进胸膛的力度。

她是他最重要的那部分,像机械钟里的发条。

发条停了,心也就死了。

不知过了多久,菊的嘴唇干裂,腿发麻。登机口打开,棕色眼睛的意大利空姐走出来,电子屏幕换上正在登机的标识。

菊的手一抖。他木然地抬头,望向候机室外的天空。

纯洁得像一面虚伪的蓝色滤镜。空无一物。

菊急促地喘了喘气,他忽然知道自己在做什么了。

他现在回去有什么用?小桃被救出来了,安然无恙,夏炽肯定在她身边照顾得无微不至。然后天空一声巨响,菊闪亮登场,扑过去抓起小桃嘘寒问暖,但其实什么都没做?

像条只会舔手的狗。

没有任何实际用途。

乘客在登机口前排起长队,缓慢地挪动,菊的脸埋在阴影里。登机口前的人越来越少,空姐四处张望,手里拿着扫码机,寻找最后一个没有检票的乘客。

菊霍地站起来。

他撕掉手里的机票,重新回到售票台。

"请问您去哪里?"空姐微笑着问。

"去最远的地方。"

第二天。红石学园宿舍楼。

唐桃双手捧着装着"芳菲"的盒子,笔直地站在门口。

她今天没穿莫明雪之前给她买的礼服,也没穿柳原堂制服,只穿了一身红石校服,领结端端正正地打在领子上。对方是柳原家家主,也是她的父亲,唐桃忽然发现自己没有必要对外表太过在意。

该是什么样,就是什么样。

她既然是柳原家的女儿,就该对自己有些自信。

车驶进宿舍楼大门。不是常见的那辆,换成了线条优美的黑色宾利,连轮胎都一尘不染。徐管家打开车门,他今天穿得非常庄重,西装革履,花白的头发紧紧贴在脸上。

戴着白手套的手拉开车门,徐管家弯下腰,恭恭敬敬地说:"小姐,请上车。"

他没说唐小姐。

唐桃心里跳了一下。

车驶上熟悉的道路,景物在眼前快速飞掠,不久就到了柳原堂。今天柳原堂歇业,甚至连曲婶他们都不在,唐桃往后厨张望两眼,没看见直叔。

"请跟我来。"徐管家说。

唐桃捧着点心盒,跟在后面慢慢走。柳原堂占了很大一块地,有些地方唐桃也没去过,徐管家打开院子深处的竹门,地势渐渐往上。

"主人就在山坡上。请吧。"

唐桃的腿发软,手发软,心也发软。

上面是她的父亲,她的家庭,搞丢她十八年的那个人。

今天天气很好,阳光不强烈,和风暖雾似的,将树木的叶脉照得清晰透明。唐桃听见咚咚的心跳和皮鞋踩断草梗的声音,往上走了一百米,眼里落入一个背影。

黑色羽织外套,上面绣着柳原家徽,灰色长裤,脚蹬一双木屐。他有头浓黑带卷的短发,腰脊挺得笔直,两手交握在胸前,袖口的线条笔挺。

这背影唐桃很熟悉。

手一抖,点心盒子掉在地上,滚了一下。

直叔。

直叔转身,那双温柔又深邃的眼睛落在唐桃脸上,明明是同样的面孔,气质却和往日截然不同。他上前几步,俯身拾起糕点盒,拍掉上面的灰。

"重新介绍一次。"直叔的声音淡淡的,却带着不容置疑的压迫力,"我是藤本直树,柳原家家主,你的父亲。"

唐桃不知道该做出什么表情。直叔的身份在意料之外,却在情理之中。

回忆三个月的点点滴滴,直叔耐心、和蔼可亲,却对柳原社的事务保有不容置疑的决定权。他是柳原堂资格最老的糕点师,"芳菲"都是由他制作的,徐管家对他唯命是从,从来都只站在他身后。

唐桃迟钝,她待人只用真心,从不多想。

藤本直树的视线没离开过她。眼眸中带着耐心的等待,和一丝难以察觉的紧张。

过了一会儿,唐桃结结巴巴地说:"我……你和我长得不像……"

藤本直树没憋住,"扑哧"一声笑了:"你更像你母亲。"

"那……那我母亲呢……"唐桃开始东张西望。

Chapter 08
父亲 × 浮士德

藤本直树放在点心盒上的手指缓缓收紧。过了一会儿,转过身:"她在这里。"

唐桃看过去。一个方形的墓碑落在草木扶疏的山坡上,光可鉴人,四周开满了不知名的小花,黄黄白白,非常美丽。

大理石表面雕刻着四个字——柳原直美。

"在生下你不久,她就去世了。因为柳原家的孩子都随母姓,所以你的日本名字是希子,柳原希子。"

"这个点心,是送给她的。"

藤本直树把"芳菲"放在墓碑前,小心打开。山风吹过,浓烈的香味弥漫,如淡粉色的梦境,如十八年来每一个错过的春天。

唐桃的眼泪落下来。

"把你送到孤儿院,是我的决定。"

"绑架你的那个老人姓李,在家中排名第二,年轻的时候大家都叫他李二。当年,柳原家和李二的生意上升到家族冲突,他雇用了许多人威胁我们的安全,权宜之计,我把你送到本市的孤儿院,隐掉你的姓名,连院长都不知道你的真实身份。院长姓唐,而你母亲最喜欢桃花,所以我给你起名唐桃,这也是后来找到你的唯一线索。"

"我本来想,一旦与李二的冲突解决,我就立刻接你回来,恢复你的身份。可后来你的大伯、大伯母相继去世,而你母亲也命不久矣,我和李二斗得天昏地暗,更不敢牵扯上你。李二在生意失败后离开×市,却派人暗中调查你的所在,我只好切断与孤儿院的一切联系,甚至再也没问过你的动向。"

"十八年了,孩子,或许我不配说这句话,但我时时刻刻都在想你。"藤本直树垂在袖边的手动了动,忍着没伸出来,"记得那天柳原堂放假,我把你支去仓库打扫吗?那天是你母亲的忌日,迫于身份原因我无法告诉你,但你出现在灵堂,我非常开心。

"你是我唯一的孩子,也是柳原社的继承人,虽然我是你的父亲,但并不会逼你选择柳原家。你好好想想,只要你愿意回来,我随时欢迎。"

唐桃低着头,目光落在墓碑前的小花上,不吱声。

藤本直树叹了口气,转身向山下走去。

他喋喋不休,唐桃却消化不来,未知的感觉太可怕了。从懂事时起她就开始猜测,自己的亲生父母是什么样子,为什么抛弃自己,为什么不来找自己,但真相远比想象中荒谬。如今直叔忽然告诉她,她的身世居然牵扯到两个家族间的爱恨情仇,她

该用什么心态、什么表情来迎接叫作柳原希子的自己？

直叔走远了。唐桃默默在墓碑前坐下，擦干脸上的泪痕。

她静静看着那个墓碑，洁白的大理石上有水波般的纹路。微风吹过，"芳菲"的香气愈加浓烈，原来母亲最喜欢桃花。

唐桃将手伸进口袋，取出老人交给她的锦囊。黄色的精致绣纹，揣在怀里久了，有肌肤一样的热度。

草尖在脚下轻摆，空气里都是沙沙的响声。唐桃心中忽然一动，用手捏了捏锦囊。锦囊的开口用线缝了起来，里面似乎有什么东西。

唐桃看了一眼墓碑，拿牙齿咬断细线。一定还有什么她不知道的，李二虽然做事狠辣，手段极端，但对母亲的心却一片赤诚。

打开锦囊。里面果然有张字条，年岁太久，纸粘在一起。唐桃小心翼翼地拆开，上面有三行秀气的中文钢笔字，从右开始写的竖行字，是上一代日本人的书写习惯。

李哥：

如果你喜欢我，就不要去英国留学。

我在街口那棵桃花树下等你。

这个锦囊，李二视为珍宝，带在身边几十年。

从来没有打开过。

唐桃走下山坡，看见徐管家。

身后还站着两个人。

小刘和小李换上柳原堂堂服，冲她点头哈腰，龇牙咧嘴地笑。

唐桃猛地吸了一口凉气，后退一步。小刘不好意思地摸摸头，看了徐管家一眼："小姐还不知道吧？"

徐管家挺直腰板，面无表情地说："小姐，这两位要我代为解释，他们本就是柳原堂的人，在很多年前被派去做卧底。他们表面上为李二工作，其实一直暗中探查他的位置。可惜李二藏得太好，这么多年来从未直接露面，所以我们才想出了计策，让他们佯装绑架你。第一次在山坡上故意绑架失败，是为了探查李二的反应，而第二次，是淳子小姐和家主提议的，她希望在你毕业之前，永远消除李二这个危险。"

唐桃呆住了："这么说，淳子被绑架都是你们商量好的？"

Chapter 08
父亲 × 浮士德

"对对，没错，因为你和淳子小姐长得像，淳子小姐坚持要冒充你去的。后来不知怎的，把淳子小姐带给李二的时候，他居然认出了她的身份，我们迫不得已，才把你也送了过去。"小刘两手合十，挤眉弄眼地说，"小姐，你千万别怪我们啊，我们是很喜欢你的，不舍得你受苦，逢场作戏实在无奈。"

那淳子扔掉的那枚糖纸……

想必只是随手一扔而已。

唐桃脑子很乱，赶紧摆手："你让我想想，我没太听明白。"

"其实也没什么不明白的。"徐管家沉声说，"大家都想让你早日回到柳原家，不再受流离之苦。仅此而已。"

徐管家冲小刘和小李使个眼色，两个人摸摸头，你推我搡地走了。徐管家打量唐桃两眼，忽然说："小姐，借一步说话。"

徐管家是柳原堂的实权人物，一人之下万人之上，再加上不苟言笑，眉宇间总有个"川"字，唐桃有点儿怕他。她老老实实跟着徐管家往院子里的仓库走，徐管家掏出钥匙打开大锁，伸手道："请。"

仓库经过打扫，空气清新了很多。徐管家走上二楼，从书柜旁边的架子上取下一只大箱子，掏出手绢擦干净，精美的玳瑁纹理从薄灰下重见光明。

"好漂亮的箱子。"唐桃感叹。

"这是夫人留给您的。"徐管家说，"请打开看看。"

唐桃肩膀一抖。这是……妈妈留给她的？

拨开黄铜搭扣，箱里涌出有年头的木浆味。里面装着很多礼物盒，包装纸稍稍发黄，还有十几封信，整整齐齐地码在箱子侧面。

"在生你的时候，夫人的身体已经不太好，她怕撑不到你长大，偷偷瞒着老爷给你准备了礼物。从一岁到十八岁，每年都有一封信。"徐管家缓缓说，"夫人去世后，老爷怕睹物思人，就让我把它放在仓库里，十几年没动过。"

唐桃不吱声。她伸出手，拆开包装纸上写着"一岁"的盒子。这个盒子最旧，最小，也最轻。打开一看，是一朵风干的桃花。

信里是这么写的。

希子：

我是柳原直美，你的母亲。

我的身体一直都不太好，不知道你看到这封信的时候，我还在不在了。你父亲因为李二的事情，一直坚持送你去孤儿院，这件事只有我们两个知道。我很反对这个决

定,孤儿院里的东西都不好吃呀,环境也不好,万一你饿了冷了,病了累了,你能跟谁说呢?

可你父亲是世界上最爱你的人,尽管他自己不承认。我遵从了他的选择,希望能保你安全。

这朵桃花是在你出生的这年开的,充满异香,惊动了全市的糕点师。你父亲高价买过来,为了做一样糕点,名字我们还没想好,是叫"红玉"好呢,还是叫"芳菲"好呢?

柳原直美
于家中
×年×月

她打开第二份礼物。是一对小小的、透亮的钻石耳钉。

希子:

这封信理应在你两岁生日时打开,但其实距离我写的第一封信才过了两小时。我的中文不好,刚才漏了点东西没写上,在这儿补给你。

我希望你现在已经从孤儿院回来了,毕竟过了一年,李二的事情该解决了吧?你是四月生的,诞生石是钻石,我刚刚逛街时看到一对好漂亮的耳钉,就给你买了下来。你不知道吧,在日本老家有给满周岁的孩子扎耳洞的传统,祈求一生的幸福和平安。

你戴上一定很好看。

柳原直美
于家中
×年×月

唐桃伸手摸摸耳垂。她一直想穿耳洞,从来没鼓起勇气。

三岁的生日礼物是一只精致的绣球;四岁的生日礼物是一套刺绣唐装,以唐桃现在的身量只能套进一条腿;五岁的生日礼物是一面镜子,直美说这个年纪的女生开始爱美啦;六岁的生日礼物很奇怪,一只黄色的贝壳,直美说这是她自己小时候的宝贝,现在"传"给女儿……

眼泪在眼眶里打转。唐桃拆了一桌子包装纸,开始摸索最后一样礼物,非常急迫。

十八岁的成年礼物。

可是箱子已经空了。只剩一封信留在箱底。

Chapter 08
父亲 × 浮士德

希子：

今年你十八岁啦。

你从产房出来的时候，他们都说你长得像我。眼睛尤其像，眼角的纹路一模一样，你小时候很爱笑，笑起来的时候更像。现在你长大了，一定很漂亮吧，十八岁的女孩，大概已经开始嫌弃我们老土，出门都不愿意牵我们的手了吧？

我不确定现在是否还在你身边。

你是个女孩子，女孩子的知识都是妈妈教的。怎么背着老师偷看漫画，怎么化妆，怎么追隔壁班的校草，自己的哪个角度看起来最美……我该带你去逛街，吃遍每一家餐厅，我该和你躺在草地上聊天，说你讨厌的人的坏话。我该牵着你的手，带你走上婚礼的红地毯，然后在松手的时候哭成泪人，根本看不见你许下承诺时的模样。

我希望能陪你经历这一切，直到被你嫌弃为止，然后我老得头发花白，走不动了，你就牵着我的手，陪我在院子里晒晒太阳。

可如果我不能，请你不要伤心。

我珍惜和你相处的每分每秒，我热爱与你分享的每个瞬间。虽然这时间可能不会很长，虽然你可能不记得我的样子，但我希望你明白，我永远爱你，与我生命的长短无关。我不担心你，你的父亲会在你身边，还有你的堂妹，你的亲人，他们是永恒的后盾，是你受了任何委屈都可以回来哭诉的人。

你现在是大姑娘了，我不想写很长，让你烦。

十八岁了，我想过很多礼物，成年礼的和服、昂贵的首饰，甚至送你一辆车、一栋房子，但这些都不够，这些都配不上你的十八岁。

所以我送你一个吻，我留在信纸上了。

希子，我爱你。

愿你健康幸福。

柳原直美

于医院

×年×月

唐桃低着头，默不作声。徐管家等了一会儿，轻声问："小姐？"

唐桃没答，攥着信站在原地。她站了很久，徐管家也陪了很久。

最后，唐桃仰起脸深吸口气，颤抖着声音问："有……我妈妈的照片吗？"

徐管家点点头，掏出一只旧怀表。怀表也是几十年前的老古董，表的内侧镶嵌着一张黑白照片。

一个俊秀的男人扶着椅背站着,身前的椅子上坐着他的妻子。妻子有张秀致美丽的脸,漆黑笔直的秀发,怀里抱着刚刚满月的婴儿。

两个人都在笑,看起来很幸福。

"这个能送给我吗?"唐桃问。

徐管家一鞠躬:"好的。"

×市歌剧院。

会议室里,十几把折凳圈成圆形,向导手里握着剧本,拿书脊敲白板。

"我知道上一部《费加罗的婚礼》反响不错,节假日基本满座,我们歌剧团的声望有回暖的趋势。但希望大家不要松懈,不要被名声动摇,你们唱得还是很差。"向导一脸没睡醒的模样,"我们的下一部歌剧,是查尔斯的五幕歌剧《浮士德》,一个月的排练时间,十二月月末开演。"

"时间这么紧张?"女高音抱怨。

"你今年已经三十岁了吧?"向导白了她一眼,"青春时光已经不再,还不抓紧点儿?"

女高音被呛得满脸通红,高跟鞋在地上跺出"哐当"一声。会议室里大家都在对视,没有人待见向导的脾气,但迫于他的身份无法反驳。

夏炽站在会议室一角,左手捧着剧本,右手拿着向导的水瓶,正出神。

"夏炽……"向导喊。

夏炽抬起头。

"这次你可以参与演出,演男高音浮士德。"向导用力捏了捏鼻梁,"好好唱,别和他们一样。"

他轻描淡写地定下整部歌剧的主角,会议室里所有人都傻了。《费加罗》的男高音主演第一个跳起来:"开什么玩笑?他才多大?"

向导看向夏炽:"十八、十九?"

"不行,我没法支持你的决定!"男高音脸涨红,"你之前也说了,《费加罗》上座率很高,风评也不错,在余热未退的情况下更换新剧本来就不妥。更何况我有在别的剧团出演浮士德的经验,你凭什么用一个没上过舞台的毛头小子替换我?"

"你以为《费加罗》的成功是因为你?错了,是因为我。"向导嘴角浮现一丝冷笑,"你之前的剧团?你之前的剧团五年前就因经营不善解散,被我挖过来之前,你正在超市做收银员,用那副男高音的嗓子说'欢迎光临'。我没说错吧?"

Chapter 08
父亲 × 浮士德

男高音额角青筋暴起，向导没有留给他丝毫尊严。

"我选夏炽，是因为他的嗓子最符合角色要求，没有其他理由。"

向导把剧本往凳子上一摔，从夏炽手里接过水杯。

"就这样吧，主演定了，剩下猫猫狗狗的角色我会派人通知。散会。"

会议结束，夏炽回到拥挤的休息室，坐在床上翻剧本。

前两个月他都在为剧团打杂，说不想参与歌剧演出是骗人的。现在厚厚的剧本握在手里，夏炽心里却丝毫没有喜悦，他敏锐地感觉到剧团对他的恶意——就在向导将他定为主演的瞬间。

剧团里的老成员相交已久，当然互相维护，而自己只是个高中在校生，没任何表演经验。他的加入动摇了演员们原有的利益，今后相处得绝对不会轻松。

而且，这个剧本……

夏炽盯着白皮封面上"浮士德"三个字出神。

受茉莉亚影响，他很小的时候就开始接触歌剧，别的孩子在沙坑里玩耍，他就抱着个剧本和茉莉亚对词，听她讲述歌剧里的故事。

世界上稍有名气的剧本夏炽都烂熟于心，《浮士德》是他喜欢的剧本，但同时充满挑战。

《浮士德》主要讲述这样一个故事——年老的哲学家浮士德羡慕年轻人的青春活力，和魔鬼签订契约出卖自己的灵魂，喝下返老还童的药，并赢得了美女玛格丽特的芳心。可是，玛格丽特怀孕后就被浮士德抛弃，在一次决斗中，浮士德又杀死了玛格丽特的哥哥。玛格丽特因为精神问题杀害了自己的孩子，最后被囚禁，浮士德想要救她，但玛格丽特已经不认得他了。最后，魔鬼抓住浮士德要他的灵魂，而玛格丽特在天使的引导下进入天堂，浮士德最终获得了救赎。

用五个字来概括，那就是"渣男的一生"。

浮士德是个矛盾的角色，贪婪弱小，但同时充满对善的感悟和对真理的追求。夏炽欣赏歌剧的戏剧性，也享受它带来的冲突，但要把这样复杂的人物活灵活现地演出来，他没有百分之百的把握。

夏炽立刻收拾东西，回红石学园图书馆借资料。由于茉莉亚的缘故，图书馆划出一片影音区，一百年内的歌剧影像资料非常齐全。

午后的图书馆人很少。

夏炽和管理员打了招呼，在一排排陈列光碟的书架前驻足，细长的指尖摩挲着光

碟的塑料脊。据《红石学园名胜集》记载,学园里第三大景是红石湖的落日,第二大景是菊奔跑在篮球场上的身影,而第一大景是夏炽穿梭在图书馆里,午后的阳光照亮他雕塑般的侧脸。

记载归记载,能亲眼见到的很少。高一时,岚组有每星期去图书馆自习的课程,那段时间图书馆几乎天天爆满,有女生早自习就去图书馆占座,为了在下午一睹夏男神的风采。所有人环成一个圈形,鸦雀无声地包围着岚组的俊男美女,从远处看像诡异的宗教仪式。

此刻,午后的阳光静静包裹夏炽,落在他纤长的眼睫、直挺的鼻梁,以及红宝石一样闪烁的眼眸上。他捧着一张CD,反复翻看,不确定这是1996还是1998年的版本。

玻璃资料室外,一个背影吸引了他的注意。女生穿着秋季校服,踮起脚,小腿绷出好看的弧度,正伸手拼命够书架顶端的书。

夏炽蹙眉。

不是让她在宿舍里休息吗,这人是把学习当爱好了?

夏炽放下CD,两只手插进口袋,向女生走去。

夏炽自己也觉得奇怪,明明平时走在路上谁都不看,但偏偏就漏不掉唐桃,仿佛她身上有某种魔力,能够一下勾住他的视线似的。夏炽往前走两步,本来想帮她拿书,脑袋里忽然浮现出前段时间在红石贴吧里获得的信息。

他记得有个投票,叫作"男神出现在什么地方最吸引你",参与投票的都是红石的女生。他怀着不可告人的目的点开详情看了看,除了"在篮球场上灌篮大挫对手"之外,"在图书馆里靠着书架看书,下巴和天空呈四十五度角"也是个热门选项。

夏炽是男神。这里是图书馆。

多好的机会。

于是唐桃好不容易够到最上面那本书,转过一个拐角,就看见如下画面——夏炽闲适地靠在书架旁边,两条长腿交错,下巴和天空呈四十五度,深红的额发在风中飘动。这么自恋的动作,在夏炽做来无比自然,唐桃口水都快流下来了,根本没想到他为什么会出现。

夏炽偏过头,像是才发现她,微微挑眉:"你也在?"

"我在。"唐桃连忙点头,"我在借书。"

夏炽把书插回书架,对刚才制造的效果极其满意。他的眼睛在唐桃怀里一扫,把那摞厚书都接过来:"借的什么?"

唐桃忽然有点儿尴尬:"最近没事干……随便看看。"

Chapter 08
父亲 × 浮士德

《世界文学经典赏析》《世界著名歌剧鉴赏》《高等数学第一册》，甚至还有一本《基础柔道入门》。

夏炽用手指敲着封面："随便看看？"

唐桃最受不了他的质问，只撑了三秒钟，立刻投降："好啦好啦，告诉你还不行吗？我们不是要交大学志愿了吗？我没想好选什么，所以想都试试。"

"你不继承柳原社？"

"我现在还没想好，不管继不继承，大学总要上的。"唐桃泄气地瘫坐在自习用的椅子上，"反正糕点我是真学不来，没那个兴趣，也没那个脑子。不像你会歌剧，我平时没什么特长，真不知道该怎么办。"

"确实没什么特长。"夏炽肯定地说。

他的手指翻动着桌上堆的书，神情专注，居然很认真地在为唐桃思考。过了一会儿，问："你对舞美有没有兴趣？"

"舞美？"

"舞台美术，笼统点儿说，负责表演的策划、服饰和灯光效果。我记得红石祭是你统筹的，那次活动的反响很好。"夏炽抬头看她，"岚组虽然可以走特殊的招生通道，但无论是申请国内还是国外的学校，都要交出作品集，表明你能够胜任这门学科。基础柔道入门？难道你打算上台打一套拳？"

"还要交作品集啊？我都不知道！"唐桃猛地拍了下大腿，"舞美啊？听起来挺有趣的，我以前怎么没想到？"

"常清现在负责歌剧团的服装和道具，算和舞美有一点儿关系。你有不懂的可以问他。"

唐桃忍不住微笑，扬起眼帘笑眯眯地看着他。过了一会儿，小声问："你不怕我被抢走啊？"

夏炽的视线在唐桃脸上一扫，最后落在她嘴角，微笑："你可以试试。"

"不敢不敢。"唐桃连忙摆手。

图书馆里非常安静，没人看见他俩打情骂俏。唐桃找个位置坐下，趴在桌上，盯着夏炽放在桌上的手看。手指细长，手掌宽阔，用力的时候，青筋在手背上拉出笔直的线条。

哎呀，这人怎么哪里都那么好看呢？

不知道是胆肥了，还是气氛太好，她居然伸出一根手指，想戳戳夏炽的手背。

谁知夏炽忽然挺直了身体，面容严肃起来。

唐桃的手落空，委屈地收回来。

"夏姜？"夏炽忽然说。

唐桃连忙转身，果然，自习区的小隔间里坐着一个黑头发的男孩。桌上的书摞成半米高，再次把他淹没，只露出不断书写的手臂和头发顺滑的后脑勺儿。夏炽站起来："去看看。"

自打决定考医大之后，夏姜每天白天都来图书馆温书，晚上就去任萱那里请教功课，和她一起做实验。医大本来就难考，更何况是×市最好的学校，夏姜一学进去就忘了时间，经常眼冒金星才想起来吃点儿东西。

"都瘦了……"唐桃躲在隔间旁边看了会儿，心疼地说。

夏姜原本饱满的小脸凹陷下去，苹果脸变瓜子脸，眼下也有一层困倦的瘀青。夏炽默不作声地站在一旁，眼光飘到桌上没来得及交的志愿书上。

×市医大？

半年时间就想考上知名的医学院校，确实是夏家人的作风。

"帮我一个忙。"夏炽忽然低头，在唐桃耳边低语了几句。

唐桃看看夏姜，又看看他，用力点头——包在我身上！

晚上十一点。

夏姜背着大书包，从任萱的实验室里走出来，心情不错。今天的功课全部完成，任萱再次夸奖他是难得一见的小天才。

夏姜胃酸翻涌，在任萱办公室里吃的那两块饼干早就消化完了。他掏出钱包，心想要不要去吃碗面。

就在这时，一双柔软的手臂从背后环住他。

乌黑的秀发从头顶垂下来，唐桃笑嘻嘻地看他。

"夏姜，想我了没？"

夏姜眸光一动："你怎么在这儿？"

"我来接你啊，你天天这么辛苦，不按时吃饭怎么行？"唐桃主动拉住他柔软的小手，"去我宿舍吧，我烧饭给你吃！"

夏姜嗤笑："你？"

"怎么，瞧不上我的手艺？"唐桃哼了一声，"我现在可是柳原堂的人了，柳原堂知道不？专业做糕点，从未被超越！"

"那你打算做什么给我吃？"夏姜仰起头看她。

Chapter 08
父亲 × 浮士德

"这个……"唐桃心虚地眨了眨眼睛,"火锅吧,既营养又健康!"

夏姜在心里叹口气。果然不能报以太大希望。

跟着唐桃打车到学校,宿舍区的灯几乎全灭了。只有唐桃那栋还亮着,玻璃上凝着一层水汽,里头似乎很热。唐桃扒下夏姜的书包,把他推进去:"快进去,菜已经烧好了,好好吃一顿。"

门打开,温暖的水汽扑面而来。客厅的桌上放着一只热气腾腾的黄铜火锅,骨头高汤泡沫翻腾,旁边堆满了各式牛羊肉和菌菇蔬菜。夏姜忍不住吞口口水,天天缠着任萱,他几乎没正经吃过饭,常常在便利店里买个面包打发。

唐桃把手放在他脑袋上,轻声说:"快坐下吧。"

在房间里帮忙的是淳子,她的厨艺比唐桃好,已经把该料理的食材全部弄好了。唐桃殷勤地替他拉开椅子,摆好碗筷:"你要什么酱?海鲜还是麻酱?我觉得XO牛肉酱也蛮好吃的,最好再加一点儿辣油。"

夏姜却一直盯着柳原淳子。过了会儿,说:"你就是那个坑唐桃的女人?"

唐桃一愣。夏姜小朋友板起脸的时候,简直跟他哥哥一模一样。夏姜这段时间虽然忙碌,但发生在唐桃身上的事情大致都了解,柳原淳子穿着围裙,叉着腰:"怎么,有意见啊?唐桃是我姐姐,她都没怪我,你管得着吗?"

两个人同样性格古怪,简直就是雌雄双煞,刚一交锋就火花四溅。唐桃记得夏炽的嘱托,连忙把淳子按在椅子上:"赶快吃饭啦,肉煮老就不好吃了。"

夏姜也没说什么,把头埋在碗里,唐桃一直在帮他涮肉,不停地往他碗里夹菜。大概真饿了,夏姜这顿饭吃得快而扎实,桌上有一半东西下了肚。淳子用筷子挑着金针菇,凉凉地说:"真是头小猪。"

"姐姐都没夹菜给我……"

"淳子!"唐桃责怪地看她一眼。

吃完饭,唐桃给柳原淳子使个眼色,淳子吐吐舌头,拿起包走了。夏姜擦擦嘴,从椅子上站起来:"我也走了。谢谢你的火锅。"

唐桃一把拉住他:"夏姜,跟你商量件事。夏炽现在不住在这里,房子里就我一个人,我……我害怕,你能不能以后住夏炽的房间,陪陪我?"

唐桃有点儿紧张,她一贯吃不准夏姜的脾气,更何况最近他如此反常。过了会儿,夏姜转过脸看她:"这是我哥的主意?"

他那双眼睛黑如点漆,像透过望远镜看见的宇宙,有种深不见底的辽阔。唐桃心里一跳,这才注意到夏姜长高了,整个人清秀挺拔,像一根雨后新抽的竹子。

已经是少年了。

或许用不了多久,《红石学园名胜集》就会更新。学园的第一大景,是被夏姜专注凝视的时候。

唐桃对美貌毫无抵抗力,嘴一溜说了实话:"不只是夏炽的主意,也是我的主意。你现在这么辛苦,我帮不上什么忙,但每天和你一起吃饭还是做得到的。"

夏姜浓黑的睫毛扇了扇,忽然低声说:"你这样就像嫂子一样。"

"什么?"唐桃没听清。

只一瞬间,那个笑容甜美的狡猾正太又回到了夏姜身上。他抬起头,眼睛亮晶晶的。

"晚上我还要看书,要吃夜宵,市中心有一家我喜欢的甜品店,你去帮我买一份回来吧。"夏姜说。

Chapter 09
毕业×舞会

岚组公布了两条重要消息。

第一，红石学园即将举办毕业舞会，具体事宜和红石祭一样，由岚组成员负责筹备。众人商议了一下，菊在国外，月城姐妹和越七正在准备申请学校的作品集，阿娜妮不来学校，莫明雪带着陆长歌天天跑生意，夏炽和夏姜更别指望。于是策划的重任就落在了常清和唐桃肩上，常清还有歌剧团的策划要做，简而言之，唐桃才是主要战斗力。

第二，真夜老师因为身体抱恙，正式辞去岚组的班主任一职。常清作为代理班长，直接由学园长处传达学习事务及通知。

消息一出，教室一片哗然。

真夜老师既爱热闹，又爱凑热闹，居然主动辞去班主任一职，想必病得很重。岚组联名上书，要求毕业前见真夜老师一面，被学园长驳回，理由——怕他们给真夜偷偷带酒。

真夜老师虽然大多数时候不靠谱，却是真正心系学生的好老师。所有人都动用关系去查，想找出真夜老师辞职的理由，但即使连莫明雪引以为豪的情报网，也不能从学校里挖出一点儿可靠信息。

他们只知道真夜老师病了。

什么病，什么时候病的，能不能治好，不知道。

唐桃私下里问过常清，毕竟他是真夜老师身边的人。常清只是叹气，圆润的脸上难得有一丝阴霾，沉着脸不回答。

教室里也越来越冷清。岚组的人要么忙生意，要么忙升学，几乎没几个人留在学校。有时候，唐桃一个人坐在教室里，四周都是空空的桌子，老师在讲台上乏味地讲课，她心里都是凉的。

她忽然意识到，大家快要分别了。

这个名为"岚组"的班级，将他们这些身世、性格完全不同的人聚在一起，一同经历风风雨雨，度过难以磨灭的珍贵时光。他们于自己而言不是同学，不是朋友，而是家人，是自同一根树干上分出来的枝叶。率真的阿娜妮，性格迥异的月城姐妹，沉稳的越七，冷漠的陆长歌……还有她人生中第一个铁打闺蜜莫明雪，虽然嘴贱但什么都为她着想……

进入"岚组"这个决定，彻底改变了唐桃的一生，在助学申请上签字的瞬间，自己的人生也跟着颠倒翻覆。

她希望高中时光永不结束。她想念大家一起围坐在教室，吃西瓜讲鬼故事的夏天。她记得情人节那天闯蔷薇迷宫，嘴里甜丝丝的巧克力味道，也记得红石祭的压轴演出，随风暴一起降临的歌剧王子。她的人生已经融入红石，她最美好的回忆全在这里。

她希望幸福永不流逝，爱的人永在身边，她希望"岚组"永不完结。

可是不能。

每个人有每个人的路，每个人有每个人的未来。

成长多么残酷呀。

你说留下吧，留下吧，把那些闪光的回忆都留下。

可还是要提起行囊，大步前进，从此不再回头。

英语老师还在台上讲课，目光落下来，发现唯一的学生眼眶红了。

"唐桃，听不懂吗？我讲的很难？"老师连忙问。

唐桃摇摇头，把脸埋进书里。

晚上，唐桃收到直叔的短信。

给你安排了压惊宴，有时间就过来。父

唐桃盯着那个"父"字看了好一会儿，庆功宴倒是听过，压惊宴又是什么东西？夏姜刚洗完澡，头发湿答答地从浴室走出来，路过她身后瞄了眼，说："找借口见你呗。"

"那……我出去一下？你一个人在宿舍不要紧吧？"

"快去吧，回来给我带点儿点心。"夏姜说。

唐桃到达柳原堂门口，理理裙摆，又捋了捋头发，低头打量自己。近乡情怯，或许就是这个样子。

唐桃慢慢向包厢靠近，还没走进去，就被小刘发现了。唐桃现在对小刘的脸还有阴影，小刘却不，看见唐桃嘴咧得老大，一迭声喊起来："喂喂，小姐来了，你们都把酒放下！出来迎接了啊！"

一大群人嗡嗡围过来，事先喝过几杯，身上都带着酒味儿。唐桃被柳原堂的人围在中间，一双双带笑的眼睛——小刘、小李、曲婶、前台小妹，一只只手伸过来把她往里拉，嘴里说："哎哟，我们可憋死了，人人都知道直叔是谁，偏要集体瞒着你。小姐啊，你以后掌管柳原家可要对我们好点儿，要涨工资，不能小气哦！"

唐桃脸红了，耳朵也红，像整个人泡在酒里。这个"压惊宴"设在柳原堂最贵的包厢，一米乘两米的红漆木桌上摆满了丰盛的料理，甚至还有八只从北海道运来的帝

王蟹，通体橙红，大得吓人。众人把唐桃拉到桌边，倒酒的倒酒，剥螃蟹的剥螃蟹，小刘说："喏，这桌直叔……不，家主是下了血本的，冰岛的鱼子，北海道的螃蟹，5A雪花牛肉，贵得要命。小姐您千万别客气，委屈了这么多年，好歹要多吃几顿补回来。"

"是啊是啊，我们今天是沾光了，来，走一个！"小李端起酒杯到处乱碰。

"他呢？"唐桃左右看了看，轻声问。

"你说家主啊？他在后面忙活呢，说要亲手烧点儿东西给你吃。"小李喝得舌头都大了，含糊地说，"好像是什么甲鱼汤，补气血的。"

"是莲子羹。"

包厢门口传来无奈的声音。直叔眉眼深沉温和，围着围裙，还是唐桃熟悉的那副样子。

直叔走进来，蹲下，把托盘上的莲子羹放在唐桃面前。桌上摆满了从世界各地运来的顶级美食，但直叔还是想亲手给唐桃做点儿东西。

"这两天柳原堂歇业整顿，没什么原材料，我翻了半天只找到莲子。"直叔望着唐桃，声音里有点儿小心翼翼，"尝尝看好不好喝。"

唐桃拿起勺子，尝了一口。抿抿唇，用力点头："很好喝！"

"那就好。"

几十年的老牌糕点师，第一次给女儿做吃的，手依旧紧张得出汗。糖会不会太多，勾芡是不是太黏稠，在别人面前他是叱咤风云的柳原家家主，但在唐桃面前也不过是个紧张的老父亲。

直叔的目光落在唐桃耳朵上，一愣："你穿耳洞了？"

唐桃看他一眼，点头。钻石耳钉在发尾一闪。

"唐桃，有些事情你需要知道。"直叔细细地打量她，用低沉的嗓音缓缓说，"你用唐桃这个名字生活了十几年，只要你愿意，可以不用改。现在家里还有一些事情要处理，要善后，等你高中毕业，我就带你回一趟本家，带你认认人。你是有家的人了，以后在街上挺直腰板，不要害怕，谁欺负你，就报柳原社的名字。"直叔顿了顿，声音有些发颤，"过去你受的苦，我心里都清楚，对你的亏欠，我也会尽力弥补，所以……所以……"

直叔说不下去了。

唐桃默默地盯着男人发红的眼眶，端起莲子羹，咕噜咕噜一饮而尽。

"这个很好吃。"唐桃说。

Chapter 09
毕业 × 舞会

"再给我做一碗吧,爸爸。"

第二天,唐桃正式从教务处接过策划书,着手准备毕业舞会事宜。

常清还在歌剧团,为他们赶制歌剧《浮士德》的道具,唐桃一大清早拎着好多慰问品,跑去向繁忙的常清取经。

常清简单翻阅了策划表,说:"毕业舞会没有红石祭那么复杂,大体上分为场地、音乐、食物和赞助四个方面。其中场地和赞助最重要,搞定了这两个,其他的就容易了。"

"赞助?"

"对,一场活动的开销是巨大的,但学校提供的预算都有限,我们一般会找一些赞助商,负责食物和酒水的供给。食物方面要注意有荤有素,方便素食主义者,学园里禁酒,所以酒水用一些软饮即可。红石祭的赞助基本上是莫明雪拉的,你可以问问她,今年有没有可以利用的资源。"

唐桃头埋在笔记本里,笔走如飞:"懂了!"

"场地方面,看你想在室内还是室外,室外场地需要搭建舞台、置放桌椅,室内场地也要注意乐队和音响的布置。只是建议,你可以向学园长申请湖底歌剧院的使用权,我听他们说歌剧院已经经过二次修缮,正计划着投入使用。"

"哦,哦!"唐桃点头如捣蒜。

"还有,这次毕业舞会针对的是整个红石学园的毕业生,人数众多,或许他们也会策划一些表演节目。你可以和各班的班长沟通,统计他们的演出项目,排出时间表进行彩排。此外,毕业舞会的传统是由岚组开舞,你也需要统计一下各自的舞伴名单。"

唐桃听得一身鸡皮疙瘩,天哪,这么多事情要在一个月内弄完?常清见她脸色越来越青,琥珀色的眸子闪了闪:"你把事情都揽在自己身上,就是这样的后果。毕业舞会是由学校主办的,各方关系都还好打点,但一旦走入社会,彼此的利益关系非常复杂,难度会成倍增加。你不妨拿这次的活动练练手,注意把过程都记录下来,或许以后用得上。"

唐桃一愣:"夏炽是不是跟你说了什么?"

"他和我打过招呼,希望我教教你活动策划。"常清调整着手里的舞台道具模型,缓缓说,"上次的红石祭办得不错,期待你这次的表现。"

唐桃像打了鸡血一样,马不停蹄地开始着手打点各方事宜。

首先是场地,湖底歌剧院虽然够大,但不方便跳舞,唐桃向教务处申请改造一部分蔷薇迷宫,搭建室外舞池,这样想看表演的人可以进入歌剧院,而想休闲聊天的可以在室外活动。唐桃本来以为自己小白人一个,会遇到很多阻力,没想到第二天场地就批下来了,听说是学园长亲自审定的。

"那个小姑娘还有什么需要,尽管说。"来自学园长。

唐桃备受鼓舞,按照常清的指点,拜托老师转达了想让各班级表演节目的想法。没过几天,雪片一样的反馈单拿回来,唐桃一看,一个头变两个大。

瞧瞧这都是什么节目申请——特色京剧表演、红石学园杂技团汇报演出、东北二人转,甚至还有学园猛男健美秀……

拜托,这可是舞会啊舞会!

唐桃把能用的放一堆,不能用的放另一堆,整理了一上午,只有一支学园乐队的演奏申请可以批准。

之后联络各个班级,让他们重新申报表演项目,又要花很长时间。

唐桃先把演出放一边,开始打点赞助问题。岚组毕竟人少钱又多,每个人都长袖善舞,唐桃在QQ里拉了个"岚组"的群,很快就收到回复。

"食品赞助?简单啊,我这儿正好和李总谈生意呢,我问问他。"莫明雪很快回复,过了一会儿,说,"成了,他们公司赞助西餐冷热食,你到时候把参会的人数报给我,这件事我来帮你办。"

"月城家可以提供茶点和饮品,这对我们家的产品是个很好的宣传机会。"月城田回复,"唐桃,你要不要问问柳原社的人?柳原社的甜点最近也要出新了吧,如果是针对学生群体的,是个很好的宣传机会呢!"

唐桃哪里想得了这么深,连忙做笔记。

"我家产葡萄酒的,估计用不上。"阿娜妮回复,"不过我在水果的供销渠道上有点儿人脉,瓜果什么的就交给我吧。"

不过短短三分钟,赞助的问题就全部解决了。唐桃心花怒放,顺便在群里统计一下舞伴。

结果出人意料。

月城叶:"毕业舞会那天月城家有家宴,我没空啊,估计田也不行。"

月城田:"抱歉啊,唐桃。"

阿娜妮:"那天我和朋友约好去玩通宵哩!"

莫明雪:"是啊,我也有聚会,没法来了。"

越七:"……"

唐桃愣在手机前,整个人从头凉到脚。红石最后的活动,最后的相聚机会了呀,一个人都不来?

"唐桃,你应该不知道,那晚《浮士德》首演。"常清说,"我可以来,但夏炽这次是主演,肯定来不了了。"

唐桃咬着嘴唇,脑袋里嗡嗡作响。她这么兴冲冲地接下策划,每天都工作到凌晨两点,就是为了能在毕业前给大家一个美好的回忆,为高中生活画下没有遗憾的句点。结果谁都没把毕业舞会当回事……是啊,对他们来说,事业与前程如此重要,反而显得唐桃太傻。

没过一会儿,莫明雪私敲:"你问了他没有?"

"谁?"

"菊啊!他不是岚组的啊?"莫明雪急了,字打得飞快,"他在国外,你就真的不跟他联系了?这次毕业舞会也不叫他回来?"

"我不是不想叫他……我是……"

唐桃不知道该怎么解释。在她心里,菊一直占据着重要而特殊的位置,她比世界上任何人都更希望他幸福,所以不知道该不该主动打扰。唐桃心里乱成一团,视线飘到宿舍墙头挂的那幅画上。

菊啊……

我到底该怎么办?

"你们俩总有人要先走出这一步,难不成让他主动来求你吗?菊在意大利的号码我发给你。"莫明雪叹口气,"你自己做决定吧。"

唐桃握着手机,两眼放空盯着屏幕。过了一会儿,宿舍的门敲了两声,夏姜推门进来。

"我去任萱那儿,今天她下课早。"

"哦,好!晚饭回来吃吗?"

"不回来吃了,和她一起吃。"夏姜背着书包,一副欲言又止的样子,过了一会儿,抬头看唐桃:"我可以参加毕业舞会。"

所以,不要难过。

唐桃心里一暖,像被一只小猫亲昵地拱了拱手心。她走到夏姜面前,揉了揉他的头发,说:"好。"

唐桃不知道,菊的电话早就打不通了。

当初他说要去最远的地方,弄得空姐莫名奇妙,地球是一个圆形,哪有什么地方是最远的。菊一拍脑袋,心想干脆去北欧吧,远不远不知道,但怪冷的,符合此刻的心境。

三个小时的飞机行程,他踩上挪威的土地。寒风呼啸,鼻涕冻在脸上,眼珠艰难地转动,整个人变成一尊一米八几的冰雕。

很好,就从这里开始吧。尽情地放纵,尽情地流浪,直到心里的伤痛平复为止。

菊缩头缩脑地在机场买了件羽绒服套上,这里最高温度三摄氏度。他来的时候没有计划,想着先去街上继续画画赚钱,可这儿这么冷,猫猫狗狗都不闲逛,就算他在街头蹲得住,也没人愿意站那儿给他画呀。菊在青年旅社里租了个床位,每天早上起来,去楼下的咖啡馆画速写。意大利的电话卡不能用了,但菊记着卡伦的嘱咐,这个月的主题是"天空",月底要交给他。

挪威的天空是什么样的?

冰冷的灰蓝,像盲人的梦境,日光永远是清冷而熹微的,晒在皮肤上没有暖意。他在挪威待了一周,突发奇想,什么时候寻找到让自己满意的天空,就什么时候回去。

从挪威到丹麦,从丹麦到法国,从法国到瑞士,再从瑞士到德国……他的旅行没有计划,也不管路线长短,兴之所至,说走就走,没过多久那点儿积蓄就花完了。菊长得帅气,性格又讨喜,不管走到哪里,总有吃饭的方法。要么帮人画画,引起一众当地少女的围观;要么就在咖啡馆里打工,求包吃住,只要他提出来,从没听见一个"不"字。他的人生前所未有地自由,彻底挣脱过去的束缚,他发现只要有谋生的手段,对未来不做计划,那么周游世界也不是梦想,流浪一生也并非没有可能。

这个月里,他遇到各式各样的人。带着两岁的金毛狗在街头乞讨的乞丐;用活乌龟做占卜的吉卜赛女人;有边境站岗的军人,说的英语菊一个字也听不懂;有住在船上的年轻富豪,每天驱船去深海里喂鲨鱼。菊的速写本越来越厚,有些涂在报纸上,有些画在咖啡厅的纸巾上。原本绑在脑后的金发变长,用别人送的丝带绑起来,皮肤晒黑,显得那双祖母绿的瞳仁愈加幽深。

渐渐地,他有了固定的外号。

旅途偶遇的一个小报记者采访他,请他吃了顿饭,叫他"金发的异乡者"。

他还记得卡伦的嘱咐,每到一个国家先画天空。法国的天空多云又多情,德国的天空森蓝壮丽,瑞士的天空最美,蓝得像块宝石,但菊总觉得缺了点儿什么,笔落在画纸上,发出低声的叹息。

西班牙的小姑娘让他留下，美丽的眼睛里满是爱慕；土耳其的画家让他留下，希望他成为画室的一分子；城市里的街头乐队让他留下，说他的外形很适合做贝斯手；乡村里的老妇让他留下，她的儿子去世多年，希望有个人陪着说说话……

旅行途中，无数双手发出邀请。

无数张嘴笑着说：留下吧。

留下吧。

找个地方留下吧。

可菊不能。

他的内心依旧躁动，指尖依旧发痛。在每个夜深人静的晚上，都能听见灵魂中呼啸的风声。

一月后，菊到了荷兰，这个有着风车和郁金香的小国，在冬天依旧美丽动人。他先在阿姆斯特丹待了两天，又辗转去了鹿特丹，最后在海牙旁边的一个小村庄落脚，想画画田野上随风转动的巨大风车。

在那里，他遇见了一个人。

Evan。

八点的清晨，阳光晴好，Evan穿着一条鹅黄的长裙，外面套着白色毛衣。她推着一个坐在轮椅上的中年人，缓慢而悠闲地往山坡上走，在风车巨大的阴影下，一起晒太阳聊天，裙角猎猎飞动。从菊的角度看不见中年人的脸，但从Evan脸上的笑容，菊预感那就是T先生。

"在我四处旅行之前，也曾经爱过一个人。他的妻子很早之前就去世了，我一直留在他身边，我们几乎天天都见面，但我从没机会跟他表白。"

……

"可是，菊啊，只有爱情的人生是不幸的。虽然它看似是这个世界上最美好的东西，虽然拥有它的感觉非常甜美，但我希望你的人生中，并不只有爱情。"

晨风静静吹拂。

朝阳包裹着山坡上的两个人。

寂静的海牙不知道，它的土地上隐居了两位世界上最有名的画家，他们在寻找到彼此后抛下名声与财富，变成一对相依为命的普通人。

菊没有惊动Evan，也没拜访传奇的T先生，而是转身在市中心的一家咖啡馆里要了杯拿铁，问店主借了台电脑上网。

登录邮箱，邮箱早就炸了，大多是卡伦发来的，标题里一连串感叹号。

他错过了要交作品的日子，一个月下来，没找到满意的天空。说实话，菊对卡伦非常愧疚，尤其还不能告诉他Evan的事情，就更加愧疚。

菊：

你真是够了，我发了三十封邮件，你一封也不回，你瞎了吗？看不见吗？啊？

这个月的参展画作截止，我刚交上去，没收到你的。你必须清楚，下个月月底是你最后的机会，如果那时候你再不出现，兰铃会就永远与你无缘了。不仅Evan的心血白费，就连T先生的门楣也会因为你蒙羞。你好好用那颗长满杂草的脑袋想清楚！

下个月的主题出来了，是"梦"。

你还有一个月时间，月底之前之前滚回来。

卡伦

菊抿口咖啡，笑了，似乎能透过屏幕看见卡伦咬牙切齿的脸。除了他的邮件，剩下的都是订阅信息和广告，菊刚想关掉网页，一封新邮件进来。

"发件人"是个QQ邮箱，标题也是空白，菊看了眼表，现在国内应该已经入夜。菊随手点开，看到第一行，放在触摸屏上的手指一抖。

菊，我是唐桃。

你的电话打不通，我只好发邮件给你，但愿这个邮箱你还在用。你在意大利吗？过得好不好？下个月月底是学校的毕业舞会，我负责策划，希望你能回来。最近发生了好多事，也出了很多意外，我有很多事情要跟你讲，希望你依旧想听。

你说过，在任何我需要你的时候，你都会出现。

我们见一面吧。下个月二十五号，晚上八点。

我等你来。

菊的视线定在屏幕上，感觉到心脏怦怦跳动。三个月，悄无声息的三个月，他活得如同行尸走肉，直到现在才明白理由。他的心寄放在她那里，他的脑袋里全是她的身影，失去了心的旅行，到哪里都是流浪啊……

午后的阳光落在左手戒指上。金色的闪光。

Coraje。

勇气。

菊站起来，把买咖啡的硬币丢在桌上，起身还电脑。热心的荷兰店主打量他，这个刚进店时失魂落魄的年轻人，此时在吧台前站得笔直，眼里流露出坚毅的光，整张脸完美得犹如中世纪油画上的天使。

店主从身后的花瓶里取出一枝玫瑰，递给菊，看见那双绿眼睛里错愕的神色。

Chapter 09
毕业 × 舞会

"这是美好的一天。"店主微笑，"帅哥，祝你幸福。"

×市歌剧院。

《浮士德》的排练正式开始，如夏炽所想，遭遇了巨大的阻力。

在他刚进剧团，被向导无限排挤的时候，大家的关系都还算不错，经常有人跑过来安慰他不要灰心。可现在他抢了原男高音的角色，一跃成为剧团最重要的演员，剧团的矛盾开始激化，恶意的暗流在演员间涌动。

向导在的时候倒还好，毕竟他才是最讨人厌的那个，大家同仇敌忾一致对外，没人想起来为难夏炽。向导一离开，气氛立变，别说邀请演员留下来对戏，他们根本看都不看夏炽一眼。

夏炽无所谓，他最不爱和别人合作，一个人反而效率更高。但歌剧毕竟是合作的艺术，光他一个人唱得好根本没用。

"停！怎么搞的？你和浮士德是情侣，不是仇人，没有一点儿眼神交流吗？"向导用力敲着剧本，心里冒火，"你站那么远干什么？我能吃了你？"

女高音脸上一阵红一阵白，她演唱的是《浮士德》中最有名的咏叹调，玛格丽特的《珠宝之歌》。唱曲情绪激昂，富有感情，但女高音的状态很不好，导演一直掐着她不放。夏炽站在一边，目不转睛地背台词，闻言插了一句："这段词确实难唱，你可以咬词快一些、轻一些。特别是刚开始这句——'高贵的人才会这样举止优雅，这样风度翩翩'……"

女高音立刻出声打断："别对我指指点点，我知道怎么唱！"

夏炽的视线冷冷扫过去，女高音马上转过头，不和他对视。向导烦躁地抓了抓头发："会唱你就好好唱，别在这儿浪费大家的时间！"

剧团的气氛异常凝重，在向导的骂声中，大家的脸色发青。夏炽看了眼表，平静地说："向导，中午了，要不要先吃午饭？"

"吃吃吃，吃什么吃？给我练，不练好谁都别吃午饭！"向导气急败坏地走向后台，还不忘把剧本摔在地上。

夏炽沉默地收拾东西，打算找个空旷的地方自己练习。还没收拾完，手腕被一个人扣住。

是男高音。

"哟，才上任几天啊，就敢跟向导提意见？我看你之前都是装的吧，说，给了多少钱向导才把这个角色卖给你？"

"他让我演浮士德,我也是那天开会才知道的。"

"喊,得了吧,要是没关系,谁敢用你这个高中还没毕业的毛头小子?"男高音满是轻蔑,伸手捏住夏炽的下巴,"要不然,就是看上你的脸,你这小子,长那么漂亮干吗?"

"注意你的手。"夏炽眼神凌厉了。

男高音被他忽然阴沉的眸光扎了一下,连忙松手,不知道为什么有点儿心虚。他转过身,对朝这里看来的演员们说:"大伙儿,这夏炽不是很有能耐吗?我们谁都别跟他对戏,让他唱,自己唱。我倒要看看他怎么一个人撑起整场歌剧。"

四周一阵哄笑,人人都在看戏。夏炽面无表情地拎起包,抬腿往后台走。

可怜之人必有可恨之处。

他们不把时间花在磨炼技艺上,不知道提升自己,反而对搞内斗大有兴趣。夏炽无法理解这些人,也不屑于去理解,他做事从来只求完美,眼睛不会在败者的身上落下哪怕一秒。

他抱着参考资料,一出剧院门,又看见向导坐在台阶上愣神。夏炽本来转身要走,想了想,还是折回来:"向导,我觉得你的说话方式有问题。"

夏炽一贯直白,口气不容置疑。向导:"哦?"

"现在才刚开始排练,剧本唱不熟很正常。他们不是特别坚强的人,被你这么骂,我担心他们后续表现更差。"

向导抬起头看他:"你是担心他们还是担心你自己?"

"我从不担心自己。"夏炽回答。

向导忽然笑出了声,颤悠悠的,拍了拍屁股旁边的台阶,示意他坐下。向导瞥了眼夏炽的包,问:"出去练习?"

"对。"

"如果人人都像你这样自觉,我怎么可能冲他们发火?但你要明白,歌剧本来就是正在消亡的艺术,如果演员不做到最好,谁还愿意花钱买票听枯燥的意大利腔?我们的女高音,她为什么唱不熟?因为她三十岁了还没有稳定的工作,每周都在大学里兼职做声乐陪练,很少有时间练习。那个被我淘汰的男高音呢?他的女儿刚上小学,要存将来昂贵的择校费,夜里也出去打工,经常顶着朝阳回家。"

夏炽一怔。

他以为剧团里的人都有正式编制,工资即使不高,也不用到处讨生活。

"歌剧演员的生活远比你想象的艰难,特别是对于没名气的剧团。他们不像你是有钱人家的少爷，但正因为如此，才更要把所有的精力和时间都放在排练上。只有唱得好，才有观众，只有唱得好，剧团才能打响名气，他们才能真正靠歌剧吃饭。"

"你以为他们不爱歌剧吗？"向导笑笑，"他们都爱，甚至比你还爱，但他们付出的远远没有你多，才导致今天这种局面。所谓梦想哪是温柔美好的东西啊，它是恶魔，是《浮士德》里的梅菲尔特，要榨干你身体里的最后一滴血哪！我也想扶起他们，我也想打响剧团的名声，可他们个个都是阿斗，你说我怎么能不气？"

向导在地上重重捶了一拳。

夏炽沉默了半晌，道："你为什么要选我做主角？"

"一开始不让你上场，是为了激励他们。但现在这方法不管用了，只有让你站在舞台中央，让他们真正意识到和你的差距，才有拯救剧团的可能。"

向导刚说完，忽然听见夏炽笑了一声。夏炽站起来，拎起包，回了句奇怪的话。

"好。"

次日。演员们鱼贯而入会议室，看见夏炽站在房间中央。

"哟，我们的男主角来得挺早。"男高音出声讥讽。

"昨天我看他在门口和向导聊什么，今天向导都没出现。怕是他买通了剧团上层，把我们向导也给换掉了吧？"

"这倒是好事。"饰演"瓦伦廷"的男中音说，"我早就看向导不爽了，但我看这小子更不爽。"

一片嗡嗡的议论声中，夏炽面无表情，笔直地站在白板前面。等大家都落座了，夏炽把会议室的门关上，"砰"的一声。

视线全部集中在他身上，男高音皱眉。

这小子，今天有点儿奇怪。

"今天向导身体不舒服，我代替他组织大家排练。我们接上昨天的内容，从第三幕的《珠宝之歌》开始。"夏炽拿起水笔，在白板上写画，"上次已经提到，这段唱词中高音较多，表现的时候不能太急进，特别是第二段的第三句……"

"等等，你是不是搞错了什么？"男高音站起来，脸都笑红了，"你只不过是个演员，又不是导演，凭什么站在上面指手画脚？真当这儿是高中教室了？"

女高音今天穿了条长裙，两腿交叠坐在椅子上，冷眼看着夏炽。夏炽毫不动容，转身平静地说："做得不好的地方必须改正，这和我是谁没有关系。"

"做得不好，嚼，你才十几岁，听过几年歌剧，上过几次台？别以为向导对你青

睐有加,你就真是个人物了!"

会议室里嘘声一片,没人喜欢狂妄自大的小子,尤其这小子刚抢了男高音的位置,长得还这么帅。夏炽微微偏头,没有一丝不悦,嘴角反而勾起笑意——这些人真是容易被煽动。

"可以,既然你们都觉得我不配做主角,我就给你们一个机会。"夏炽把笔帽按回笔头,"啪嗒"一响,"今天上午,我公开接受大家的批评与指正,凡不服我的,都可以向我挑战,如果我输了,浮士德的位置拱手让贤。"

夏炽天生一张冷脸,自带高冷属性,再加上笑容轻蔑,眉宇锋利,俨然就是睥睨众生的自恋之神,根本不把他们这群人放在眼里。男高音好面子,第一个炸了:"好啊!这可是你说的!输了不要后悔!"

"我说话一向算数。比试的内容可以由你们定,甚至不一定要和歌剧有关。无论比什么,我都不可能输给你们。"

会议室一片哗然,我的天,这小子到底是多自信啊!男高音气得眉毛倒竖,完完全全进了夏炽的套,女高音一直冷眼旁观,直到这时才淡淡出声:"为什么要这么做?即使不比,主角的位置也是你的,这场赌局对你没有好处。"

夏炽摇头。他随便站着身形都很挺拔,像随时随地身处聚光灯下,有种独特的美感。

"我做主演,大家都不服我。与其把这种情绪带进演出,不如早点儿解决。"夏炽眸光一转,"你觉得呢?"

女高音被他的眼神烫了一下,头偏向一边。

男高音立刻站起来,转身对演员们大声说:"大家都听见了,我们新晋的男主角要给我们一个下马威,大家有什么想法随便说,千万别怕伤感情。等今天排练完,我请大家喝酒啊!"

下面立刻一阵欢呼,大家在向导那儿积累了半年的压力,好不容易有个发泄的机会。有人提议两个人对拼唱功,有人提议两个人分别试装、最像浮士德的获胜,甚至有人提议包剪锤,被男高音一一否决。

和夏炽比拼,确实不能牵扯到唱功,谁不知道那小子嗓子好得像蓝光碟似的,谁能比得过?

有什么东西,是自己有而夏炽没有的?

男高音的视线猥琐地在夏炽脸上转两圈,忽然想到一条毒计。他"嘿嘿"冷笑两声,叉腰:"夏炽,你刚才说的,比什么都行?"

夏炽不吭声,算默认。

"那好,现在是排练期间,大家的时间都很宝贵,我们不如来个简单的。"男高音从会议室的书架上挑出几本歌剧唱本,摔在桌上,"我们就背唱词,让他们随便抽,精确到哪一曲的第几段第几句。"

女高音吃了一惊,她觉得男高音做得也太过了点儿。剧团里的老成员都知道,他从书架上抽的几本都是以前演过的,自然记得唱词,但夏炽今年才多大,就算再怎么喜爱歌剧,也不可能把唱词全部背下来。这已经不只是以大欺小了,男高音为了争口气,连最基本的尊严都丢失了。

"别比了吧。"女高音说。

谁知夏炽的反应让人非常不解。他上前几步,手指轻轻抚摸过桌上的唱本,像抚摸心爱之人的脸颊,随后闭眼,气定神闲地说:"请吧。"

男高音脸上露出一抹狞笑。好啊,就让这个不知天高地厚的新人,尝尝在所有人面前出丑的滋味。

他随手拿起一本剧本,说:"《自由射手》(*Der Freischütz*)里的《猎人进行曲》,第三、第四句。"

他出的第一题就很刁钻,《猎人进行曲》并不是《自由射手》中最出名的曲目,夏炽这个高中生或许都没听过完整的。男高音正扬扬得意,心想结束后该请大家吃什么,思绪还在火锅和烧烤间徘徊,没料到那边已经开口了。

夏炽嘴唇轻启,发音准确动听。

山中渺无人踪,只有我们打猎喜相逢,东方天色朦胧,遥看红日登山峰。

山上朝霞映照,林中小鸟成群飞高空,万木逐渐凋残,只剩枯枝迎秋风。

提枪去打猎,觅熊窝,探虎洞,踏落叶,穿荆丛,见兽迹,乐无穷,猎犬真猛勇,领我们向前进攻,野兽难幸免,人人射击都命中,看虎豹和豺狼在乱逃乱冲。

我们从早到晚上山勇敢打猎,兴高采烈,从山前到山后,枪声四起,鸦雀乱飞,猎罢归来,月上东山,帐篷里庆战功。

帐篷里庆战功。

他不仅把第三、四句背了,他把整首唱词全背了。男高音眼珠子差点儿瞪出来,赶紧看了剧本的封面一眼,确定上面没印什么提示。

不可能吧?

肯定是巧合。

他扔了手上剧本,拿起《三个橘子的恋爱》。如果上一本《自由射手》只是刁

钻，这本《三个橘子的恋爱》就是刁难了。这部歌剧是由俄罗斯的普罗科菲耶夫根据童话剧编写的，内容比较小众，知名度不高，甚至很多老牌的歌剧演员也没接触过。

夏炽睫毛一颤，双眸在剧本上一点，瞬间溅出光芒。

男高音带着笑的声音响起："《三个橘子的恋爱》中，《国王万岁》。"

夏炽眼睛都没眨，立刻报出唱词，声音干净有力，像士兵踩着整齐的步伐列队出征。男高音脸色难看至极，猛地把剧本摔在桌上，又翻开另外一本。

夏炽没什么意见，陪他演这出闹剧。他的书房可谓古今歌剧大全，完整得能直接成立主题图书馆，这种本事自小培养，大多数的本子都嵌在脑袋里。别说现在让他背词，就算要他站在台上倒着唱，也是张口就来。

对他而言，歌剧就是生平挚爱，人要蠢成什么样，才会叫错所爱之人的名字？

连续四五本下去，夏炽没有错一个字。每个字都像千斤的棒槌，狠狠砸在男高音脑袋上。

一只纤细的手扣住男高音手腕。女高音摇摇头，对他说："适可而止。"

男高音这才抬起头，看见周围人的眼神。有同情，有失落，更多的是怜悯——对一个人向一个神发起挑战的怜悯。

夏炽和他是不同的，完全不同，有如云泥。

男高音死死咬住嘴唇，忽然把剧本全部掀到桌子下面，大步走了出去。夏炽目送他的背影，闭了闭眼，他没有羞辱别人的兴趣，但有些威信一定要树立。

如果不能用隐忍来感化，那么就用实力来征服。

从这一刻起，他来做剧团的灵魂，来做剧团的神。

"请你帮我一个忙，把大家带到舞台上，今天一天都是我们的排练时间。"夏炽看着女高音，声音清朗，"这次演出的排练时间很短，剧本也较难，我需要你们百分之百配合，将自己的实力发挥到最好，才不会辜负前来观看的观众。"夏炽视线缓缓后移，掠过演员们一张张苍白的脸，"可以吗？"

他彬彬有礼，神情却不容拒绝，俨然是掌握权力的王者，在向臣民下达指令。

过了一会儿，稀稀拉拉响起迎合声，大家都拿好东西，排好队往后台走。

女高音留在最后，神色复杂地看着夏炽："你太强硬了，或许他们此时会配合你，但心里肯定有意见。"

"你错了，需要他们负起责任的是歌剧，不是我。"夏炽拎起包，口气平淡地说，"你是为了谁而站在舞台上的？难道不是你自己吗？"

女高音的手一抖。她忽然想起自己年轻时在音乐学院向老师夸下的海口，和十几

Chapter 09
毕业 × 舞会

年后站在教室后面做助教的自己。这么多年，她往返在工作与舞台之间，一直在生活与梦想间挣扎，早就忘了表演带来的甘美，嘴里只剩下抱怨与痛苦。是啊！她是为了谁每天早起半小时，在梳妆台前描画精致妆容，确保每次出现在剧院的都是高傲而完美的自己？是为了谁穿起华服、张开双臂，在聚光灯下演绎百年前的悲欢离合？

难道不是她自己吗？

"我在舞台上等你。"夏炽简短地说。

女高音站在桌子前出神，涂着口红的双唇微微颤抖。

会议室门口，被道具遮住的阴影里，向导抱着手臂。他不动声色地听完全程，嘴角浮现耐人寻味的笑容。

在招夏炽入团前，他就从Lukas教授那儿听说，这是一头幼狮。

可他哪里是狮子。

根本就是一条龙啊……

莫氏珠宝分店。总经理办公室。

莫明雪十根手指在键盘上飞快敲击，办公室里回荡着"嗒嗒"的声音。她的指甲是刚做的，一点五厘米长的指甲上贴满了水钻，奢华大气，还一点儿都不影响打字。莫明雪说这是商业系美女的基本能力之一，和穿十厘米高跟鞋赛跑是一个道理。

办公桌旁，还有一个人一目十行地浏览文件。陆长歌推推眼镜，灰色的冷眸飞速扫过报表，在脑袋里直接完成运算。

莫明雪手上敲得起劲，其实是为了掩饰内心的忧虑。进办公室两个小时了，陆长歌坐下来就开始看文件，全神贯注，几乎没和她说过话。

拜托，究竟谁是老板啊？

莫明雪想了想，按下桌上的呼叫器。美女秘书敲敲门，冲莫明雪一鞠躬："小姐，有何吩咐？"

"倒两杯红茶来。"莫明雪斜了陆长歌一眼，补充道，"一杯加糖加奶，一杯什么都不放。"

莫明雪被自己感动了，看吧，这也是商业系美女必备的收拢人心手段。想想看，她莫大小姐这么优秀的女生，居然能在红茶的口味上关照你，你还不原地兴奋地转三圈，顺便磕个响头？

陆长歌头都没抬，对莫明雪的话充耳不闻。一会儿，秘书端着茶进来，把白瓷杯连着托盘放在陆长歌面前："陆先生，请喝茶。"

陆长歌目不斜视,镜片上映着电脑屏幕的蓝光,"嗯"了一声。

莫明雪眉一凛,"嗯"是什么意思?

她的一双美腿交叠在办公椅上,转来转去,心神不宁。过了一会儿,她又把秘书叫进来。

"小姐,有什么吩咐?"

"今天的晚饭你从叙苑亭叫,一份日式肥牛套餐,一份金枪鱼盖饭。记住,让他们附上磨好的芥末。"

"好的。"秘书乖巧点头。

莫明雪晃了晃脑袋,瀑布一样的乌发甩来甩去,有点儿得意。叙苑亭是离公司不远的日料店,上次她带陆长歌去过,陆长歌似乎很喜欢里面的金枪鱼。看吧,她连他加芥末比较多都记得,这还不是好老板?这还不是好同学?

莫明雪得意扬扬,等着陆长歌感谢。

陆长歌飞快地扫了一眼电脑右下角——三点半。这个点就惦记晚饭,她是饿死鬼吗?

"你手里的东西做完了?"陆长歌冷冷开口,"没记错的话,你明天会上要用吧?"

莫明雪嘴一撇,手指敲着桌子:"我休息一下不行啊!"

陆长歌不理她,鼠标点得飞快,搞得好像他才是莫氏珠宝的继承人,莫明雪不过是个打酱油的。

莫明雪总算坐不住了,好啊,在这儿跟她装用功。再努力有什么用?每个月的工资不就那么点儿吗?

莫明雪往后一蹬椅子,站起来:"速度快有什么用,数据要正确才行。"

陆长歌把笔记本朝前一推,疲倦地伸了个懒腰:"随时欢迎检查。"

"被我找到错你就完蛋了。"莫明雪气呼呼的。

她把陆长歌从座位上赶下来,开始计算Excel(一款试算表软件)里的数据,前两年父亲没给她配助理,这些事一直自己做,现在也没生疏。莫明雪脸贴着屏幕,一条条往下看,没错,没错,还是没错……

好气哦。

莫明雪脑袋飞快运转,想换个角度找碴儿,眼睛忽然落在茶几上的文件上。文件全部用订书机订好,按照月份排在一起,中间插着一张纸,上面的logo很熟悉。

是学校发的大学志愿表。

莫明雪的后背僵了下，看陆长歌没留意自己，才缓缓收回目光。

她的人生早就确定了，作为特招生去美国学管理，毕业后继承莫家的生意。但陆长歌呢？他不是破产了吗？

莫明雪眼珠转了转，忽然说："去帮我买杯咖啡。"

"叫你秘书去。"陆长歌说。

"她去买饭了。"

"那叫你那个部门经理去。他不是天天蹲在你办公室门口等吩咐吗？"

"他办事我不放心，不是少放糖就是少放盐。"

"喝咖啡还放盐，真不愧是莫大小姐。"

莫明雪耳朵红了，一拍桌子："叫你去你就去，我是老板还是你是老板？就街口那家星巴克，拿铁，热的，快点儿！"

陆长歌两只手背在后面，懒洋洋地靠在沙发上。他灰色的眼睛眯成一条缝，晶亮的视线扫过莫明雪发红的脸。

"我可以理解成，你要支开我吗？"他忽然压低声音，身体前倾，猛地靠近她。

陆长歌骨子里是个少爷，一贯注重外表，衬衫领口烫得平整，身上有股淡淡的香水味。莫明雪心里一跳，连忙转过脸，结结巴巴地说："谁……谁要支开你，我口渴不行啊？"

陆长歌眯眼打量她一会儿，撤回身体，那股淡淡的香味离远了。他抓起外套，冷声说："喝这么多饮料，小心发胖。"

莫明雪甚至都懒得跟他吵了，只希望他赶快出去。办公室门合上，莫明雪等了五秒钟，立刻抽出大学志愿表。

上面只填了个名字，其他地方都空着。志愿表有点儿旧了，纸张发软，好像志愿表的主人经常拿着它看，不确定如何下笔。

还没填学校，说明他还没决定去哪儿吗？

莫明雪说不清心里的感觉，有点儿郁闷，又像松了口气。她身体向后靠在椅子上，滋味儿复杂，眼前忽然出现一张放大的脸。

莫明雪猛地一抖，椅子"吱呀"一声。

是陆长歌。

他一字字像下冰雹："我钱包忘拿了。"

他伸出两根手指，把志愿书从莫明雪手里拉出来，看了看："既然你想知道，为什么不直接问我？"

会议室里静得吓人。莫明雪石化中,她快意恩仇的一生中很少偷偷摸摸,唯一的一次还被抓了现行。

她左顾右盼,神情忐忑,想找个理由转移话题。

陆长歌的手机一亮,是唐桃的消息。问陆长歌参不参加毕业舞会。

"对了,我们去参加毕业舞会吧,二十五号那天。"莫明雪赶紧说,"我把会议提前,应该二十四号就能弄完。"

陆长歌蹙眉:"那天不是总部的例会吗?参会三十多人,你说调就调?"

"这事你就别管了,反正我有办法。"

莫明雪从椅子上弹起来,飞快地逃了出去。

收到莫明雪要参加舞会的消息,唐桃悲喜交加。喜的是总算有对俊男美女可以开舞,不至于给岚组丢人。悲的是她这个长得不错的舞会策划者,到现在还没找到自己的舞伴。

她试着向夏姜提出邀请,被对方一口回绝,理由是跳舞不好玩,更何况唐桃比他高,让他很没面子。

夏炽没法指望,菊现在还没回邮件,更加没可能……

唐桃想象着舞池里自己呆站的傻样,欲哭无泪。

"你可以找那个胖子啊!"莫明雪提议,"叫什么来着……对,常清,只要你不怕丢人。"

"有什么丢人的?"

"他胖得跟球一样,你要跟他跳健身操啊?"莫明雪说话依旧辛辣,"要不我让陆长歌找个同学给你,虽然比不上夏炽,好歹比常清强吧?"

"你别这么说他行吗?"唐桃无奈。

"事实就是事实,还不让人说吗?"

唐桃望着桌上的报名表出神,她没问常清的理由绝不是因为他胖,而是对方令人捉摸不透。常清一直隐藏在真夜老师背后,是专职为岚组解决麻烦的男人,性格稳重,办事稳妥,唐桃对他总有点儿敬畏之情。怀着这样的敬畏,要是在舞池里踩了对方的脚,该怎么收场啊?

细细数来,唐桃在红石认识的人就那么几个。要不问柳原堂借借?小刘还算年轻,收拾一下应该还可以吧?

正想着,常清就打来电话。言简意赅:"来歌剧院一趟。"

Chapter 09
毕业 × 舞会

唐桃到的时候正好五点，夏炽的剧已经排练完毕，舞台上空荡荡的。常清见她一直往台上看，问：“要帮你叫夏炽吗？”

"啊，不用不用。"唐桃连忙摆手，"我不打扰他了，你叫我来有什么事？"

常清从抽屉里取出卷尺，话不多说，开始帮唐桃量尺寸。他相当照顾唐桃的感受，手臂一直保持着适当的距离，把尺寸填到表格里，开始在白纸上画图。

"喜欢蓝色还是紫色？"

"紫色。"

"喜欢宝石还是钻石？"

"都喜欢。"唐桃凑过头，"这是要做什么？"

"设计你的舞会礼服，真夜老师拜托我的。"常清回答，"钱他出，你不用客气。"

唐桃回忆了一下，从去意大利开始，几乎每个重要场合的衣服都是常清做的。他从来只办实事，话特别少，即使帮助了你，也懒得让你知道。

和他待在一起，总有种被长辈包容的安全感。

唐桃盯着他的脸看了一会儿，小心翼翼地问："你也参加毕业舞会吧？有舞伴吗？"

常清眼里闪过一丝惊讶。过了一会儿，摇头。

"那……你愿不愿意和我一起？"唐桃说，"不跳舞也没关系，但得在舞池里露露面。"

常清在纸上窸窸窣窣写字的笔停了，他抬起头，那双淡茶色的眼睛落在唐桃脸上，反问一句："我？"

唐桃重重点头。

"你……不怕别人说你？"

"说什么？有什么好说的？"唐桃撇撇嘴。

常清的睫毛颤了颤，眼里闪过一丝笑意。

"好。"他转身继续画图，过了一会儿，补充道，"放心吧，我不会让你丢人的。"

唐桃离开的时候，在走廊里看见夏炽。

他刚排练完一段唱词，站在过道里喝水休息，汗珠一颗颗从额顶滚下，有种强烈的拍写真的感觉。唐桃摩拳擦掌，打算从背后蒙他眼睛给他个惊喜，腿还没动，被人抢先了。

走痴情路线的龙套角色——小雀斑。

现在叫她小雀斑已经不太合适了，那些微小的瑕疵被粉底遮住，衬托出本身五官的精美别致。她穿着一条白色连衣裙，仙气逼人，双手递上干净的毛巾，眼睛里满是崇拜。

夏炽接过毛巾擦汗，简短地说："谢谢。"

小雀斑脸色嫣红，欲说还休。唐桃紧紧扒住墙角，心里打小鼓——夏炽你千万撑住啊，不要因为眼前的美色动摇！

"你唱得真好，每次你排练我都在下面听。"小雀斑说。

夏炽看她一眼："你不用工作吗？"

小雀斑愣了一下："我……我都是工作做完才来听的。"

夏炽心想，后台的工作人员会不会太闲了点儿？

"还有，上次我去热月艺术空间，听到你的演唱了。"小雀斑扭捏地低着头，"我还给你投票了，每次都投，你唱什么都好听，我很喜欢'恺撒'。"

尾音逐渐淡下去，轻飘飘的，像羽毛落入池塘。唐桃悚然一惊——这是表白了？这是变相表白了？抢她一步先表白了？

"'恺撒'不是我。"夏炽脸不红心不跳，"你认错人了。"

唐桃无语。她可能真的不用太担心夏炽沾花惹草，倒要担心他辣手摧花。

小雀斑目光一缩，咬着红润的嘴唇，她现在很漂亮，也有很多人追，为什么夏炽还是不愿意多看她一眼？是因为她不够好吗？

小雀斑从裙子的口袋里掏出一只护身符，双手递过去："这个给你，我自己绣的，希望你首演成功。"

夏炽眉毛动了动，注意力这才第一次落在小雀斑脸上。喜欢他的女生太多了，每天扑过来的都跟航空导弹似的，他能拒绝别人的邀请，也能拒绝别人的好意，但亲手绣的礼物，需要慎重对待。

他并不想要，但话不能说重。他还记得高一那年没经验，扔掉了一堆手工礼物，最后被教导主任请去喝茶，说拒绝可以，请拒绝得委婉点儿。

委婉点儿……

夏炽想了想，说："对不起，护身符我已经有了。"

说完，掏出手机，晃晃上面的吊坠。

小雀斑蹙眉："屁股？"

"桃子。"夏炽纠正。

Chapter 09
毕业×舞会

小雀斑握紧护身符，紧紧盯着夏炽看，用尽了所有勇气。她张开嘴，声音颤抖："难道……你有喜欢的人了？"

墙角躲着的唐桃一缩。她希望夏炽说"是"，又有点儿害怕听到答案。

夏炽不回答，用教科书般的"带一点儿怜悯与抱歉"的视线与小雀斑对视。小雀斑还不死心，又问："她是你女朋友？"

夏炽心里一跳。

他对唐桃的心意几乎尽人皆知，去工厂救美的事情也已经传得沸沸扬扬，只要两个人并排走在学校，就有人跟着吹口哨。

可唐桃是自己女朋友吗？

不是。

夏炽决定保持沉默。

令人窒息的安静里，小雀斑低着头，忍着眼泪。夏炽想了想，轻声说："女孩子做的护身符，应该交给重视它的人。"

他摸了摸小雀斑的头，动作轻柔："总有一天，你也能找到。"

距离毕业舞会还有不到二十天，唐桃的生活陷入前所未有的忙碌。

常常早上五点就被合作方吵醒，让她确认舞会花束的订单，下午就跑到邻市去采购装饰材料，运回来交给常清打理。唐桃用浅蓝色作为这次毕业舞会的主色调，和湖底剧院的氛围很相称，纱幔和布景都在制作，要过几天才能看见效果。

接下来就是再次统计表演项目。舞会从晚上八点开始，一直持续到夜里十二点，之前两个小时交给学生们展示才艺，之后两个小时由专业乐队演出。这次的乐队还是淳子请的，说是她兄弟，在国际上得过很多奖项。

唐桃简单列出了演出时间表。

20：00——学园长毕业舞会开幕致辞

20：20——蔷薇舞池岚组开舞

20：30——魔术表演

21：00——红石街舞社表演

21：30——武术社表演

22：00——柳原淳子钢琴独奏

23：00~24：00——自由时间

文武兼备，雅俗共赏，唐桃对这份时间表相当满意。临近傍晚，唐桃去湖底歌剧

院确认修缮情况。之前的入口比较隐蔽，为了方便大量学生的通行，学校派人撤去喷泉，又移走入口周围的蔷薇，辟出一个圆形广场供舞会使用。工程已到尾声，工头认识唐桃，跟她打招呼："哟，来啦？今天已经弄得差不多了，回头再把垃圾清理清理，就能用了。"

"好的，多谢啊！"唐桃微笑。

风吹动绿色的蔷薇丛，空气里飘浮着草木的香味。唐桃忽然有点儿恍惚，似乎回到了一年前那个没有月光的晚上，夏炽的气息就在身边，黑暗中两颗心脏剧烈跳动。

唐桃说："我可以进去看看吗？"

"你说歌剧院？行啊，不过里面可能还留了点儿装修材料，你小心点儿。"工头搬着梯子，笑着说，"我先回去了，你自己进去吧，记得开灯啊。"

唐桃慢慢往坡道下走，越往下湖水的气息越浓，周围一片漆黑。她定了定心，摸索墙上的开关，啪嗒，啪嗒，寂静的歌剧院在灯光下展现出宏伟的气势。

无论看几次，都会被眼前的景象震撼。

成百上千的红丝绒座位，难以计数的华丽包厢，垂着天鹅绒的舞台以及透明的穹顶。千万吨红石湖水压在顶上，整个歌剧院像一座寒冷的水底宫殿，闪动着凛冽的水光。

然而这里也是喧嚣而热闹的，闭上眼睛，就能听见它的体内血液躁动的声音。

此时的歌剧院像是沉睡的公主，等待着命运中的王子用吻来唤醒。只等点燃引线，只等火星蔓延，只等那个人的到来。

唐桃深深吸一口气，慢慢往舞台走，在舞台前的第一排座椅前停住。手拂过正中心的三把椅子，两把大的，一把小的。小椅子的正面用银线绣着"姜"字。

现在夏姜也是小大人啦，坐这把椅子可能会嫌小……唐桃在第一排正中间坐下，痴痴望着舞台，伸出手。

舞台灯火通明。光透过细嫩的手指，指尖呈淡淡的粉色。

她觉得自己就像夸父，一直在追逐太阳。

从蔷薇迷宫中的初遇，到红石祭最后的演出，从意大利的欺瞒与追逐，到现在的携手并进，她和夏炽之间发生了太多的事情，从两个陌生人变成无法分离的整体，是缘分吗？是命运吗？唐桃觉得，是她一直在追逐他，像凡人追逐太阳，渴望那绝对的光明与温暖。

飞快地跑、拼命地追，气喘吁吁、无比狼狈，终于换得他回头看她一眼。

如果舞会和《浮士德》的时间没有冲撞，她多么希望夏炽能站在这个舞台上，强

Chapter 09
毕业 × 舞会

烈的灯光从背后升起,他那无形的翅膀张开在歌剧院上空。对,夏炽是有翅膀的,她想让所有人都看到,他生下来就该站在最耀眼、最高贵的位置,其他人只能仰望。

可这毕竟只是如果。唐桃明白,剧团的首演更加重要。

唐桃坐了一会儿,忍不住给夏炽发短信。

"我现在在湖底歌剧院,场地已经修整得差不多了,就差后面的布置。红石湖太深了,白天玻璃穹顶上也是黑漆漆一片,都看不见太阳。"

"难得去了,不上台唱一首?"夏炽很快回复。

"我这公鸭嗓子,怕吓死人。"唐桃遗憾,"真可惜,你没法在这里表演。"

"想见我?"

"少臭美,谁想见你!我是看这歌剧院是学园长建的,第一次表演,怎么也该你上场吧?"

很久没有回复,现在是排练时间,唐桃以为他忙去了。

离开歌剧院,刚关了灯,手机亮起来。

"只要是珍贵的东西,我不在乎等待。歌剧也是,你也是。"

Chapter *10*
告白×终焉

夏姜最近心情不好。

自从他住进哥哥的宿舍，那是白天有人聊天，晚上有人生火添衣，饿了有人订外卖，渴了有人泡咖啡。按理说吃喝家务完全不愁，应该是很适合复习备考的环境，可这栋宿舍楼的隔音实在不好。

就常能听见楼上房间里，唐桃憨厚的傻笑声。

"呵呵呵"是她在和夏炽聊天，"嘿嘿嘿"是她在和夏炽聊天，"噗噗噗"还是她在和夏炽聊天。夏姜就不明白那个高冷的面瘫兄长，什么时候这么喜欢聊天了。

真有那么多话，不能见面说吗？

夏姜用力把笔摔在笔记本上，烦躁地揉揉头发，出门添水。唐桃的声音已经放低了，窸窸窣窣的，在大厅里还是听得到。

夏姜在微波炉里热牛奶，倒了点儿巧克力粉进去，又放了三块方糖。边喝奶边往房间走，一两个关键词跳进耳朵。

"真夜老师……不去……身体不好……"

大坏？

他和真夜老师好久没见了，难不成病了？

夏姜放轻脚步，慢慢挪上台阶，偷听。

"我问过常清了，他说真夜老师不参加毕业舞会，病情不允许。真夜老师对我这么好，我真想在毕业前见他一面，但上次都到他办公室门口了，都没让我进。"

夏姜盯着杯子里的巧克力奶看，大坏那家伙也会生病？把别人气病还差不多吧？

夏姜从小在真夜身边长大，真夜几乎是他的另一个父亲，无论是一起去坦桑尼亚探险，被发怒的豹子在草原上追的时候，还是在非洲旅游，和导游走丢三天没水喝的时候，真夜都表现出强大的生命力，以及异常积极的小强精神。

是不是病了，看看就知道。

夏姜回房间披了件外套，瞒着唐桃前往教学楼。今夜的月色很美，照在地上晶莹一片，夏姜熟门熟路地摸到真夜的办公室，还没进去就闻到一股消毒水味。

夏姜心里微微一咯噔。不会吧，病得这么严重？

他立刻把外套扔在客厅的沙发上，冲过去用力敲门："大坏！开门！"

他从不跟真夜客气，甚至不需要在他面前隐藏任何情绪，简单粗暴，他知道真夜不会介意。门那头传出轻微的咳嗽声，一阵窸窣，真夜困倦的声音传出："谁？"

"是我，快开门！"

"小坏？"真夜的声音一百八十度大转弯，甚至能听出点儿紧张，"你怎么来了？这么晚了还不睡觉？"

"我听说你快病死了，就来看看。"夏姜抬手输密码，发现办公室的密码改了，"你搞什么鬼？快开门呀。"

"小孩子大半夜不要跑出来，赶紧回去，别让你老爸担心。"

不管夏姜说什么，真夜老师铁了心不见。夏姜不好的预感越来越强烈，盯着门看了一会儿，说："好，既然你不愿意开门，我就在这儿等。不见到你，我就不回去。"

"乖，回去，外面冷。"

夏姜不答，一屁股坐在地上。他连任萱都等到了，还怕区区一个真夜？

三分钟后。

"小坏，你还在吗？"

五分钟后。

"小坏，你还在吧？"

十分钟后。

"说真的，你赶紧回去。你不是要考医学院吗？这个节骨眼儿上生病，你老爸非骂死我不可。"

二十分钟后。

办公室里传出一声叹息。

"密码是你的生日。进来吧。"

夏姜露出意料之中的表情，站起来动动僵硬的腿。既然真夜心疼他，那他怎么会输？

输入密码，门锁"咔嚓"一声开了。夏姜推门进来，说："你这里面的味道好难闻啊，到底用了什么……"

他呆住了。

进门的一瞬间，月光照亮了地面。办公室的一角改造成迷你花圃，种植着百合、绣球花和绿玫瑰，原本放书桌的地方改成了书架，上面是成套的外文书。原本放酒柜的地方，也是夏姜小时候最喜欢捉迷藏的地方，被一张白色的医疗床取代，床边闪烁着各种医疗仪器的灯光，在夜色中像一只只诡异的眼睛。

"别开灯。"真夜说。

夏姜的嘴唇颤抖，手指摸上开关，房间大亮。

真夜老师躺在医疗床中央。鼻子里插着呼吸管，左右手腕各有几条线连接在医疗

器械上。他的精神还算好，比之前瘦了些，灰色的眼睛里盈满笑意，举起一只手打招呼："嗨。"

跟没事人一样。

仔细看看，房间角落的花圃根本就不是花圃，那是塑料仿真花，空有颜色，没有任何香气——一如现在的真夜。

"什么病？"夏姜的声音颤抖。

"不知道。"真夜遗憾地说。

夏姜腿一软，扑通跪在地上。他知道真夜老师在父亲心中的位置，不管什么疑难杂症，就算夏长虞倾尽财力、访遍名医，也一定会把他治好。可……可"不知道"是什么病？这种病能治吗？

真夜老师抿了抿干燥的嘴唇，看见夏姜这样他真心疼。

他真不知道自己得了什么病，只是一天比一天精神差，会间歇性地陷入昏迷，手脚酸软无力。夏长虞给他请了无数名医，偏偏关于病情什么都不告诉他，只是冷着脸限制他的活动范围，把他圈养在办公室里，还禁酒。世界上恐怕还没有哪个病人像他这样对病情一脑袋糨糊。

严重吗？一定很严重。

怕吗？真夜不怕。

他的人生信条，就是每天都活得开心，心情好的时候，让别人也开心开心。他一贯遵从本心，该捣的乱都捣了，该享受的都享受了，就算明天就去见上帝，也能笑着和上帝勾肩搭背。

但夏姜不同。这个从小被自己捧在手心呵护的孩子，刚接受母亲去世的事实，连笑都不会了，又要再失去他。

上帝何其残忍，真想给他一拳。

真夜的眼睛闪了闪。他朝夏姜伸出手，温柔地说："小坏，过来。"

夏姜低着头，慢吞吞地朝他走过去。

真夜想，这孩子的手真软啊，长得又好看，假以时日，一定会成为比他哥哥还拉风的帅哥……明明眼前是个漂亮少年，真夜脑海里却浮现夏姜刚出生时的样子，小小的，白白的，睡在茉莉亚的臂弯里。

真夜几乎是留恋地看着他，想把他的每一个表情刻进心里去。过了一会儿，真夜轻声安慰："男孩子，不能哭啊。你看我现在好着呢，你父亲又舍不得我，天天拼了命地给我治病。再活个一两百年没问题。"

Chapter 10
告白 × 终焉

夏姜两只手撑在病床上,像只小猫一样爬上来。他小时候常跟真夜睡,一旦和父亲吵架,他就连夜跑到学校,钻进真夜的被窝。

空气里有股消毒水味,真夜身上也有,夏姜低头,把脑袋埋在他胳膊下面。

"我没哭。"

夏姜的大眼睛里流露出坚毅,慢慢攥紧真夜的手。很用力。

真夜一愣:"小坏?"

"我在学医,我会很努力。你努力撑久一点儿。"夏姜的声音从胳膊下面传来,"有我在,你不用怕。"

米兰。晚上十点。

卡伦站在窗户旁边,让人去关画廊的门。这个月他都住在画室里,一方面打理店里的生意,一方面创作兰铃会的参展画作。这个月底的作品将会角逐出这届兰铃会的获胜者,可卡伦的笔悬了一星期,一笔颜料都没画上去。

他的想法太多了,这不是件好事。如果真有一个金子般的点子冒出来,其他的想法都会黯然失色。

卡伦坐到办公桌前上网,他习惯每天早晚各看一次邮件,三封新邮件,都跟生意有关。

卡伦一拳捶在桌子上——菊那浑蛋,到底什么时候回来?

正这么想着,门口传来敲门声。

这么晚了,是谁?卡伦穿着睡袍踱过去,把门拉开一条缝,说:"抱歉,今天关门了,请明天来吧。"

门外的人穿着厚实的黑风衣,个儿高腿长,手里拎着一只旧皮包。他把风衣的立领拉下,绿眼睛里有些歉意,轻声说:"是我,我回来了。"

卡伦愣了一下。他伸出手,拉着菊的衣领用力把他拽进来。

"好小子,舍得回来了?现在都几号了,几号了?你回来干什么?"

卡伦气得满脸通红,作为菊的"战友",天知道上个月画展他没提交菊的画作,受了会里那些人多少羞辱。甚至还有人说他们是loser(失败者)二人组,气得卡伦两天没睡着。

菊不好意思地摸摸脑袋:"我出去旅行了,画了一路,你帮我看看?"

他那么灿烂一笑,没心没肺的,就显得卡伦才是那个不通人情的人。卡伦烦躁地在画廊里踱了两圈,伸手:"快点儿快点儿,自己拿出来!"

菊拉开皮包,掏出一大沓乱七八糟的速写,有用钢笔画在报纸上的,也有用咖啡和手指涂抹出的风景。卡伦快速翻看着,越翻越惊奇,不过一个月没见,怎么菊的速写水平进步了很多?

画纸虽然千奇百怪,但任给谁看,也觉得是个有七八年美术功底的人画出来的。

"你这些……"卡伦皱眉,"你是为了画速写才离开的?"

菊不答。他熟门熟路地自己倒了杯水,开始浏览画廊两侧挂的画。

"我现在应该能看出这些画的好坏了。"菊说。

卡伦问:"怎么说?"

"这幅比这幅好,但这幅比那两幅都好。"菊一手端着茶杯,一手指着墙上的画,"嗯……还有一些我分不出高下的,都很好。"

卡伦经营画廊的理念比较特殊,油画上只备注画名,不写画师的名字和价格。看上画的人需要亲自向卡伦询问,再决定购买与否,这种靠眼缘选画的方式带了点儿随性,也是画廊一直生意很好的原因之一。菊指的那几幅画都是前几届兰铃会亚军的习作,其在美术价值上的高低正如菊所说,分毫不差。

卡伦说不出心里是什么感觉,似乎非常惊讶,但又在意料之中。

"你参不参赛?"卡伦问。

"毕竟Evan把戒指给了我,我不能让她失望。"菊喝口水,转头对卡伦笑,"明天我就开始画,待在Evan的画室里,欢迎你常来。"

卡伦感觉菊旅行回来之后有不小的改变,像换了个人似的。更让人奇怪的是那张俊脸上的从容,就像早就胜券在握,又像什么都不在乎了。

卡伦想了想,从抽屉里取出一把钥匙:"这是画廊的钥匙。如果想找我,自己过来。"

菊回到画室,开始潜心创作。

他把在荷兰收到的玫瑰插在花瓶里,摆在客厅显眼的位置。每天早上七点起来,吃早餐,晨跑,然后坐在油画布前,信手涂涂抹抹。他从来没想过要得冠军,所以画得很自由,画笔就像奔驰的骏马,在广阔的草原上肆意奔跑。

他的头发已经很长了,高贵的金色,发尾翘起,用皮筋扎起来垂在胸前,有种很抒情的美丽。坐在工作室门口吃饼干的时候,会有几个小女孩路过,她们是这个街区的孩子,看见菊,大声说:"哥哥,你好漂亮啊。"

菊举起饼干,做出干杯的姿势。

Chapter 10
告白 × 终焉

晴天他就画街上的人和头顶的太阳,下雨天他就画雨,他画石缝里顽强的小草和它长成参天大树的决心,落在画布上的每一笔都有故事。卡伦经常过来,不是抱一卷画就是抱一袋面包,然后两个人就着便宜的红茶,边啃面包边讨论卡伦的画。

卡伦说他还是要走呼吁世界和平的主题,他要画一穷一富两个孩子,通过他们俩对未来的思考,来诠释人人都有做梦的权利。

是了,主题是"梦"。

菊点头:"很好啊,你擅长这种画法,而且想表达的意思很清楚,别人一看就懂了。"

菊对卡伦的思路表示赞许,对自己的思路表示迷茫。

梦。

他应该画什么?

卡伦知道菊这几天都没想法,不想给他压力,只拍拍他的肩:"别着急,还有时间。好的灵感就像漂亮姑娘,总是最后才舍得出现。"

菊沉默。日升日落,窗前花盆的影子变短又拉长,卡伦的画快要完成了,菊还没动笔。

"不着急不着急。"卡伦快急死了,偏偏不能说,"你试着把最想画的画出来,别管能不能赢了。"

菊似乎听不见。他这几天陷入了一种奇怪的状态,像身处云里雾里一般,在空白的画布前一坐就是一整天,严肃得像在修禅。一会儿那灵感离得近,但伸出手又忽地跑远,他很熟悉这种感觉,但想不起来在哪里见过。

晚上十一点。卡伦走后,菊终于提起笔,在空无一物的画布上涂抹。他不知道自己在画什么,他放弃了对内容的揣测与控制,只是顺从画笔的指引,形成简单的构图。

一个小院子,一架秋千。两个孩子在院中玩耍,男孩推着女孩坐着的秋千,女孩似乎在笑。

菊不记得孩子们脸上的表情了,这段记忆太过遥远。

啊……

这一定就是梦吧。

是最珍贵、最想要,但又怎么也得不到的东西。

画笔在画布上慢慢移动,调色板上的颜料轻轻铺开。菊神情专注,屏住呼吸,他害怕力气大一点儿就把画面吹散,惊动正在院子里玩耍的孩子。他在院子后面画了绿

色的苹果树，又在秋千周围添了一些秋菊，别问他为什么，梦里就是这样的场景。

眼前的浓雾一点点散开。

墙上的指针一格格跳动。

两天后，菊落下最后一笔。他终于看清了梦里的内容，那年的庭院，那年的嬉戏，那年的菊和唐桃。

菊甚至记不清从前那栋老房子后有没有果树，记不清他有没有和小桃一起玩过秋千。菊以为，即使他要画小桃，也应该是她的脸，她的笑，她在他心目中最美丽的样子。

可是不然。

梦比记忆更加可靠。它告诉菊他渴望着什么。

一个背叛和遗憾发生之前的、两小无猜的世界。

菊在画前弯下腰。手松开，沾着颜料的画笔落进水桶。

泪水无声地从眼眶中涌出，眼前数道白光交织。菊轻轻晃动着身体，整个人弓在一起，痛得不能自已。

他发不出声音。

只听见脑袋里有个声音低语。

是时候啦……

是时候放她走啦……

早上七点。卡伦抱着刚出炉的法棍，推开画室的门。

门没锁，灯也没开。卡伦借着晨光扫视屋内，他昨天因为工作太忙没来，本以为又会看见满室垃圾和两三盒古怪的泡面。可现在的画室干干净净，连地都拖过了，客厅花瓶中的玫瑰已经枯萎，被取下来，小心翼翼地放在桌子上。

像曲终人散。

卡伦心一跳。

他立刻推开菊画室的房门。窗帘没拉，熹微的晨光穿过洁净的窗户，静静落在画上。

卡伦屏息，甚至忘了放下面包。

画上是两个年幼的孩子，在草木葱茏的庭院里荡秋千，女孩子坐在秋千上，男孩子在后面推。画面用色轻柔朦胧，明明是夏季，却带着点儿清冷的味道，两个孩子面容模糊，看不清长相，一切都在秋千飞起的瞬间定格。

Chapter 10
告白 × 终焉

介于现实和梦幻之间。介于得到与失去之间。

是了。

这是——梦。

卡伦扑上去,两手紧紧抓着画框。他呼吸急促,额头渗出汗,这才明白Evan为什么选择了菊。

"他和普通人的区别,就相当于金子和鹅卵石的区别,鹅卵石可以通过努力把自己打磨得更有价值,但永远无法变成金子。"

菊是金子。

哪怕被埋没的时间再久,他都是金子。

木门"咔嚓"一响,菊回来了。他套着浅黄色的柔软大衣,戴着一条灰色格子围巾,金色长发整整齐齐地束好,是要出远门的打扮。菊对卡伦笑:"你来啦。"

"你去哪儿?"卡伦声音紧绷。

"我要回国,赴一个约定,刚刚去机场买了机票。"菊信步走过来,和卡伦并肩站立,看向那幅画,"这画就交给你了。"

卡伦不知道该说什么。他这才发现菊的心是本深奥的书,用灿烂的笑容包装起来,你看着封面以为自己读懂了,其实根本没走进他的内心。

"你还会回来吗?"卡伦问,不知道为什么听起来像个怨妇。

"当然。"菊微笑,绿宝石一样的双眼熠熠闪光,"我毕竟是Evan的徒弟,哪有让师傅的画室空着的道理。"

距离毕业舞会还有五天。

唐桃在做毕业舞会最后的准备,天天在外面奔波,她这两天格外忙,不仅要帮助舞会上的参演节目彩排,还要每天定时回宿舍做饭。

夏姜明天就要考试了。他参与的是高中与×市医大的联合医学考试,以选拔年轻人中的华佗为目的,难度相当于医学系的大二期末考。这类考试极度偏科,也就是说哪怕你跑一百米要用八分钟、唱起歌来五音不全,只要医学水平高,就能被录取。

唐桃在夏姜身后探头探脑:"哇,这一串鬼画符是什么啊?"

"这是化学分子式,你不是成绩很好吗?"夏姜鄙视道。

"你这分子式长得跟咒语似的,我又不是魔法少女。"唐桃一边拌着黄瓜,一边说,"饭马上好了,来吃吧。"

"又是红烧肉圆和拌黄瓜啊?"

"又是红烧肉圆和拌黄瓜。"

唐桃厨艺有限,这一荤一素比较容易驾驭。她坚持考试前的饭菜一定要卫生,怕食堂的饭菜不干净,人家红石学园的食堂直逼五星级水准,质量检测都是×市最高水平,食堂师傅知道唐桃的想法估计得气死。

没办法,谁叫唐学霸有这方面的惨痛教训呢?

夏姜沉默地夹菜吃饭,十分乖巧,唐桃支着脑袋看他:"明天有人送你去考场吗?"

"没,我自己坐公交去。"

"不让学园长送你?这场考试很重要吧?"

"不用。"夏姜两三口扒完饭,"今天晚上别打扰我,我要复习了。"

第二天,唐桃特意早起,替夏姜烤了两片面包,在锅上热了牛奶。手机响了,居然是夏炽的电话。

唐桃偷笑:"你不是不管夏姜的吗?想起来给他加油了?"

夏炽的声音冰冷:"你看窗外。"

唐桃一头雾水,走过去拉窗帘。铺天盖地的雨水映入眼帘。

夏炽说:"红石学园到市区的路全部封锁了,清洁处的人全部出动清理,我问过了,大概三小时后车才能通行。夏姜的考试是几点?"

唐桃眼前一黑。现在是七点整,夏姜的考试九点半开始,理应八点钟之前出发。

"夏姜!夏姜!"唐桃一连串叫起来,扑过去敲夏姜的房门。夏姜已经起来了,揉着眼睛走出来:"你喊什么?"

"外面下暴雨了,你哥说路都被封了!"

夏姜快步走到窗外,望着大雨出神。

唐桃满脸紧张地看他,飞快地思考对策,红石学园在郊区,通往市区的路只有两条,如今都被封起来,想靠四个轮子的交通工具肯定不行了。

"红石里有没有直升机?日本漫画里的那种,可以直接飞到考场去!"唐桃问。

夏姜看她一眼,嘲笑道:"有是有,不过前两年真夜老师开飞机到郊外,撞死了牧民一只羊,从此红石就被禁止使用私人飞机了。"

"那潜水艇呢?我们有个湖。"唐桃小声说。

电话那头咳嗽一声,打断唐桃乱七八糟的建议。夏炽简短地说:"记得上次我带你骑摩托车走的那条路吗?你有没有办法把夏姜送过去?我载他去,或许能赶上。"

Chapter 10
告白 × 终焉

"摩托车好走吗？外面的路都是积水呀。"

"有小路，路况应该还好。"夏炽说，"希望我们足够幸运。"

一开门，雨水就没到小腿，唐桃像走在沼泽地里似的，没几米就一身汗。保安正在帮忙清理，看见唐桃立刻说："小姑娘别着急，一会儿就到你门口了。"

"大叔，我们急着去考试！"唐桃一把抓夏姜的手拉高，"有什么交通工具能借我们吗？"

"交通工具啊，我是有辆自行车，但这么大的雨骑车不安全啊。"

"没事，我注意点儿就行。"唐桃把书包往夏姜怀里一扔，把自行车推过来，"走，我送你去夏炽那儿。"

夏姜站在台阶上，神情冷漠，不明白唐桃为何如此拼命。平心而论，他这两年待唐桃不算好，经常故意给她添麻烦，可唐桃就算再生气、再窘迫，对他的要求还是一一回应。是为了讨好夏炽，还是为了红石的奖学金？可她现在已经是柳原社的大小姐，根本不需要再靠奖学金生活。

唯一一只头盔扣在夏姜脑袋上。唐桃摸摸他的头，笑着说："走了。"

红石学园内部的主干道已经清理出来，唐桃载着夏姜，沿着红石湖一路飞驰。夏姜毕竟不是五六岁的孩子，坐在后座上还挺沉，唐桃的汗水一颗颗往下掉，咬着牙狂蹬踏板。夏炽说的那条路离红石校区有段距离，一路上除了雨声，就只能听见唐桃的喘气声。

夏姜抬头看向天空。豆大的雨点密密麻麻，他把手插进唐桃大衣口袋，一股暖意传遍指尖，夏姜眨巴眨巴眼睛，轻轻把头靠在唐桃背上，蹭了蹭。

似乎，也是这样一个下雨天……

茱莉亚穿着一身红衣，在小公园里带他踩水玩。哥哥去上钢琴课，夏姜能够独占茱莉亚的时间，他记得茱莉亚笑得很开心，茱莉亚把他的小手握在一起揉搓，放进口袋，说："小姜的手以后能帮助很多人，可不能冻坏了呀……"

"夏姜，醒醒……这样睡要感冒啊。"

有人拍着夏姜的脸蛋。夏姜睁开眼睛，看见唐桃温柔的脸。

"你哥来了，赶紧上车。"唐桃把头盔替夏姜系好，叮嘱道，"你们路上不要骑太快啊，山里的小路还挺滑的。考试赶不上就算了，别把人摔了。"

"会赶上的。"夏炽以一个潇洒的动作跨上摩托，对夏姜说："上来。"

夏姜眼眶一红。这大雨天里，这两个人让他无所畏惧。

"夏姜，你能行的！"唐桃来不及擦满脸的雨水，按着他的肩膀说，"你比谁都

努力,比谁都勇敢,医大不要你要谁?"

"走了。"夏炽深深看了唐桃一眼,打火。

从红石狂飙到医大用了一个小时十分钟。

夏炽摘下头盔,甩了甩头发,刚下车就看见任萱。任萱穿了件单薄的白大褂站在楼门口,嘴唇都冻紫了,像刚从实验室里跑出来:"哎呀,你总算来了,听说红石那儿的路都封了,我刚跟系主任求情让他延长入场时间呢。赶紧的,我带你进去,现在还来得及。"

夏炽对任萱点点头,把夏姜的头盔取下来。夏姜的头发乱蓬蓬的,脸被风吹得通红,抬起头说:"哥,我进去了。"

夏炽沉默地盯着他。夏姜还以为自己脸上有什么东西,伸手去摸,没想到夏炽忽然伸开双臂,用力把夏姜抱进怀里。

胸膛贴着胸膛,流淌着同样的鲜血。

那是男人和男人之间的拥抱。其余不用多说。

"我等你出来。"夏炽的红瞳里渗出笑意,像雪夜的火把,"加油。"

距离毕业舞会还剩三天。

湖底歌剧院的布置彻底竣工,在舞台上方拉出"红石学园毕业典礼"的横幅,风格简约大气。从上午十点开始唐桃就监督着最后一次彩排,所有学生都叫她"唐导演",唐桃非常飘飘然。

距离毕业舞会还有两天。

柳原淳子请来的乐队抵达红石学园,在学园宾馆内入住。蔷薇迷宫中的舞池布置完成,修剪整齐的蔷薇花丛上挂满蓝色的星星,填充着夜光物质,学生们可以根据星光的指引来到舞池。食物饮品方面出了点儿状况,唐桃赶到工厂亲自督工,一晚上没睡,以确保荤素两种饮食能够在舞会当天同时上桌。

毕业舞会前一天。

天上又飘起小雨,重新清理舞池花费了很多工夫,幸好到半夜雨就停了,明天是一个晴朗的日子。莫明雪处发布大小姐二级警报,说自己脚扭了可能跳不了舞,在唐桃尖声哭诉和威逼利诱下,答应去舞池露个面。一切准备就绪,只等待明天开幕,唐桃一晚上没怎么睡好,抱着手机和夏炽聊到深夜。

毕业舞会当天。

早上十点,唐桃指挥工作人员最后确认舞台上的灯光、音响效果,舞池旁推出罩

Chapter 10
告白 × 终焉

着轻纱的桌子,香槟塔一层层往上堆积,其实里面倒的是苹果汁。下午两点,演出人员吃过午饭后聚集在歌剧院,他们需要按照顺序化妆、换装,并进行最后的排练。下午四点,音响试音开始,学校里已经陆陆续续出现着盛装的学生,他们围在蔷薇迷宫外面,拼命自拍、发微博。下午五点,红石学园贴吧有个热帖被不断上顶,力压《俘获男神的十八种方法》,题为《红石历史上规模最大的毕业晚会,今晚是否会让我们失望》。

下午五点半。唐桃到达战场,麦克风因为长时间工作有点儿烫耳朵。

下午六点。常清派人送来唐桃的礼服裙,但常清没有出现。

晚上六点半,食物上桌,有精美的刺身拼盘和各国热食,用保温器皿和酒精炉加热。夜幕四合,蔷薇迷宫里的星星一点点亮起来,空气里浮动着幽幽的蓝光,还有一点点潮湿的湖风味道。

晚上七点半,学生们开始入场。他们首先要进入歌剧院聆听学园长讲话,随后来到蔷薇舞池,等岚组的成员开舞。莫明雪今天穿了条黑色镶水钻的拖地长裙,耀眼如夜之女王,此刻正揪着唐桃的耳朵,数落她为什么还没换衣服化妆。

晚上八点。

红石学园毕业舞会正式开始。通往红石湖地底歌剧院的路灯同时点亮,灿烂如星之海洋,少女们牵着缤纷的裙角,与西装革履的男伴一起步入剧院。唐桃站在歌剧院门口,俯视整个歌剧院大厅,耳麦里不断传出各方的请示,所有程序都在正确的轨道上运行。唐桃深吸口气,心里怦怦直跳——这是她办成的毕业舞会,她成功了。

一个月的辛劳在此刻消失得无影无踪,一切付出都很值得。

后脑勺儿猛地被人弹了下,莫明雪拎着裙子,压低声音问:"常清呢?"

"不知道啊,我联系不上他。"联想到夏炽今晚首演,唐桃说,"可能那边出了什么状况,他要盯着吧?"

"你蠢啊!今天岚组的人开舞,你没舞伴怎么跳?岚组本来就没来多少人,最后只剩我和陆长歌开舞,像什么样子?"

唐桃大惊!对哦!立刻打电话给常清,还是联系不上。

"我就说不能指望那死胖子!"莫明雪牙痒,"现在给你借舞伴肯定来不及了,要不你就跟夏姜跳吧。"

"我拒绝。"夏姜拿着一只纸杯蛋糕说,"我是来吃东西的,别拉我跳舞。"

"那菊呢?他回来了没有?"

唐桃摇摇头,笑容有点儿苦涩。

菊没回她的邮件，也不知道是没看到还是刻意忽略。

莫明雪着急："你忙了一个月，自己的舞伴不知道上点心？"

说话间，礼堂内已经响起热烈掌声，学园长惜字如金，居然已经讲完了。学生们站起来，洪水一样往室外舞池里涌，唐桃赶紧推莫明雪："你们俩快去！至少要有一对吧！"

"你再打一次电话给常清，不行就随便拉一个！"莫明雪着急。

唐桃的耳麦里传出工作人员的指示，等大家全部集中到舞池，舞会正式开始。七百多名学生在舞池边围成一个巨大的圆形，交头接耳，满脸期待。他们都认为这是最后一次见到岚组的机会，夏炽和菊的花痴大队已经摩拳擦掌，要在开舞后请男神跳一支舞。他们哪里知道，参加舞会的岚组成员没超过五根手指头，夏男神在演歌剧，菊还不知道在地球的哪个旮旯呢。

唐桃命令自己不要再想夏炽。今天晚上对他很重要，这是他的首演，他当然不能来。

可唐桃真的真的很想和夏炽跳一支舞。

这个夜晚有多美，她就有多遗憾。

乐队各就各位，小提琴手缓缓拉动琴弦，颤抖的美丽音符飘向天空。陆长歌绅士地伸出手，领莫明雪缓步走到舞池中央，他今天穿着银灰色的燕尾服，头发梳到脑后，显得那张冷峻的脸更加清逸。两个人站在一起，如同一对璧人。

"唐桃呢？"莫明雪皱眉。

"小姐，你的舞伴是我。"腰上忽然一紧，陆长歌眼眸深沉，"好不容易把我骗来舞会，还有空想其他事情？"

"谁骗你了！"莫明雪生气。

陆长歌不答，只静静地看着她。过了一会儿，淡淡一笑："你今天很漂亮。"

莫明雪睁大眼睛。悠扬的小提琴伴随着优美的钢琴曲，时间似乎慢了下来，气氛朦胧而浪漫，陆长歌牵起莫明雪的手，带她旋转起来，因为顾虑她的伤脚，速度轻柔缓慢。

周围一时没有人说话。大家都屏息注目舞池里的两个人，像在看一幅画。唐桃捂着嘴偷笑，这两个人不吵架的时候还是很登对的，很给岚组长脸。

可惜啊，自己是没法在这么美的晚上跳舞了……

身后忽然一阵骚动，响起此起彼伏的惊诧声。人群辟开一条路，一个面生的英俊男生走过来，驻足在唐桃面前。

Chapter 10
告白 × 终焉

"久等了,歌剧院那儿出了点问题,所以我现在才来。"

唐桃疑惑地问:"不好意思,你是乐队的?舞台那边有状况?"

男生惊讶地眨眨眼。半晌,唇边溢出一抹笑:"唐桃,是我。"

唐桃盯着那双琥珀色的眼睛看。嗯,是有点儿眼熟,非常淡定,好像一颗陨石落在身后都不会回头似的。

唐桃猛地叫出来:"常……常清?"

"这个月抽空减了减肥,我说过,不会给你丢人。"常清伸出右手臂,简短地说,"走吧。"

唐桃迷迷糊糊地将手搭在他的手臂上,不停地偷看他,难掩惊讶——天哪,都说胖子是潜力股,但常清这变化也太吓人了吧?

常清把她带到舞池中央,行礼,唐桃连忙回了个屈膝礼,两个人在舞池中翩翩起舞。常清不管再怎么变,骨子里还是温和沉静的,和他跳舞不会觉得紧张或不适,好似一阵清风托着你的双肩。唐桃的紫色礼服裙在旋转中散开,她的裙摆外侧用了三层轻纱,上面绣满透明的蝴蝶,随着双腿的交错,蝴蝶展翅欲飞,翅膀鳞片上的水钻光芒流转。

很美,很梦幻,让全场女生黯然失色。

"这条裙子太好看了,谢谢你。"唐桃说。

常清专注地凝视着她:"你让我想起蝴蝶。"

两个人在舞池间悠闲地转圈,唐桃之前练过跳舞,配合得不算太差。莫明雪的眼神很早就往这里飘,在两队人交错的时候,她压低声音问:"挺行啊,哪儿拉来的帅哥?"

"这是常清。"唐桃偷笑。

莫明雪眼珠都快瞪掉了。她用能把常清吃了的眼神从头到脚扫视他一遍,大声说:"妈呀,果然胖子都是潜力股!"

"我的体质比较特殊,很容易胖,也很容易瘦。"常清的表情还是淡淡的。

乐曲缓缓进入尾声,唐桃想起常清刚来的时候说的话,赶紧问:"你来晚了,是不是夏炽那儿出事了?"

"一点儿小事,配角的服饰弄丢了而已,很快解决了。"

"那夏炽顺利吗?"唐桃紧张地问。

"我出来的时候,他还没上场。"常清说,"他天生属于舞台,你不用担心。"

唐桃慢慢攥紧裙角。她不担心,她当然不担心。

她担心的是自己，一颗心牵挂得快要爆掉。

小提琴的弦音抛入高空，一曲悠然结束。唐桃向常清行礼，舞池正式开放，男士们领着自己的舞伴步入舞池，舞池一瞬间花团锦簇。常清看着她："你下面打算做什么？"

唐桃苦笑地指着自己的耳机："舞会没结束，我这个总监督的任务就不算完成。"

常清也不多说："如果有问题，随时找我。"

唐桃退出舞池，有点儿饿了，跑到夏姜身边吃东西。夏姜左手托一只盘子，里面放满了各式各样的甜食，右手端一杯牛奶，腮帮子鼓鼓的。

"有这么饿吗？"唐桃问。

"你吃一星期的红烧肉圆和拌黄瓜试试。"夏姜没好气地说。

唐桃撇撇嘴，弹了弹他的鼻子，用夹子夹了几片熟食。不愧是莫明雪拉的赞助，食物非常美味，但唐桃总是食不知味，望着舞池里的灯火出神。

夏姜的视线落在她落寞的脸上。手伸进西装口袋，掏出什么东西。

"这是我哥给你的。"夏姜说。

唐桃伸手接过，是一张《浮士德》的门票，最好的位置，相当昂贵。

"他知道你不能去，但还是把最前排的座位留给了你。他说那是你的位置。"夏姜淡淡地说。

唐桃心里一热。

或许，对今晚留有遗憾的不只是她。或许夏炽也想让她坐在前排离他最近的位置，和他分享第一次登台的喜悦。

她用力握紧了门票，仿佛握着夏炽的手。

舞池里一片笙歌，气氛迷离，唐桃静静地坐在台阶上，托腮看着舞池里起舞的同学。陆长歌和莫明雪不知道哪儿去了，说不定又在因为什么鸡毛蒜皮的事情吵架，唐桃光想想就觉得好笑，肩膀正在抖，视野里忽然出现一双鞋子。

磨砂面的皮鞋，笔直的西裤裤管，再往上是平整洁白的衣领，和镜片下浅灰色带笑的眼睛。与他对视的一瞬间，唐桃心尖一颤，这个人好熟悉，在哪里见过？

"美丽的小姐，我能邀请您共舞一曲吗？"他弯腰，绅士地伸出手。

唐桃一定见过他。

毕业舞会不对外开放，这人一定是学校里的人。说来奇怪，唐桃对他有种奇怪的

Chapter 10
告白 × 终焉

好感,一如阔别多年的昔日好友,乍见之下有难以言明的怀念。

唐桃犹豫了一下,伸出手:"好。"

男人的脸颊消瘦,稍稍泛点儿病态的苍白,但狭长的眼睛却富有精神,时刻都淡淡地微笑着。唐桃忍不住一直盯着他的脸看,大脑飞速转动。

她见过他!

在刚来红石学园的时候,在某个公开场合!

甚至他的声音也很熟悉!

饶是唐学霸记忆力超群,也因为时隔太久发出生锈的声音。

男人好笑地看着她:"你是不是在想我是谁?"

"对。"唐桃点头,"我一定见过你。"

"嗯……我可以给你一点儿提示,你来到红石学园后的第一支舞是和我跳的。"

第一支舞?难道是在红石祭上?可她在红石祭的时候一直在蔷薇迷宫里淋雨,像只落水狗,没做过跳舞这么体面的事情啊!

一些模糊的片段飘进唐桃的脑海。硕大的舞池,喧嚣的人群,还有那个灰色眼睛的人。

"我知道了!我作为莫明雪的秘书去参加舞会,那时候是你跟我跳的舞!"唐桃猛然抬头。

那时候唐桃刚转入红石,被莫明雪百般刁难,还逼迫她去参加舞会,之后经历了被绑架、被勒索等离奇事件。男人灰色的眼睛微笑起来:"很对。"

"你是红石学园的老师?为什么我以前没见过你?"

男人神秘地眨眨眼睛:"噢,我们很熟悉。实际上,你前段时间还来找过我。"

唐桃满脸不解。两个人在舞池里慢慢旋转,夜风带来湖水的湿气,空气中有淡淡的消毒水味道。

唐桃的瞳孔一点点放大。

她当然记得这个味道。

最近去找过的人,除了教导处的三个老师外,剩下的就是……

唐桃抬起头。

男人的笑意融化在眼里,像湖水中倒映的星辰。

"从办公室逃出来花费了点儿工夫,我瞒着学园长,想来见我最得意的学生一面。"

唐桃眼眶一热,眼泪夺眶而出。

天哪，是真夜老师……

她居然刚来红石时就见过他。

"真夜老师……我……"

她不知道该从何说起，更不知道从何谢起，没有真夜，她甚至不会踏上意大利的土地。唐桃泪如雨下，视线模糊成一片，紧紧抓住真夜老师的手——他怎么瘦了？比第一次见的时候瘦了好多。

"恭喜你毕业。"真夜笑盈盈的。

湖风吹动蔷薇花丛，四周一片枝叶摇动的窸窣声。一曲结束，真夜老师松开她，忽然把手绕到唐桃的头发后面，把耳麦摘下来。

"今天也是你的毕业舞会，你应该好好享受。"

"这个……我还要用它来监督会场。"唐桃连忙伸手。

真夜老师"啧"了两声，摇摇手指："你已经够懂事了，偶尔任性一点儿。会场我找人帮你盯着，你做了万全的准备，不会有大问题。"

歌剧的门票还塞在手包里。唐桃心头一片滚烫。

"真夜老师，我还能再见到你吗？"

真夜老师躬身，优雅地一鞠躬："乐意之至。"

舞池左侧。蔷薇墙内隔出一个个小小的休息区，摆着各种小吃和鲜花，供学生们休息。

"你不去吃点儿东西？"莫明雪问。

"不吃了，没胃口。"陆长歌摘掉眼镜，揉了揉眼睛。

他有一张冷淡漠然的脸，那颗泪痣配上浅色的瞳仁，总显得有些不近人情。

听说长泪痣的人一生都为情所困，注定为了爱人流泪，然而莫明雪想象不出他动情的样子。

"我有个礼物给你。"莫明雪忽然说。

"毕业礼物？"

"伸手。"

陆长歌挑起眉，伸出手平摊在她身前。莫明雪神神秘秘地往他手里塞了个东西，嘴角上扬，陆长歌摊开一看——一块橘子皮。

莫大小姐哈哈大笑。

"你给我这么贵重的礼物，我什么都没准备。怎么办？"

Chapter 10
告白 × 终焉

陆长歌垂下头，看起来真心愧疚。就在莫明雪诧异他奇高的思想觉悟时，陆长歌忽然鬼魅般靠近，用力把自己的手塞在莫明雪脖子后面。手冷得像冰，莫明雪劈手就是一巴掌："你是小学生啊！"

纤细的手腕被一把抓住，陆长歌的脸近在眼前，轻声问："是又怎样？"

莫明雪从脸颊红到了耳朵根。她猛地抽出自己的手，揉着手腕，大声说："我回去了！"

"回家喝牛奶睡觉？莫小姐的夜生活真贫乏。"

"陆长歌，你别蹬鼻子上脸！你是我聘用的助理，你的主人是我，我要你往东你就不许往西，不需要我提醒你吧？"

陆长歌忽然怔了怔。他的两只手放在膝盖上，仰起头看莫明雪："到毕业为止。"

"嗯？"

"我和你的契约，到毕业为止。"他淡淡地说，"从明天开始，我和你就没关系了。"

傍晚温暖的湿气氤氲在两个人之间，有股松木的清香。莫明雪的眼睛难以聚焦，她忘了这件事，她知道陆长歌总有一天会走，没想到那么快。

他们才刚熟悉起来。

她甚至连他的生日都不知道。

这就算了？

莫明雪的胸口微微起伏，胀得难受，两只手紧紧握在一起。加工资吧，让他再跟着自己一段时间，为难他，折磨他，直到他屈服为止。

然后呢？然后怎么办……

莫明雪不知道自己看起来有多彷徨，可陆长歌看见了。他浅色的双眸中闪过一丝无奈，往前走了一步，从口袋里掏出一样东西。

"我也有礼物要给你。"

大学志愿书，对折起来，从背面可以看到全填好了，字迹锋利漂亮。陆长歌说："不打开看看？"

"就这破东西，算什么礼物，你有穷到这程度吗？"莫明雪撇嘴，"我不看，又不关我事……"

嘴上这么说，手里却飞快地翻开了。没听过的学校，一长串英文，估计又是什么破烂歌剧专业学校。但学校的地址她认识，不就在自己的大学旁边吗？

莫明雪奋力压住自己嘴角，不让它们翘起来。

"美国的学费你付得起？"

"全奖，校长亲自通知我的。"

"哟，厉害了！"莫明雪故作惊讶地睁大眼。

陆长歌嘴角微勾。

他看了眼天色，浓浓的黑云聚集在蔷薇迷宫上方，风也大了起来。

莫明雪抖了一下，拉紧肩头外套。

"行了，别臭美了。"陆长歌掏出车钥匙，转过身，"走吧，送你回去。"

唐桃拎着裙子穿过人群，走上楼梯，来到空无一人的后台，换上来时穿的校服。穿裙子太不方便了，真夜老师说得对，无论她是否来得及赶到歌剧院，她都应该去。这是个美丽的夜晚，不要给自己留下遗憾——唐桃对着镜子照了照，整理衣领，依稀还是当年那个初入校园的自己。

变化也是有的。头发剪短了，眼睛炯炯有神，因为之前的忙碌消瘦了点儿，下巴尖尖的。

明知道夏炽正在演出，然而唐桃并不着急，她就算现在飞过去也来不及了。她沿着蔷薇迷宫，一步步往外走，仔细认真，像是要把自己的脚印永远留在这里。

夜光星星在蔷薇间闪烁。夜风带来湖水潮湿的气息。唐桃低头往外走，想着这两年的时光，想着她在红石收获的一切。

迷宫的出口有人在等她。

金色长发，用黑色丝带绑着，风轻轻吹动围巾的下摆。他两手插在口袋里，偏着头，静静看着唐桃向自己走来——红色校服外套，永远整洁的衬衫，露出精致的锁骨，和那令人怜爱的、稍微有些脆弱的下巴。

菊眯起眼。那双英格兰血统的绿眼睛半合着，在微弱的光线中溢满柔光。

唐桃忽有所觉。她抬起头，瞳孔慢慢放大。

逆着身后舞池的光芒，她甚至看不清那人的脸。她张开嘴，随着那个朝思暮想的名字，吐出一团白气。

"菊？"

菊不知道在外面等了多久，似乎他头上、肩上都覆了一层薄雾。

"你和我当初见你时一模一样。"菊想起了在岚组教室里的重逢，眼里带着怀念的光芒，"你好像永远都不会变，总是这个样子。"

Chapter 10
告白 × 终焉

"菊!"

唐桃猛地扑过去,一把抱住了菊。他的肩膀很宽,唐桃的双手根本环不过来,她拼命把自己的脸塞进他怀里,泪水一瞬间打湿了衣领。菊抽出手,拢着唐桃的肩膀,轻轻拍抚。

"看来你挺想我。"菊说。

"你去哪儿了?我给你打电话发邮件,你一直没回我……"

"我去旅行了,跑了欧洲的很多国家,每个地方待一阵子,平时就唱唱歌画画速写。"菊温柔的声音响在耳边,"你猜我最喜欢哪儿?我最喜欢荷兰,那里的天空特别高,特别蓝,山坡上有巨大的风车。"

"看到你的邮件,我就回来了。"菊伸出手指,擦掉她的眼泪,"毕业快乐。我刚到×市,没准备礼物,这朵花送给你。"

菊掏出口袋里的绿玫瑰,在机场买的,将它插在唐桃发间。

唐桃的手指抚摸着花瓣,看着菊的眼神有点儿疑惑。他还是那时的他,头发长了,晒黑了点儿,那双绿眼睛依旧漂亮得惊人,像一泓绿荫里的清泉。

可他也和以前不同了。他的声音,他的眼神,他身体里的某些东西。

他看着她的时候不再期待而慌乱,反而带着悲伤的从容。

唐桃伸手摸了摸他的脸,好冰。

"你要去哪儿?"菊问。

"哦,我要去校门口坐车,去找……"唐桃连忙收住话头。

菊伸出手臂,绅士地说:"走,我送你去校门口。"

两个人慢慢行走。

"你不去参加舞会吗?这次的舞会是我策划的,挺好玩的,一会儿还有淳子的钢琴演出。"

"我听说了,你是柳原家的大小姐?"菊笑。

"是呀,你离开的这几个月发生了好多事情,我都感觉像在做梦。"唐桃紧紧抓着菊的胳膊,"你知道吗?我去意大利的时候,其实柳原家就已经注意到我了,还派淳子去试探我。等我回来了,我父亲又要我复制什么传奇糕点,还说做不出来就不跟我见面。我那个气啊,要不是淳子帮我找到桃花,还不知道要等到猴年马月呢……还有,我被绑架了,那个地牢啊,哇,特别大!这件事情太复杂了,我以后再慢慢跟你说……"

菊默默低头看她,唇边带着笑。他喜欢了她这么多年,很清楚她一旦紧张起来,

要么不说话,要么话特别多。

菊牵住她在风里晃荡的手:"听说你是柳原家的人,我一点儿也不惊讶。我一直觉得你和旁人不同。"

唐桃涨红了脸。在意大利待了几个月,菊变得这么会讲话?

"菊,你这段时间还好吗?我一直很想见你,但怕打扰你……"唐桃慢吞吞地说,"我也不知道主动找你是不是对的。"

"我很好啊,意大利有个诡异的绘画组织,叫兰铃会,他们派黑衣人把我卷进了一个巨大的商业阴谋,并且要我用肉体为师傅还债。"菊挑了挑眉,"我这次回来,就是为了躲避他们的追杀。但黑衣人组织不会放过我,他们派了一个叫卡伦的奸细混入我的画室,想要窃取我这辈子最得意的作品。"

唐桃皱眉:"你骗人。"

菊笑了:"对,我骗人。"

校门近在眼前。菊还攥着她的手,手心干燥温暖,唐桃用另一只手替他掸掉他衣领上的薄灰,问:"菊,你以后准备去哪儿?"

"我吗?先回意大利的神秘组织混两年,然后考个美院,或者再去流浪。你呢?"

"我还没想好,不过我对舞美挺感兴趣的,常清让我过两天把毕业舞会的策划案和全程录像投出去,说不定会有学校愿意收。"

"别担心,哪个学校会不想要你?"菊眨眨眼,那张俊脸在夜色下熠熠闪光,"你一直都是最好的。"

偶有夜行的轿车掠过二人,红色的尾灯在雪光中留下长长的轨迹。唐桃觉得有什么东西硌着掌心,摊开菊的手一看,是他中指上的金色戒指。

"这枚戒指好漂亮。意大利的神秘组织送给你的?"

菊没有回答,他看得入神。唐桃白皙的脸在路灯的光下更加柔和,那是张少女的脸,眼神清澈,嘴唇嫣红。但菊看见的不是这个,他看见当年那个孤儿院里的小女孩,被别人欺负时嘴还很硬;他看见她第一次来到自己家,瘦瘦小小的,穿了条灰色的格纹连衣裙;他看见体育课上她的羽毛球卡在树枝间,站在树下彷徨的样子;他看见她出现在岚组教室的瞬间,依稀是当年的模样,只不过更美,瞬间照亮了整间教室……

点点滴滴,落入每一个有她的回忆里。

他们的人生绑定在一起,他们之间的纠缠恍若命运。

Chapter 10
告白 × 终焉

可世界上没有命运。

只有因果。只是因果。

夜间巴士缓缓靠近，锃亮的灯光晃花唐桃的眼睛。她用手遮住眼，心怦怦狂跳，她害怕在这儿与菊告别，连自己都说不清为什么。

"你的车来了。"

菊说。

车门缓缓打开，一股暖气从车厢涌出。唐桃想说，要不你跟我一起走吧，我们去接夏炽，然后三个人勾肩搭背一起去夜市上撸串喝可乐。

如果她真能说出来就好了。

如果她真有那么神经大条就好了。

菊静静地看着她。他为她理了理耳边的玫瑰，然后解下围巾围在她脖子上。

围巾柔软温暖，带着他的体温。

如同他陪伴她的每分每秒。

唐桃舍不得松开那只手，她没办法松开那只手。菊的表现太反常了，像是一松手就会蒸发一样。

菊的手指动了动，一点点离开唐桃的掌心。从指尖到指腹，从指尖到手掌，从指尖到空气。

司机在身后催促。菊把两只手插进风衣口袋，看着唐桃上车。

"菊，我……"

菊摇摇头。像是知道她想说什么。

咔嗒——

门应声关闭。

玻璃阻隔了二人。

唐桃把脸贴在玻璃上，看见菊冲她比了个口型。

"唐桃，祝你幸福。"

唐桃愣住了。

在她的记忆里，菊从来没有喊过她的全名，这是十年来的第一次。

巴士重新启动，车厢微微震颤。菊还站在雪地里，望着远行的巴士。她手掌的温度还留在指尖，像一个忽如其来的吻，或一个香甜美好的梦。

菊仰起头，任由雪片落在脸上，被眼睑的温热融化。

放开吧，放开吧……

放开她的手。

从此获得自由。

晚上十一点半。

雪停了。月亮露出来，圆而亮的一轮。

《浮士德》的首演正式结束，衣香鬓影的观众从厅门涌出，热烈谈论着这次演出。他们的话题出奇一致，都是关于那个饰演浮士德的红发男生，这不过是他第一次正式登台，却已经引起了大规模轰动。两三个隐藏在观众席中的鉴赏家，已经前往后台与导演商谈，希望与男高音面对面交流。

唐桃对这些毫不知情。她坐在歌剧院外的长凳上，握着门票出神。

她到的时候已经十一点，歌剧在幕与幕的休息间隙才能再入场，她是没机会进去了。她像演唱会外那些没买到票的粉丝一样，贴在墙壁上听漏音，可歌剧院的隔音措施太好，什么都听不见。她在长椅上坐了半小时，心里乱糟糟的，一会儿想着夏炽，一会儿想着菊。

二十分钟后，宾客散尽，歌剧厅门口冷清下来。两个工作人员在门口更换海报，聊得起劲。

"这次《浮士德》要原地爆炸啊，我跟你打赌，演出场次肯定得翻一倍！"

"就是，我们歌剧厅也排过不少歌剧，上座率这么高的还是头一次，估计过两天会更高。"

"也是男高音唱得好，那个叫夏炽的，我偷听过他们的排练，那个声音真是……听得我一身鸡皮疙瘩。"

两个人一边聊天一边打开宣传灯箱，把芭蕾舞的海报换成《浮士德》的宣传海报。其中一个往旁边瞥了眼，忽然说："那儿有个人。"

"哪儿？"

"喏，椅子上坐着的那个。"工作人员说，"咦，那个女生不是唐桃吗？"

唐桃听见自己的名字，抬头，果然认出了两名工作人员，就是负责《浮士德》道具管理的后勤。因为经常去找夏炽和常清，互相都脸熟。

"你们好呀，辛苦了！"唐桃说。

"小唐，你今天怎么没来听歌剧啊？"

唐桃挥挥手中的票："来晚了，进不去。"

Chapter 10
告白 × 终焉

工作人员看了眼票价,"哦"了声:"这票位置很好,可惜了。"

"是呀,我能进去看看吗?看看歌剧厅的表演现场。"

工作人员打个响指:"没问题,你左转第二个厅就是,他们应该还没关灯,你自己去吧。"

歌剧厅里静悄悄的,一个人也没有。舞台上帷幕合了起来,看不见后面的道具,空气里还残留着香水的味道,可以想象表演时热烈的气氛。唐桃信步沿着地毯往前走,走到自己的座位旁,那是离舞台很近的位置,一抬头就能看见舞台地毯上精致的纹路,闻到淡淡的金属味。

她闭上眼睛,仿佛能看见夏炽身着华服步上舞台,踏着迷人的节奏,管弦乐器的金属腔管震颤。他富有表现力的眼睛明亮有神,俊美无俦的脸上表情沉醉,他举手投足都带着风,他张开口,玉珠一样的声音响彻歌剧院上空。

唐桃的手指抠着坐垫,低头,委屈。

口袋里的手机振动。

是夏炽。

"*看看你椅子下面。*"

唐桃"嗖"地站起来,四处转头,夏炽不会还在这里吧?她伸手往椅子下一摸,扶手下方的金属管上果然栓了个东西,唐桃见过,是手持紫光灯。

唐桃把灯打开,对着眼睛照了照,来回摆弄。

又一条信息进来——"*跟着星星走。*"

"什么意思?"唐桃问。

哪知道对方不理她了。

显然对方很相信唐桃的智商,让她自己解谜。

这种紫光灯的用法她知道,那时候被李二绑架,直叔就靠黑光涂料印在地上的脚印找到了唐桃。既然夏炽说"跟着星星走",那么歌剧厅里肯定有地方用涂料画着星星,只有用紫外线照到才会显形。

唐桃跑到控制台,麻利地关掉灯。歌剧厅陷入一片漆黑,唐桃拿紫光灯到处照,莫名兴奋,感觉自己在玩密室真人逃脱。

天花板上没有,墙壁上没有,舞台上也没有。唐桃把紫光灯移到脚下,一簇簇淡蓝色的星光燃烧起来。

用黑光涂料在地板上画成的星星,一颗颗朝前延伸,像一条温柔的银河。

银河伸向舞台后方。

唐桃嘴唇发麻。她在走进一个蓄谋已久的"圈套",如一只懵懂的小鹿走向猎人。

唐桃举着紫光灯,沿着星光慢慢往前走。

手绘的星星斑斑点点,一直通往歌剧厅的高处。她穿过舞台,路过休息室,爬上楼梯,又拐过控制室。最后她来到一扇门前,铁门没上锁。楼顶的风从门缝中透出,有些冷。

总是有很多童话故事,从推开一扇门开始。

唐桃的心快要跳出嗓子眼儿。

吱呀——

门外有微弱的光。紫光灯下的天台上,星光汇聚成幽蓝的海洋。海洋中心站着一个人,深红发色,眼眸深沉,衣角在晚风中猎猎飞舞,高挑的身形挺拔从容。

唐桃站在原地,不敢靠近。

她的手指发抖,心脏因为惊喜而战栗。

她心里怀着无限的期待,那期待要把弱小的心脏撑破。她的嘴唇在打哆嗦,不知道是因为紧张还是冷。

夏炽缓步向她走来。

他竟然也穿着红石的校服。红色外套,黑色裤子,领带齐整,是记忆里最好看的样子。那十几步那样长,又那样短,夏炽终于站在她面前,低头。

像一个真正的王子,由童话走进现实。

唐桃觉得自己该说点儿什么。然而嘴唇抖得厉害,只发出一个古怪的音节,类似动物的哼声。

今夜的男主角眼里闪过促狭的笑意。他故意低下头,凑近唐桃:"你说什么?"

"没……没说什么。"唐桃的脸发烫。

"真没有?"

唐桃垂着眼,根本不敢看他。过了一会儿,轻声问:"如果我今晚没来呢?"

"你会来的。"夏炽笃定。

风抚弄着少女鬓角的玫瑰,气氛暧昧到快要把人溺死。不知怎的,唐桃心里不断回荡着那句话,那句小雀斑和夏炽说的话。

"难道……你有喜欢的人了?"

那时候夏炽没有回答。

可今晚有清风、有朗月、有香气。

Chapter 10
告白 × 终焉

这是他首演歌剧院的天台，这是个特殊的晚上。

"我有话要跟你说。"夏炽说。

果然……

他……难道他……

唐桃的心狂跳。

夏炽盯着唐桃通红的脸蛋看了会儿，忽然伸手，把自己外套上的第二颗纽扣扯下来，放进唐桃掌心。

唐桃握着扣子，僵住了。

夏男神啊，你要送这种东西，也得看看气氛啊。星光大海，夜晚的天台，这么浪漫的背景下你送一颗扣子，那还不如我自己雕的那个屁股桃子啊！

唐桃哪知道红石学园有传统，毕业前女生们会向喜欢的男生索要第二颗纽扣。历年来夏炽的纽扣都是不可侵犯的处女地，宁可送到后勤处销毁也绝不便宜花痴。

第二颗纽扣靠近心脏，得到纽扣就能得到他的心。

夏炽主动把心送出去了，可我们的女主角却愣在那儿。

夏炽耳根发红，面色窘迫。他忽然伸手弹了下唐桃的额头，轻声说："笨蛋，我在向你告白。"

唐桃眨眨眼。

哦，他在向自己告白。

唐桃握着扣子，快要晕过去了。

周遭的一切忽然变得不真实起来，风里似乎有天使拨着竖琴，脚下的地板像棉花糖那样凹陷下去，变成柔软的一朵朵棉絮。唐桃忍不住傻笑，腿脚发软，心脏咚咚直跳，声音震耳欲聋。

夏炽有些忐忑，他这辈子都没这么紧张过。夏大少爷什么都不怕，就怕唐桃一个脑袋抽筋，说出什么不要他之类的话来。

按照以往的经验，还真有可能。

夏炽耳朵里嗡嗡作响，心一点点沉下去。

手背忽然一暖。

唐桃也塞了什么东西在他手里，满脸通红。

"我的扣子也给你。"

我的心也给你。

这样我们之间就算不清，也分不开了。

夜风拨弄着二人的额发，空气里有股松树的香气。无法遏制的笑意从夏炽眼中溢出，落在唐桃的脸上、肩上。他说："还有一个礼物。"

歌剧厅的天台视野开阔。从这里往东边望去，能看到绿茵茵的红石校区。唐桃和夏炽一起走到天台边缘，往红石那儿眺望。

"舍不得吗？"夏炽问。

"嗯，在这里发生了好多事情，我舍不得走，也舍不得大家。"

夏炽嘴角上扬，眸光闪烁跳动，他伸手摸了摸唐桃的头发，说："只要你想，总能相聚。不过一张机票的事情。"

夜风大起来，时间一点点流逝。夏炽看了眼表，时针慢慢爬向顶端。

十二点是有魔法的。

它剥去灰姑娘漂亮的裙子，夺走她昂贵的水晶鞋，让她看起来狼狈而慌乱，然而这才是命运的常态。王子爱的不是水晶鞋，也不是裙子上闪闪发光的宝石，十二点的钟声响起，他的灰姑娘才回归完整。

夏炽低声说："开始了。"

红石学园上空，夜幕的尽头，忽然升起一朵朵耀眼的烟花，闪光的长尾在空中爆散。隐约的欢呼从东边传来，毕业舞会达到高潮，所有人的情绪被推向顶峰，他们松开舞伴的手，把各种东西扔向天空——花朵、香槟、手包，还有女士们的高跟鞋。

这是最后一晚，这是值得永远铭记的一晚。

尽情狂欢吧，仗着今夜的魔法。

×市的不同地方，所有人都看到了烟花。

月城姐妹和越七正在会客，他们坐在温馨的和室里喝茶，烟花一朵朵在隔窗外盛开；阿娜妮正在家里和父亲吵架，为今后是继承葡萄酒庄还是出海打鱼争吵，父亲坚持出海打鱼是胡闹，但阿娜妮就是想做海的女儿；莫明雪回到家，穿着睡衣抱着热可可看文件，陆长歌坐在一边的沙发上，为她整理下周开会用的资料；红石学园，烟花下，柳原淳子兴奋到极点，拉着陌生人的手在舞池里狂舞；常清安静地坐在长椅上，喝着饮料看烟花，身后跟着一群想要扣子的女生；而夏姜还在吃东西，甜点对他的吸引力比烟花大。

红石学园，蔷薇迷宫外。菊坐在喷泉旁的长椅上，仰起头，看烟花。

五彩斑斓的颜色肆意挥洒，像美术巨匠的手在夜空中涂抹。

手机振动。卡伦的越洋电话。

Chapter 10
告白 × 终焉

"你那边事情办完了没？什么时候回来？"

"你急什么？我毕业证书还没拿到呢。"

"你的画我交上去了，结果也下来了。我们都没拿第一，但M先生看中了你的画，想亲自见你一面。"

"M先生？"

"M先生你都不知道！你是驴吗？"

菊坐在长椅上微笑，卡伦的声音混在烟花的爆散声里。这时岚组的QQ群提示音响起来，信息一条条往上跳，这个沉寂了两年都没什么人发言的群，在高中生活的最后活跃起来。

夏炽：**大家现在没事的话，来岚组教室一趟吧。**

歌剧厅离红石比较远，等唐桃和夏炽走进教室，大部分人都到了。两个人牵着手走进去，满屋子幸灾乐祸的口哨声，莫明雪辛辣地吐槽："这么简单就被人搞定了？钻戒呢？几克拉的，掏出来我看看，少于五克拉不同意啊！"

陆长歌叹口气："最后一天了，能少说几句吗？"

"我说话怎么了？唐桃可是我养大的！"莫明雪吼。

陆长歌只好闭嘴，他还能说什么。

唐桃环视教室。她刚到红石学园的时候岚组人心涣散，座椅上一层灰，然而现在每张椅子上都有一张笑脸，气氛其乐融融。她结识了这么多朋友，拥有了这么多家人，她希望时光永远停留在此刻，她希望岚组永不完结。

十个人互相对视，眼眶都有点儿发红。

莫明雪忽然问："柳原家那个捣蛋鬼呢？"

唐桃一看，淳子果然不在，菊也没来。就在这时，教室门被人敲了两下，一张小脸探进来，笑嘻嘻的："看我带来了什么？"

她左手拎着一只大箱子，全是从舞会上偷来的食物，另一只手拉着俊俏的金发青年，往教室里一推："我在迷宫外面发现这人，看他没事，就一起拉过来了。"

菊有些窘迫，他环顾教室里的同学，摸摸鼻子："好久不见。"

莫明雪眼睛睁大了，她的嘴唇抖了抖，过了两秒，没好气地大声骂："都什么时候了，你也知道回来？"

菊不好意思："您说的是。"

唐桃望着菊，感觉夏炽牵她的手紧了紧。过了一会儿，夏炽走上前，和菊面对面站着。

　　红石学园的两大男神,曾经乌龙地表过白,还打过架,历史遗留问题一箩筐。但此时在毕业典礼的教室里相遇,没有天雷勾动地火,也没有拳脚相加分个高下,红色与绿色的视线相对,两个人都很平静。

　　"她就交给你了。"菊说。

　　夏炽点头:"好。"

　　烟花爆散在岚组窗外。大家把课桌拼在一起,从箱子里取出食物分享,莫明雪数落唐桃为什么被表白的时候还穿着校服,陆长歌黑着脸站在旁边;月城田和越七依偎在一起,叶和淳子在划拳;常清低头玩手机,夏姜迅捷地霸占了盒子里所有的蛋糕,阿娜妮居然从书包里掏出几瓶酒,说是从老爸的酒窖里偷出来的……

　　笑声充盈着教室。

　　夜风细腻温柔。

　　漆黑的教学楼,只有顶楼一盏灯亮着——它诉说着十二个少男少女紧密联系的往事,和他们彼此交织的未来。

Chapter 11
尾声

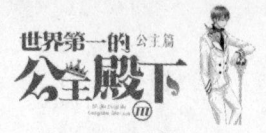

×市国际机场。

莫明雪翘着二郎腿，纤细的手指滑着手机屏幕，浏览早间新闻。陆长歌站在她旁边，拎着两只要带上飞机的手提箱，和莫小姐血拼的各种型号的购物袋。

"你这些垃圾不能下飞机再买吗？"陆长歌蹙眉。

"反正没事嘛，买买东西打发时间。"莫明雪得意扬扬，"怎么，有意见啊？"

"没意见。"陆长歌冷笑，"下了飞机自己提，我们的学校不在一起。"

"喂！"莫明雪火了，"你还是不是男人？"

"我是男人，可惜不是你助理了。"陆长歌遗憾地说，"莫小姐另请高明吧。"

唐桃正拿着手机四处张望，远远看见那头乌黑的长发，立刻像炮弹一样冲过去："幸好赶上了，你们还没走啊？"

"快了，还有半小时登机。"莫明雪拉她坐下，看着后面推箱子的夏炽，"你的男神航班是几点的？"

"也快了，一个小时后吧。"唐桃抓住莫明雪的手摸来摸去，"我真舍不得你走。"

"我是想赶快出国，省得你可劲儿给我添乱。以后你这个烂摊子谁爱收拾谁收拾，不关我的事了。"

"我尽量吧。"夏炽淡淡回答。

两个女生叽叽喳喳地聊了一阵，从今后的学业聊到明星八卦，很快到了登机时间。莫明雪潇洒一挥手："走了，欢迎随时来找我玩。"

唐桃眼眶又开始发红，莫明雪是她最好的朋友，她恨不得钻进行李箱里一块儿走。莫明雪眼里闪过可疑的亮光，她忽然拽住陆长歌手臂，语速很快："走了。"

手抓得很紧。陆长歌看她一眼，没说话。

"我的飞机也在这个候机室。"夏炽拍了拍身边的椅子，"坐吧。"

夏炽最后还是被圣玛利亚学院录取了，Lukas教授以夏炽在X市歌剧团表现杰出、是一棵建设意大利歌剧的好苗子为由，向学校提出特殊招生申请，并成功击败其他眼红的老师，抢到这个优秀的学生。对夏炽来说，其实有更好的学校可供选择，但能在母亲当年的学院完成学业，也是他的一桩心愿。

"你的学校定下来了吗？"夏炽问。

"哦，上次我跟你说，我拿毕业舞会的全程策划案投了几所学校对吧？现在有两所学校拒绝了我，有一所德国的学校录取了我，还有另外两所在等结果。我想等结果都出来再做决定。"

Chapter 11
尾声

夏炽说："至少你这次不用为学费担心了。"

"难讲。"唐桃摇摇头，"淳子跟我说，她自己把上大学的钱攒好了。"

"她有钢琴比赛奖金拿。你什么都不会，只能参加洗盘子大赛。"

"这也是水平好吧！洗盘子也有很多讲究！"

两个人紧挨着，坐在一起闲聊，唐桃的头靠在夏炽肩上。她不敢看时钟，不敢算他们还剩下多少时间。她已经习惯了告别，却还是如此不舍。

夏炽低头，目光落在她浅粉色的眼睑上："在想什么？"

"在想我们下次什么时候见面。"

"真想见面，挑个意大利的学校不就好了？"

唐桃直起身，撇嘴："没想到夏男神也会假公济私啊。"

不对啊，不应该说这些！这是离别的机场，不知道什么时候再见，她不应该天南海北地扯皮，应该说些有意义的事情。

可……可说什么好？

唐桃一脸焦虑，紧张地攥紧自己的手。

候机厅的广播响起，柔和的女声，夏炽那班飞机开始登机。夏炽转过身，把唐桃的手抓进手里，捏了捏，目不转睛地望着她。

"你……你去意大利不许拈花惹草啊！被我发现你就完了！"

夏炽笑着答应："嗯。"

"还有，记得每天都要给我发消息，你这个人经常动不动就玩失踪，以后不能这样啊！"

"嗯。"

"你到了意大利，立刻告诉我。"

"嗯。"

"……"

夏炽捏捏她的手："还有吗？"

唐桃想了想："没了。"

额头忽然一暖，唐桃眼前一暗。一股好闻的香气萦绕在鼻端，她的鼻尖蹭到他的衣领。

夏炽的唇离开额头，唐桃的脸烫得可以烧烤。

夏炽拎起箱子，恋恋不舍地看着她，轻声说："我走了。"

窗外是一片湛蓝的天空。唐桃站在窗边，目送夏炽的班机稳稳起飞，机尾拉出洁

白的云线，向地球遥远的另一头延伸。

唐桃恋恋不舍地移开视线，她今天要和直叔回本家，见见那些惦记着她的亲人们，车已经停在机场外。她伸手掏出衣领里的项链，夏炽给的扣子被她用银链穿起来，随时戴在身边。

夏炽说得对，毕业不是分离。

念念不忘，总能相聚。

——本季完——

Shiji Di-yi De Gongzhu Dianxia

后记

后 记

　　成长是需要拼命的。

　　《世殿》三本书中，"成长"贯穿了整个书系。夏炽一心扑在歌剧上，撞了南墙也不回头；唐桃，根红苗正的灰姑娘，她一直仰望着耀眼的夏炽，渴望跟上他的脚步，像夸父追逐太阳；夏姜，这本书才开始焕发光彩的小主角，他想弥补过去的遗憾，矫正所犯的错误，最后义无反顾地走上学医的道路。

　　结茧、破茧、羽化、飞天。

　　就像蝴蝶。

　　虽然《世殿》在当当网里的分类是"青春文学"，但我一直把它当作励志书来写，它有每个人对梦想的渴望，也有对未来的恐惧和迷茫。我该上什么样的高中？我该读什么大学专业？在梦想和面包间我怎么选择？

　　唐桃是幸运的。她能遇到一生景仰的男神，能有贴心真挚的朋友，她甚至和灰姑娘一样有个富庶温暖的家庭，时候一到就会蹦出来为她撑腰。但她也是努力的、拼命的，扪心自问，我也无法像她一样勇敢。

　　每一扇向她打开的门，都是因为她在泥泞里找到了钥匙。

　　菊，全书的苦情角色，也是我最喜欢的角色。他和唐桃结识于两小无猜的童年，因为一时软弱而分开，等到两个人都长大成人，这段感情已经被彼此深埋。他们是真正的错过，无人可怪，再坚强的人都有软弱的时候，但一时的软弱，有可能造成永远的别离。

　　菊的故事，是放弃的故事。他放弃唐桃，吞下苦涩的因果，才能找回自己。

　　夏姜，是三本书中我最敬佩的角色。从第一本只爱给别人添麻烦的魔星，到第二本知晓了母亲的死讯后性情大变，到第三本拜师学艺，他的转变是一个人直面失去的过程。他就算变成华佗也救不回母亲，那为了什么学医？为了那些无数的、和他一样即将失去挚爱的人。

　　当然也为了真夜老师。

　　夏炽，你们的男神。他其实没什么好说的，如正文中所写——他的心就像一支笔直的利箭，一旦射出就绝不回返。在梦想贫瘠的荒野上，愿夏男神的光芒普照大地。

　　最后来说说我吧。《世殿》的构思形成于2013年，第一本书出版于2015年6月，

后记

第二本书出版于2016年1月，第三本书出版于2016年年底。一年半的时间不算长，但也弥足珍贵，在写作过程中收获了许多读者，于我而言是无法割舍的财富。写书的时候我总会想，要是能给你们带来点儿什么就好了。我写钢琴，你们要是喜欢听钢琴曲就好了；我写歌剧，要是你们能对歌剧产生兴趣就好了；我写绘画，想着你们要是能爱上画画就好了。

我处心积虑，希望没人想揍我。

书本的独特之处在于，它能见你所不能见，想你所不敢想。我尽力把书里的每个细节都推敲好，把每个问题都解答好，想着——要是能帮上你就好了。

毕竟花了七十几块钱，消耗了十个小时的生命。我想让你这十个小时物有所值。

今年对我也是有意义的一年。在学校导师的建议下，我决定去意大利读博，继续深造，这样也有更多的精力从事写作。

我希望能与写作缔结长久的缘分，与你们同样。

最后再说一句老生常谈。

梦想有只挑剔的手，它只青睐勇敢的人。

勇敢点儿，灰姑娘。

公子小白

2016.09.03

意林品牌书系推荐

意林女生文学·《小小姐》品牌书系 为中国女生量身打造，纯正、阳光、向上，优质女孩喜爱的文学品牌

萌灵小说系列

《悠莉宠物店Ⅰ》	18.80
《悠莉宠物店Ⅱ》	18.80
《悠莉宠物店Ⅲ》	19.90
《悠莉宠物店Ⅳ》	19.90
《悠莉宠物店Ⅴ》	19.90
《悠莉宠物店Ⅵ（大结局）上》	19.90
《封印之书·九尾狐》	19.80
《封印之书·独角兽》	19.80
《玛丽晴异闻录》	19.90
《薇妮天使旅行》	19.90
《苍岛有风①·人鱼过境》	19.90
《萌物委托社①世外萌龙天然呆》	22.80

冒险励志系列

《迷藏·海之迷雾》	18.80
《迷藏Ⅱ·月影迷踪》	19.90
《迷藏Ⅲ·幻梦迷城》	19.90
《花与梦旅人Ⅰ》	19.80
《花与梦旅人Ⅱ》	19.90
《花与梦旅人Ⅲ》	19.90
《花与梦旅人Ⅵ（大结局）》	19.90
《花与守梦人①·大公的苏醒》	19.90
《花与守梦人②·占星师的眼泪》	19.90
《萌侦探纪事Ⅰ》	18.80
《萌侦探纪事Ⅱ》	19.90
《萌侦探纪事Ⅲ》	19.90
《萌侦探纪事Ⅳ（大结局）》	19.90
《迷宫街物语》	19.80
《艾蜜儿宇航日记》	19.90

幸福蔷薇系列

《蔷薇少女馆Ⅰ》	18.80
《蔷薇少女馆Ⅱ》	18.80
《蔷薇少女馆Ⅲ》	19.80
《蔷薇少女馆Ⅳ》	19.90
《蔷薇少女馆Ⅴ》	19.90
《蔷薇少女馆Ⅵ》	19.90

浪漫古风系列

《七寻记Ⅰ》	18.80
《七寻记Ⅱ》	19.90
《七寻记Ⅲ》	19.90

果绿年华系列

《蝴蝶飞过旧时光》	19.80
《第一女执政官》	19.90
《风之少女琪琪格》	19.90

《霓裳小千金》	19.90
《两生花开时》	22.00
《风云俏萝莉》	19.90

月舞流光系列

《前方江湖请绕行》	19.90
《三色堇骑士之歌》	19.90
《守望彼岸星海》	19.90

萌淑女驾到系列

《萌淑女驾到之美女训练营》	19.80
《萌淑女驾到之天使候补生》	19.80
《萌淑女驾到之人鱼的信奉》	19.80
《萌淑女驾到之天鹅公主成人礼》	19.80

星愿大陆系列

《星愿大陆①·天命巫女》	19.90
《星愿大陆②·白银蔷薇》	19.90
《星愿大陆③·幻月手杖》	19.90
《星愿大陆④·永恒星钻》	19.90
《星愿大陆⑤·夜之王子》	19.90
《星愿大陆⑥·晨光微曦》	19.90
《星愿大陆⑦·琉光暗影》	19.90

浪漫星语系列

《处女座：完美年华初相见》	20.90
《天蝎座：假面黑桃Q》	20.90
《双子座：闯进你的孤单星球》	20.90
《巨蟹座：追梦的水晶鞋》	20.90
《天秤座：优雅走过下雨天》	20.90
《白羊座：裙摆是花开的地方》	20.90
《摩羯座：寄给青春一座城》	20.90
《双鱼座：浪漫满分灰姑娘》	20.90
《金牛座：微笑天使倔强心》	20.90
《狮子座：再会，骄傲小时光》	20.90

淑女风尚馆·气质养成系列

《我要我的淑女范儿》	18.80
《优雅女孩的秘密》	18.80
《清新森女在路上》	18.80
《俏女孩的甜美主义》	18.80

小MM迷你爱藏本

《蝴蝶停在十六岁》	18.80
《焦糖玛奇朵天使咒》	18.80
《那一年，花开半夏》	18.80
《雨季微凉时》	18.80
《只穿一天公主裙》	18.80
《月色银蔷薇》	18.80
《傲娇公主的美丽回旋》	18.80

书名	价格
《花田明月照年少》	18.80
《亲爱的小气鬼》	18.80
《青春如诗，静谧花开》	18.80

重磅作家系列

书名	价格
《薄荷香女孩》	19.80
《不说再见好吗（上）》	17.90
《不说再见好吗（下）》	17.90
《风走过树林》	17.90
《忆棠的夏天》	17.90

唯美新漫画系列

书名	价格
《钢琴小淑女（第一季）》	17.90
《钢琴小淑女（第二季）》	17.90
《钢琴小淑女（第三季）》	17.90
《钢琴小淑女（第四季）》	17.90
《钢琴小淑女（第五季）》	17.90
《最佳女主角（第一季）》	18.80
《七寻记·鎏金龙纹镯（漫画版）》	15.00
《七寻记·夔龙黄玉佩（漫画版）》	15.00
《天鹅座·鹅黄》	18.80
《天鹅座·柳青》	18.80
《天鹅座·冰蓝》	18.80
《天鹅座·禧红》	18.80
《天鹅座·蜜粉》	18.80
《天鹅座·浅紫》	18.80

绘色缤纷系列

书名	价格
《淑女绘·花的学校》	22.00
《淑女绘·童话诗人》	22.00
《淑女绘·雪花的快乐》	22.00

日光倾城系列

书名	价格
《巧克力色微凉青春Ⅰ》	20.90
《巧克力色微凉青春Ⅱ》	20.90
《巧克力色微凉青春Ⅲ》	20.90
《浅蓝色时光舞步Ⅰ》	20.90
《女生宿舍Ⅰ·南柯向暖》	20.90

纯美小说系列

书名	价格
《少女果味杂志书①：甜心草莓号》	14.80
《少女果味杂志书②：蜜桃慕斯号》	14.80
《少女果味杂志书③：焦糖布丁号》	16.80
《少女果味杂志书④：香草海绵号》	16.80
《少女果味杂志书⑤：可可森林号》	18.80
《少女果味杂志书⑥：果果米苏号》	18.80
《少女果味杂志书⑦：香橙泡芙号》	18.80
《少女果味杂志书⑧：樱桃芝士号》	18.80
《少女果味杂志书⑨：蓝莓布朗号》	18.80
《少女果味杂志书⑩：薄荷方糖号》	18.80
《少女果味杂志书⑪：樱花紫苏号》	18.80
《少女果味杂志书⑫：柠檬红茶号》	18.80
《少女果味杂志书⑬：红豆奶昔号》	18.80
《少女果味杂志书⑭：芒果西多号》	18.80

蝴蝶蓝系列

书名	价格
《蝴蝶蓝（第一季）·千面桃花姬》	19.90
《蝴蝶蓝（第二季）·紫莲山庄》	19.90
《蝴蝶蓝（第三季）·落跑小郡主》	19.90

班花朵朵系列

书名	价格
《班花朵朵①·我是艺术生》	20.90
《班花朵朵②·电影初体验》	20.90
《班花朵朵③·偶像保卫战》	20.90

现在是女生时代系列

书名	价格
《现在是女生时代！》	28.80
《现在是女生时代！②·我们闺蜜吧》	28.80
《现在是女生时代！③·女生都是小怪物》	28.80
《现在是女生时代！④·嗨，女孩，你好漂亮》	28.80

小MM六周年主题书

书名	价格
《淑女王冠》	29.80

欢乐联萌系列

书名	价格
《养只萌呆镇镇宅①》	19.90
《养只萌呆镇镇宅②》	19.90
《养只萌呆镇镇宅③》	19.90
《养只萌呆镇镇宅④》	19.90
《养只萌呆镇镇宅⑤》	19.90
《萌师上线，顽徒请签收①》	19.90
《千金当道（一）》	19.90

天使在身边系列

书名	价格
《路过心上的哈士奇》	20.90
《当心！浣熊出没》	20.90
《萌动之森①·雪地精灵伶鼬》	20.90

公主天下系列

书名	价格
《清河公主·洙宛传》	22.80

小MM花漾青春版

书名	价格
《少女说①·花醒了》	22.80
《少女说②·青春里的不速之客》	22.80

极致小清新系列

书名	价格
《女孩子的清甜小说绘①·淡白栀子号》	20.90
《女孩子的清甜小说绘②·浅草茉莉号》	20.90
《女孩子的清甜小说绘③·鸢尾蝴蝶号》	20.90
《女孩子的清甜小说绘④·冰蓝花楹号》	20.90

意林·轻文库品牌书系　　倡导校园小说阅读新潮流

绘梦古风系列

书名	价格
《公主驾到》	23.80
《花颜错》	23.80
《山寨世家》	23.80
《倾世迷迭书》	23.80
《凤九卿（一）》	23.80
《凤九卿（二）》	23.80
《凤九卿（三）》	23.80

《凤九卿（四）》	23.80	《我的青春，以你为名②蜜炼偶像》	23.80
《凤九卿（五）》	24.80	**奇幻仙境系列**	
《凤九卿（六）》	24.80	《彼渡少年与妖怪契约》	23.80
《美人千行泪西楼》	23.80	《神典·末夜公主》	23.80
《郡主驾到·壹》	24.00	《御灵骑士团·诺茵与彩狸》	23.80
《郡主驾到·贰》	24.00	《逆世界之瞳》	23.80
《木兰帝（上）》	23.80	《玫瑰帝国·荆棘鸟之冠》	25.80
《木兰帝（下）》	23.80	《玫瑰帝国·黑羽蝶之翼》	25.00
《俏娇小仙闹皇宫》	23.80	《玫瑰帝国·白蔷薇之祭》	26.80
《连城赋（上）》	23.80	**暗影迷踪系列**	
《连城赋（下）》	23.80	《终极推理事件簿》	22.80
《千凰令（一）凤鸣倾城》	20.80	《超级学园探案密码》	22.00
《千凰令（二）情牵一线》	20.80	**新炫武侠系列**	
《千凰令（三）君心不负》	20.80	《邻家武圣》	23.80
《千凰令（四）万兽听封》	20.80	**星光璀璨系列**	
恋之水晶系列		《轻星球·仙女星云号》	19.80
《致淡玫瑰色的你》	22.80	**灵气少女系列**	
《宁负流年不负君》	22.80	《星有灵犀遇见你》	20.80
《世界第一的假面殿下》	25.00	《萌熊改造计划》	20.80
《脱线萌星易容记》	25.00	《守护极速甜心》	20.80
《脱线萌星易容记Ⅱ》	25.00	《元气星女倾城记》	20.80
《指尖花凉忆成殇》	22.00	《公主病》	20.80
《欢歌犹在意微醺》	22.00	**轻舞飞扬系列**	
《欢歌犹在意微醺Ⅱ》	22.00	《毛毛熊的浪漫樱花雨》	19.80
《绯色樱花圆梦纪Ⅰ》	23.80	《发梢轻绾茉莉香》	19.80
《见习保镖呆呆兽》	25.00	《迷迭香在青春里绽放》	19.80
《可可少女梦想纪》	25.00	**私人定制少女馆**	
《后天男神Ⅰ》	25.00	《恋恋星煌十二宫》	25.00
《后天男神Ⅱ》	25.00	《守护十二生辰石》	25.00
《后天男神Ⅲ》	26.80	**暖爱青春馆系列**	
《世界第一的公主殿下Ⅰ》	23.80	《少年北顾，唯愿君安（上）》	25.00
《世界第一的公主殿下Ⅱ》	23.80	《少年北顾，唯愿君安（下）》	25.00
《世界第一的公主殿下Ⅲ》	26.80	《若你离去，后会无期》	22.80
《挥手告别小时光》	23.80	《想你的时候，抬头微笑》	22.80
《少年住在云之彼岸》	23.80	**美少年系列**	
《我的青春，以你为名①偶像来了！》	23.80	《辰荒学院的美少年①奇异校规》	22.80

《意林·小文学》品牌书系		阳光阅读·快乐写作	
成长物语系列		《鬼马女神捕①：绝密卧底（下）》	14.80
《艾丽鲨半成年》	19.90	《鬼马女神捕②：绝命预言（上）》	14.80
《换双翅膀飞翔》	19.90	《鬼马女神捕②：绝命预言（下）》	14.80
《琥珀青春》	19.80	《天神学院·魔女见习生》	19.90
魅力悦读系列		**动物奇缘系列**	
《程家兄妹·永不毕业的少年》	19.90	《萌兽报到，请多关照》	19.90
《逃之"妖妖"》	20.90	**五周年主题书**	
幻之星球系列		《青春，是与七个自己相遇》	26.80
《地球假日①：寻找洛神》	19.90	**独家策划系列**	
爆笑学园系列		《长大，是不期而遇的温暖》	26.80
《鬼马女神捕①：绝密卧底（上）》	14.80	《谢谢你，出现在我的青春里》	26.80

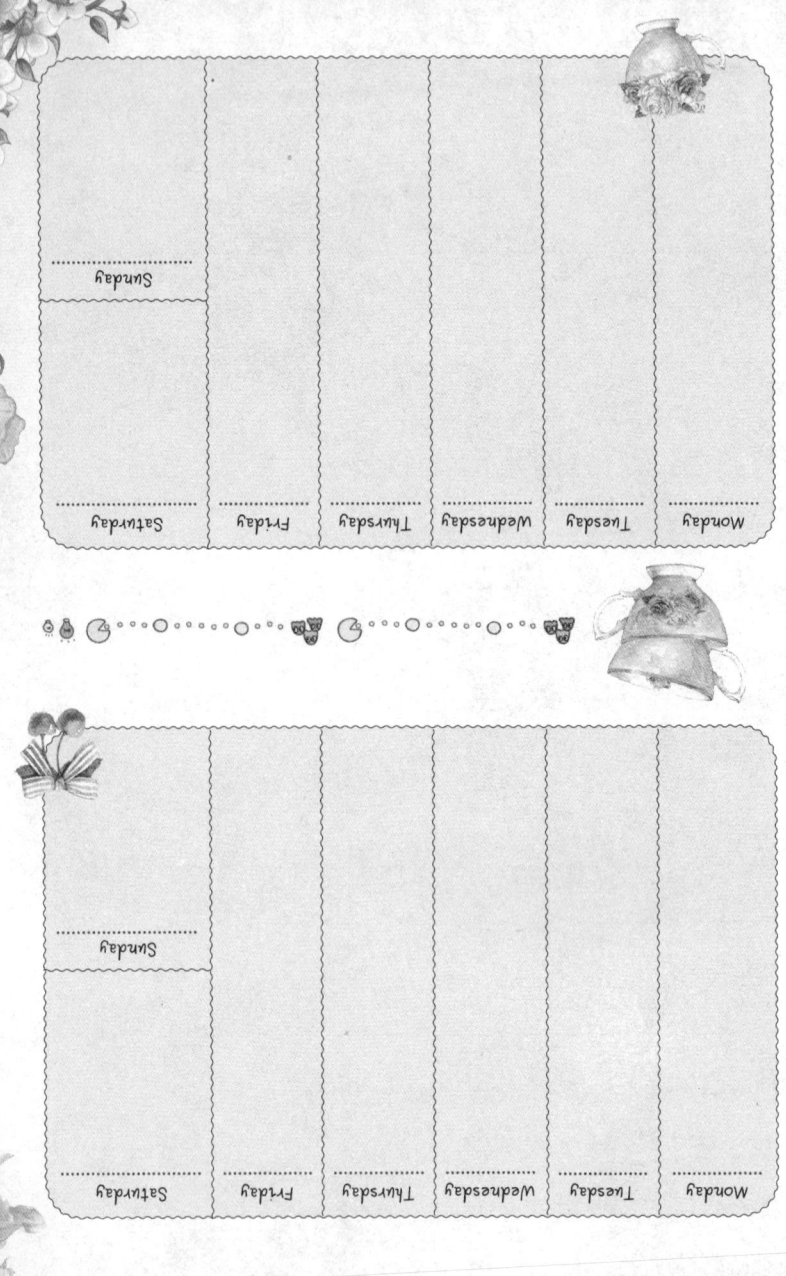

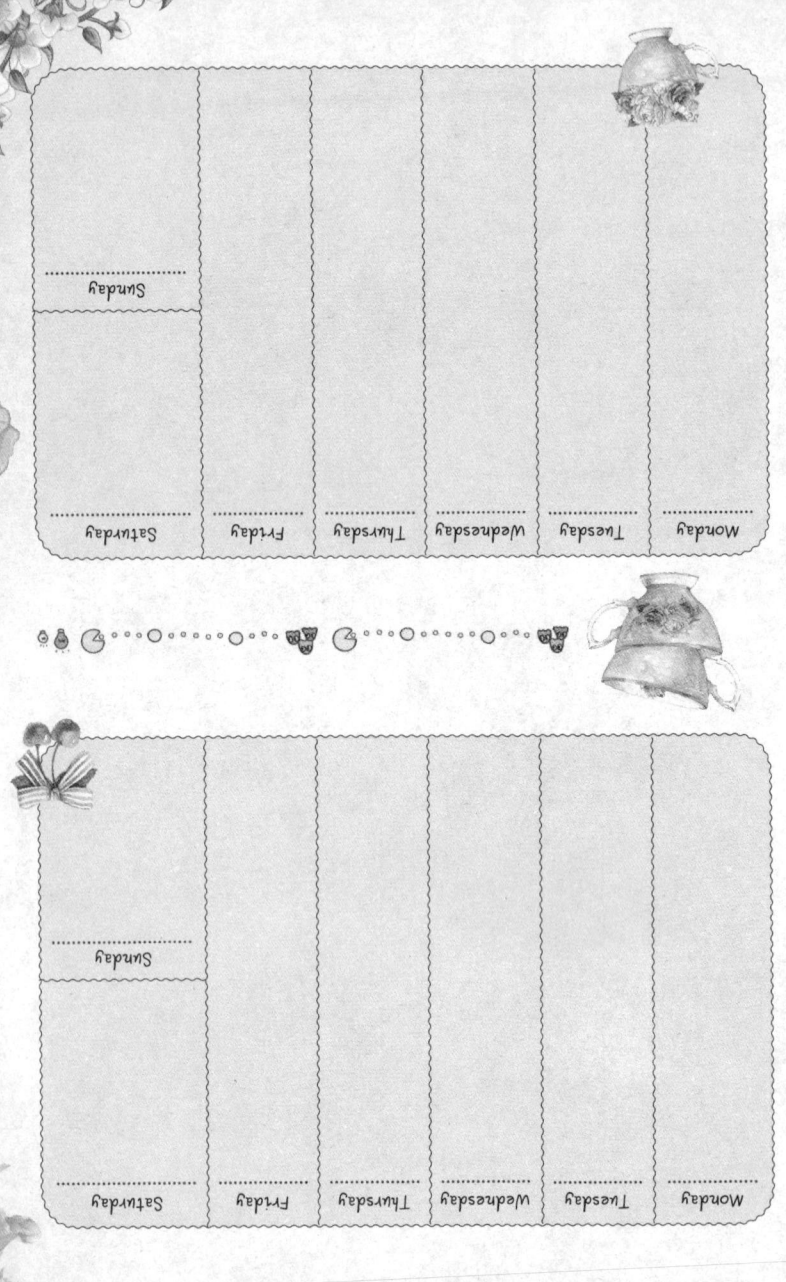

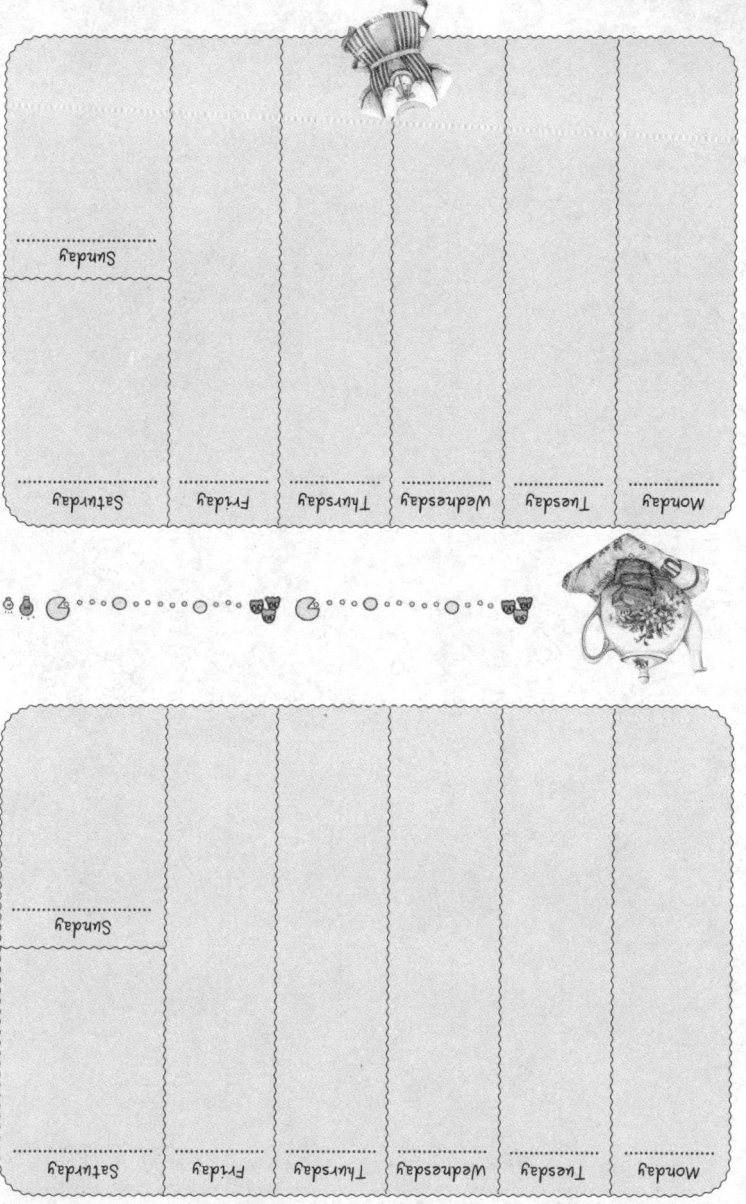

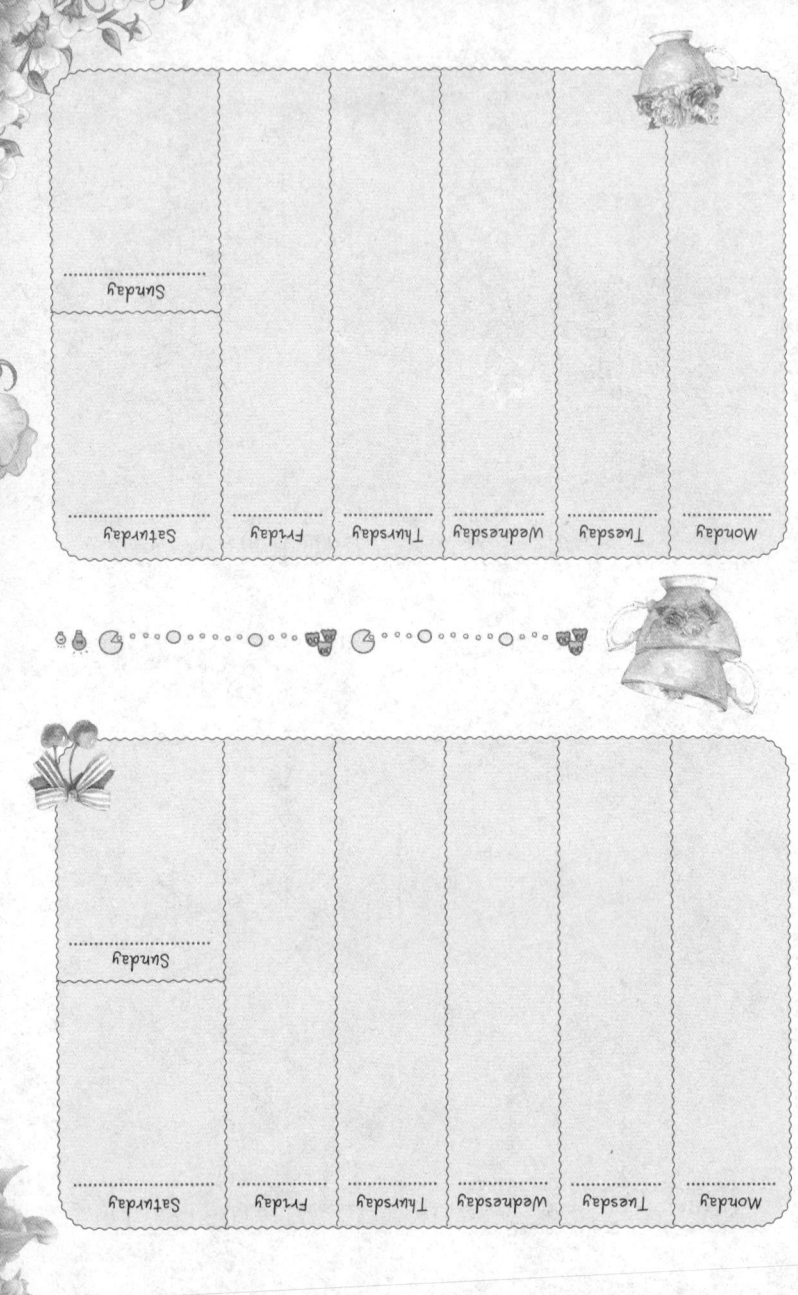

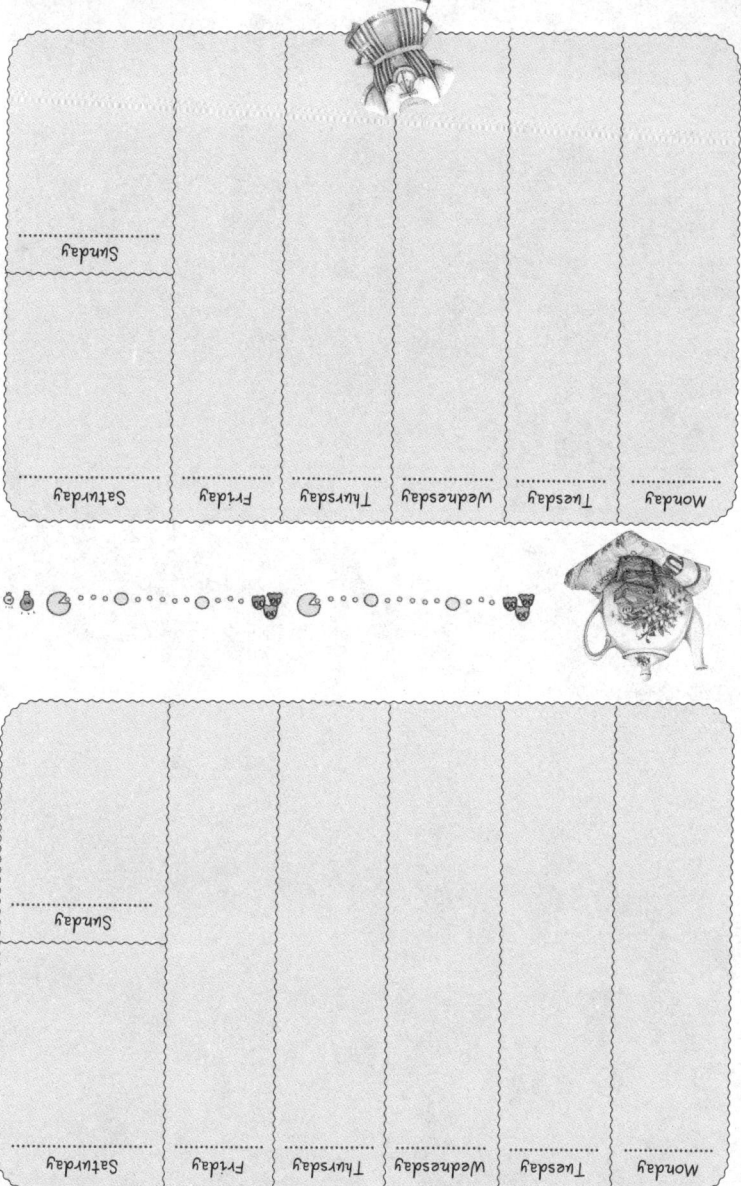

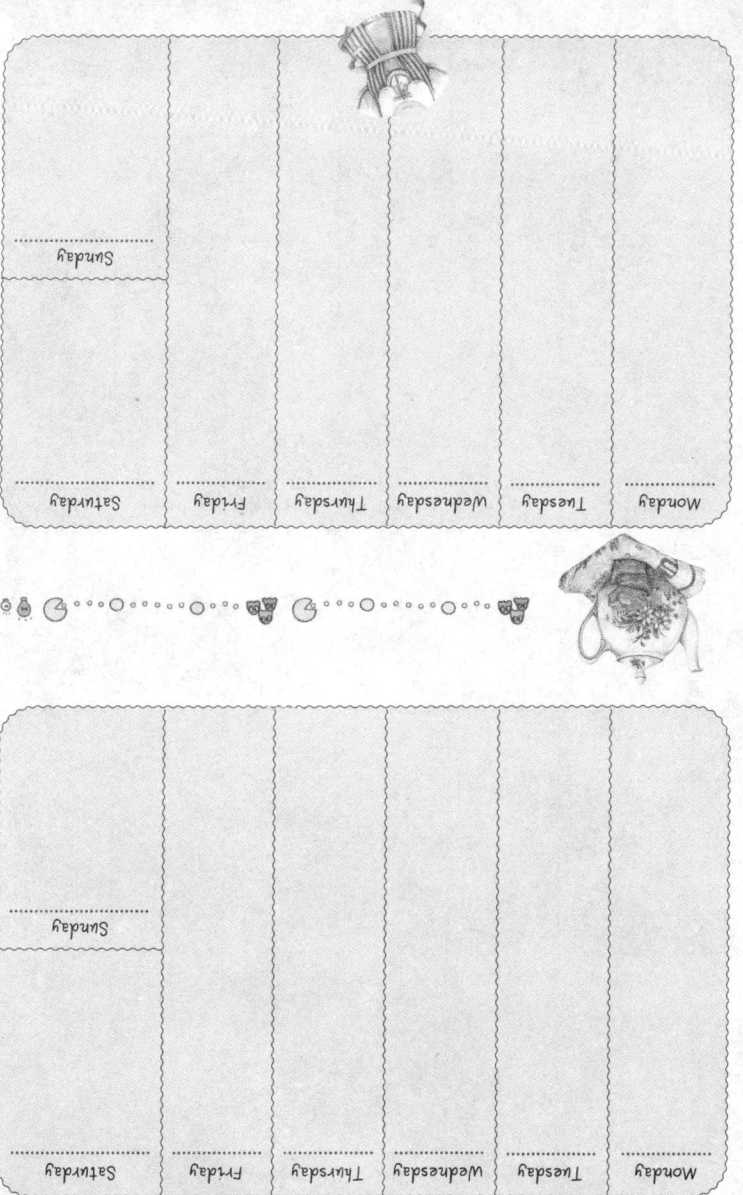

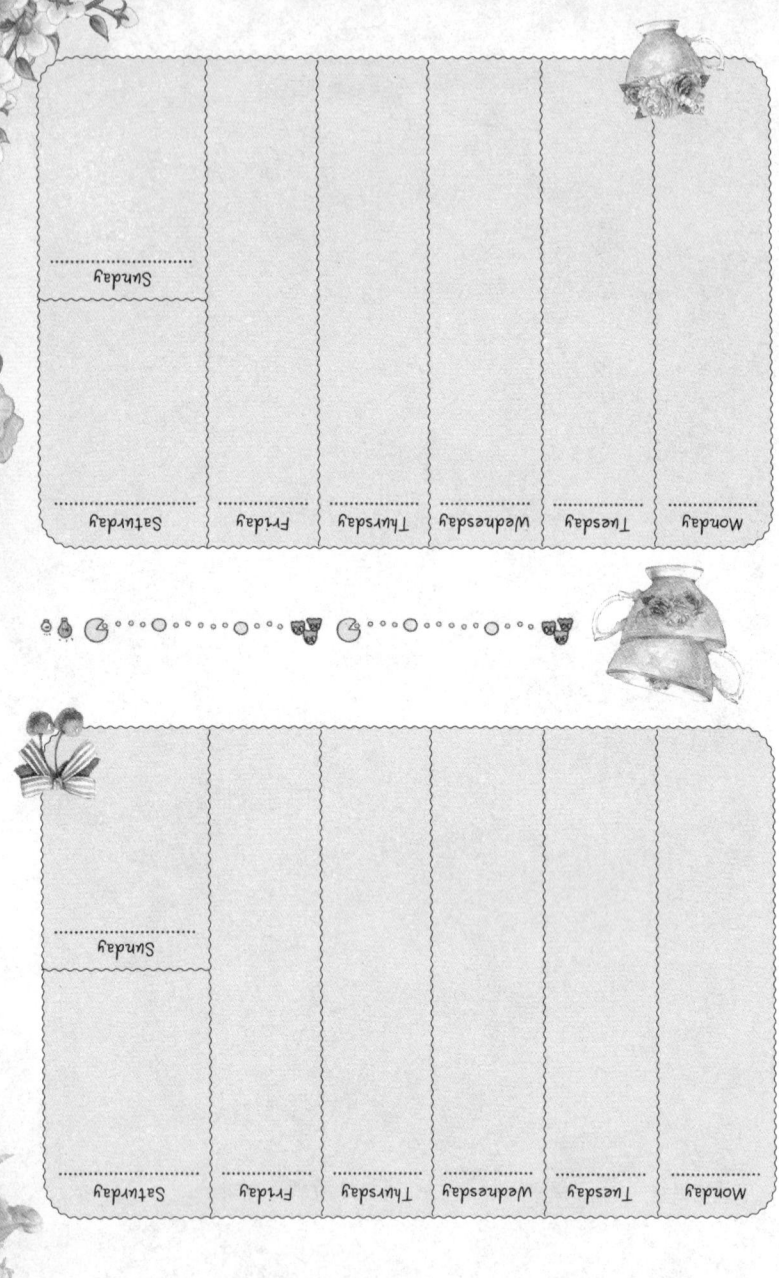

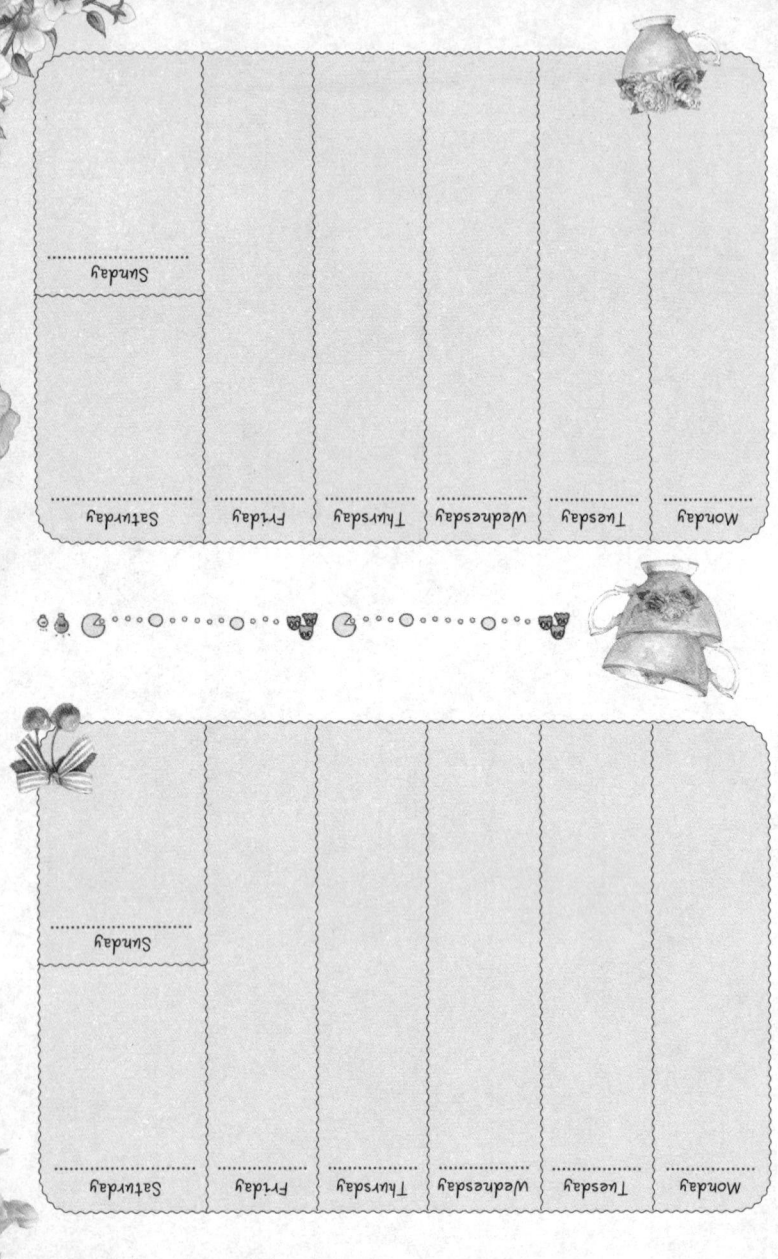

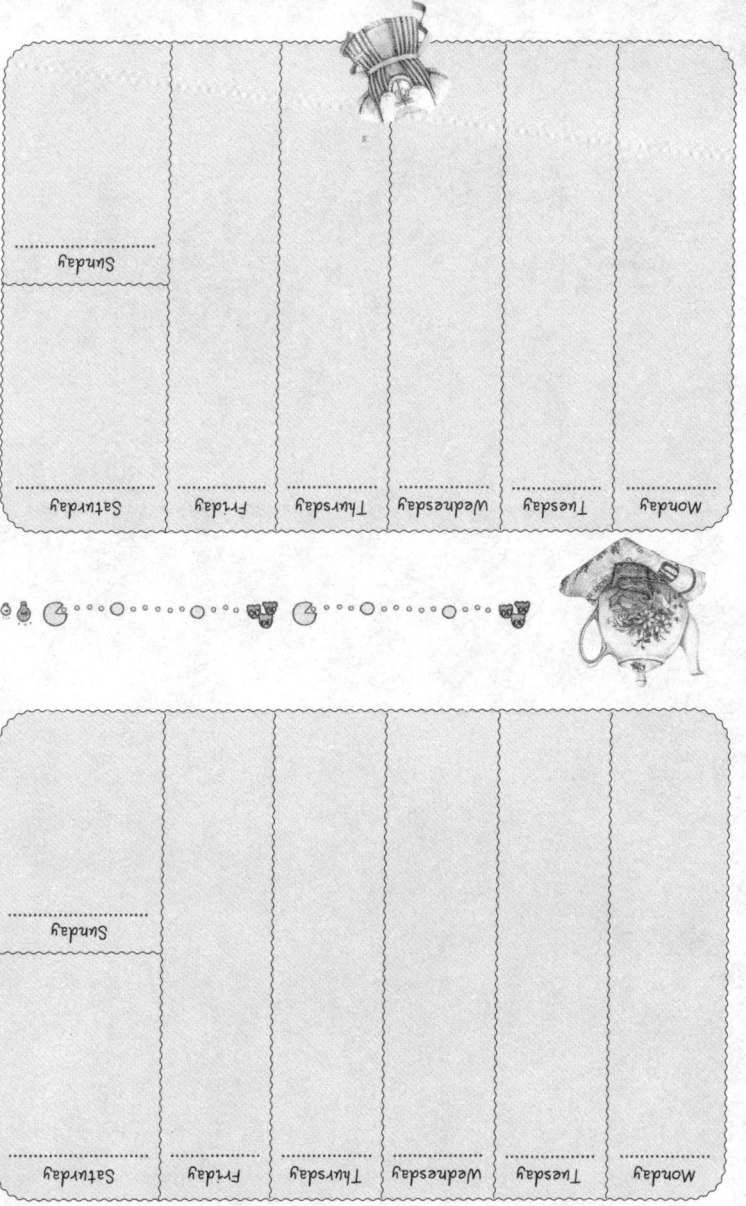

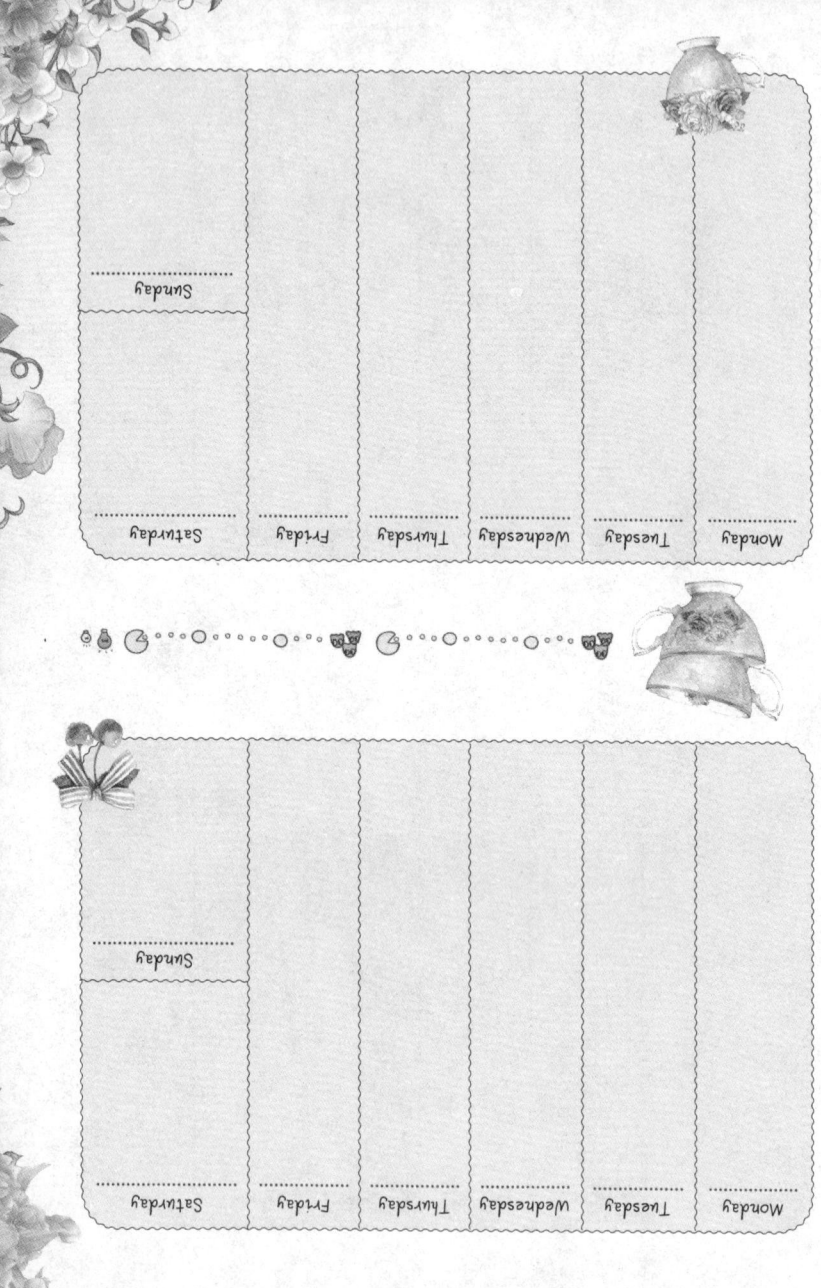

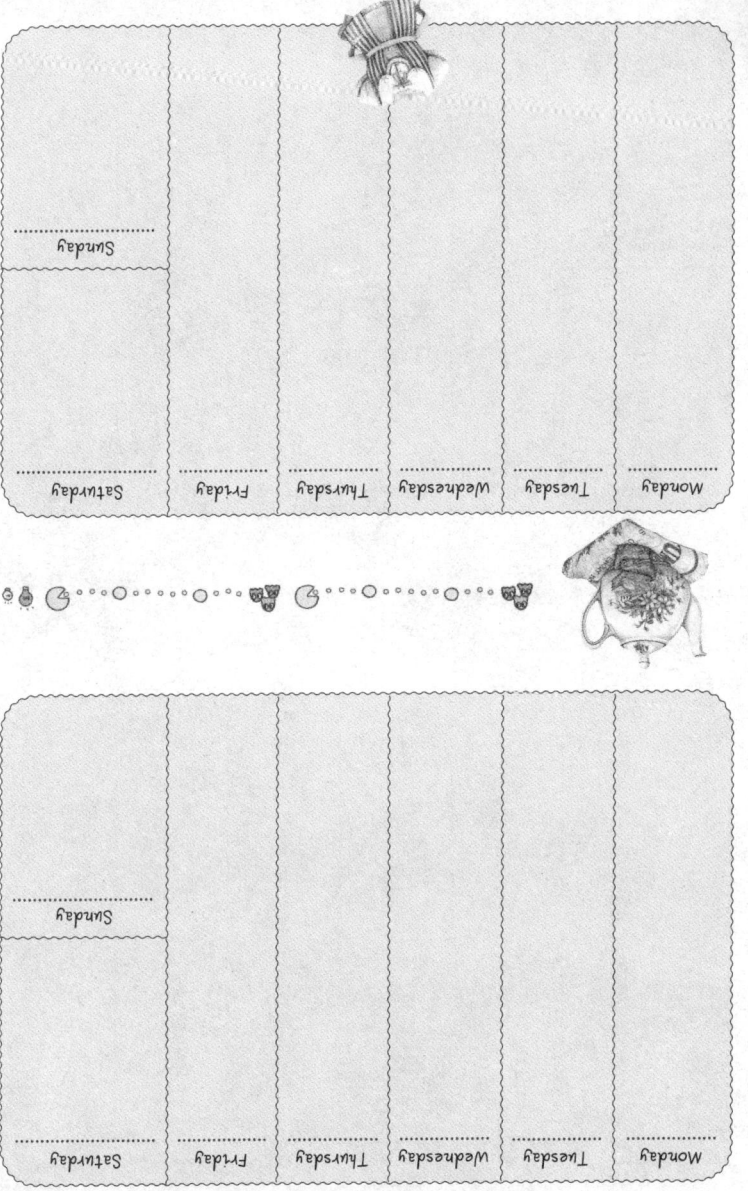

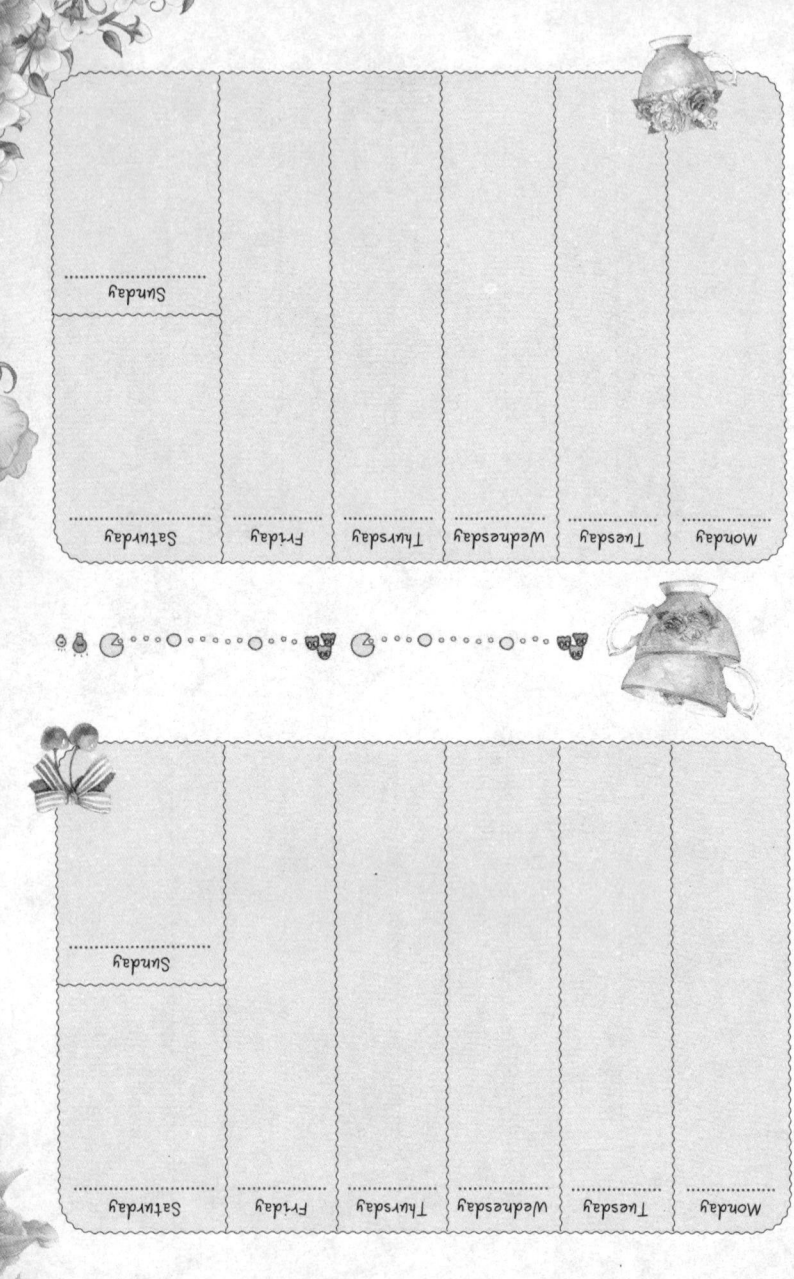

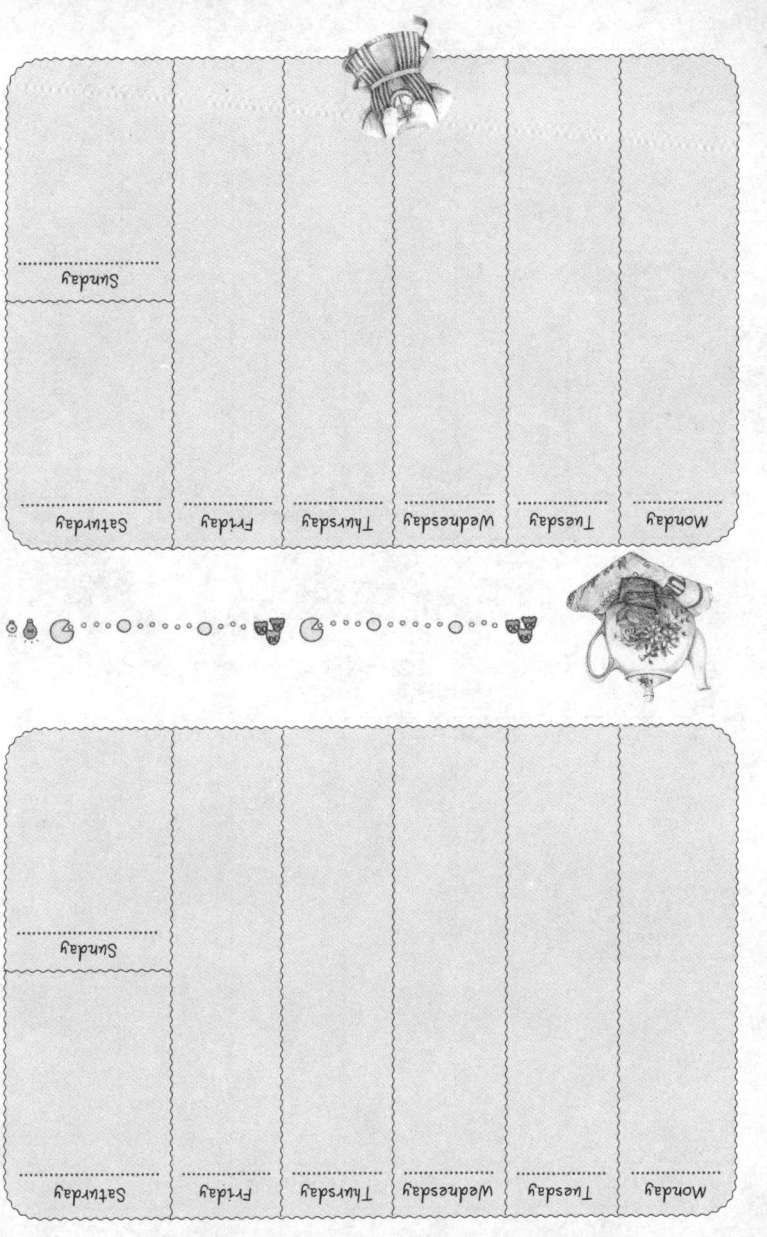

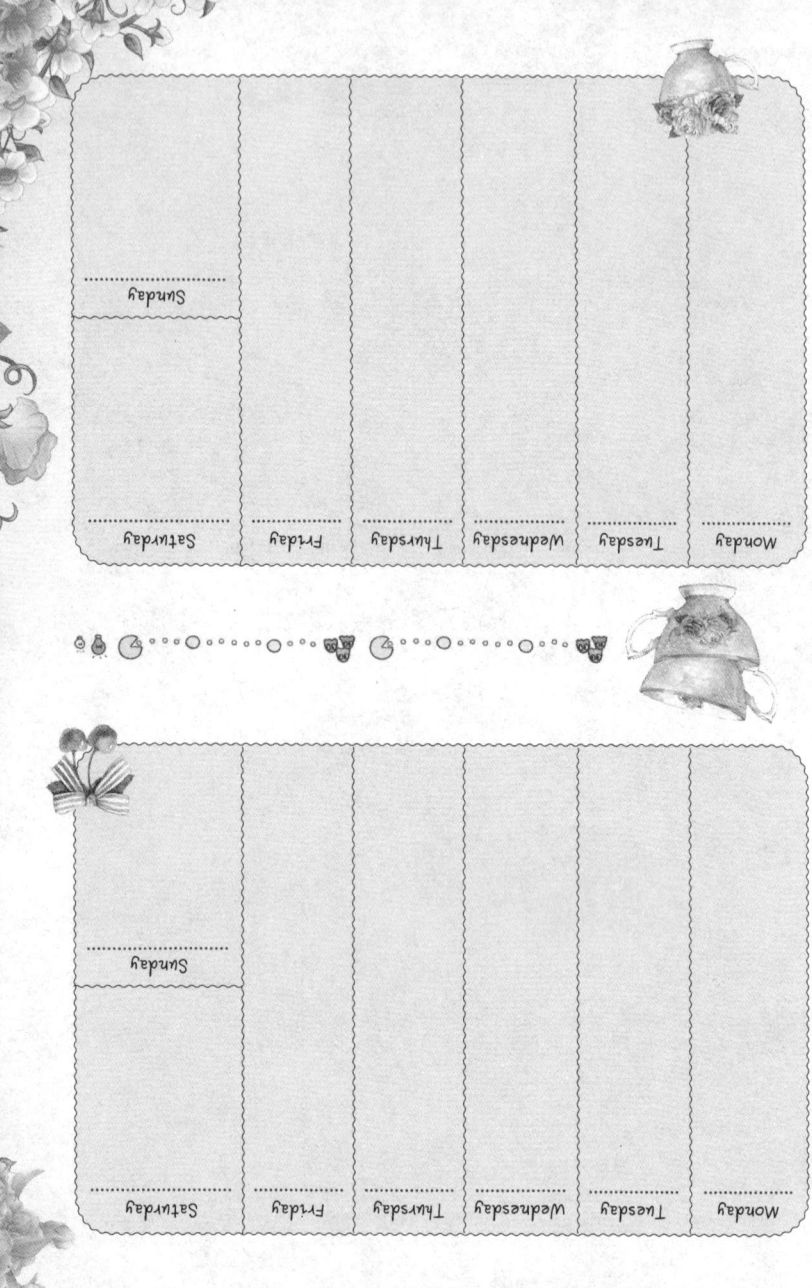

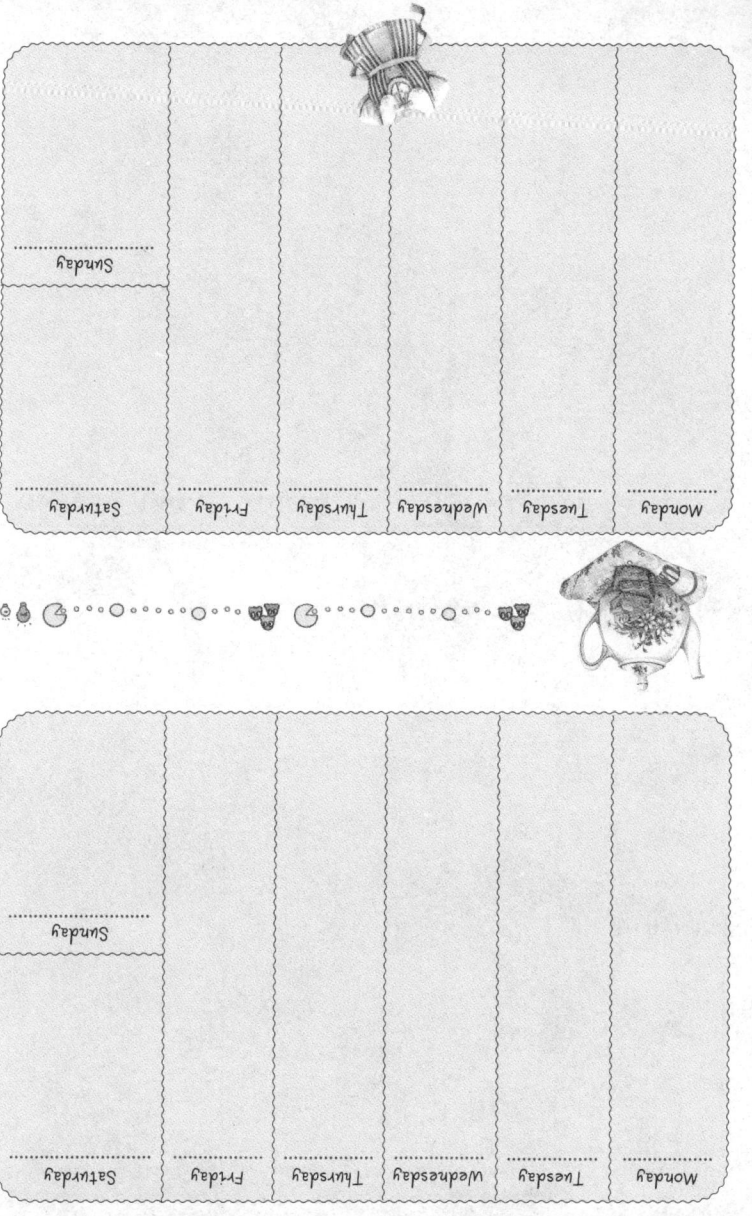

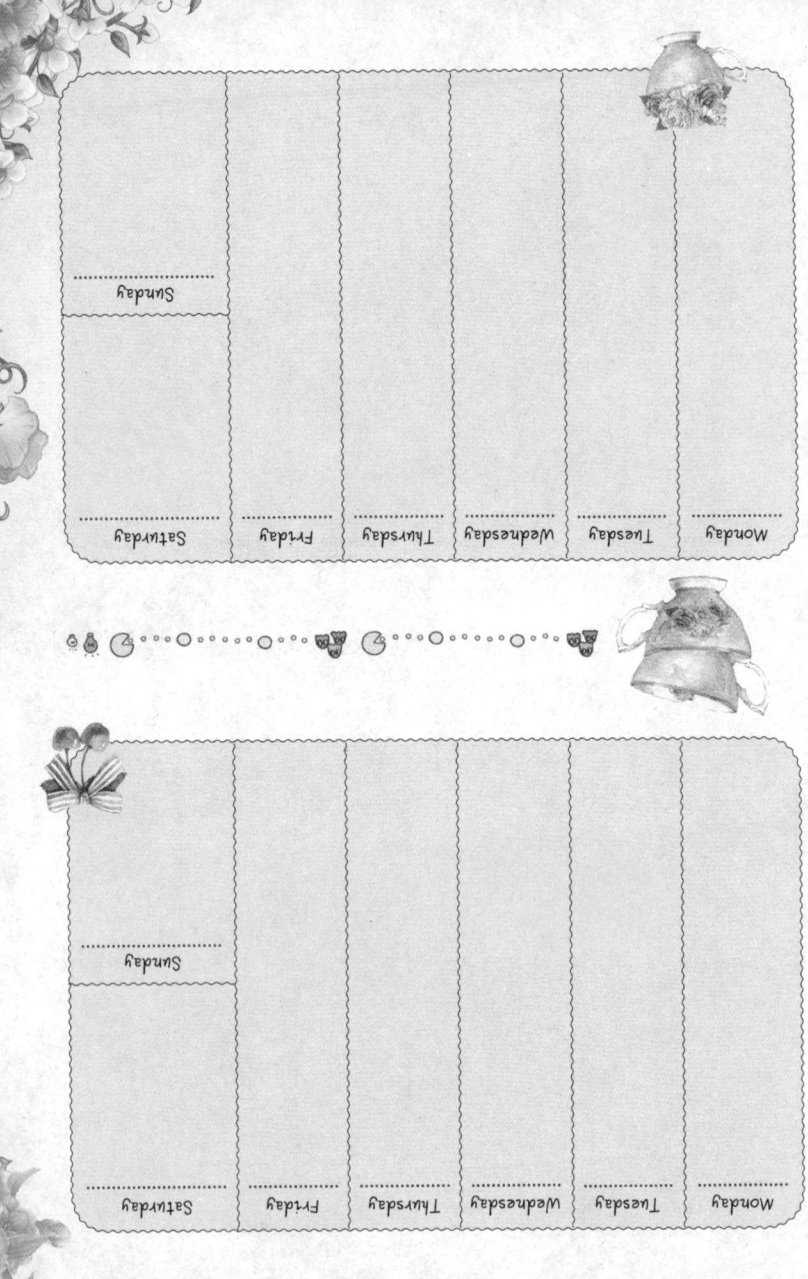

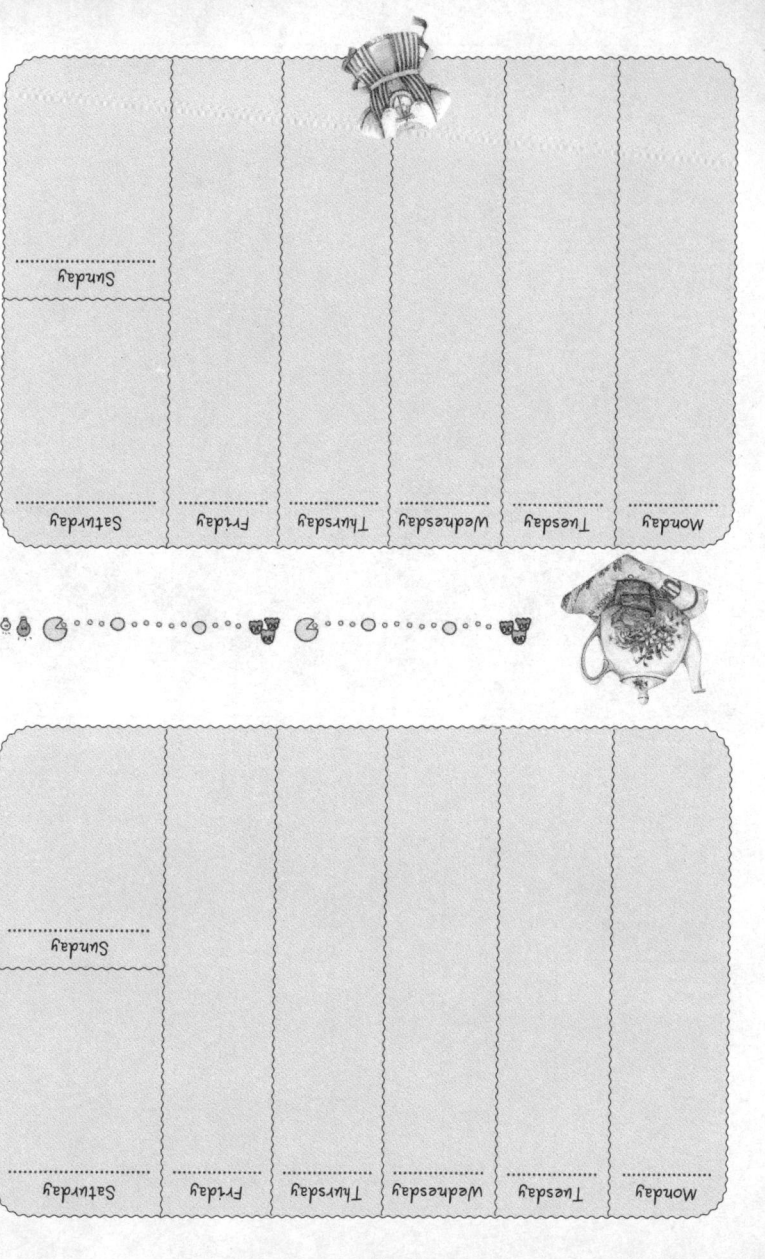

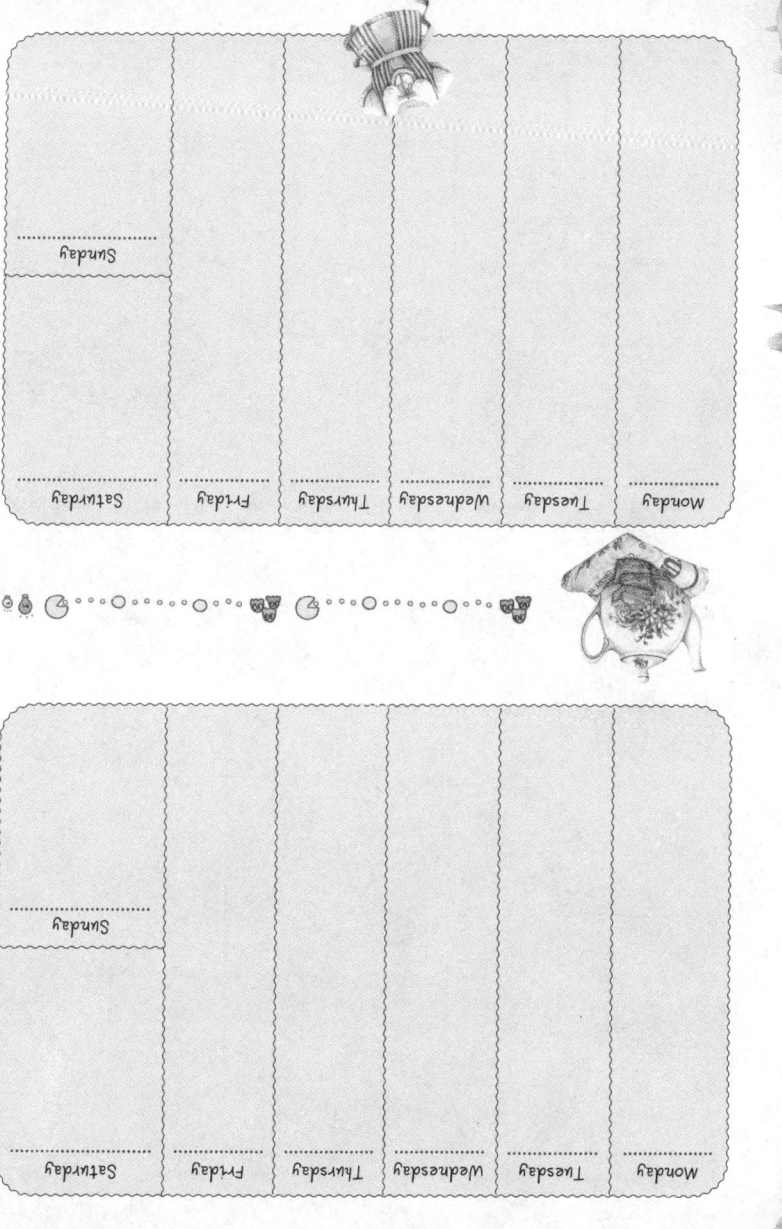

Monday	Tuesday	Wednesday	Thursday	Friday	Saturday

Sunday

Monday	Tuesday	Wednesday	Thursday	Friday	Saturday

Sunday

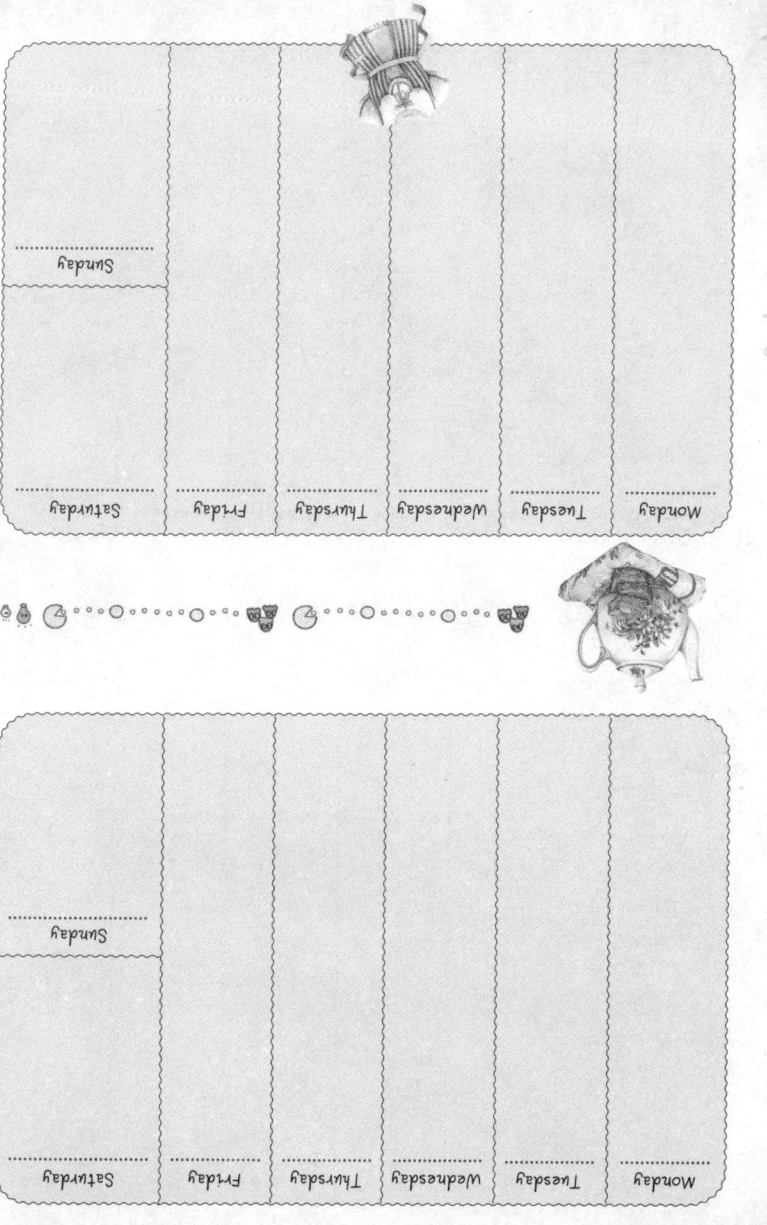

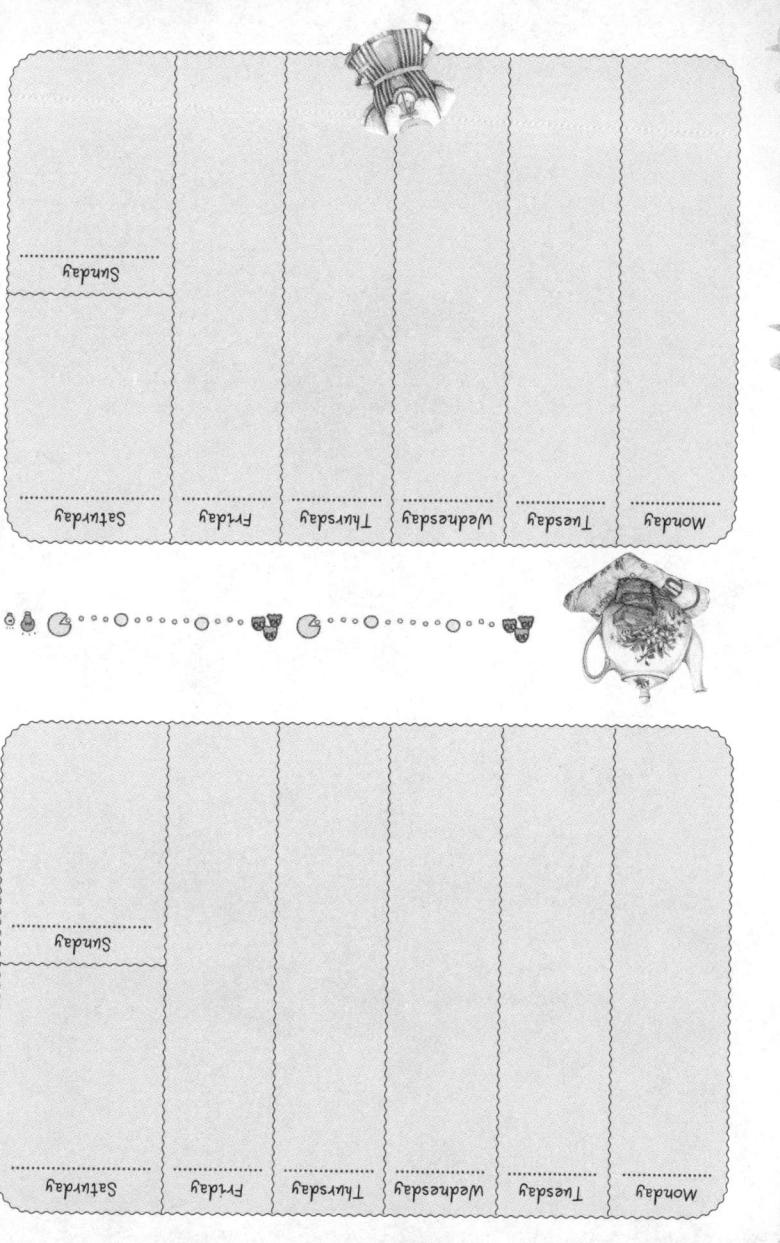

日曜日